捧 读

触及身心的阅读

东柯僧院的春天

骑桶人精怪故事集

THE SPRING OF DONGKE TEMPLE

骑桶人 著

中国友谊出版公司

图书在版编目（CIP）数据

东柯僧院的春天：骑桶人精怪故事集 / 骑桶人著. -- 北京：中国友谊出版公司，2021.1
 ISBN 978-7-5057-4985-6

Ⅰ.①东… Ⅱ.①骑… Ⅲ.①短篇小说－小说集－中国－当代 Ⅳ.①I247.7

中国版本图书馆CIP数据核字（2020）第164993号

书名	东柯僧院的春天：骑桶人精怪故事集
作者	骑桶人
出版	中国友谊出版公司
发行	中国友谊出版公司
经销	新华书店
印刷	天津创先河普业印刷有限公司
规格	880×1230 毫米　32 开
	15.5 印张　293 千字
版次	2021 年 1 月第 1 版
印次	2021 年 1 月第 1 次印刷
书号	ISBN 978-7-5057-4985-6
定价	69.00 元
地址	北京市朝阳区西坝河南里 17 号楼
邮编	100028
电话	（010）64678009

金色的燕子一碰到网,

就变成了风,

它们总是自由的。

●
·
·

序

立下想要成为一个"作家"的宏愿,大约是在我十八九岁的时候。我从图书馆里借了好几本语言学、写作学的书,半懂不懂地啃完,然后试着把理论应用在写作课的作业里,居然还成了范文,被老师在课堂上朗读。

那时候我觉得自己距离成为一个作家仅有半臂之遥,没想到后来却蹉跎蹭蹬了这么多年。

其间也做过许多工作,但没有一个是与写作有关的。偶尔也能在报纸上发些豆腐块,但显然距离"作家"这两个字还有些遥远。

那时候,我曾经想过就在家乡小镇开一个小杂货店,娶一个家乡的女子,就那么过完一生。

以前所读过的那些写作理论书籍,自然也被丢在了书架上蒙尘。唯一不能舍弃的,是喜欢看书,尤其是看古旧书的"恶习"。

我是在一个农场中学里长大的。那里有一个小图书馆,只有一间教室那么大,却是我的宝地。因为我是教师子弟,可以用我父亲的借书证直接进到图书馆里翻书。大约是在我二十六七岁的时候,我在图书馆书架的最高一层,翻到一套土黄色封面的书。书的名字叫《太平广记》，共有十册。书的出版时间是上世纪八十年代，出版社是中华书局。这套书大概从入库以来，就没有人借阅过，所以看起来还是蛮新，但闻起来却有一种旧书才有的味道。

我把第一册取下来，发现这整整一册差不多全是目录。

我就开始两本两本地借回去看。就这样，我打开了一个新世界的大门。

其实在这之前，我也并不是没有接触过文言短篇小说。《聊斋志异》《阅微草堂》之类，是早就看了的；关于唐传奇，我也读过周楞伽所编之选集。但《太平广记》的体例，却与他书不同。它按题材分类，把某一类题材的小说尽力地搜集到一起，然后再依时间来排列，由古及"今"——也就是编者李昉所处的那个时代——北宋之前的晚唐五代。这样就产生了一个奇妙的现象：在《太平广记》里，仿佛生长着无数棵小说之树。每棵树都扎根于某一个母题、题材或原型里。这些树或大或小，或苍老或年轻，或茂盛或枯萎……而阅读者就像一个个爬树人，从树的根部开始往上爬，一直爬到树顶，然后举目四望，才发现还有无数的树，在等着他去攀爬。

由此出发，我想通了很多有关写作的道理。有些道理后来被我自己推翻了，有些道理却令我愈想愈深。而且其所牵涉的范围也不再局限于写作，而是扩展到了世界、人生、形而上和形而下，以及爱等等的概念中去了。

由此，借着阅读、写作和思考，我重新塑造了自己。

所以我也常常对人说，并不是我在写小说，而是小说在写我。

当有人问起我的职业时，我也不会再说我是一个"作家"，我会说，我是一个写小说的。

还是回来说一下这本选集。去年的一月，我曾有一本自选集出版。但仍有许多朋友抱怨，说有一些他们喜欢的小说，并没有选进那本选集里。一本书的容量确实有限，很难面面俱到，对此，我除了抱歉也没有别的办法。

张进步是我的老友，一直在做出版。他说可以在他那里，再出版一本短篇选集，我自然是恭敬不如从命。

在这个出版环境日益艰难的时候，有人愿意出我的书，我是找不到理由拒绝的。

这本集子里所选的小说，多是我在三十五岁以前写的，如《鹤川记》《阿稚》《七夕赋》《快然亭记》《梨花院》《薤露》《寻头者小畜》等。这些小说，手法自然还很生涩，但好在生气十足，有一种跃跃欲试不断突破自己极限的欲望——现在再想去写出这样的"生气"却也不容易了。写作时间比较晚的也有，如《猴尊者》，虽然手法上看似娴熟了一些，但毕竟有些秋凉如水的意思。这次也一并收录进来，算是敝帚自珍吧。

写作二十年，一方面时时觉得自己还是新手，每开新篇都茫无头绪；另一方面，却又时时觉得身体已在渐渐走下坡路，精神和欲望已在缓缓地下降。下坡路好走，但人却容易颓唐；上坡路难行，却能让人愈走愈高，视野也会愈来愈开阔。可惜人生无法重来，我只好时时鞭策自己，毕竟还有许多我一直想写的小说还没有写出来。

另外，特别要说明的是，《青溪异人录》一篇，是模仿黑泽明的电影《七武士》所写。本是致敬之作，最初用了一个马甲发在清韵——本世纪初非常活跃的一个小说网站"纸醉金迷"论坛上。当时《今古传奇·武侠版》的主编木剑客看到之后，向我约稿，坚持要使用，我也就厚着脸皮让他拿去刊发了。

不过现在想来，我又有哪篇小说，不是模仿之作呢？

所以也就释然了。

骑桶人

2020年7月5日

目录

一 阿稚·001

二 不存在的孩子·007

三 东柯僧院的春天·023

四 鸽子·032

五 鹤川记·042

六 猴尊者·094

七 尖之娟·110

八 金鱼·135

九 梨花院·160

十 快然亭记·172

目录

十一 龙·182

十二 七夕赋·201

十三 青溪异人录·212

十四 塔尔寺·270

十五 薤露·285

十六 寻头者小畜·317

十七 燕奴·342

十八 张金莲·382

十九 喜福堂·389

二十 梦奴珠珠·440

阿稚

一

她解开绑着书生的绳索。书生的脸苍白:"你把他们都杀了?"

大圩在楚江南岸。

一个小小的小镇。吊脚楼依着江岸,一溜儿排下去。

"阿黑,都怪你走得太慢。"阿稚站在码头上,看着空荡荡的江面,失望地说。

运菜去杨堤的船已经走了,水面上浮着几根烂菜叶,随着波浪一上一下晃动。

"这回我们只好走着去了。"阿稚转身,对那几个躲在街角的孩子笑了笑,抬脚走上由码头通往街道的石阶。

孩子们看到她和阿黑来了,一哄而散。但是,等他们走在青石板铺成的街道上的时候,那些孩子又远远地跟过来,一直跟到他们走出了小镇,走在田垄上了,才散去。

"他们喜欢你,阿黑。"阿稚低头看了看,阿黑的目光傻傻的,对她说的话没有一点反应。

楚江在竹林后面无声流动，在阿稚和竹林之间，是青黄掺杂的稻田。江的对岸，伫立着一座座长满桂花的小山，青翠而秀丽。

小径把阿稚和阿黑引到了江边，水又绿又稠。清晨的太阳躲在小山背后，阳光从山与山的缝隙间，水一样泻下来，铺展出一幅幅迷离恍惚的光幕。

渡口横着一只竹筏。

一个老头，黑瘦，只穿条破烂犊鼻裤，蹲在竹筏上，抽旱烟。看到他们来了，老头站起来。看得出他有些害怕。

阿黑扑通跳入水中，溅湿了阿稚的裙幅。

"阿黑！"阿稚娇斥。阿黑若无其事地向对岸游去，双肩一耸一耸。

竹筏半沉半浮。阿稚索性把鞋脱了，提在手上。她的光脚丫被水泡得凉凉的，很舒服。

老头撑起竹篙，在江岸上一点，竹筏缓缓向江心斜着去了。水碧绿，透明，看得见水底的鹅卵石，青荇顺着水流倒向一侧，微微抖着。

几条巴掌大的红色鱼逆着水流，向上游去了。

"又到了丹鱼回家的日子了。"

"是啊！"老头似乎很喜欢阿稚和自己说话。

竹筏划到对岸时，江里的丹鱼已经很多了。不知道为了什么，每年这个时候，它们总是从海里游入楚江，它们一直向上，向上，一直游到楚江的源头。

将近午时，阿稚遇上了一个书生。

一个人，一头瘦驴，一个蓝花布包袱。他正坐在路边的青石上，吃一块胡饼。他的驴在不远处，喷着响鼻，啃食江边的青草。

他看了阿稚一眼，又猛地低下头，脸都红了。

阿黑仿佛故意一般，直直地向书生走去。书生慌忙站起来，抖了抖长衫，他很想壮起胆子和阿黑对峙，但这对他来说实在太难了，他向后退了两步，一跤坐在了地上。

"阿黑！"阿稚好像是在责骂，但其实心里很高兴。

她斜了那书生一眼，他的鼻子尖尖的，眼里满是惊惧。

后来书生一直骑着驴走在阿稚的后面，大约他想赶上来，但又不敢。

阿稚只当看不见，慢慢走着。天就要黑了，她在距杨堤还有好几里远的地方停下。

她在一棵大树下坐好，吃了点东西，又喝了几口水，天就完全黑下来了。她跃上树，找了个枝杈，躺下，还挺不错。

阿黑在树下晃悠。

月亮高高地升起来，挂在山顶上，黄黄的，小小的。

远处燃起了一堆篝火。阿稚知道书生也不打算赶夜路了。

丹鱼越来越多，阿稚听到了它们扑打着水花的声音，争先恐后地向上游游去。

半夜里，从上游下来了十几艘大船，船上满是元朝的官兵。

船在杨堤泊下了，一艘艘地排过来，站在树上，隐隐可以看到最后一艘船的灯光。

阿稚也不再睡了，她静静地坐在树上，让袖子里的短剑滑出来，握住，放在嘴里咬着。树下，阿黑也已经醒了，四下张望着。

阿稚仿佛听到什么，收起短剑，从树上跃下，向那堆篝火跑去。

书生已经被绑在了一边，一队官兵围着他，显然是要把他当奸细抓去邀功请赏。

阿稚犹豫了一下，折了一根竹枝下来，把叶子摘去。

一个官兵看见了阿稚，他的脸圆圆的，眼细长，留着短髭，是个蒙古人。他向阿稚走来。阿稚等他靠近了，竹枝倏地刺出去，那个蒙古人无声倒下。阿稚也不出声，竹枝不停刺出，脚下亦不停移动，瞬息间已把官兵都刺倒在地。

她解开绑着书生的绳索。书生的脸苍白："你把他们都杀了？"

阿稚不作声，解开一个官兵的穴道，把短剑放在他的鼻尖上磨着："廓扩贴木儿在哪艘船上？"

"第……第……五艘。"

阿稚重又把他点倒，再解开另一个官兵的穴道。她把短剑收了起来："廓扩贴木儿在哪艘船上？"

"第五……"

阿稚不待他说完，又把他点倒，对着刚刚赶到的阿黑喊："你看着！"话音未落人已向江边跑去。

她提起真气，跃向江中，脚尖轻点，正踩在一条丹鱼的背上，稍一借力，又向前跃了出去，落脚处，又是一条丹鱼。

她一边向下游跃去，一边数着船只的数目，总共是十三艘船，从杨堤数过来第五艘，从上游数下去，便是第九艘。

风呼呼掠过她的双耳，带着桂花冷冷的香。

"为什么一定要我和你们一起走？"

"你不想再被官兵抓住吧？"阿稚冷冷地说道。

清晨时，船上和杨堤镇上都乱成了一团糟，因为官兵发现，他们的大帅——廓扩贴木儿的头，不见了。

那时，阿稚和阿黑，正在渡口处站着。书生骑在驴背上，微微有些气喘。

乳白色的浓雾，笼罩在楚江上。只能看到近处的江水，绿绿的，稠稠的，无声流动。

丹鱼都已经游上去了。

寂静好像有了重量，压得人心沉沉的。

"大爷，大爷！"阿稚的声音穿过浓雾，在江面上回荡。

书生凝神看着阿稚的背影。

阿黑发现了一窝野蜂，它大摇大摆地走过去，擘开蜂巢，贪婪地舔食里面的蜂蜜。野蜂绕着它飞舞，嗡嗡地响。

不存在的孩子

二　　我突然打了个寒战："啊，她养了一个看不见的孩子！"

我四十一岁了，一个人住，想结婚又害怕结婚。

我不是没有过结婚的机会。在我二十出头刚出来工作的时候，曾经有一个女孩子想嫁给我。她长得不错，有点胖，皮肤很白，五官不能说是漂亮但也挺迷人，我曾经很迷恋她，一看到她就想和她上床。但是一旦结婚这件事情开始提上日程——甚至都还不能说是提上日程，她仅仅是试探我是不是想和她结婚而已，我就害怕起来。我一想到我要打扮得人模狗样的，提着礼物去看她的父母，被一群陌生人指手画脚地品评，我就怕得不得了。我也不知道为什么会怕这样的事情，总之，我一意识到有结婚的危险，就立即从她的身边逃开了。

我曾经坚持不懈地爱过一个又一个的女人——不是在和她们在一起时爱她们，而是在她们离开之后才开始爱她们，我永远爱我的前一个女人，前前一个女人，甚至是前前前一个女人，却从未爱过我现在的女人。

"想要有一个爱人在月球。"我的一个女同事曾经这样对我说,"这样我就永远都看不见他,就可以永远思念他,就可以永远保持单纯、干净的心情……"

我也多么希望我的爱人永远地待在月球上,这样我也就能永远地爱着她们。

我四十一岁了,还是一个人住,我在成都一条外表热闹内里冷漠的街道上租了一套房,房里只要稍微有一点油污就会招来蟑螂。我是一个小说杂志编辑,在看过了同时也编造了无数的关于爱情的浪漫故事之后,我自己却对爱情完全失去了信心和兴趣,我对朋友说:"我有结婚恐惧症,我是爱无能。"

我有很多很多女性的朋友,但我从来不会对她们中的任何一个说"我爱你"。即便有时我觉得我好像是爱着她们中的某一个或者某两个、三个了,也很快会对自己说:"或许,我有一点爱她了,但是还不够。"我拖延着,有意地疏远她们,或许我真的她们爱得还不够,但有时我更多地想到的只是爱情那些无聊的老一套:看电影、猜疑、妒忌、发嗲、撒娇、上床、流产、吵架、分手……又要可怕地再来一次,我就畏缩了。

偶尔我也会回忆往昔,回忆我情窦初开(这个词真是肉麻)的日子。那时候的爱情虽然与别的时候的爱情并没有什么不同,甚至更青涩更酸楚,但在现在的我看来,却是纯洁且让人义无反顾的。

我的初恋,是在高中的时候。她的名字我记得很清楚,叫陈丽。现在我似乎是如此地爱她,但在当时我并没有明确地知道这一点。无疑她是非常漂亮的,清纯脱俗,学习又非常好,我在她面前总是会自惭形秽。但我想我当时之所以去追求她,或许更多的是出于为了证明什么的目的,比如我的魅力等等,而不是因为我真的爱她。

那些无聊的小细节我就略过不谈了。我只记得我追了她很久,或许是因为追求她的人实在太多的缘故,她对追求者总是很冷漠。后来我究竟是怎么把她追到手的,现在我已经记不太清了。似乎是她的家境不太好,我带她到县城去泡吧、蹦迪、唱卡拉OK,还买了很多化妆品给她。现在看来那些化妆品也值不到几个钱,但是在当时或许还是挺难买到的吧。女孩子无论如何总是喜欢打扮得漂亮,喜欢男人奉承她,哄她开心,觉得这样有面子。而当时的我,在追逐的过程中,竟也渐渐地爱上了她。我开始有些在乎她,对她说的话也不再全是谎言。我和她上过一次床,不是我的第一次,但也绝不是很多次之后的其中一次。我不是很熟练,而她则是真正的第一次。我们把事情弄得一团糟,很不愉快。

有时候上床这件事真的能把爱情毁掉,尤其是跟一个曾经把爱情想得很浪漫的女孩子上了床之后。后来我们保持一种暧昧的关系，介于分手和恋人之间。对她来说那个晚上实在有些可怕，而我则像所有的男人一样，对已经到手的东西越来越缺乏兴趣。

后来，大概是上床那件事情发生了一个月之后，我就考上了大学，离开了那个地方。而她继续——很多年来我一直这样以为——读她的高中。到大学之后我给她写过两封信，但她一直没有回，很快我就把这件事淡忘了。

直到很久以后，我竟然很偶然地在街上碰到她。像所有的爱情一样，多年之后我们相遇，却几乎无法相认——不，是我几乎无法，或者不如说是不愿意去与她相认。她再也不是原来那个清尘脱俗的少女了，她变成了一个大腹便便、胸部松松垮垮、脸上长着莫名其妙的斑点，为了遮住这些斑点又不得不往脸上擦上许多脂粉的中年妇女。我别过头去，假装没有认出她。而她却跳起来，毫无风度地在公共汽车上高声大喊着我的名字，还招呼我到她身旁的一个空位上去坐。我刚坐下，刺鼻的香水味立刻涌进我的鼻腔。我不得不屏住呼吸，现在我知道为什么她身旁的座位会空出来了。

"我去接儿子，他已经十岁了，正在文化宫学拉小提琴。"她说。我想起我租的房子后面那个拉小提琴的男孩，拉得百无聊赖，十个音中拉错了五个音，并且另外五个拉对的音听起来也像是青蛙在哭。我勉强地笑着，暗想今天真是太倒霉了。而她对我的想法一无所知，完全沉浸在自己的生活中，像所有母亲那样向每一个认识的人炫耀着自己的孩子。

我不得不提前下车。她问我要手机号码，我当然必须给她，但我希望她永远也不要打这个号码，也不要给我发短信，而我，是绝对不会主动去找她的。

可是仅仅是在下一个星期，她的电话就打过来了，约我到她家里去吃饭，顺便见一下她的丈夫和孩子。我不知道她为什么这样急着要让我见到她的丈夫和孩子，如果我们只是普通的朋友，那么这样的情形是很正常的，但我们毕竟曾经不是普通的朋友，我们曾经是恋人，还正儿八经地上过床。我不得不怀疑她不过是想在我面前炫耀一下：你看，我没跟你在一起，不也过得很好？

我随便找了一个借口拒绝了她，但她的迟钝让我惊讶。仅仅隔了几天，她再一次打电话来约我去她家吃饭。我再一次拒绝了，这一次她似乎有所察觉，有很长的一段时间，她没有再给我电话。

每个月我都会给家里打两到三次的电话，我跟我妈什么话都说，对于一个孤独的老男人来说，没有什么比母亲更重要了。在最近的一次电话中，我很随意地提到碰见陈丽这件事，原以为我妈会问我："陈丽是谁？"但出乎我意料的是，电话那头沉默了一阵，然后我听到母亲说："对她好一点。"

我有些惊讶，但并没有在意。没有谁比母亲更关心我，或许我从小到大做的每一件事情她都了如指掌，只是她从来不会说出来，只要我没有把事情搞得一团糟。

大概是在我第二次拒绝了邀约之后一个月，陈丽再一次打电话过来，这一次她的声音似乎有些犹豫："你……是不是不想见我的丈夫？如果是这样，我们……可以在外面吃饭，或者随便什么地方，我就是想找个人说说话。"

这一次我没有理由再拒绝她。

她还是像上次在公共汽车上那样没心没肺的，丝毫没有因为我拒绝了她的前两次邀请而责怪我。我们去吃火锅，是她挑的地方，广福桥街的丰涛黄喉。她已经完全变成了一个四川人，除了她说的成都话还稍微带着一些口音外。她挑了最辣的锅底，吃得至少比我多一倍。在她仍在不断地往锅里下东西的时候，我已经吃得精疲力尽，只能无奈地看着她一个人吃。

"你现在怎么样？"她终于把话题从她的儿子身上转开。

"还不是这样，一个人。"我说。

"你怎么会到成都来的？"

我撇了撇嘴："工作吧……这里有家杂志社问我要不要过来做编辑，我就来了。"我想我应该表现得主动一些，便又接着说下去，"你知道我刚来的时候有多傻吗？我第一次去吃盖浇饭，看到里面有很多青的花椒，我以为那些花椒都是要吃完的，像菜一样。我勉强把那些花椒吃了一半，再也吃不下去了，我当时想成都人真厉害，这样的东西他们都能吃。后来我再也不敢去那家店吃盖浇饭了。"

她笑了起来，很爽朗，把旁边的客人吓了一跳。

"吃完饭我们去喝茶吧？"她说。

我看了看她，她正专心致志地在锅里捞着，看看会不会还有什么东西剩下，我说："好。"

我把她带到李子那儿，是一家我常去的咖啡馆，在人南路"三叶草"的旁边，经常看我博客的人一定会知道。我们坐在书房里，因为这儿比别的地方低一些，所以有时我们也称这里为"地下室"。我们挑了靠落地玻璃窗的座位坐着，才过八点，而且也不是周末，咖啡馆里还没什么人。

李子把柠檬水送上来，问我们要什么。我还是老样子，点了一壶咖啡。而她翻了半天之后，犹豫着要了杯木瓜奶茶。我看了看她的胸，打趣说："你就不用喝那东西了吧？"刚说完我就有些后悔。她一愣，又一次哈哈地笑起来，说："木瓜是催奶的，不是丰胸的。"

说完她也沉默了。我一时也不知说什么好，转头看着窗外。天已经黑了，马路对面的广告牌一闪一闪的，上面很惹眼地写着"后宫私人会所"，而在它下面的另一个广告牌上写着的是"红莲"。

"你……父母好吗?"我终于想到了一个似乎大家都能接受的话题。

我记得她的爸爸是一个严肃的小老头,上衣的扣子总是扣到最上面,受不了任何违反道德的事情,甚至在路上看见人吐痰都要把人家教育一通,所有人都受不了他。而她的母亲则瘦瘦高高的,有点驼背,肩耸着,身体不太好。

"我爸早死了。"她就像在说一件与己无关的事,"后来我妈也死了。"

"你弟呢?"说完我又后悔了,她是不是真的有弟弟,还是妹妹,我记不清了。

这时李子把咖啡和奶茶送了上来。陈丽摆出一副正襟危坐的样子:"谢谢!"

我觉得有些好笑:"你不用这样,这里我很熟。"

她浅浅地吸了一口奶茶,说:"我弟弟在北京。你还是不放糖?"

我笑笑,往咖啡里加了一点牛奶,用勺子随便搅了搅,小心地捏着咖啡杯的耳送到嘴边抿了一口。

"我离过一次婚,"她突然说,"现在这个是我的第二个老公了。还好,上一次没留下孩子。"

"哦。"我不知道说什么才好。

"这奶茶不错。"就这样短短的工夫,她竟然已经把那杯奶茶喝去了一半,"哎,你还记得你们班以前有个叫潘尚才的男生吗?"

我仔细地想了一下,一点印象都没有:"不记得了,不过我也很久没有跟高中同学联系了,其实连大学的同学我都快忘光了。"

"啊,你竟然不记得了。"她摇摇头,"那时候发生了一件很离奇的事情——他竟然把我们班一个叫苏琴的女生的肚子搞大了。"

她说这句话的时候,就像所有别的女人一样,一副你竟然不知道这样大的八卦的神情。

"是吗?"老实说我真是一点印象都没有,按理说如果真出了这样的事我多少会有点印象的,"再要一杯怎么样?这里的柳橙汁也不错。"

她的木瓜奶茶已经喝完了。

她点点头:"你竟然连这样的事都忘了。哎,你说,你是不是曾经暗恋过我?"

我吓了一跳,看了看她。她正在把最后一点奶茶吸进嘴里,吸管在杯底抖动着,发出滋滋的声音,她似乎并不是在开玩笑。可是如果连我们这样的关系都只能算是暗恋的话,那还有什么关系能够算成"明恋"呢?

"李子,再来杯柳橙吧!"我对着吧台的方向喊,然后回过头来问她,"你刚才说苏琴的事情,究竟是怎么回事,我真的没有一点印象了。"

她果然立即把注意力转了过来,双手平放在桌上,把空的玻璃杯推到一边,脸朝我这边凑近了一些,睁大了眼睛,稍稍压低了声音说:"反正潘尚才是把苏琴的肚子搞大了,但是潘尚才考上大学走掉了,那时学校还不知道,要不潘尚才可能连大学都没法考了。一直到下个学期开学,学校才发现苏琴的肚子已经大了,就把她开除了。本来好像还准备发信到潘尚才的大学去,后来好像是因为潘尚才的父母走了后门,学校也考虑到升学率什么的,就没有写那封信。"

她说得有鼻子有眼的,但是我仍然想不起来那时学校里曾经发生过这样的一件事。或许是因为我已经离开了吧。我跟潘尚才既然是同班同学,那么他在上大学的时候,也正是我上大学的时候,后来的事情都是在我离开之后发生的。

她拿起柠檬水喝了一口,继续说道:"后来还发生了很离奇的事。本来按道理苏琴是要被送去医院流产的,但是好像是潘尚才的父母想要这个孩子——因为所有看过苏琴怀孕的样子的人都说肯定是个男孩;他们还偷偷去医院做了B超,连医院也说肯定是男孩——潘尚才的父母对苏琴的父母说,如果生下来是个男孩,就给你们钱,我们把孩子领走。正好苏琴的家里又很穷,后来苏琴就没到医院去。她的妈妈把她藏在家里,一直到孩子生下来。"

她停了下来。李子把柳橙汁用托盘端过来，放在桌上。她点了点头，吸了一口柳橙汁，接着说："结果孩子生下来，竟然是个女孩。潘尚才的父母之前说过只要男孩的，就对苏琴生孩子这件事置之不理了。按理说虽然是女孩但也是他们的孙女啊，可是他们竟然真的连一分钱也没送过来。苏琴的妈妈去找他们，他们连门都不开。后来，那个女孩就死了。大家都说是苏琴把孩子掐死的，当然苏琴不会承认，她的父母也不会承认。孩子死了，就草草埋在坟地里，那个小坟包现在还在。"

她再一次停下，似乎突然想到什么，皱了皱眉，又摇摇头。

我杯里的咖啡喝完了，又从壶里倒了一杯下去："完了？你刚才说发生了很离奇的事，现在这样也不算特别离奇吧？不过潘尚才的父母做得也有点过分了，就算把那个女孩领回去养着，又能怎么样。"

她神情有些恍惚，但一瞬间又回过神来："说到底还是苏琴不该那么随便让人家把自己的肚子搞大。离奇的事情在后面，孩子埋了以后，苏琴突然坚持说孩子还没死，说她听到孩子在哭，就半夜里一个人跑到墓地去，又把孩子抱了回来。"

她做出一个抱婴儿的姿势："她就是这样子抱孩子回来的，你知道吗？我的意思就是这样，她抱着一个看不见的孩子从墓地回来。她妈妈哭，她爸爸打她，可是她一直坚持孩子并没有死，孩子就在她的怀里。特别奇怪的是，她竟然真的有奶水，每天她都会给那个孩子喂几次奶，喂过之后奶水就没有了。她做了全部坐月子的女人应该做的事，除了没有人给她做好吃的补营养之外……"

我突然打了个寒战："啊，她养了一个看不见的孩子！"

她点点头，又喝一口柳橙汁："但是她说她看得见，关键是她做的所有事情全都是真的有孩子的女人才会做的事情。你说她一个十六七岁的女孩，又没有人教她，她要装也装不得那么像啊。但是别人就是看不见也听不见那个孩子，墓地里的那个小坟包也是好好的，没有一点点被动过的痕迹。后来所有的人都认为苏琴是得了神经病，况且也只有神经病才能解释这件事情。但是他们家又没有钱，不可能送她去精神病院，反正她除了坚持自己的孩子还活着之外也没有其他特别的，所以就一直这样过下来。后来我们那里开了好多厂，她刚初中毕业，也不好出去打工，何况还有孩子，就留在家里，靠在厂里面打零工挣钱。"

"是啊，说起来，应该就是神经出了点问题，她太爱她的孩子了吧！"我把杯里的咖啡喝完，又从壶里倒了一杯，已经是壶底的了，特别的浓，特别的黑，也特别的苦。

"她一直在坚持养她那个别人根本就看不见的孩子。"陈丽继续说，"后来竟然还说要送她去幼儿园。她去找幼儿园的老师，但是人家怎么可能收一个这样的孩子，她又哭又闹，说别人歧视她。她的妈妈偷偷跑去找园长求幼儿园假装把孩子收进来。后来没有办法，幼儿园就收了那个孩子，还收了学费开了收据，只不过暗地里再把那些学费退回去给苏琴的妈妈。可是苏琴却以为幼儿园已经收了她的孩子，每天送孩子上学。幼儿园的老师也不得不假装从她手里把孩子抱过来。比较麻烦的是结婚的事，大家都知道苏琴神经有毛病，没有人愿意娶她，就算有年纪太大找不到老婆或者身体残废想将就结个婚的，也被苏琴吓跑了。因为她跟别人见面的时候，总是说自己还带着孩子，就在身边。她走路的时候和孩子牵着手，还要别人给她的孩子买冰淇淋；她把冰淇淋的纸皮剥开，让它一点一点地化掉，却说是自己的孩子吃的；她说你如果跟我结婚一定要对我的孩子好，否则我就不跟你结婚。你说她这个样子，谁能不被她吓跑？"

"是啊。"我应了一声，等着她继续说下去。

"后来，苏琴的爸爸终于被她气死了，她爸爸本来就很严肃很爱面子。本来苏琴读书的时候肚子被人搞大就已经让他很丢脸了，何况现在她还成年累月地在外面说自己有一个孩子。他爸爸被气得脑血栓半瘫痪躺在床上。他们家为了治她爸爸的病花了很多钱，治了几年，还是死了。她妈妈身体不好，一直都是病退的，每个月只有几十块钱；她弟弟还在读书。她自己在工厂打零工,每个月也才三四百块钱;为了治她爸爸的病,又欠了别人和医院很多钱,她爸爸一死,她家里就过不下去了。唯一的办法就是她嫁出去,找一个愿意还债,愿意养她和她的妈妈,又愿意给他弟弟出学费的老公。本来她长得还不错,又年轻,找一个老公不难。谁都知道是因为那个根本就不存在的孩子她才嫁不出去的。她家里逼她,天天打闹,债主和医院的人也来找,后来……"

她停了下来,似乎又想起了什么。我只觉得我自己抖得厉害:"你如果不想说,就算了。"

"不。"她摇了摇头,心不在焉地吸了口柳橙汁,声音有点哑,"后来,苏琴就把那个所有人都看不见,只有她自己看得见的孩子掐死了。她其实总共把那个孩子——那个女孩——掐死了两次,一次是她刚出生的时候,一次是她五岁的时候。然后苏琴再一次把那个孩子埋在那个墓地里,同一个墓地,不过是另一个坟包。"

我没有说话。

"后来她很快就嫁出去了。"她努了努嘴,似乎轻松了许多,"男人都是这样。她带着她的妈妈和弟弟跟着那个男人走了,再也没有回来,也没有人知道他们到底去了哪里。"

后来很长一段时间,我没有再跟陈丽见面,我有点怕她来见我，我们只是偶尔地发一些节日短信暗示着我们还记得对方。大概过去了几个月，我给我妈打电话的时候，似乎是不小心地提到了陈丽说的事情，我说我一点都不记得我们那边有潘尚才和苏琴这样的两个人，问我妈是不是听说过。电话那头沉默了很长一段时间，然后我听到了我妈的抽泣声。

我想我知道究竟是怎么一回事了，我没有出声，也没有挂电话，我想我原来是曾经有过一个孩子的啊！我一想到这个眼泪就止不住地往下掉，我想我是多么地爱她，爱她，爱她，可是我从来没有见过她，而且再也不可能见到她了。

后来，很久以后，我妈打电话过来说，墓地那边要建高速公路，虽然只是从旁边过去，但是上面说，墓地在高速公路旁边很难看，要迁坟。我妈和我爸都老了，没办法办这件事，问我有没有空回去。我马上就请了假，买了当天晚上的机票回去了。

爸妈果然已经老了，虽然每次想到那个孩子和陈丽的事，我的心里就不舒服，但我最终还是什么也没有说。我问我妈迁坟的事有没有通知陈丽，她说没有。我想也没有必要通知她了，她现在不是过得很好吗？她已经完全把自己当成了另一个人了，我为什么还要拿过去的事情去折磨她？

我问我妈知不知道陈丽弟弟的地址，我想，如果不通知陈丽，至少应该通知她的弟弟，因为她爸爸的坟也是要迁的。

我妈惊讶地看了我一眼："她没有跟你说吗？她弟弟把她

的第一个丈夫杀了，后来就被枪毙了。"

"哦。"我说，"那我来迁她爸爸的坟吧。"

迁坟的日子是个下雨天，我找了几个人来帮我挖坟。挖她父亲的坟很容易，埋得很浅，里面只有一个骨灰盒，但是找那个孩子的坟费了我们很长时间，后来还是我妈找到了。原来她以前偷偷地来看过，现在坟包已经被埋在高高的茅草里了，坟前一个小小的石碑也已经歪倒，爬满了青苔。我们挖起来，因为担心挖坏孩子的身体，我们挖得很慢，但是把坟挖开之后，棺材里面却什么也没有。

我们愣在那里。

"另一个坟在哪里？"我问我妈。

她指着远处另一个小小的坟包，那里的草似乎要少一些，没有石碑，草里开着一丛小小的、淡黄的野菊。我不让别人跟过去，我要一个人挖我孩子的坟。我把草拔去，再用手一点一点地把坟扒开。陈丽埋得很匆忙。我很快就挖到了她的手，只有骨头了，枯槁、惨白、瘦小，我挖得更小心了。他们只是在旁边沉默地看，我独自一个人把她挖了出来。把她——我的孩子，我的亲爱的、小小的骨骸——从黑暗、寒冷和孤独中完整地挖了出来！

东柯僧院的春天

三

山门前的杜鹃花依旧开得如火如荼,而僧院却已彻底地坍毁。

　　青城县外八十里有东柯山,密林绝巘,人迹未至。相传山上有座东柯僧院,僧院内的和尚,都已修得阿那含果,断灭诸欲,道行高深。数十年前,曾有樵夫,偶然入得僧院中,住了数日,回到家后却闭口不提这数日内的所见所闻。只是到临死时,才隐约谈起,却也只说"僧院内有许多燕子",又告诫他的子孙,这东柯僧院虽是好地方,却"不寻也罢"!

　　元和三年仲春,秀才刘栖楚与同志七八人,乘小舟,溯溪而上,入东柯山中寻僧院,直至泉源处,却也只见林壑幽深,了无人踪。日渐西斜,书生们都有些心慌,催着艄公把船撑回去。艄公本就不熟山中水道,又被众人紧催,竟将小舟撑到溪石上,翻了个底朝天。溪水虽不甚深,却颇湍急。刘栖楚好不容易抱住一根伸入溪中的老枝,抬眼去寻别人时,又如何寻得到,只隐隐听得呼救之声,渐渐远逝,最后只余鸟鸣猿悲，凄清哀怨。

　　刘栖楚略喘了口气，又定了定神，方才攀着老枝爬上岸去。他四处走了走，寻了一棵老树，爬上去在树杈上靠住。他怀里揣着一张作干粮用的胡饼，虽已被水泡得松软，幸而尚未失落，撕下一小块吃了。此时天已昏黑，山月方起。刘栖楚想起家人，不免掉下几滴清泪。

　　次日清晨，刘栖楚从树上下来，循来路行去。也不知在山中行了几日，渐渐迷了方向，只觉得前后左右，都是一般的山石树木，没什么分别。那块胡饼早已吃完，这几日都是以野果充饥，他愈行愈慢，最后只能倒在一棵老树下，精疲力竭，再也动弹不得。他心中暗想：想不到我刘栖楚竟会命绝于此！又看到不远处几朵山花，于风中摇曳，不禁号啕大哭，直哭到暮色四合。终于哭够了，心里倒没先前那般难过了，身体似乎也有了些气力，便站起来，四下张望，想寻些野果充饥，忽然嗅到一阵淡淡花香，随风飘来。

　　他不由自主地随着那花香寻去。那一夜月朗风清，刘栖楚也不知哪来的气力，直行到半夜，只觉得那香气愈来愈浓，愈来愈纯。忽而如醇酒般甘冽，令人熏然欲醉；忽而又如刀剑般锋锐，足以裂鼻破脑。刘栖楚神魂颠倒，一路行去，不知不觉，走入一道山谷。他借着月光，步入一片老林中，四周皆是合抱的大树，地上一根野草也无，只铺了一层灰白之物。

那香气已不可用气息来形容，竟仿佛是一道绿玉化成的清泉，淙淙流淌。

刘栖楚跟跄行去，猛地瞧见林中一座破败僧院。僧院的山门早已坍毁，门前却有一株杜鹃花，足有一丈来高，林中昏暗无光，却也遮不住那满树繁花的姹紫嫣红。

刘栖楚步入僧院中，大呼道："有人吗？有人吗？"却只听到一阵嗡嗡的回声。他行了一夜，此时才觉得双脚酸麻刺骨，便往地上一坐，片刻工夫，便斜着倒下，呼呼大睡了。

次日醒来，只见满庭荒草，大殿内蛛网密布，梁栋间垒满燕巢，几尊佛像，或断了手臂，或缺了眉眼，欲倒而未倒，佛头上更是落满了灰白鸟粪。

刘栖楚已是饿得头昏眼花，他于僧院内外寻了个遍，只找到几颗酸涩野果，胡乱吃了，觉得略好了些，才听见树林上空似乎有许多的鸟儿，在窣窣地鼓翼飞翔。他步出僧院，勉力向山上爬去，地上铺满了陈年的鸟粪。他找到了几颗野果，还碰上了一窝野蜂，他生了火，把野蜂熏走，饱饱地吃了一顿蜂蜜，又继续向山上爬去。所幸山并不甚高，他一步步挨上去，不时有燕子掠过他眼前，又轻轻飐飐，穿过树木的间隙，直上天际。

他从僧院出来时还是早晨，等挨到山上时，却已是日落时分。只见到阳光从对面山峰后斜斜地射下来，把山谷映得一半通红,一半暗绿。无数的燕子,正在树林上空穿梭飞舞,它们飞入阳光中时,便仿佛变成了祝融的火鸟,遍体艳红如火,而一旦飞入那阴暗的一半,却又仿佛变成了绿色的鱼,正在水中疾速游动。

回到僧院时已是月明星稀。刘栖楚胡乱睡了一觉,早晨起来吃了些昨日寻得的蜂蜜,又提起精神,把僧院内外细细看了个遍。此处虽已破败不堪,但先前的雕梁画栋,碧甍朱瓦,也还隐然可见,看那规模,该是座有百十来个和尚的大寺院,只不知为何会衰败如此。

僧院各处都垒满燕巢,从大殿到香积厨、方丈,甚至茅房,无不为燕子所据。地上更是铺满了陈年的燕子粪便,表面一层踩上去还颇松软,下面的却已坚硬如石。

不时有燕子飞入僧院中,哺育巢中乳燕。它们对刘栖楚的到来毫不在意,大约先前早已习惯了与僧院中的和尚相处,是以如今见到僧院中突然多了个人,也不惧。

刘栖楚在僧院中住了数日,每日皆以蜂蜜为食,竟有些乐不思蜀。燕巢中有颇多燕子蛋,刘栖楚却不愿盗取食用。蜂蜜吃完以后,他便入林中采摘野果。时方仲春,野果多未成熟,入口酸涩,刘栖楚也不在意。

如此过了十来天,一日午间,刘栖楚隐隐听得佛像后有窸窣之声,他转过去一看,只见地上一个深坑,黑沉沉的看不清有何物事。墙上又有一大洞,那声音似乎是从那大洞中传出。刘栖楚俯身细看,只觉得洞中仿佛藏着什么怪物。他寻了根棍子,往里一捅,猛地飞出一只蝙蝠,撞在他脸上,毛茸茸的十分难受,跟着又是一只蝙蝠从洞中飞出。刘栖楚急忙跳到一边,黑褐色的蝙蝠扑打着膜翅,争先恐后地从墙洞中飞了出来,刹那间把大殿遮得一片阴暗。

半个时辰之后,蝙蝠方才尽数从墙洞中飞出,排成长队,直飞出殿外去了。刘栖楚惊魂未定,忽又听到深坑中隐隐有呼吸之声。他吓了一跳,寻了块砖,远远地扔下去。底下传来"哎哟"一声,听着却是个人,刘栖楚这才摸到坑边,大喊道:"下面的是人还是鬼?"坑中传来咿咿呀呀的声音,却不知说的什么。刘栖楚听了半天,才仿佛猜到是"拉我上去"四字,便拿了刚才的棍子,伸入坑中,果然有人握住。他使劲把坑中之人拉上来,抬眼一看,又吓了一跳。

那人蓬头垢面,枯瘦如柴,偏偏又鼓着个大肚子,一看到刘栖楚,就大喊大叫,欢喜无限。

刘栖楚出去摘了些野果回来,给那人吃。那人低头闻了闻,却是不吃,反倒伸手抓了一把坑中的泥土,请刘栖楚吃。刘栖楚摇了摇头,到林中打了些溪水回来,将那人略洗了洗,才看清原来是个龙眉白发的老者。大约是因为长久坐于坑中,不得行动，他的双足已萎缩了，皮肤也因没照到阳光而变得青白，又长了许多的寿斑在上面，看去颇为怪异。

更为怪异的是，方才他从坑中出来时，还是欢喜无限，此刻却忽然变得木讷呆板，仿佛对万事万物，都已无动于衷。他的眼睛由于长久处于黑暗之中，早已瞎了，听觉却是异常的灵敏。刘栖楚发现他唯一感兴趣的，便是燕子的鼓翼声与呢喃声，每当有燕子飞进来，他便缓缓转头，谛听燕子拍打双翅的微小声响，嘴角浮起一丝隐秘的笑意。刘栖楚与他坐了一个下午，惊讶地发现他竟似乎能认出每一只燕子。每当燕子飞入大殿，他便预先把耳朵转向燕巢的方向，仔细地倾听着燕语呢喃，仿佛他能听得懂燕子究竟在说什么一般。

他似乎是以吃土为生，那个深坑或许便是他自己挖出的。有时他又恍似从梦中惊醒，迫不及待地对刘栖楚说着什么。只可惜刘栖楚大多都听不懂，只隐约知道他是此处僧院的住持，法号无虱。刘栖楚并不心急，仍是每天出外寻找野果，空闲时便与无虱坐在一起，听燕子的声音。渐渐地刘栖楚竟也醉心于此了：燕子轻盈地飞过空旷的大殿，那鼓翼声便似清泉从山石中涌出一般清爽；它落在自己的巢内，那呢喃声是如此柔美而高贵。刘栖楚觉得便是人间最美的乐曲也没它好听。

刘栖楚渐渐地听懂了无虱的说话，原来他果真是东柯僧院的住持。数十年前，僧院本是清静无事，和尚们都安心修行，期盼着有一天能修得阿罗汉果，入涅槃境。不想有一年春天，飞来了许多燕子，在僧院中筑巢繁衍。出家人慈悲为怀，自然也随它们去，不加阻止。到了秋天，燕子便飞走了。可是第二年的春天，又飞来了更多的燕子。和尚们原本心如止水，如今却渐渐地被这些燕子搅得有些波动——一些和尚迷上了倾听燕子的鼓翼声与呢喃声，觉得这声音竟是比梵音美妙无数倍。第三年时，便有一个和尚，在清晨的露水中，化成燕子飞去了。

可是，在第四年的春天，当燕子再一次飞来时，僧院中的和尚，竟有一半化成燕子飞走了。到第五年时，所有的和尚都变成了燕子，只剩下无虱一个人，枯守在这僧院中。

无虱心灰意冷，也不再参禅念经，每日只是在大殿里枯坐，饿了便挖身边的泥土吃，几十年下来，竟挖出了一个大坑。而自己也深陷在这大坑中，便是想出来，也出不来了。他长久坐于黑暗中，双目渐渐失明，听力却是愈来愈灵敏。他渐渐地也喜爱倾听燕子的鼓翼声与呢喃声了。他觉得这些声音确乎是比梵音美妙无数倍，尤其是乳燕的咿呀学语，更是如天籁般动听。如今他唯一的愿望便是像他的徒子徒孙一般，也化成燕子，到森林上空去飞翔，去衔来湿泥，在梁栋间筑一个小小的巢……

但无虱的愿望却永远也无法实现了。那一日他试着吃了一颗刘栖楚采回的野果,到了晚上,便觉得腹痛如绞。他对刘栖楚说把他埋在那坑中好了,上面用燕子粪来遮盖。刘栖楚照着做了。

那一年的春天很快地过去,杜鹃花落尽时,最后一只燕子也飞走了。刘栖楚却早已不再想着回家,他静静地坐在大殿之中。此刻寂寥无声,只有黄昏时,蝙蝠从墙洞中飞出,才会有如水泡破裂般的声响,打破这长久的枯寂。他不再外出寻找野果,饿了,便挖取身边的泥土为食。渐渐地,他也如无虱一般,深深地陷入自己所挖出的坑中了。他的眼睛渐渐地瞎了,但听觉却变得异常灵敏。每年的春天燕子飞回来时,他都会从浑浑噩噩中醒来,用心地捕捉着燕子每一丝微小的响动,并为此心醉神痴。也不知如此过了多少年,他也渐渐地老了,他想或许自己也要像无虱一样,葬身于此了。

可是有一天,他似乎听到有人说话,那声音柔美而高贵:"这个人坐在坑里很久了!"另一个同样柔美而高贵的声音道:"是呀!坐在坑里很有意思吗?他为什么不飞出来,和我们一起捉虫子呢?"刘栖楚心头一跳,侧耳去听,怎么突然有人进来了呢?他想。但接着响起的是燕子飞走的声音。他听得出来,这是春条和籽儿,他们的巢在左首十步处,和花红那息的巢靠在一起。他继续侧耳去听,发现大殿里变得热闹起来,不断有人说话:有的在说东边的水洼上有许多的蚊虫，有的在说南边的泥土最适合筑巢，有的在训斥小孩子飞得不好，有的又在说着海枯石烂不变心的蜜语甜言……

刘栖楚的心里一时欢喜，一时忧伤。他拼命地想站起身，却发现自己的双脚酸软无力，于是他伸长双手，在洞壁上爬着，想爬出去，却总也爬不出。猛然间，他觉得眼前一阵明亮。他看到头顶上有光照射下来，猛地抬起双臂，于是他发现自己从坑里飞了出来。身子撞在了柱子上，疼痛无比，可他心里却是欢喜若狂。他拼命地鼓动双翼，又撞在了另一边的墙上。可他顾不上那么多了，他跌跌撞撞地飞出大殿，一摆尾，便从青葱的枝叶间冲了出来。蔚蓝的天空像潮水一般涌下，带着蛮横的爱意，将他淹没……

多年之后，东柯僧院被人们找到。山门前的杜鹃花依旧开得如火如荼，而僧院却已彻底地坍毁。燕子改而在岩壁上筑巢，当夕阳从山的背后照射下来，它们在明与暗间飞翔，一忽儿像艳红的、热烈如火的火鸟，一忽儿又像绿色的、正在水里游动的、自由的鱼。

鸽子

四

现在它们可以自由地在蓝天里飞翔,自由地生与死!

　　张松在省城读大学,一边上课一边在外面做一些兼职。到大二的时候,手头有了一些钱,他嫌住在学校里不方便,就在附近找了一个很小的一室一厅,一个月才五十块钱,搬了进去。

　　房子是砖瓦结构的三层楼,估计是"文革"时苏联援建的,很旧了。张松租的是二楼的一间,屋主早已经搬到城里去住了。大学又在郊外,附近没什么人,这房子空了很久。张松搬进去的时候,里面积满了灰尘,还有许多鸽子的粪便和羽毛。张松也没有在意,把屋子打扫干净,便在此落脚。

　　这幢楼里有很多房子都空着,只住了七八户人家,大多是在附近卖菜的。房子没有阳台,别的住户都是在楼下的空地上晾衣服。张松嫌麻烦,洗了衣服之后,就用竹竿把衣服从窗户伸出去,挂在外面晾着。住在张松楼上的似乎是一对母女，母亲已经有四十几岁了，女儿还小，大概在读初中。

大约因为是老楼，房子的隔音效果很不好。张松白天没课待在屋子里的时候，有时会听到楼上传来似乎是有人穿着高跟鞋走路的声音，有时甚至半夜都会传来这样的声音。张松觉得有点奇怪，因为楼上的母亲是踩着三轮车到处转着卖菜的，母女俩衣着都很朴素，不像是会穿高跟鞋的样子。张松一开始还有些不习惯，晚上会被楼上的声音吵得睡不着，但他也不好意思为了这种小事上去为难人家孤儿寡母。几天后，他慢慢也就习惯了，有时听不见那"笃笃"的声音还有些奇怪。

但是就在他认为一切都还不错的时候，突然有一件事把他惹火了。有一天他上完课回来，把晾在窗外的衣服收进来，正准备要叠好放入简易衣橱里的时候，却发现衣服上落了几根鸽子的羽毛。如果只是这样也就罢了，关键是上面还有鸽子的粪便。张松非常生气，他拎着衣服到楼上去敲门，但敲了半天也没有人开门。张松也没办法，只好先算了。

等天暗下来，母女俩都回来了。张松估计她们都已经吃了饭洗了澡，才拎着被鸽子粪弄脏的衣服上楼。开门的是那个女孩，她有些慌张地看了张松一眼，回头去叫"妈妈"。

房子是和张松住的一样的一室一厅。昏黄的灯亮着，小小的客厅里摆着一张床，一张小饭桌和几张小板凳。小饭桌上有一台很旧很小的黑白电视机，正放着节目。一个奇怪的男孩软软地坐在一张很矮的靠背椅上看电视,听到小女孩喊"妈妈",那个奇怪的男孩慢慢把头转过来,看着张松,然后伸手拉过旁边的两张小板凳一撑,身子离开了靠背椅,瘦弱的腿在身下盘着,他很费劲但也很老练地把小板凳当成他的两条腿,一摇一摆地撑进里间去了。他的脸又瘦又白,张松从没见过这样的男孩,不禁愣在了那里。

这时候那位母亲从厨房里走出来,两手湿湿的,还系着围裙,显然是在洗碗。张松的火气已经消了大半,突然觉得自己上来得太唐突了。他支吾着说明了来意,似乎做错了事的是自己。母亲坚持说他们并没有养鸽子,一定是别人家的鸽子飞过来的。张松看他们家里的境况,也不像是还有地方养鸽子的样子,就说着"对不起",打算下楼回去。这时候忽然听见那个男孩在里间大声地说:"妈,是我养的鸽子把楼下大哥的衣服弄脏了,你让大哥把衣服留下,我明天把衣服洗净晾干了,再还给他。"

他妈妈很为难地笑了笑,对张松说:"他老说自己在外面养着鸽子,可是……他这样子怎么可能在外面养鸽子呢?你如果不方便,把衣服留下吧,我这就帮你洗,明天就能干。"张松怎么好意思把衣服留下来,他连声道着歉下楼去了。

那个男孩给张松留下了非常深的印象,他显然是瘫痪了。而楼上传来的好像高跟鞋走路的声音,一定就是他用两手撑着小板凳在家里走来走去时发出的声音。他的眼神很倔强，也很孤独。张松觉得自己有些怕他，却又有些喜欢他。

张松慢慢地跟楼上这户人家熟悉了，母亲叫解晓红，下岗后骑三轮车到处转着卖菜。妹妹叫文鑫泉，正在读初三准备中考。哥哥叫文渊，从小就得了一种软骨病，小学时还能勉强到学校里念书，上了初中后就没有办法出门了。就是在那时候，文渊的爸爸离家出走，再也没有回来。家里为了给文渊治病花了不少钱，他们的爸爸一走，这个家几乎没办法再撑下去。文渊只好退了学在家里待着，也没有再出去治病。他妈妈只是找一些土方来让他尝试，但一直没有什么效果。

文渊的病越来越严重，性格也越来越孤僻。大概是在一年前，家里开始不时会有鸽子的羽毛和粪便。解晓红问文渊这是怎么回事，文渊说他在外面养了鸽子，但文渊已经很久没有出门了，就算是出门也只能是解晓红用三轮车拉着他在附近转转，怎么可能在外面养着鸽子呢？解晓红猜想是别人家的鸽子飞过来的，但她也不忍心戳穿这个谎言。鸽子来到解晓红家的次数越来越多，几乎两三天就会来一次，只是解晓红自己从来没有碰到过，文鑫泉也没有碰到过。似乎是只有文渊一个人在家的时候，鸽子才会来。

张松知道鸽子经常会来之后，就把衣服也拿到楼下去晾了。他不像解晓红和文鑫泉这样几乎每天都要出门，有时候没课，他一整天待在屋子里，也会听到鸽子飞来飞去扑打翅膀的声音，还有鸽子那温暖的好像泉水汩汩涌出一样的咕咕声。他打开窗户，总能看见一群鸽子猛地从楼上的窗户飞出，在楼顶绕着圈，然后向远处飞去。

中考结束了，文鑫泉考得非常好，考上了市里的重点中学。但是解晓红却很不高兴，因为她拿不出那么多钱让女儿到重点中学去读高中。那天早上，张松又没有课。他正在很无聊地在屋里玩电脑游戏的时候，突然有一对鸽子从打开的窗户飞进来，停在书桌上，头一晃一晃的，鲜红的眼睛看着张松，咕咕地叫着。那是一对很漂亮的黑鸽子，翅膀上有白亮的翎羽。张松试着向它们伸手，它们并不害怕，反倒轻轻地啄着张松的手指。张松看见其中一只鸽子的脚上抓着一张叠好的纸片，他把纸片拿下来，打开来看，上面写着："张大哥，有一件事要麻烦您，请您把这对鸽子带到城南××街××巷十六号。找到一位姓李的大爷，把这对鸽子卖给他好吗？他会给您合适的价钱的。"署名是"文渊"，字写得歪歪扭扭，笔画很细弱，几乎看不清。

张松到楼上去敲门，但文渊并不出来开门。张松只好回到自己的屋子里，那对鸽子还在那里，用充满期待的眼神看着张松。张松伸手去捉它们的时候，它们也不飞走。张松只好按着纸条里的地址找到那位李大爷，那位大爷家里至少养了几十对鸽子。出乎张松意料的是，李大爷竟然愿意用五千元买下来那对鸽子，他说这对玉翅很罕见，其实五千元都还是便宜了。

张松带着五千元回去时，解晓红和文鑫泉都已经回来了。他把那五千元递给解晓红的时候，解晓红惊疑不定，她不相信这钱会是文渊卖鸽子得来的。她认为一定是张松编了谎话，拿自己的五千元来资助他们，好让文鑫泉能读上重点高中。张松只好苦笑，他想如果这样能够让解晓红接受这笔钱，也未尝不可，以后的事情，以后再说吧。张松进去看文渊，他正躺在床上，脸更瘦也更苍白了，他微微对张松笑了笑，说："谢谢！"

直到张松离开的时候，解晓红还在对着张松说"谢谢"，说她一定会把这笔钱还上！

这个小秘密一下子把张松和文渊的关系拉近了。文渊的身体愈来愈弱，现在他几乎已经没有办法再用小板凳撑着走路了。张松没课的时候，会背着文渊到附近的田野里去散步。文渊的身体很轻，张松背着他几乎不费什么力气。有时候张松也会请求文渊带自己去看看那群鸽子，但是文渊从来都没有答应过。他总是说，只要有别的人在，鸽子就永远也不会出现，只有在他一个人待着的时候，鸽子才会来。

不久之后，发生了另一件事，让解晓红一家陷入了困境。

解晓红一直是一大早到蔬菜批发市场去进一两百斤的各种蔬菜，然后踩着三轮车，在城里转来转去地卖菜的。这样卖菜，不仅可以省去各种税费，而且往往还能卖出比菜市场稍高一些的价钱。解晓红卖一天下来，一般也能挣几十元，维持一家人的生活没有问题，但是也有麻烦，就是城管——如果被城管抓到，不仅三轮车和蔬菜要被没收，还要被罚款。

一直以来，解晓红都很小心，城管经常出没的地方她都不去，所以一直没有被抓到。但是这一次她还是不小心被城管扣住了，虽然手脚很快地把三轮车和菜都扔了，人没有被抓到，但毕竟三轮车和一天要卖的菜都没有了。她也没有钱再去买新的三轮车，第二天只好拿一根扁担担起两个竹筐，还是去批发市场进了菜，担着到处卖。只是这样一来自然要比用三轮车卖辛苦得多，卖出去的菜也少得多。

还是在一个张松没有课的早上，突然听到文渊在楼上敲着地板叫自己上去——他们已经有了默契，什么时候文渊想让张松上去，敲敲地板张松就知道。张松上楼去的时候，门已经开着了，解晓红早已经出去卖菜了，文鑫泉读了高中之后，经常两三个星期才回家一次，所以家里只有文渊一个人——和一对鸽子。文渊蜷缩在被子里，很弱、很小，似乎再也没有力气动弹，那两只鸽子立在窗台上，咕咕地叫着。文渊这回没有写纸条，他已经没有力气写字了，他用细微的声音告诉张松把这对鸽子卖到什么地方。张松没有再多问，带着鸽子走了。

这一对鸽子没有上次的那对名贵，但也卖出了三千元。解晓红拿这笔钱买新的三轮车绰绰有余，她还是把这笔钱当成是张松的。张松虽然极力辩解，但解晓红根本就不信。

四年的大学生活即将过去，张松在省城找了份工作，搬到市区里去住了，但他仍然经常去找文渊，这期间他又帮着文渊卖了两对鸽子，每对都卖出了几千元。有一次张松把钱交给了解晓红，另一次文渊却让他把钱偷偷地扔给一户人家。那户人家的境况，从他们住的屋子来看，跟文渊一家一样，条件都不太好。但是究竟为什么文渊要张松把钱扔进去，张松也并没有多问。

八月份的时候，张松得知文鑫泉考上了北京的一所大学。他知道解晓红没有能力支付文鑫泉的学费，于是算了一下自己的存款，只有三千多元，并不够。他想或许文渊会有办法，就找了一个星期六去看文渊。

家里还是只有文渊一个人，文鑫泉高考完之后一直在帮着解晓红卖菜。文渊的身体一直在缩小，现在他的身体大约只有一个两三岁的孩子这么大了。张松上网查过，他也知道这种病一是没有办法治，二是随着病情加重身体会不断缩小，所以从来不在文渊面前提到他身体缩小的事情，怕他不开心。

文渊果然一直在等着张松，他告诉张松地址，说明天那对鸽子会自己飞去找张松。

第二天一早，张松一醒过来，就看到窗台上果然立着一对鸽子。这是一对纯白的鸽子，只有眼睛、喙和足是鲜红的，它们的尾羽多而长，张开的时候就如同孔雀开屏一样美丽。

张松没有耽搁，马上带着这对鸽子到文渊昨天所说的地方去。养鸽人惊讶地看着这对鸽子，他说他从来没有见过如此完美的白孔雀鸽，可他现在只有一万元，问张松愿不愿意卖。张松算了一下，加上自己的三千元，基本上可以交上学费，还可以供上文鑫泉一年的生活费，就答应了。

他没有回家，直接就去找文渊了。文渊家的门开着，里面很安静，他走进里间的时候，感觉好像被一团冰冷的气息撞了一下。他看了看床上，文渊像一个婴儿一样地蜷缩着，已经停止了呼吸。

解晓红一直都不相信那些钱是文渊卖鸽子得来的，她说："如果是文渊养的鸽子，那你告诉我他究竟是在哪里养的鸽子。"张松无言以对。

张松一直没有离开省城，生活也还凑合。解晓红的日子慢慢好过了一些，一存了些钱她就到市区里去找张松，说要还钱。张松无论如何都不要。几年之后，突然有一天，有两个人来找张松。有一个人张松认识，就是买下了文渊最后一对鸽子的养鸽人，另一个人却是一个张松从来就没见过的外国人,他们是带着那对鸽子过来的。

养鸽人自我介绍说他姓王,而那个外国人是他的朋友,是一个吉卜赛人,也是一个通灵者。那个吉卜赛人用蹩脚的中文对张松说:"这对纯白的鸽子,是人的灵魂变成的,人的灵魂!"张松从养鸽人手里接过那对鸽子,轻抚着它们的羽毛。吉卜赛人接着说,"我能感觉到这对鸽子的心里还残存着那个人的记忆,虽然只有很少很少了,时间过去得越久,这记忆就会越来越少。"

张松并不感觉意外,他想起自己住在文渊楼下的时候,永远都是先看到鸽子从文渊的窗户里飞出去,而不是相反。他想象着那十只鸽子——那文渊的三魂七魄,如鲜花一般从文渊病弱的身体里绽放出来,化成十只鸽子,从窗户飞出去,飞进明媚的阳光里,飞进蔚蓝的天空里。

张松把那对鸽子带去给解晓红。他没有再去找另外的八只鸽子,就让它们分开吧,当它们在一起的时候,它们只拥有一个病弱的肉体。而现在它们拥有整个世界,现在它们可以自由地在蓝天里飞翔,自由地生与死!

鹤川记

> 五
>
> 为什么上天把翅膀赐给了鸟儿,却没有赐给人。

楔子

唐长安年间,处州青田县民阴隐客,在自家的后院挖井,挖了一千多尺深,仍未见水。阴隐客不死心,继续督促工人向下挖。又挖了几十丈,突然挖出一个大洞,从洞内透出光亮上来。向下望,只见云雾缭绕,隐隐有鸡犬之声。工匠们见到挖出了这样一个大洞,颇为害怕,纷纷爬到地面上,逃走了;只剩阴隐客一人,留在下面。阴隐客为了挖这口井,不仅散尽了家财,还欠了一屁股债。他留在深井里,心中想道:"上去亦是没有出路,不如一股脑跳下去,是死是活,听天由命算了。"

他果真就跳了下去,先是在云雾里悠悠荡荡地落,什么也看不见。忽然就从云雾里穿了出来,只见崇山峻岭,连绵盘绕，和人间的景色并没什么两样。阴隐客摔在一堆腐叶上，晕了过去。不知过了多久，醒了，只觉有些头晕，倒没受什么伤。他摇摇晃晃站起，一步一步向山下挪去。渐渐就看到了一些奇妙景致——大如车轮的蝴蝶、散发出醇酒浓香的泉水、叮咚作响的树叶、五彩的鹿，还有拖曳着长长尾羽的色彩斑斓的大鸟。

下到半山腰，看见山谷里散落着许多金碧辉煌的宫殿，一些道士装束的人，在宫殿里出出进进；还有另一些道士，在山间砍柴。阴隐客来到了一座宫殿的大门前，门吏看见他，急匆匆跑进去禀报；另有一些道士，把阴隐客围了起来，问他是如何来的。阴隐客把自己的遭遇说了，他们听罢，都啧啧称奇。

不一会儿，从宫里走出一个紫衣人，大声宣布道："着门吏领来人去醴泉饮水，再去乳泉沐浴，而后，送回人界。"门吏便领着阴隐客向山上走去。醴泉之水醇香如酒，阴隐客只喝了两口下去，便觉神清气爽，骨骼轻健；乳泉在山的另一边，泉水洁白如乳，阴隐客用乳泉的泉水沐浴之后，不仅皮肤变得白皙细腻，连已经花白的头发，也重新变得乌黑。然后，门吏领着阴隐客向另一座山走去。

山顶上有一扇高达数丈的大门，门吏给守门的卫士看了通关文书，大门轰然而开。那门吏道："代我向赤城贞伯问声好。"便将阴隐客向外一推,阴隐客一个踉跄冲了出去。只是晕晕乎乎在云雾里飘,不知不觉间,已落到地上。一问,竟是在青田县城外,但时间已过去了几十年了。回去找自己的家,早已成了一片废墟,原先那口井,也已成了一个深坑,杂草丛生。再打听赤城贞伯,却是一个老乞丐,在城外破庙里居住,也不知多大岁数。赤城贞伯告诉阴隐客,他所遇到的仙境,叫鹤川,在道教三十六洞天中,排在第三十。

后来,阴隐客也不再过问世事,潜心修道;二十年后,有樵夫在括苍山里遇见了他,依旧是三十岁上下的样子,再后来,就不知所终了。

据唐杜光庭之《洞天福地岳渎名山记》,道教有三十六洞天七十二福地,但他只列出了三十六洞天七十一福地,第七十二处福地位于何处,他隐而不言。

第一章 婆稚阿修罗王

"龙神八部"又称"天龙八部"或"八部众",是佛教天神,其中包括天众、龙众、夜叉、乾达婆、阿修罗、迦楼罗、紧那罗、摩睺罗伽,共八部,是佛教中的百万大军。

天众即天神,天神的地位并非至高无上,但可比人享更大、更长的福祉；天神也会死，临死前会出现衣服垢腻、头上花萎、身体脏臭、腋下出汗、不乐本座等五种症状。

龙众即龙神。龙生活在水中，是水族中最有力气的，且常自海中取水上天，降雨于人间。人们认为，天众与龙众是最显灵圣的神祇。

夜叉是一种鬼神，夜叉的本义是能吃鬼的神，又可释为敏捷、勇健、轻灵、秘密。其种类有地夜叉、虚空夜叉、飞行夜叉和巡海夜叉。夜叉的队伍庞大，如北方毗沙门天王手下便有夜叉八大将保护众生，另外还有十六大夜叉将，各率七千小夜叉，仅此即有十一万两千之众。

乾达婆是天上的香神、乐神。

阿修罗善妒，权力和能力都很大，常疑心佛偏袒帝释，佛说"四谛"，他偏说"五谛"，常与帝释大战，因阿修罗王有美女而无美食，帝释有美食却无美女。大战结果却是阿修罗大败，匿入莲藕孔中不敢出来。

迦楼罗是金翅巨鸟，两翼展开达三百三十六万里，头上有大瘤，其实是如意珠。据说其鸣声悲苦，每天要吃一个蛇王和五百小蛇。由于终生食蛇，积聚毒气极多，临死时毒发而自焚，肉身燃去，只余一只纯青琉璃色的心。

紧那罗之意为非人、歌人，是帝释的歌神，专奏法乐，但样子奇异，头上生有一只角。

摩睺罗伽是人身蛇头的大蟒神。

青田县城东北角,紧靠着瓯江,有一间小小的寺庙,叫无相寺。山门进去是天王殿,左右却并无四大天王,只在正中供着弥勒佛与韦驮;正殿内供着一人高铜铸镀金释迦牟尼像;右边是罗汉堂,供着十八罗汉;左边是伽蓝殿,供祇陀和给孤独长者像。

无相寺旁一条小胡同里,住着一位婆婆。青田县城里的人都认得她。每天,她提着一口黄铜长颈大茶壶,走街串巷,叫卖茶水。但是谁也不知道她究竟有多大岁数,又是从哪里来的,更不知道她的名字。其实她也不需要什么名字,人们见到她,就说:"茶婆,过来,倒碗热茶。"茶婆就佝偻着背走过去,滋滋地把壶里的热茶倒进茶碗里。

开元元年的冬天,有人把一个刚足月的男婴,丢在无相寺的大门前。寺里都是和尚,带不了这个婴儿。茶婆就把婴儿领走,说好了到他七岁的时候,就送到寺里做小沙弥。从此,茶婆后面就多了一个男孩,从他能够摇摇晃晃走路,到牙牙学语,再到能够提着一竹篮的茶碗,一直跟在茶婆后面,亲亲热热地向每一个主顾打招呼。时间很快过去。终于,到了开元七年,茶婆把男孩送进了无相寺。住持给男孩取了个法号,叫智空。

出家生活简单枯燥。早课，晚课，撞钟，扫地，智空唯一的乐趣，就是在清早扫地的时候，能够在寺庙外和茶婆见一面。有时，茶婆会带一些吃的给智空；有时，是一双新纳的布鞋；更多的时候，茶婆什么也没带，只提着一大壶茶来。两个人，在山门外的石阶上，静静地坐上这么一小会儿，什么也不说，只是看着太阳慢慢爬上来，听着清脆嘹亮的鸟鸣，闻着从寺后飘来的水的气息，就是极大的享受。

而后，智空进庙里去做早课，茶婆提着茶壶，到码头去卖茶。她的主顾大多是码头上的苦力，花一文钱买一碗茶，凑合着啃几口大饼，就算把早餐对付过去了。

这天早上，茶婆没有来。

智空做完早课，跟师父告了假，到小胡同里去找茶婆。

清晨的阳光还没能照到胡同里。在高高的石墙下，智空一个人，心里空空的，向茶婆住的小屋走去。青石板上的露水还没干透，一只老母鸡带着一群毛茸茸的小鸡，在路边觅食，被智空匆忙的脚步惊散了。

屋里空空的。两个底部已被烧得黑黑的茶壶，高高地吊在房梁上。

智空在小屋里等了半天。胡同里逐渐嘈杂起来，对门王屠夫家里传出了猪的尖叫声；隔壁铁匠铺的炉子生火了，风炉发出呼呼的鼓气声；私塾里，孩子们在跟着老秀才念《诗经》；一辆牛车吱呀吱呀地走过……

智空再也坐不住了。他冲出门，跑到城隍庙里，跑到瓯江岸边，跑到县衙大门前，跑到码头上，问路上的每一个人："婆婆呢？我的婆婆呢？"可是，没有人知道。

天很快就黑了。智空回到小屋里，呆呆坐在门槛上，问每一个路过的人："见到我婆婆了吗？见到我婆婆了吗？"可是，一直到点灯的时候，仍然没有人知道。

月亮升起来。灰白的月光冷冷照着，透过窗棂，在地上画出了几个黑黑的方格。方格逐渐变扁，又逐渐拉长，夜越来越深，智空终于睡着了。

是婆婆吗？是婆婆吗？智空追上前去，不，不是。啊，这一个是了。可是，她像幻影一样消失了。当她再次出现的时候，已经在数十丈外，智空跌跌撞撞追上去："婆婆，婆婆，等等我！"婆婆回过头来，慈祥地看着智空。可是，当智空眼看就要追到的时候，她再一次像幻影一样消失了。

"智空，智空。"

智空醒了，面前是婆婆橘子皮一样老皱的脸。

"婆婆！"智空扑到婆婆怀里，呜呜地哭起来。

茶婆把智空紧紧地搂在怀里："不哭，不哭，婆婆不是回来了吗？"

"智空以为婆婆不要智空了。"

"婆婆怎么会不要智空呢?你看,婆婆这不是回来找智空了吗?"

智空在茶婆怀里有一声没一声抽泣着。茶婆用自己的衣襟给智空抹泪。渐渐地,智空又睡着了。

当智空再次醒来的时候,发现自己正在飞。

"智空醒了吗?智空不怕,智空又怎么会怕呢?跟着婆婆,什么也不用怕。智空喜欢在天上飞吗?以后婆婆也教智空怎么在天上飞……"

其实智空一点都不怕,相反,他还非常喜欢在天上飞的感觉。他们飞得并不是很高,智空可以清楚地看到屋顶迅速向后退去,然后是码头,然后是瓯江波光粼粼的江面,然后,是黑沉沉的松林。

这儿曾经是智空的天堂。地上铺着一层厚厚褐色松针,智空喜欢赤着脚走在上面。在松林的边缘或者松林中能看见蓝色天空——好像松林的天空总是蓝色的,长满了小灌木和羊齿蕨。女人在松林中弯腰,挥着镰刀,把羊齿蕨割下来,一担一担挑回家,晒干,拿来烧饭,不仅火势旺,而且饭中还掺杂着淡淡的草香。野鸽子在松林深处咕咕叫着;彩色的山鸡突然从小径旁的灌木丛中跃出,扑棱棱飞过智空的头顶,消失在另一边的灌木丛中。智空在松林里游荡,直到天黑;绽开的松球,静静躺在松树底下。

不知不觉间，婆婆带着智空缓缓降落在松林里。月光似乎暗了些，是因为松针过于茂密的缘故吗？不，智空不知道。

在朦胧的月色中，智空隐约看到，一个道士站在一棵老松下。他似乎还很年轻，在他左手的掌心上，一个鸡蛋大小的光球，滴溜溜转着。

茶婆把智空藏在了一棵菩提树上。她驼着背，静静地面对那个道士，右手不紧不慢地从头上拔下了一支黄铜发簪。

月光越来越暗了。

"妙善。"那道士开口了，"你打得赢我吗？"

"赢不赢，打了才知道。"茶婆冷冷道。

"哼，你为了盗得本教的三十六洞天七十二福地总图，在青田县城卖了二十年茶水，如今不打一打，就平白无故交给我安期生，心里必定有些舍不得。"

月光终于完全消失了。智空抬头望天，但天上并没有月亮，在原来悬挂着月亮的地方，只留下了一个模糊的黑影。

而安期生手中的光球却越来越大，越来越亮。他头戴远游冠，身披鹤氅，右手握一柄银光闪闪的拂尘。

茶婆慢慢将那支黄铜发簪高举过头，簪尖朝上，轻轻晃动着。

智空隐隐觉得，似乎松林里的所有松树，都有了一些变化。

然后，茶婆把发簪朝安期生一挥，松林里所有的松针，都像箭一般，向安期生激射而去。

智空觉得自己落入了墨绿的波涛之中。在菩提树的四周，松针咻咻飞过，有几根松针与菩提树靠得太近，射在了树枝上，竟将那根碗口粗的树枝射断，那根枝条从树上落下，离地面还有一丈多高，就已被亿万数的松针射为齑粉。

在这墨绿的波涛中，光球逐渐增大，脱离了安期生的手掌，闪着耀眼的光芒，一寸一寸向茶婆逼近。而松针射到了安期生身前一丈处，也像碰到了一堵铜墙铁壁般，被反弹了回去。

光球越来越近，冷冷的光照在茶婆布满皱纹的脸上。智空清楚地看到，她脸上鼓起了蚯蚓一样的青筋。

"婆婆，婆婆！"智空从树上跳下，向茶婆跑去。

"智空，你不要过来！"茶婆高声叫道。

松针的波涛消失了，智空不顾一切地向茶婆跑去。

茶婆扭头看了智空一眼，吐出了一口鲜血。她从怀中掏出一个金钏，奋力向光球砸去。

安期生惊叫道："你这又是何苦？"

但金钏已经将光球砸碎。它无声地爆开了，刺目的光芒令智空眼前一片漆黑。

智空凭着感觉跑向茶婆，但不知被什么东西绊了一下，倒在地上。

他翻身站起。光芒已弱了许多,他隐约看到茶婆在地上躺着。他奔跑着,任由荆棘划破他的手和脸。

他终于跑到了茶婆身边,他把茶婆紧紧抱在怀里,高声哭喊:"婆婆,呜……你不要死,我不准你死!"

茶婆抬起手,抹去智空脸上的泪水,道:"哭什么?婆婆迟早要离开你的。自从婆婆见到你的那一天起,我就知道迟早有这么一天。婆婆为了盗这张图,在青田卖了二十年茶水,出入鹤川上百次。如今图算是被我盗出来了,但道教那么多神仙鬼怪,又怎会轻易放过婆婆。婆婆只是没想到,第一个,就碰上了安期生。这张图,只好交给智空了,这是婆婆拼了命换来的,智空一定要好好拿着,亲手把它交给长安兴福寺的道宣律师。还有这件幔衣,是婆婆前几天赶着为智空做的,可惜还没试合不合身,就要离开智空了。难为你了,智空,成或不成,听天由命吧!"

茶婆说完这些话,就缓缓闭上了眼睛。她的身体渐渐地模糊起来,最后,便如一缕轻烟、一场旧梦般,在智空的怀里消失了。

只剩地上那张图,还有那件簇新的幔衣,令智空不再怀疑,这不仅仅是一场梦。

月光如灰银一般亮着,松涛在山间回响。

什么东西在草丛中闪着光。智空走过去将它拾起——是一只金钏。借着月光,智空看见金钏上刻着一行阴文小篆,是"初禅天大梵天王座下龙神八部众婆稚阿修罗王妙善"。

第二章　天师叶法善

智空觉得自己身体里的某一部分,已经失去了。他的心空空的,他不敢相信一天之内,他的生活会发生这么大的变化。这一切意味着什么呢?他不知道,也不想知道。他默默地哭泣,为了自己,为了茶婆,也为了这无法把握的世界。

他在松林里奔跑,却不知道自己究竟要跑向哪里。沉睡的野鸽子被他惊醒,它们扇动翅膀,在月光里漫无目的地盘旋。

他被树根绊倒了,重重地摔在地上,鼻子里流出温暖的、略带甜味的液体。

生命,亦如这暗夜中的奔跑,谁也不知道下一步,究竟会踏中什么。是平实的地面?是深深的陷阱?或者什么也没有,就此堕入无尽的虚空之中。

他停下了,他听到了瓯江和缓的呼吸,她湿润的气息,多么像深埋在他黑暗记忆最深处的母亲。

他缓缓走出松林,他被江水那异乎寻常的美深深打动,如此平静，如此神秘，如此忧伤。

　　这是上天赐给智空的最好的礼物。智空沿着江岸踽踽而行，略带鱼腥味的江风吹拂着他的面颊，他的心渐渐平静了，他似乎忘记了刚才发生的一切，沉入无边无际的迷幻般的微喜之中。

　　走了多久呢？智空没有计算，他只盼着能够就这样走下去，一直走下去，无休无止。

　　但这是不可能的。似乎有什么东西，在把瓯江上游的空气，向下游挤压；江面也不再平静，先是起了一些微小的涟漪，然后，就如一块起皱的地毯一般，波涛涌起，越来越高，从江心向两岸直扑过来，重重地拍打着河滩，骇人的涛声，如同地狱里无数灵魂的哭喊。

　　忽然，月亮似乎是被什么巨大的物体遮住了。智空抬头仰望，一艘巨大的船只，从上游驶来，像一个硕大无朋的黑色梦幻。而在它的后面，一艘又一艘和它一般大小的船只，也正缓缓驶来。

　　这是运粮的船队，它们的每一艘船，都有三四层楼高，它们将驶入长江，到扬州后，进入大运河，一直向北行驶，直到东都洛阳。

　　在这庞大的船队中，有一艘船，显得颇为特殊。它不像其他的运粮船那样，黑灯瞎火，而是灯火通明，从船上还隐隐传出琴箫和奏之声。

从这艘船上,放下了一只小舢板,两个人摇着橹,一个人背着手立在船头,长袖飘飘。小舢板借着水势,渐渐向智空划来。

智空突然对他们产生了莫名其妙的恐惧,这种感觉没有任何的理由,却是如此的强烈。他转身奔跑,跑过布满砾石的河滩,跑过长满荆棘的灌木丛,跑进了松林里。一直跑到他觉得自己的肺就要爆炸了才停下,他靠着一棵松树,呼呼喘着气。

可那异样的恐惧依然萦绕在他的心中。他转头,一个道士就站在他的身后,目光中全是嘲弄。

智空转身就跑,可没跑出几步,那道士的手就抓住了他的衣领,把他提了起来。

智空挣扎着,像一条被拉出了水面的鱼。

舷梯仿佛没有尽头。智空稍微走慢一点,那道士就重重地朝智空的屁股踢上一脚。

琴箫之声愈来愈清晰,一个女子用圆润绵软的嗓音唱道:"门前好山云占了,尽日无人到。松风响翠涛,槲叶烧丹灶,先生醉眠春自老。"

歌声细腻柔软,却又杂着一点儿野气。

他们在一扇木门前停了下来,门上雕了许多大小不一的鹤。

那道士道:"徒弟郝劲道拜见师父。"

歌声戛然而止,里面有人道:"小沙弥呢?"声音沙哑而苍老。

郝劲道道:"在这里。"

里面又道:"带进来。"

门无声地开了。房内弥漫着竹叶的清香,仿佛这不是在船上,而是在月光下的竹林里。

一个老道,静静坐在一张古色古香的七弦琴后。刚才那个唱歌的女子,却已不知到哪里去了。

老道看着智空,微微一笑,右手小指轻轻拨了一下琴弦,叮的一声,琴音清澈而嘹亮。

老道道:"小和尚,好好听着,这可是我花了五百年时间,才琢磨出来的曲子。"

说罢,他便自顾自地叮叮咚咚弹起来,弹到得意处,还随着曲子的节拍摇头晃脑。

智空对音乐一无所知,看着那老道一副怡然自得的样子,心中感到颇有些好笑。

郝劲道似乎也对师父的曲子不怎么感兴趣,但又不敢表现出不耐烦的样子,他在智空身后垂手而立,险些把呵欠也打出来了。

忽然啪的一声,琴弦断了一根。

老道摇摇头,叹了口气,道:"意犹未尽,意犹未尽。"

他看了看智空,一丝狡黠的笑容闪过他的面颊,仿佛一个小孩突然想出了一个很好玩的捉弄人的法子。

"你过来。"老道向智空招手道。

智空也不知他要搞什么鬼,便向前走了两步。

老道伸出一只瘦骨嶙峋的、指节间全是老茧的手,握住了智空的左臂,轻轻地揉搓着。

智空心里有一种奇怪的感觉,似乎自己的手臂在逐渐变细,变长。然而很快他就知道这绝不仅仅是感觉而已。他看着自己的手臂慢慢地从袖子中伸出来,像一根藤蔓一般,只是藤蔓是越长越粗,而智空的手却是越来越细,越来越长。

智空终于忍受不住,尖叫起来。他尖叫并不是因为疼痛,而是因为恐惧。

老道轻轻摇了摇头,并不理会智空的尖叫,继续揉搓着智空的手臂,看他那认真的样子,就像一个待字闺中的少女在绣自己出嫁时要穿的衣裳。

智空也不知自己究竟叫了多久,终于,他的嗓子哑了,他再也叫不出来了。他轻轻地啜泣着,毕竟他还只是一个孩子。

老道把那根断了的琴弦从七弦琴上取下,然后,把智空的已经被揉搓得极长极细的左臂安了上去。他朝智空做了个噤声的手势,便继续弹起琴来。

一开始,智空还能感觉到自己手臂的颤动,这颤动是如此的迅速,令智空想到蜜蜂翅膀的扇动。渐渐地,智空的手臂麻木了,他的感觉和心智也麻木了,他不再抽泣,他完全陷入了虚空之中。

这是恐惧带来的虚空。疼痛能使人喊叫,使人哭泣,使人晕厥;而恐惧,却使人陷入虚空,当一个人的恐惧达到了极致,他也就落入虚空的底部,那是另一个世界,一个虚幻而快乐的世界。

琴声停止了。智空朝老道笑了笑,自己把手臂从琴上取了下来,他仔细地把这又细又长的左手缠在自己的腰上,仿佛他已这样做过千百次一般熟练。

老道似乎已对这一切感到颇为厌倦。他朝郝劲道挥了挥手,道:"带他下去吧!"

郝劲道牵着满脸笑容的智空,退了下去。

一位气度雍容的女道士从屏风后转了出来,手中握着一管玉箫。

老道道:"图不在他身上。"

女道士道:"我们不过迟来了两个时辰,他能把图藏在哪儿呢？"

老道道："不如把他杀了，我们拿不到图，也绝不能让佛教的人拿到。"

女道士若有所思地看着手中的玉箫，并不言语。

这是一间小小的舱室，涛声透过薄薄的船板传入智空的耳中。

没有灯光，更没有月光，舱室里一片漆黑。

智空从恐惧中苏醒过来，但这并不意味着恐惧已离他而去，不，恐惧依然包围着他。他不由自主地发抖、啜泣，断断续续地回忆着与婆婆在一起的日子。

他睡着了。

又从噩梦中惊醒，再一次入睡。

他忘了吗？忘了吗？他下意识地要把那段记忆忘却，他究竟把图藏在了哪儿呢？他忘了吗？如果人能够想忘掉什么就忘掉什么该多好啊！那么人生将不再是一场无法逃脱的苦役，而是一次无休无止的极乐之旅。

智空被人摇醒了。他迷迷蒙蒙地睁开眼睛，是一个三十多岁的女道士，细细长长的丹凤眼，威严，神秘，又带着一丝淫邪。

智空把头转过一边,紧抿着嘴唇。

女道士把她白腻而修长的手伸到智空眼前,她的手中不知握着什么东西,那东西发出柔和而温暖的光芒。女道士把手慢慢张开,一个朱红色的夜明珠在她的掌心中转动着,仿佛是一团拥有生命的火焰。

智空伸出右手,握住夜明珠,用大拇指轻轻地摩挲着夜明珠光滑的表面。

"喜欢吗?送给你。"女道士说。

智空把夜明珠贴在面颊上,细心体味着它的温暖。

然后,他把夜明珠还给了女道士。"我不要你们的东西。"他说。

女道士笑了。

她站起来,转身离去。

脚步声逐渐消失。

智空突然从地上爬起来,拼命地敲着舱壁。

"有事吗?"女道士的声音,似乎就在耳边。

"那老道是谁?"

"叶法善。"

"我要告诉婆婆!"

"你忘了,你的婆婆已经死了。"

智空紧紧捏着拳头,无声地哭了。

第三章　功德尼寺

水，水，水，全是水。

铁锚冷冷地贴着智空的背。

透过水面，智空看到郝劲道扭曲的身体。他一只手提着缆绳，另一只手上下挥舞着，嘴巴一张一合，也不知在喊些什么。

智空被野蛮地拉起，阳光突然打在智空身上："说！快说！图在哪里？"

水花溅起，阳光消失了。

水，水，水，全是水。

智空从未想到过水会变得这样可怕。以前，在瓯江的浅滩，智空常常和小伙伴们比赛谁憋气憋得久，他总是最后一个从水里伸头出来。

可这一次完全不同。

智空觉得天空越来越暗，黑夜提前将他包围了。

模模糊糊地，他听到一个甜美的女声喊道："叶法恶，郝弱道，快把小和尚交出来！"

智空醒来的时候，天已经黑了。

他睡在一张软软的、散发着阳光的香味的床上。

智空心满意足地翻了个身,又睡着了。

不知过了多久,他被惊醒了,是阳光,耀眼的阳光,从窗口澎湃而下。他迷迷糊糊地揉着眼睛,看见一张秀气的脸,是一个小姑娘。"姐姐,姐姐!"小姑娘兴奋地冲了出去,边跑边喊,"他醒了,那个小和尚醒了。我就说那药有用嘛,你还说什么死马活马的……"

声音越来越小,也不知她究竟是跑去哪里找她的姐姐。

智空第三次醒来,已是黄昏。

两个女孩在窗外低声地说着话。

"前几日在兜率天听弥勒佛说法,那个目连罗汉,两眼直愣愣地盯着姐姐,口水都快流出来了。"

"不许胡说!"

"我不是胡说,我说的是大实话。其实目连罗汉长得也还行,和姐姐站在一起,还不至于丢姐姐的脸。"

"你怎么越说越难听。"

"这就叫难听吗?还有更难听的呢。你还没听到泰山那个老虔婆说的话,听到了,非把姐姐气晕不可。"

"碧霞元君说什么?"

"她说,咱们功德尼寺已经被叶法善拉拢过去了,而且姐姐也已经和叶法善……"

"不许说了!"

"我就说姐姐听了非气晕的嘛!其实那个叶法善人老不说,还整天捧着一张八弦琴到处招摇,看到了都恶心。那天他拿着一颗避水珠,就想让姐姐把功德尼寺搬到鹤川去,根本就是癞蛤蟆想吃天鹅肉。不要说一颗避水珠,就是十颗,一百颗,又能怎样?……"

智空轻轻从床上爬起,赤着脚,向门外走去。

两个穿着灰色僧衣的尼姑,并排坐在屋外的草地上。一个只有十六七岁上下,另一个稍大些,但也不到二十岁。

一只鹦鹉,在她们身边一摇一摆地散步。

那个年纪小一些的尼姑看见了智空。她忽地从地上跳起,指着智空,跺着脚道:"姐姐,姐姐,你看,那个小和尚偷听我们说话,真讨厌,我说的话全被他听去了。"

这是怎样一个小尼姑啊!智空像被钉子钉住了一样,定定地站在门边,看着她的眼睛,她的脸,她的薄薄的嘴唇,还有她左耳垂上那只银质耳环。在那一刻,智空只想着,自己如果有一天能变成一只耳环,戴在她的左耳垂上,那该多好啊!

"姐姐,姐姐,你看,他——他还色迷迷地看着我。"

她姐姐一阵急碎步走过来,牵着智空的手,把他拉回了房里,道:"你刚恢复元气,不要到屋外去,被风一吹,就不好了。"

智空恍恍惚惚上了床,躺下,任由别人给他盖上被子。心里只是想着,世上怎么会有这么美的小姑娘?世上怎么会有这么美的小姑娘?

"你的手还难受吗?"

智空抬起自己的右手,摇摇头,又抬起自己的左手。

我的手好了?他想,可是,她会生我的气吗?她还会来看我吗?

"你在干吗?"

"……"

"你是不是叫圆瑛?"

"……"

"你为什么不理我?"

"……"

一阵清风吹过竹林,竹叶相触碰,发出清脆的声响。

"逍遥子,你快回来!"

鹦鹉在空中绕了个圈,重又落在圆瑛的肩上,歪着头看着智空,道:"傻瓜,傻瓜!"

"这些草晒干了就像一只鹤。"

"是呀,它就叫鹤子草。帮我把它贴到这儿好吗?"

智空很小心很小心地捏起一片鹤子草,把它贴在了圆瑛的额头上。

"这种草还有一个名字。"

"叫什么？"

"媚草。女孩子的脸上贴了这种草，就能让男人神魂颠倒。"

"是吗？"

"你看。"圆瑛从腰间摸出一只浅紫色的香囊，用食指和大拇指，小心翼翼地拈出一只赤黄色的蝴蝶，"这是媚蝶，是吃媚草的叶子长大的，漂亮吗？"

圆瑛重又把蝴蝶放回了香囊里。

"带你去个地方。"

圆瑛牵着智空的手，向山上走去。他们一直走到了山顶，四周是茫茫云海。

"莲花儿，莲花儿！"圆瑛喊道。

两朵巨大的白莲从天边飘来，不偏不倚地，落在了智空和圆瑛的脚下。

圆瑛道："上去。"

莲花悠悠乎乎升起。智空有些紧张，他蹲在莲花的中央，两手紧紧抓住花瓣。

鹦鹉绕着智空飞着，不停地喊："傻瓜，傻瓜！"

他们越飞越高。阳光像用清水洗过的一般纯净，向下望去，一些蓝色的湖泊在群山间沉默着。

"我们会飞上三十三天吗？"智空问道。

圆瑛笑了，她道："不，我们现在正在去找阎罗王。"

他们降落在一个飘浮在空中的平台上。圆瑛牵着智空，来到平台的中央，那儿立着一堵巨大的气墙。

圆瑛道："你伸头出去看看。"

智空把头伸进气墙里。他被眼前的景象惊呆了，其实他一开始根本就弄不清楚自己究竟看到了什么——无底的深渊，深渊里有个大得无法想象的老尼姑，在老尼姑旁边，立着一个同样大得无法想象的香炉，香炉里的香，每根都粗得像一座山。

智空把头缩了回来，惊道："天上的神仙都是这么大吗？"

圆瑛捧着肚子笑起来。

她笑够了，道："我们回去吧。"

他们又坐上莲花，向下飞去。

智空莫名其妙地看着她："天上的神仙都是这么大吗？"他再一次问道。

圆瑛又笑了，她笑得连坐都坐不住了，她趴在莲花上，一边笑，一边不停地抹着眼泪。

"讨厌。"她道，"不准再逗我笑了。"

然后，她又笑了起来。

智空和圆瑛肩并肩地坐在一块巨石上,在他们脚下,崇山峻岭如千军万马般向天边涌去。

一只凤凰在半山腰的梧桐树林上滑翔。

逍遥子站在一棵松树上,冲着智空喊:"傻瓜,傻瓜!"

圆瑛拾起一块石头,用力向逍遥子扔去。

逍遥子呱呱叫着,飞到树丛后去了。

圆瑛喊道:"你等着,看你能躲多久,我就不信你肚子饿了不出来。"

逍遥子在树丛后瓮声瓮气地喊:"傻瓜,傻瓜!"

"你想飞吗?"圆瑛突然转过头对智空道。

智空茫然道:"为什么要飞呢?"

"你婆婆不是让你亲手把图交给长安兴福寺的道宣律师吗?"

"你怎么知道?"

"我是神仙,怎么会不知道?"

"我不想飞。"

"为什么?"

"现在不好吗?"

"等你把图交给道宣律师了,再飞回来,不也一样。"

"……"

圆瑛从石头上站起,猫着腰,在地上找着什么。

"你干吗？"

"嘘，别出声。"

圆瑛捡起一块石头，看了看，扔了。她又捡起一块，摇了摇头，又扔了。她越找越远，智空跟在她的后面，看一眼她，又看一眼那只色彩绚丽的凤凰，心想，要是婆婆还在，多好。

圆瑛总共找到了五块石头。一块白色，一块紫色，一块淡黄，一块赤红，还有一块是金黄色。

圆瑛指着石头对智空道："这是白石英，这是紫石英，这是石钟乳，这是赤石脂，这是石硫黄。"

她找了一块平坦的岩石，把五块石头都放在上面。然后，把它们敲碎，从腰间摸出一个小小的石臼，把碎石放进石臼里，慢慢地研磨着。

她一边磨，一边朝石臼里吐唾沫。

最后，她把石臼里的石粉倒在手里，细心地把石粉团成一个大丸子。

"把它吃了。"她对智空道。

智空惊道："什么？这是石头，何况，那里面还有你的口水。"

圆瑛斜了智空一眼，道："怎么，你不想吃我的口水吗？"

智空涨红了脸，道："不——不是，我只是……"

圆瑛把那个大丸子放到智空的唇边。智空一张嘴，那大丸子就像长了腿一样，咕咚一声跳了进去。

很快，智空觉得自己浑身都发起热来。他解开衣襟，向悬崖顶上走去——那儿的风大。

圆瑛站在他的身后，小嘴贴着他的耳朵，轻轻地说："飞吧！"然后，用一根手指，把智空推下了悬崖。

每个人都曾经做过飞翔的梦，像鸟儿一样飞翔，是一个人一生中最大的梦想。

为什么上天把翅膀赐给了鸟儿，却没有赐给人。

人难道不是上天最钟爱、最眷顾的吗？

而人只能站在地上，仰首望天，看飞鸟从头顶上掠过。

"啊——啊——啊——！"智空喊道。除了高声叫喊，他不知道如何发泄自己内心的激动。

他们飞过高山，飞过湖泊，飞过森林；他们在阳光下飞翔，在月光下飞翔；他们和大雁一起飞，和鹰一起飞；他们无忧无虑地享受着飞翔的乐趣。

这是智空一生中最快乐的一段日子，他几乎忘记了一切伤心的事情，除了婆婆。

一个月之后，智空对圆瑛道："我要去长安。"

圆瑛并不感到意外。

"你和我去吗？"

"不。"

智空没有再出声，他开始收拾行李，婆婆给他做的幔衣，婆婆的金钏，还有其他一些零碎的东西。

功德尼寺的出口，就是上次圆瑛带智空去看过的那个平台。穿过气墙，是一个普普通通的禅房。智空上次之所以感到禅房内的东西都非常巨大，是因为他在气墙内身体变得很小的缘故。

他走出禅房，外面是幽深的竹林，一条由砾石铺成的小径，像蛇一样穿过竹林，竹林外，是香火氤氲的大殿。智空在佛祖像前拜了三拜，然后，走出了山门，这是功德尼寺在凡间的出口。在山门之外，就是扬州，由妓女、诗人、美酒、音乐、舞蹈和金银财宝堆积而成的扬州。在功德尼寺的俯视下，这个人间天堂骄傲地炫耀着自己最美的一面。

智空没有向山下多望一眼，他腾身跃向空中，一直向上飞，一直飞到了云层之上。他要先飞回青田，飞回瓯江岸边的松林，飞回他与婆婆分手的地方，他把图藏在了那儿。

智空降落在菩提树下。一切都没有变，对于这些树，这些草，这些石头，对于一刻不停地奔流着的瓯江，对于天空和大地，一百年亦不过是一瞬间。

一些草籽已经在智空埋下地图的地方扎下了根。

智空小心翼翼地把地图藏入怀中，拍去手上的泥土，准备再一次飞起。

这时，他听到了叶法善的琴音。

智空全身都在颤抖，他倒在地上，眼睁睁地看着叶法善从他的怀中把图拿走。

"小和尚，你以为那么容易就能逃出道爷的手掌心吗？"叶法善冷笑着，又道，"若不是小妮子动了凡心，老道我就把你扔到江中去喂鱼。"

他狠狠地朝智空的屁股踢了一脚，轻轻跳上半空，一转眼，就消失得无影无踪。

智空重新飞回功德尼寺。除了圆瑛和她的姐姐，智空不知道还有谁能帮助自己。

可是，智空看到了什么呢？智空简直不能相信自己的眼睛。是的，功德尼寺还在，但已面目全非。原先香火氤氲的大殿，现在却已蛛网丛生；原先金碧辉煌的佛像，现在却已被灰尘覆盖。竹林不见了，只剩杂草和荒坟；禅房倒塌了，只剩一堵破败不堪的土墙立在凄冷的月色中。墙上的画却还隐约可见，画的是大梵天王，他有四个头，四只手，分别拿着经典、莲花、念珠和钵，他坐在一辆由七只天鹅拉动的车上，怒目圆睁，发红如火。

智空打了个寒噤。在山下，扬州城灯火通明。智空茫然地立在杂草丛中，心如死灰。

第四章 道宣律师

他尝试着去接近这两个非人的怪物。他们高高地站在树上，通红的眼睛，嘴角露出獠牙，手里的三股叉在月光下闪着寒光。

他们是骄傲的，敏捷的，健壮的，他们真的存在吗？他们青色的身体如风、如影、如雾、如幻。

他们从树上跃下，如羽毛飘落于地。

他们拉起智空的手，向山下奔跑。这是怎样的奔跑啊！岩石、树木、溪流，还有风，穿过他们的身躯，就如同他们的身躯并不存在。

很快，他们就跑进了扬州城。他们穿过厚厚的城墙，穿过朱门大户，穿过园林亭榭，穿过寺庙宫观，穿过青楼瓦舍，所有的一切似乎都是虚空，存在的唯有他们无休无止的奔跑。他们再一次穿过城墙，他们重又奔跑在荒野中，飞一样地奔跑。

一个黑色的、长得与他们极为相似的怪物在迎接他们。

漫长的奔跑停止了。

三个怪物在交谈，隐秘而晦涩。

一只金色的巨爪，悄悄从空中伸下，捏住智空的衣领，把智空拎了起来。智空扭头向上，看见了一条巨龙，无声无息飘浮于夜色中。

突然，它开口了，声音像钟声一样响亮："不虚，不空，无量，这就是我们要找的小和尚吗？"

那三个怪物惊慌失措地朝着巨龙挥手，从他们的嘴里发出了鸟叫一样的声音。

"哈哈哈！他胆子很大，很对我毒龙的胃口。不像你们这几个虚空夜叉，胆子比女人还小。"

可是它最后还是把智空放回了地上。

"毒龙，你又在污辱女人了。"不知何时，智空的身边多了一个身披飘带、赤足而立、体态婀娜的女神。她双手捧着一只琵琶，无数的鲜花绕着她的身体飞舞。

在她的身后，立着一个书生模样的人，除了头上那只巨大的角，他与凡世间的人并没有什么两样。

"图已经被道教的人取回去了。"那个书生道。

"是的，我们来晚了。"不知何时，又多了一个手持金刚杵，一身金甲的武士。他的左肩上，立着一只鹰，脚下，盘着一条巨大的蟒蛇。

手捧琵琶的女神道:"圆瑛和谢自然冒充功德尼寺的人,把智空藏图的地点骗了出来。"

智空愤愤地道:"你乱说,圆瑛不会骗我!她从来没有问过我图究竟藏在哪里。"

书生哈哈大笑,道:"这小和尚不仅傻,而且痴。真不知当初妙善怎么会挑中他来送地图。"

智空仍喃喃地道:"不会的,不会的,圆瑛不会骗我。"

其实在他的心中,早已想到了圆瑛在骗他,只是他仍不愿承认罢了。他不断地欺骗自己,但内心中的那个想法,却愈来愈明晰——若不是圆瑛教他飞翔,他又怎会那么急于把地图从松林中挖出,若不是他急于回到功德尼寺与圆瑛在一起,他又怎会那么急于把地图交给道宣律师。其实如果圆瑛真是佛教的人,那么她第一件要做的事,是尽快把智空带到长安兴福寺,将他交给道宣律师,而不是让他在功德尼寺中花上一个月去学飞,然后又漠然地让智空一个人去长安。

智空终于沉默了。他们正在飞向长安,这个由人与非人组成的奇怪团体,无声无息地向西北方向飞行,在他们的头上,是深邃而神秘的星空。

兴福寺在修德坊,距兴庆宫不远。最早是一个叫刘寄奴的富商的私宅。太宗皇帝为了给太穆皇后祈福,把它改成了寺院。

是一座老寺了,并不甚大,在长安城几百座寺院中,实在是极普通的一座。但兴福寺的住持道宣律师却大大有名,他是佛教律宗的最早宗派南山宗的开山祖师,素以持戒精严著称于世。

开元年间,天下佛教昌盛,共分五宗,是为:天台宗、慈恩宗、禅宗、律宗和密宗。其中以律宗的势力最大,其寺庙已遍布全国。天台宗和慈恩宗是较早的宗派,势力虽没有律宗大,但百足之虫,死而不僵,在佛教中还有很高的地位。禅宗是武周神龙年间兴起的宗派,又分南禅和北禅,以后北禅逐渐衰落,南禅却大为兴盛,至开元十四年神会入京,已隐隐有与律宗分庭抗礼之势。密宗是以念咒施法为主的宗派,据说在佛教所有五个宗派中,它的法术最为高强,但此时在大唐还没什么信徒。

开元十四年,神会入京后不久,天竺密宗高僧善无畏接受道宣的邀请,与徒弟金刚智一起,来到长安。

唐明皇李隆基在大明宫含元殿接见了他们。

从丹凤门进去,是一条长长的石板道,卫士荷戟执矛立于两侧,旌旗在风中猎猎作响。在石板道的尽头,含元殿高耸入云。含元殿下的台阶,世称龙尾道,龙尾道绕殿七转,方才能登上朝堂。善无畏和金刚智越走越高。放眼望去,长安城沐浴在金色的朝阳中。

李隆基坐在龙椅上,等候这两位据称法力无边的高僧。在他的身后,立着两位道士,一个身材矮胖,面色红润,须发皆白,道号张果老;另一个身材高瘦,面色阴郁,正是叶法善。

满朝文武官员都知道两位西域高僧是善者不来,来者不善。皇上已封太上老君为太上玄元皇帝,明摆着是要崇道抑佛。这其实也是大部分朝臣的意见,佛教势力庞大,天下所收,十之七八都进了寺院,朝廷反倒要看和尚们的脸色行事。

会见极为平淡,其实该说的在会见以前就已用其他的方式说得很清楚了。分别时,皇上问两位高僧将欲止息何处。善无畏说:"素闻兴福寺道宣律师持戒第一,愿往依止,藉以受教。"这便等于是说,密宗将与律宗联合,与道教相对抗。

智空来到长安的时候,已是黎明时分。

道宣在禅房内等得颇有些不耐。阳光透过纸糊的窗户照进来,一本淡黄色封皮的《四分律》摆在桌上,只翻开了几页。

道宣知道智空的到来对自己、对佛教有多重要。派婆稚阿修罗王妙善去盗道教的三十六洞天七十二福地总图的计划，是道宣亲自定下的。对此他也颇为得意。早在二十年前，他就预感到了朝廷对佛教的态度的改变，正是这种预感，使他能在此时，仍有余暇去研读早年就已不知研读了多少遍的《四分律》。

这个盗图的计划，是道宣与妙善商量之后定下的，各个方面都已照顾到，甚至连妙善与安期生的打斗，妙善的死，以及智空被骗失图，都是计划的一部分。

现在，道宣只等着智空的到来。

智空不喜欢面前这个老和尚，他的脸色冷得像一块冰。另外两个老和尚智空也不喜欢，他们一副很高傲的样子，围在那个冷冷的老和尚旁边，看都不看智空一眼。反倒是那两个胡僧比较有意思一些，他们好奇地看着大殿北墙上的壁画，相互间用梵语说着什么。还有那个在佛像前结跏趺坐的中年和尚也挺好，据说他是禅宗的高僧，他在那儿坐了很久了，眼观鼻，鼻观心，似乎他大老远地从南方来到长安，就是为了在兴福寺的佛像前打坐。

智空有些担心婆婆给他的幔衣。它被平铺在地上，老和尚们在上面指指划划着。

"就在兴庆宫！"一个老和尚喊道，人们说他叫法藏，是慈恩宗的本庙大慈恩寺的住持。

"竟然就在皇上所居之处。"另一个老和尚摇着头道，他叫窥基，是从天台山过来的。

那个冷冰冰的和尚没有出声，他就是道宣。婆婆说，要把地图亲手交给他，可他根本就不问地图的事，一见智空，就问智空要幔衣。

两个胡僧仍在细心地看着壁画，他们的手在空中描着，似乎正在临摹画的笔法。

而那个中年和尚，是在另一个世界中。

第五章　细腰公主

兴福寺内的气氛日趋紧张。道宣把进攻的时间定在了上元节的晚上。帝释天率四大天王从须弥山顶来到兴福寺内，再加上原先就已有的龙神八部统率下的夜叉及阿修罗，兴福寺内聚集了将近十万的天兵天将。

可在兴福寺外，谁也看不出里面竟聚集了那么多的神仙。与兴福寺同在修德坊的玄元观，大约是嗅到了什么味道，以借米借面为由，派了几个道士过来探看，可也没看出什么破绽。

上元节那天，东市里卖花灯和面具的店铺格外热闹。为了不引起道教的怀疑,兴福寺仍像往常一样准备着,打扫庭院,油漆门窗,扎制灯笼。莲花色——就是那个手捧琵琶的女仙。她是一个乾达婆,还带智空到东市去买花灯。

街上人山人海。一些人已经迫不及待地戴上了面具。到处都在谈论安福门外那个大灯轮,据说有二十丈高。

智空第一次看到如此热闹的景象,他东张西望,不知不觉就落在了后面。

很快他就发现自己迷路了,但他并不着急。他继续看着那些奇奇怪怪的人群,耍把戏的,卖春药的,算命的,讨钱的,还有卖假珠宝的胡人——他们说话就像嘴里含着一块石头。

他拐进了一个小胡同,看看四下无人,他腾身跃起,准备直接从天上飞回兴福寺。突然不知从哪儿飞来了一个袋子,把他套在了里面。智空拼命挣扎着,却越挣越紧,只觉得有人带着他在天上飞,但很快又回到了地面。他被人从袋子里倒了出来,还没等他回过神,就听见砰的一声,那个把他劫来的人已经把门关上了。

只听得外面有人道:"师父要我们把小和尚劫来,若被公主知道,只怕你我的小命都要保不住了。"

另一个人道:"我们做得如此干净,只要你不说,我不说,师父不说,公主又怎会知道。"

说话的声音愈来愈远,渐渐地,就听不到了。

智空的眼睛逐渐适应了黑暗。他摸索着点亮了烛台上的蜡烛。他吃了一惊,这儿看起来竟像是一个女子的闺房,而且还是一个极其华丽的闺房,到处都是绮帐锦茵,被面上的那对鸳鸯,似乎是用金线绣成,而鸳鸯的那两对眼睛,竟是四颗浑圆的绿玉。

"是不是圆瑛?"智空心想,"可是,她一个女冠,怎么会住在如此华丽的房子里呢?"

有人向这儿走来。不是圆瑛,但听脚步声,也是一个女子。门被轻轻推开了。

是上次那个女道士,那个目光淫邪的女道士。听莲花色说,她叫谢自然,练的是房中术。

智空问莲花色:"什么是房中术?"

莲花色涨红了脸,没有回答。

现在,智空知道什么是房中术了。

他被谢自然剥光了衣服,赤裸裸地躺在床上,手脚都被绳索绑住。

而谢自然只穿着亵衣,她手里拿着一把金色的小剪刀,一心一意地剪智空的鼻毛。在行房中术之前剪去童男的鼻毛,是谢自然的创意。

智空也不知道她究竟想干些什么,但仍感到又羞又怕。

其实，如果他知道每一个和谢自然行了房中术的童男，都要当场死去，他恐怕就不仅仅是又羞又怕了。

谢自然终于把智空的鼻毛剪完了，她嘻嘻笑着，脱去身上的衣服，爬上了床。

智空害怕极了，他大叫起来。虽然他已经十四岁，对女性有了朦胧的渴望，但突然面对这样一幕，仍然心胆俱寒。

谢自然道："小和尚，没人会来救你的，你的小公主，还以为你在兴福寺里呢。"

"是吗？"门被撞开了。

圆瑛走了进来，她已换成了女冠装束，但脸上那又娇又俏的表情，却是丝毫没变。

智空一看见圆瑛，就舒了口气，但很快又想到自己此时的狼狈，又羞得满面通红。

圆瑛看了一眼光着身子的谢自然，撇了撇嘴。

谢自然从床上跳下，拿起一件道袍披在身上。

圆瑛道："姑姑，你真是好耐心，我知道你在功德尼寺时就已经看中他了，居然能等到现在才下手。"

谢自然讪笑着道："我等了那么久，不也还是被你坏了好事吗？"

圆瑛道："那就麻烦姑姑把他解开，派人送到我那里去吧。"

谢自然一挥手,智空的手脚都松开了,他手忙脚乱地用被子遮住了自己的身体。

圆瑛轻笑道:"看都被别人看够了,现在再盖住还有什么用。"

说罢,转身走了出去。

智空的目光和圆瑛一碰,就躲了开去。

圆瑛轻叹一声,道:"你还生我气吗?"

智空不吱声。

圆瑛道:"走吧!我带你去看一样好玩的东西。"

她拉住智空的手,跑出门外。

他们跑过一个小小的花园,出了月门,外面,又是一个花园,只是比刚才那个要大多了。

他们在石子铺成的小径上跑着,四周有星星点点的灯火。花木的枝条不断拂过他们的面颊。两个穿着相同衣裙的女子,提着灯笼走在路上,远远看见他们过来,就避在路边,轻轻地说了声什么。

他们跑出了花园,穿过一个高大的门楼,汇入了街上的人流中。

所有的人都向着同一个方向走去。

人越来越多。圆瑛拿出两个面具，自己戴一个，另一个给智空戴上。

重重叠叠的楼宇间，一个巨大的灯轮时隐时现。人们脸上的表情越来越兴奋。从远处，传来了歌声，是一个激昂嘹亮的男声，智空听不懂他在唱些什么，但却因这歌声而热血沸腾。

他们转进了一个小巷，光轮被高墙遮住了，但歌声却愈来愈清晰，人们的喝彩声像潮水一样，起起落落。

小巷突然就到了尽头。智空被人群淹没了，他紧紧抓住圆瑛的手。圆瑛朝他喊着什么，他听不清。圆瑛朝上指了指，他抬头，这才发现，原来自己就在灯轮的下面。

灯轮上燃着上万盏灯，灯与灯之间，用锦绣来包裹装饰，无数男女在灯下载歌载舞。

圆瑛拉着智空向城楼跑去。守卫在城墙下的兵士一见他们过来，就让出了一条通道。所有的兵士脸上都洋溢着笑容。

他们跑上了几十级台阶，突然，不知为什么，所有的人都静了下来。智空想停下看看是怎么回事，但圆瑛仍拉着他向上跑。在那一刻，似乎天地间只剩下他们的奔跑声。

智空看到灯轮下的人都跪了下来，"万岁！万岁！万岁！"他们喊道。

圆瑛就像是什么也没听到一样，一股劲地拉着智空向上跑。

他们跑上了城楼。在一大群人的簇拥下,一个穿黄袍的三十来岁的男子,向圆瑛伸出了手。

圆瑛松开了智空的手,飞一样地向那个男人跑去,扑进了他的怀里。

在那一刻,智空突然感到了茫然和寂寞。

虽然此刻正有几十万人在他的脚下狂欢,但在圆瑛松开他的手的那一刹那,智空仍然感到了世界的虚幻与短暂。

但这样的感觉很快就过去了,圆瑛正在向他招手。他向他们走去。

穿黄袍的人微笑着道:"细腰,这就是那个上了你的当的小和尚吗?他年纪太小,你想让他做你的驸马,只怕还要等一等呢。"

圆瑛道:"父皇,他是和尚,我是女冠,什么驸马驸牛的。"

那穿黄袍的又道:"和尚?只要我一声令下,天下的和尚都要还俗。至于你嘛,怎么看也不像是能当一辈子女冠的样子。"

智空在一旁看着他们,有些不知所措,他向前一步,偷偷扯了扯圆瑛的袖子。

但周围的人此时都在注意着他们,智空的这个动作,又怎能逃过别人的眼睛。

众人都呵呵呵地笑起来。

圆瑛挣脱穿黄衫的人的怀抱,骄傲地拉住智空的手,道:"哼,我不和你们这些老头子在一起了。"

她拉着智空,跑到了城楼的另一边。

灯轮的光被城楼的飞檐挡住了,在这儿留下了一块阴影。

智空问道:"你的俗名,叫细腰?"

"……"

"你是公主?"

"……"

"我们佛教的人,今晚,就要去攻打兴庆宫了。"

"……"

"你为什么不出声?"

"……"

"我是不是说错了什么?"

"……"

智空轻轻把圆瑛的头抬起来,揭开她脸上的面具。

原来她的脸上,已淌满泪水。

第六章　兴庆宫

从兴庆宫到安福门的复道,是明皇特意修建的,实际上这条复道可以一直通到曲江池。

从安福门出来的时候,还有几十个随从,但明皇和圆瑛骑的是安西都护府进贡的大宛良马,所以很快就把其他人抛在了后面。只有智空能跟着他们——他虽然没大宛良马骑,可他能飞。

圆瑛看着一直在她身边默默不语只顾飞翔的智空,突然一把把他拉到了马上。

智空有些迷醉了,在这疯狂的夜晚,他觉得自己也疯狂了。圆瑛的发丝轻拂着他的脸,她的娇躯紧贴着智空的背,她的体香,幽雅、狂放而又神秘。

明皇、圆瑛和智空冲进了兴庆宫,他们并不下马,直接冲到了勤政楼下。马蹄声惊动了值夜的卫士,他们手执武器向勤政楼涌来,却被明皇一挥手斥退了。

明皇平日就在这里批阅奏折,龙椅后面,是一排高高的书架。圆瑛推开书架,露出了一个黑黢黢的大洞。三人跳了下去,书架在他们的头顶上缓缓闭合,很快,最后一丝光线消失了,他们在一片漆黑中急剧下落。智空觉得仿佛已落了很久很久了,但四周仍是一片深不见底的黑,似乎周围非常空旷,又似乎他们仍然只是在一个小洞中。智空害怕自己会一直落到地之核心,佛经上说,那里是一团永不止息的大火。

智空感觉自己似乎冲破了什么东西，突然，他发现自己已经被灿烂的阳光吞没。这是另一个世界，是道教的第七十二处福地，亦是道教的总坛所在。

三人控制住自己的身体，调整方向，向一座金碧辉煌的道观飞去。

观内的道士看见他们来了，都退到一边肃立。张果老、叶法善和谢自然匆匆迎了出来。

明皇道："张仙人，朕失算了，道宣已发现此处，据这位小兄弟说，佛教已聚集了十万天兵，立时便要攻来。"

张果老略一沉吟，道："以此时长安城内的力量，道教根本无法与佛教作困兽之斗，依我的看法，不如放弃此处，诱敌深入，然后……"

张果老停下了，他看了明皇一眼，道："就不知皇上舍不舍得，不过，这倒是一个反败为胜的妙计。"

乌云从四面八方涌来。兴庆宫的上空，电光闪烁。

在勤政楼内，明皇、张果老、叶法善、谢自然、圆瑛和智空，静静地坐着。

一只大手从云层中伸出来，五指并拢，猛地插入了兴庆宫的花园。

叶法善缩了缩身子，道："是善无畏，果真名不虚传。"

谢自然冷冷地道："是金刚智，他手臂上有一个紫色胎记，乍看颇似释迦的坐像。"

叶法善嬉笑道："谢仙姑果然厉害，金刚智才来了多久，就被你勾上了手，却不知究竟是仙姑的房中术高强些呢，还是西域胡僧的男女双修之术高强些。"

谢自然嗔道："叶猴子，你嘴巴放干净些。"

叶法善也不示弱，笑道："谢淫妇，你放心，你死了我会替你立贞节牌坊的。"

张果老一拍桌子，怒道："大敌当前，你们两个还有心思吵嘴！"

金刚智的大手很快就在花园内挖出了一个大坑。忽然见郝劲道领着几百个道士从旁边冲了出来，人人手中都拿着一口宝剑，朝着那大手乱劈乱刺。大手如受了惊一般，缩到了半空。

叶法善瞪圆了眼看着郝劲道他们，半晌不言语，突然转过身对张果老道："张果，是你叫劲道出去的？"

张果老道："郝劲道勇气可嘉，我又何必拦住他，不让他为本教立功？"

叶法善气急败坏地道："张果，你果真是老奸巨猾，你怎不让你的徒弟出去为本教立功，反倒让我的徒弟去送死？"

张果老对明皇道："皇上，你看他说的是什么话？"

明皇此时还要倚重张果老,他看了看窗外,淡淡地道:"叶天师,几个徒弟有什么了不起的,等过了这场大劫,你要收几千几万个徒弟,也不是难事。"

在花园内,金刚智的大手已开始了反击。道士们有的抱头鼠窜,有的躲在树丛后发抖,有的想从天上逃走,却被不知从哪儿来的惊雷,打了下来。

不断有道士被大手抓住,活活捏死。

智空从未看见过这样惨不忍睹的景象。他从未想到过,一个佛门弟子,竟可以在如此短的时间内,就杀死这么多的人,而且还是用如此残忍的手法。

而叶法善、谢自然和张果老之间的争吵,更是让智空恶心。

他看了看坐在身边的圆瑛,她专注地看着花园内的景象,每当大手捏死一个人,她就皱一皱眉,但嘴角边却又泛出一丝隐秘的笑意,仿佛是在看一出恐怖的大戏。

智空再也忍不住了,他冲出了勤政楼,毫不理会圆瑛在他身后的呼喊。他抬头对着天空高喊:"停下!停下!不要再杀了,不要再杀了!"

大手停下了,但只停了这么短短的一瞬,随后,是一个人尖利的惨叫,又是一个人尖利的惨叫。

圆瑛和张果老拉住智空的手臂,拼命把他拖回了勤政楼。

圆瑛把智空紧紧地搂在怀里,喃喃地道:"你疯了吗?你疯了吗?再也不许你出去了,你看,你看我,我在这儿,你出去了,只怕就再也回不来了,再也看不到我了!"

可智空什么也听不见,什么也看不见。他的心中,萦绕着那些道士的撕心裂肺的惨叫,有一句话在他的耳边回响着:"是我害死他们的,是我害死他们的!"

不知过了多久,一切都静止了。佛教的人马,从金刚智挖出的大洞,冲进了兴庆宫下的道教总坛。花园内一片狼藉,到处都是残肢断臂。

而星星和月亮也露了出来,冷冷地看着这奇怪的世界。

张果老、叶法善和谢自然都冲了出去。

忽然,大地开始断裂,开始下陷,宫殿坍塌,仿佛地下有一个具有极大吸引力的东西,在把一切都向地底吸去。

在勤政楼前出现了一个大坑,佛教的人马,全被埋在了这个大坑中。从飞扬的尘土中,传出一个女子的尖叫:"救命呀!救命呀!"智空听出来了,是莲花色,她是最后冲下去的,头和胸还没被埋住。

"放了她吧!"智空道。

圆瑛看了看明皇,明皇摇了摇头。

张果老、叶法善和谢自然在杀那些从坑里逃出来的佛教的天兵天将。张果老的法宝是一个大竹筒,叶法善在弹七弦琴，谢自然则拿着一个大金剪到处铰人，断臂、头颅、肠子、鲜血……飞得到处都是。

突然，大坑的另一头，一个和尚从泥土和石头中冲了出来，他的僧袍上全是血污，额头上也有血在流下。但他只飞起了数丈，就跌了下来，倒在地上喘气——原来是道宣律师。

张果老祭起他唱道情用的竹筒，道宣拼命地挣扎，但仍然被吸了进去。

另一个地方，泥土在涌动，一只大手从泥里伸了出来，是金刚智。叶法善铮铮地弹起七弦琴，愈弹愈急，那只大手渐渐地萎缩了，消失了。

谢自然咔咔地舞着金剪，向正哭泣着呼救的莲花色走去。智空冲到明皇跟前跪下了，道："皇上，放了她吧！她只是一个乾达婆，她只会弹琵琶和唱歌！"

明皇道："朕知道，可是朕还是要杀她！"

"为什么？"智空困惑地看着明皇。

明皇笑了笑，并不回答。

谢自然已经走到了莲花色身前，她弯腰拾起莲花色的琵琶，那琵琶已经摔坏了，她看了看，把琵琶远远地扔了出去，然后，咔嚓一声，铰下了莲花色的头颅。

唯一逃出的，是善无畏，他被一团金光裹挟着，从坑底冲出，向西边飞去，愈来愈小，渐渐融入了星空之中。

尾声

上元节第二日，智空回到了兴福寺。寺内寂无一人，新漆的门窗散发出刺鼻的味道，檐上挂着莲花色买来的花灯。他走上石阶，推开殿门，惊讶地发现，神会仍在佛像前静静坐着，眼观鼻，鼻观心，似乎便是天塌下来了，他也绝不会动上一动。

智空走到神会身边，缓缓结跏而坐，双手合十。

蒲团是陈年的旧物，坐上去有些硬冷，智空嗅到一丝淡淡的霉味。殿内经年不见阳光，空气阴凉如水。他知道自己要到何处去了。

一年以后，青田县城东北角，坐落在瓯江岸边的无相寺里，来了个女子。她骑着银鞍小马，身着紫色衣裙，左耳上戴一个小小的银耳环，发髻亦结成京城里最时髦的式样。寺里的和尚们从未见过如此美丽的女人，都踅出来偷看。无相寺的老住持德林一个劲地摇着头，道："没有此人，女檀越寻错地方了！"

女子不舍，直守到日暮，才怏怏而去。

智空知道是谁来了，也知道她是为谁来的，但他没有出去，是他求住持德林不要说出自己的。他已经习惯了无相寺的生活。每天清晨，他都会在山门外的石阶上，静静地坐上这么一小会儿,什么也不说,什么也不想,只是看着太阳慢慢爬上来,听着清脆嘹亮的鸟鸣,闻着从寺后飘来的水的气息——这是他最大的乐趣。

佛教真正遭受打击,是在唐武帝会昌年间,从841到846的六年里,总共有二十六万五百名僧尼还俗。朝廷收回了原本由寺院控制的土地几千万顷,另外还释放了供寺院役使的普通百姓五十万人以上,这件事,史称"会昌法难"。

猴尊者

六

他扒开了自己的胸口,露出那层人皮之下的长满棕色硬毛的胸膛。

一

无念赤裸裸地回到这里。经历了饥饿、焦渴、绝望和恐惧,他又回到了他最熟悉的地方,然而这里已经被烧成一片焦黑的废墟。这里曾经是有名的大丛林,最多的时候有上百名和尚在这里修行,然而现在什么都没有了,只余倾倒的墙和被烧成了炭的仍在冒着残烟的柱子。

无念在废墟里走着,山门、韦驮殿、大雄宝殿、斋堂、方丈、藏经阁……如今都已经被烧成了白地。在藏经阁的残灰中,他找到一具已经被烧成焦炭的尸体,已经无法辨认出究竟是哪一位师兄弟或师尊的尸身了。无念合掌念经超度,然后把这具尸体背到了一处洁净干爽的坡地。他在那里用手和木片挖出了一个坑,然后把尸体埋在了那里,并堆起了一个小小的坟头。

做完这一切的时候，天就暗了，黄昏的雾霭从山下涌起，渐渐地淹没了他。无念觉得自己的心中空空的，他不知道自己应该向何处去，也不知道自己应该做什么。他五六岁时就来到了这里，他早已忘了自己的父母是谁，是寺院把他养大，教他认字、读经。他自然而然地也就信了佛，受了戒。不能说寺院是他的家，寺院待他严厉、苛刻，更像是一所寄宿学校，唯一的不同仅仅只是这所寄宿学校没有假期，而除了这所寄宿学校他也没有别的地方可以去。

雾霭渐渐地沉了下去，霞光由金红变成赤红，变成紫红，变成乌紫，于是明亮的金星升起来，这时候无念才感觉到寒冷，同时意识到自己已经一整天都没有穿衣服了。他在寺院的残灰里寻找，在僧房的废墟里，找到一领已经被烧得残破的袈裟和一条焦黑的裤子，他就穿上坐在那里。虽然从昨天到今天都没有吃过东西，但他也不觉得饿。他在那里坐了很久，什么也没想，因为并没有什么可想；什么也没做，因为也并没有什么可做。但他也并没有入定，因为他又不能不想些什么，不能不想着要去做些什么。他就这样坐了很久，直到月亮升起来。月光把他从孤寂中惊醒，他才想起已经到了寺院规定的睡觉的时间了。他就走到平常自己睡觉的地方，当然现在那里已经什么都没有了，除了断墙和黑灰。他在原本就是自己的铺位的那块地上躺下，很快就睡着了。没有打呼噜和起夜的师兄弟的惊扰，他睡得很沉。

他在规定的时间醒来,一时间还以为寺院仍在,一切都还如同往常。他迷惑地看着已经在泛白的天空,慢慢地伸展自己僵硬的四肢,一边在想着今天是不是轮到自己去撞钟。然而当他终于清醒过来,他坐起来,像一个木雕一样坐在那里。黎明的微光消散,太阳升起来了,播撒下一道道金色光芒。他忽然就想起该撞钟了,就转头去看那口铜钟——它像一个赤裸裸的大胖和尚一样坐在黑灰里,周身被烧得黑一块红一块,悬挂它的亭子和支撑它的柱子早已经被烧得没影儿了,但撞钟用的大木槌仍在。

无念慢慢地站起身,走过去,用力把有一小半已经被烧成了炭的木槌抱起来。真重呀,他想,他抱着木槌退后几步,调整了一下,使劲向前冲,把木槌向钟撞去。"嗡……嗡……嗡……"钟并没有像以往那样发出悠长洪亮的吼声,而只是发出了低沉的闷响,像生了病。无念只好把木槌放下,走回去,依旧坐着。

阳光照在他的背上,很舒服,无念就没有动,一直坐在那里,反正他也不知道自己还可以做什么,还可以去哪里。

二

不久之后,一个女人慢慢走上山来。她大约已经有五十岁了，在县城里靠给人缝缝补补过活。她是一个虔诚的信徒，她想上山来看看被烧毁的寺院。她是寺院被烧毁以后，第一个来到这里的人，因为之前县城已经被流寇包围了，直到昨天晚上，流寇才退去。

女人带着几个冷硬的馒头，一步一步地走上山来。她想寺里那些铜佛像一定还在，她打算把这些佛像洗洗干净，再搭一个遮风挡雨的小棚子，把佛像暂时供养在里面。

女人走到寺院的废墟前，远远就看见了坐在残灰里的无念。她大吃一惊，激动得浑身颤抖。她把无念当成了活菩萨，以为无念经历了这样的一场大火，却仍然毫发无损。她踉踉跄跄地跑到无念面前跪倒，不断地向无念磕头。

无念并不清楚女人为什么这么激动，他以为女人看到自己激动或许也是正常，因为自己现在已经是寺院唯一的一个僧人了。女人从怀里捧出馒头，供养在无念面前。无念直到看到馒头，才意识到自己饿了，他拿起馒头，一口一口地吃起来。

女人看到无念吃自己的馒头，高兴坏了。她似乎想起了什么，匆匆忙忙朝正在吃馒头的无念磕了几个头，就起身向山下跑去。

女人是到县城里去告诉别人，寺院虽然被烧毁了，但是出了一个活菩萨，这个活菩萨被大火烧了整整一夜，却连毛都没有烧掉一根，现在好好地坐在寺院的灰里。如果是在往常，女人的话或许没有人相信，或许只有很少的人相信，即便相信的人比较多，但也还会有更多的人，尤其是官员和士绅，总还想着要验证一下。但是在被流寇围困了那么久之后，人们需要一个活菩萨出现，否则人世间又还有谁能够拯救他们呢？一年又一年的饥馑，一场又一场的战争，无休止的杀戮，人越来越少。人肉像猪肉一样挂在肉肆里出售，在这地狱一样的苦海里，每一个人都渴盼着活菩萨来到人世间，来拯救自己。

然而一时间还没有惊动到官员和士绅们，最先上山来向无念跪拜的都是一些市井小民：牙婆、奴婢、落魄的秀才、说书的先生、酒店的小二……甚至还有年老的妓女。他们的供奉五花八门，然而最多的仍然是吃的，因为在这样的乱世，唯有吃的最宝贵。无念的面前堆满了馒头、烧饼、米饭、白面、干果和鲜果……

除了默默地念经，无念不知道自己应该做什么，更不知道自己应该如何做。人们也并不敢打扰他，他们把供奉的东西献上之后，就虔诚地跪拜、磕头。在他们的眼里和心中，无念虽然只是穿着被烧残的袈裟，却依然宝相庄严，周身放射着圣洁的毫光。

三

对于人们的虔敬，无念感到讶异和微微的欢喜。他之前从未有过这样的经历，也从未幻想过人们会这样崇拜自己。他只是一个普普通通的和尚，或许，如果运气好，如果运气特别好的话，他有可能在年老的时候成为一个小小庙宇的住持，这就是他对自己未来的最大的期望，而现在的情形，是连以前寺院的住持都未曾享受过的。人们似乎把人生的所有期望都寄托在了他的身上，深信他可以拯救他们脱离苦海。虽然无念深知自己并没有这样的能力，但他仍不免因此而感到微微的欢喜——来自本能的微微的欢喜。

他告诫自己这欢喜是空的、假的、幻的、虚无的，不仅仅是因为自己并没有拯救世人的能力，更因为世界的虚无本质。但他无法做到让自己不欢喜，他仍然不由自主地因别人的虔敬和崇拜而感到欢喜。他试图向别人解释，告诉他们自己只是一个普通的和尚，没有任何特别的能力。但他不知道自己应该如何开口，而且，他看到那些穷苦的人、绝望的人，带着无尽的痛苦来到自己面前，因着跪拜和奉献而得到了暂时的平静与希望，他就更没有办法开口了。

他就这样迁延着。几天之后，来了第一个坐轿子的人——一个致仕在家的学官。这个学官向无念奉献了丰厚的物品，不仅有吃的，还有香油、衣物、蒲团、木鱼等等。无念对这些东西并不是很感兴趣，他一直以来还是遵守着过午不食的戒律。他念经时有没有木鱼都无所谓，他也已经习惯了坐和睡都在地上。人们早已给他搭了一个小棚子，使他不至于被风霜雨露所侵。所以他对自己现在的情形已经很满意，当然学官的奉献也很不错。但最让他欢喜的，是以前高高在上的学官，也来向自己跪拜了。这样的人以前看到他眼都不斜一下，只有寺院的住持和监院才有资格跟他们说话。而现在，他们居然也如同一个小民一般，前来乞求自己了。

然而从外表上看，学官来了，无念也没有什么特别的变化和表示。他依旧若无其事地打坐、念经，他甚至都没有抬眼看学官一眼。而他这样的表现却让学官更坚定地相信他是一个圣僧、一个活菩萨。然而其实无念只是不知道应该如何做罢了，他不知道应该如何向学官行礼问好，也不知道应该如何与学官说话以及说什么，于是索性什么都不做，什么都不说。

学官回到县城后，在士绅间宣扬无念的神奇能力以及飘逸的风度，无念的声望剧增。第二天，连县令也亲自来拜见无念了。无念的表现依旧如同他见学官时一般，他双眼微闭，结跏趺坐，合掌于胸，念念有词，仿佛即便天塌地陷，他也绝不会有任何的变化。

县令下令立即重修寺院，当然要恢复寺院原先的规模目前暂时是不可能的了，但至少要先保证这里是一个寺庙的样子，山门、院墙、大殿、僧房……该有的都得有。

第二天一早工人们就搬来了重建寺院用的材料，在无念身边忙碌起来。他们的忙碌不会影响无念，但是却影响到了那些陪伴在无念身边的猴子。

四

猴子就是山上原本就有的猴子，很多，大约有几百只，分成了好几群，一直以来都是由寺院来喂养。当然他们大多数时候是在山里生活和找吃的，每天固定的时间，寺院会在固定的地点向他们投食，香客和游人也以向他们投食和与他们戏耍取乐。

寺院被烧毁以后，猴子们仍然像往常一样，在固定的时间来到固定的地点，等待和尚们的投食。它们不知道已经没有和尚，没有寺院，也没有香客和游人了。它们在寺院的废墟上打闹、发呆、游戏、哺乳、交配……直到天黑下来，它们才嗯哨一声，随着猴群的首领向山里跃去。它们长长的手臂抓住树枝，它们在山林里跳跃就如同虱子在它们的身上跳跃。

直到无念出现，它们就开始聚集在无念周围。它们自然认得无念，因为无念以前也常去给它们投食，更何况无念身边还有许多食物。

猴子们一开始还不太敢动手去拿无念身边的食物，但是它们看到无念对它们的试探不闻不问，就变得大胆了。大大小小的猴子都聚集在无念面前，像开家族宴会一样地大吃特吃，而香客们看到无念并不驱逐猴子,他们自然也不会多此一举。

几天之后,猴子们对无念已经视而不见,它们在无念身边吃食、打闹、争吵,无所顾忌,做任何自己想做的事情。有些小猴子甚至还爬到无念背上睡觉,或者干脆就坐在无念的头顶上打望。

无念自己其实也有嫌猴子们烦人的时候,然而大部分时候,他需要猴子们的陪伴,因为已经没有别的人能做他的陪伴了,师兄弟们早已不在。听说他们的下场惨不忍睹,是被流寇抓去做了腊人,唯一一个没有被抓去的和尚,也被大火活活地烧死。而香客们又视他为圣僧,对他唯唯诺诺,将他的一言一语视为不得违抗的圣旨。虽然其实无念也并没有说过什么,因为他也不知道自己应该和可以说什么。而猴子们早已把无念当成了它们中的一员,而且还是最可以无视的一员。无念也更喜欢与猴群在一起,相比于在人群中,他觉得自己在猴群中更自在。

无念自己一开始并没有意识到这一点,除了在晨起和午前吃一点食物,以及不可少的大解小解之外,其他时间他不是在睡觉就是在打坐或念经,他很少去想自己的事情。

然而有一天,无意之中,他发现自己竟然很喜欢猴子身上的味道。那种味道与人的味道不同,也与被驯养的猴子的味道不同。它们身上的味道自然仍不免有野物的臭,但同时又混杂了更多的山林的味道,树叶、山泉、野果、羊齿植物、青苔、雨和雪，以及自由和恐惧。

自从无念意识到自己喜欢猴子的味道之后，他就开始有些排斥人的味道，进而排斥起人来。他觉得人身上的味道像猪，虽然他其实也并没有真正闻过猪的味道，但他想象中就是如此。不久之后，他发现自己已经对人产生了一种若有若无的恶心感觉。

然而从无念的外表看，一切都很正常，没有任何的变化，他仍然是一个让人感到莫测高深的和尚。几个月之后，寺院重新建起来了，很小的寺院，但终于是一个新的寺院了，无念自然就做了这个新寺的住持。不知道从哪里来了几个小沙弥，伺候无念的起居，无念也是无可无不可。而对于那些来拜访他的士绅和官员们，他也已经习惯了不见，见了也不说话，然而同时他也不会主动或刻意地拒绝他们的拜访。

五

随着寺院的完工，香客也越来越多，不少香客是从几百里之外慕名而来。无念的名声也越来越大，而关于他的传闻也越来越多，越来越神奇。

人们说他是普贤菩萨下凡，能看清前后无数劫的因果，他座下的白象拥有无穷的力量，能把一切邪魔打败。

人们说这一年的风调雨顺全是因为无念的护佑。正好这一年来流寇也转到别的省份去了,县城的百姓和士绅们享受了一年的平静,他们便把这也归功于无念。

许多人声称自己的病因为向无念许了愿就痊愈了,求子的得了子,求财的得了财,求亲的得了亲,无论大事小事,无念都能护佑。出门求无雨,商人求路途平安,农民求五谷丰登,女人求貌美如花,全都能够实现。

然而无念自己并不知道外面已经把他传得神乎其神,他仍然还是把自己当成一个普普通通的和尚。因为别人的崇拜而生起的微喜渐渐地就消散了,或者不是消散,而是因为习惯而变得麻木了。新建的寺庙逐渐扩大,寺庙里的和尚也越来越多,渐渐地就达到了十多人。大家发现这个住持只管自己念经拜佛,其他的事一律不管,其他的话一律不说,于是又公推了另一个年纪大德行高的和尚出来管事。他们也并不觉得这有什么不对或不正常,因为无念本就是圣僧,圣僧所做的一切事,所说的一切话,都是不可以被质疑的。

无念唯一承担的工作,就是喂猴子,他越来越喜欢和猴子在一起,猴子们也越来越把他当成自己的同类,或许唯一的区别仅仅是无念天黑了之后不会与它们一起回山林里去睡觉。

无念发现自己越来越无法忍受人的味道。他对那些士绅和官员们的拜访已经生出了厌恶之情,因为他受不了拜访者的口臭和体味。虽然这些人大部分其实都很注意卫生,有许多人甚至在来拜访他之前还要焚香沐浴。但无念还是能从他们身上嗅出那丝丝的体臭，以至于他不由自主地露出了厌恶的表情。他的表情令拜访者们惶恐和惊惧，认为自己做得不够好，于是他们会更虔诚地献上更多的奉献。

无念无法理解自己的变化，也无法不在内心中责怪自己。学佛的人必须慈悲，而无念不仅谈不上慈悲，反倒对人生出了厌恶之情。他现在这样的情形，与佛经中所云是背道而驰的。无念内心的压力越来越大，他为了缓解或摆脱这压力，变得有些奇怪，常常一入定就是好几天不出来，甚至连喂猴子的事情都交给了别的和尚去做。然而这仍然没有什么用，无念变得忧心忡忡。这变化连他身边的和尚都感觉到了，于是整个寺院都变得忧虑起来。

六

在寺院建成大约一年半之后的某一天，忽然之间，寺院就变得冷清了，不再有香客，不再有游人，只有猴子们在冷冷清清的院子里徜徉和发呆。

无念早晨醒来之后发现了这变化，他感到神清气爽。多少天以来，他第一次从屋里出来，与猴子们一起散步。其他的和尚却没有无念这样的好心情，有些和尚跑到山下去探听情况。

回来之后，带来了很不好的消息：流寇回来了，而且这一次的声势更加浩大，县城被包围了，流寇们的攻打非常猛烈，县城很快就会被攻破。

和尚们问无念应该怎么办，无念并无表示，因为他委实也不知道应该怎么办，就他自己而言，只要和猴子们待在一起，一切都无所谓。即便流寇们再一次上山来把寺院给烧了，他也没有办法，因为他实在也不知道还有什么别的地方可以去。

和尚们面面相觑，支撑到天黑之后，他们看到了县城里处处燃起的火光，知道县城已经被攻破。他们终于无法再支撑下去了，被做成腊人的恐惧超越了他们对圣僧的信任。他们卷起行李，一哄而散。不到半个时辰，寺院里就只剩下无念一个人。

无念依旧照着原来的习惯，在规定的时间睡下，他的内心平静，甚至还有一些愉悦。模糊中他觉得自己一直在等待的那一刻终于要到来了，然而下一个刹那他又感觉到自己的心像被揪住了一样的疼痛。他知道县城已经被攻破，流寇们已经进入了县城，杀戮、强奸和抢劫正在山下肆无忌惮地发生，然而自己又能做什么呢？除了念经和拜佛，他什么也不能做，除了求告、忍受和面对，他什么也做不了。

他同时被愉悦和羞愧两种情感折磨，直到深夜才进入梦乡。第二天他仍然是在规定的时间醒来，如果只看天空和山林的话，这一天应该依旧是美好而晴明的一天。没有人撞钟，无念只好自己去撞钟。他快步走过庭院，猴子们围着他，和他一起来到铜钟面前。他撞起钟来，铜钟震响。他看到山下的县城，仍然在冒着残烟，如果不仔细辨别会让人误以为是早晨的炊烟。然而在淡淡的烟雾笼罩之下，无念发现，县城之中几乎已经没有一座房子是完好的了。

七

撞完了钟，无念来到大殿里，在释迦面前坐定，默默地念起经来。大殿里安静、清凉，微尘在晨光里浮沉，而光正在用阴暗和明亮切割着大殿的空间。

快到中午的时候，一个老妇踉跄着冲了进来，她披散着头发，衣衫被撕烂了，裸露着半边乳房。她的乳房干瘪，头发花白。她冲到无念身旁，和身扑倒，抓住了无念的脚踝。"菩萨救命呀！救命呀！救命呀！"她哭喊着，惊惧而又无助，仿佛身后有魔鬼在追赶。

无念不知道应该怎么办，他加快了自己念经的节奏，似乎这样就能够给这老妇以安慰。两个兵冲进了大殿里，他们仿佛没有看到无念，冲上去将老妇抓住，一个兵扯老妇的腿，一个兵把老妇紧紧抓着无念脚踝的手指头一个个掰开。老妇像一只即将被送去屠宰的猪一般尖叫。无念终于停止了念经，转过身来，伸出一只手，抓住了老妇的手臂，他抬眼看那个正在掰老妇手指头的兵。老妇突然停止了尖叫，仿佛看到了希望。但兵抬起脚来，把无念踢翻在地。于是老妇被拖出了大殿，她的尖叫声一路地小下去。

无念重新坐好，整了整乱了的僧衣。他看到自己胸前有一个脚印，拍了拍，发现无法拍掉，也就算了。他继续念经。

一直都不再有人来，大殿里安静极了。无念中间仿佛略走了走神，停止了念经。很快他又回过神来，但似乎也不是很快，他自己无法判定时间。总之他再次听到人的脚步声的时候，必定已经是下午了，因为阳光已经从大殿的大门斜照进来，将来人的阴影直接打在了佛前的香案上。来的人很多，但除了脚步声却听不到有人说话。

来人跪了下来——只有一个人跪下，其他人都留在了大殿外。无念听到那个人在喃喃地许愿，是一个中年的男人。无念并没有抬头，更没有转身，继续低声念着经。来人许完了愿，站起身，有两个人抬着东西走进大殿。抬的东西似乎很重，东西被放在了无念身旁。无念可以感觉到那个人在向自己行礼，随后，在很短的时间内，所有人的都退走了。

直到再也听不到脚步声，无念才抬起头来。他看到身旁堆满了珍宝，有绿的玉，黄的玛瑙，白的珍珠，还有许多东西是无念不认识的。

无念无声地哭起来，他哭了一小会儿。太阳就落下去了，光线变得暗淡，一只小猴子靠着门槛在看他，随后就转身跑了出去。

无念想起了什么，他艰难地站起来，向山门外走去。他看到夕阳给山下苍茫的大地涂上了一层血红，而在山门一侧的山林里，猴子们正在树上坐着、立着，似乎在等待着什么。它们看到无念出来了，不约而同地发出了参差不齐的嗯啕。

直到这时无念才彻底地明白过来，于是他一件一件地脱掉自己身上僧衣，脱掉鞋和袜，脱掉身上的所有一切，重新成为一个赤裸裸的人。然而他觉得这样都还不够，于是他忍着痛，扒开了自己的胸口，露出那层人皮之下的长满棕色硬毛的胸膛。他仰起头，发出一声长长的、鸟鸣一样的喊声。他几下就撕掉了紧紧巴在他身上的皮，将它猴子的身体完全地暴露在了阳光里，长长的手，长长的脚，棕色的硬毛遍布全身。它弓起身体，四肢着地站着。它回头看了看已经空无一人的寺宇，然后向着正在树林上等待自己的猴群跃去。

夕阳之下的猴群发出了起起落落的尖叫，那只从寺院里跑出来的猴子刚刚跃上树——它的动作还有一些笨拙，猴群就转身向着山林跃去。莽莽苍苍的山林很快就吞没了它们。

尖之娟

七

采茶复采茶,采采黄金芽。
纤指摘翡翠,微烟散彩霞。

　　蒟娟的指甲是绿色的。

　　这绿色是天生的。

　　蒟野人就蒟娟这么一个女儿,宝贝得不得了,但对女儿的绿色指甲,他却似乎由衷地厌恶。蒟娟刚生下来,还没取名,蒟野人就请来扬州城里最有名的医生,问有没有法子把蒟娟指甲上的绿色消去。名医说这不是病,不须用药。但蒟野人还是求名医给开几帖药试试。名医就开了药方,也不甚怪,只是药引中却有一味是百年老茶碗砸碎磨成的粉。蒟野人当时看了就呆了,却不敢说什么,按方去配了药,让蒟娟服下去,那绿色果然渐渐地褪了。

　　蒟娟六岁时,第一次随蒟野人到祁门去收茶。蒟野人是扬州的大茶商,拥有一艘双桅巨艎,每年二、三、四月间,他都要到祁门去收上几十万斤的上好茶叶,然后辗转拉到扬州和洛阳去卖。

那年蒻娟六岁，一艘双桅巨艎对她而言就是一座迷宫。她在黑暗而潮湿的底舱迷失了，哭啊，找啊，都没用，后来累了，睡着了。醒来的时候也不知是白天还是黑夜，她任意地走着。原先只顾着哭喊了，这时定下神来，才嗅到底舱里原来弥漫着好闻的茶叶香，凉丝丝的，直凉到她骨头里，像水。她有些不想出去，只是坐着，身子好像是浮在茶香里。后来她看到舱壁上有一个小洞，有月光透进来，洞外立着一根粗粗的铁索。她爬出洞去，抓住铁索，下面是一大坨黑黑的铁，那是锚，她不认识。她就顺着铁索滑下去，坐在铁锚上。

晚风吹着，像有一个人正一下又一下地，轻轻地拍着蒻娟的脸。黝黯的江水被船破开，翻起灰白的肌肉。后来蒻娟爱上了深夜里一个人坐在铁锚上的感觉，她常常趁着父亲睡着的时候，偷偷跑出来，抓住铁索滑下去，脚一晃一晃地，坐在那一大坨黑铁上。

铁锚又滑又冷，上面挂满水草，爬着许多贝类。

就是那时，蒻娟第一次见到了梅姑和青葙。月色朦胧中，她隐约看到有两个人影在江面上飘行。蒻娟死死抓住了铁索。那两个人似乎还有些犹豫和胆怯，总是跟在船尾数十丈处，不太敢近前，有时倏乎飘前十几丈，又倏乎而退。蒻娟心里害怕，却也不愿意爬上去,她紧紧抓着铁索,也不知坐了多久,竟然迷迷糊糊地睡着了。突然她睁开眼,看见那两人就浮在自己面前,一个妇人,二十来岁的样子,绿襦红裙,面黄而肿;另一个是两三岁的小孩儿,穿着青衣。那个妇人缓缓向蒻娟伸出了一只手,手背向上,五指下垂。蒻娟看到她的手瘦如鸟爪,她的指甲,也是绿色的。

蒻娟害怕极了,她拼命地摇着头,缩着身子。梅姑和青葙便飘开了,消失在月光里。

一个叫镬八公的老船工找到了蒻娟。镬八公是船上烧火的,驼背,黑黑的脸,白眉毛白胡子都挤到了一块儿,穿一件油油的破布袄。他也抓着铁索滑下去,和蒻娟一起坐在铁锚上。大江像一匹漫无边际的灰白棉布,在月光下缓缓起伏。镬八公用他巨大的手掌轻抚蒻娟的头,低低吼起一首船工号子。他的嗓子嘶哑,他的手粗粗的、暖暖的。蒻娟爱上了这一切,爱上了坐在冰冷的铁锚上,听镬八公吼船工号子,爱上了他巨大的、粗糙而温暖的手,爱上了这大江,和大江上灰而亮的月光。

从那时起,直至船到祁门,蒻娟夜夜都到铁锚上坐着,看月亮,看大江,和镬八公一起。

镬八公有一肚子的故事,什么蛇精毛女、树妖水怪,听得蒻娟一愣一愣的。有天夜里,镬八公说起一个茶鬼的故事:他说祁门满山满园的茶树,都有茶鬼照应着哩!他们给茶树浇水、捉虫、开畲……所以祁门的茶树才长得这么好!他还说,那些茶鬼都是采茶人死后变的,他们活着时替官府、替财主种了一辈子茶树,死了还得接着为两个老妖怪种茶树。那两个妖怪啊,一个是山猫精,一个是野猪精,他们役使茶鬼在祁门种了快五百年的茶树了,他们就等着碧茶乳能喝了,就喝饱了,好变成神仙,飞上天去。

蒻娟摇着镬八公的肩说:"八公骗人!八公骗人!"

镬八公说:"我才不骗你哪!你朝那看!"他伸出粗粗短短的手指,指着西北边,神秘地说:"看到那光亮吗?那就是碧沉,好大一棵茶树啊!"蒻娟使劲瞪大眼睛去看,可除了黑黑的夜空,和几颗孤零零的星星,她什么也看不到。

镬八公说,碧茶乳就是碧沉的血,碧沉的血没了,就会死去,碧沉死了,祁门的茶树也要跟着死去,祁门的采茶人,这可怎么活噢!

蒻娟就想起她父亲的茶园芳蕊苑,不也是在祁门吗?如果芳蕊苑里的茶树也死了,那可怎么好!她扯着镬八公的衣袖,求道:"八公,那你得想个法子呀!"

镬八公挠了挠头,说法子是有,但不一定管用。他说碧沉上还有一样宝贝,叫"碧沉清露",谁得到了它,就能把妖精都赶走,让死树复生,死人复活!

蒻娟就摇着镂八公的手说:"那咱们这就去找碧沉清露吧!"

镂八公笑了,说:"你当谁都找得到的呀?只有心地干净,没一星半点渣滓的人,才能得到碧沉清露,别的人去找,就算找到了也白搭。"

蒻娟听了,就不作声了。她不知道什么样的人,才算是"心地干净,没一星半点渣滓"。

也是六岁那年,蒻娟第一次进了茶山,那情景,她一辈子也忘不掉。他们是天黑时到达祁门的,大船泊在码头上,父亲雇下一艘乌篷船,拐入一条支流中。船摇啊摇的,不知不觉,蒻娟在咿呀的橹声里睡着了,醒来的时候,船已泊在岸边。父亲不知到哪儿去了,水声汩汩,四周漆黑一片。蒻娟觉得自己被淹没了,被一种绿色的、凉凉的、清淡的香气淹没了。那香气似乎触手可及,光滑,像融化的绿玉。有歌声自渺远的天际传来:"采茶复采茶,采采黄金芽。纤指摘翡翠,微烟散彩霞。"天渐渐亮了,蒻娟看到小河两岸是一座又一座的茶山,茶山上散落地植了许多桐树,茶树和桐树都笼罩在乳白的晨雾中。

蒻娟小心地上了岸,向茶山上走去。地上湿滑,她摔了一跤,沾了满手的泥,却并不觉得疼。太阳一点一点出来,脸红红的,像刚从洞房里出来的新娘子。不知哪儿传来一声锣响,采茶人都从山上下来了。蒻娟碰上了一个小姑娘,那是一个比蒻娟大不了几岁的小姑娘，背着沉重的装满茶芽的竹篓，一步一步从茶山上走下来，嘴唇厚厚的，头发黄而稀疏，因为蒻娟握住了她的手而惊惧。她的手指短短的，粗粗的，像是草草烧成的陶器，只有那十个绿莹莹的指甲，美得令蒻娟目眩。

后来，蒻娟才知道，原来采茶人的指甲都是绿色的，他们用指甲掐下茶芽，以保持茶芽的净洁，久而久之，便把指甲染成了碧绿。

七岁那年，蒻娟第二次随父亲去祁门。梅姑再一次漂浮在蒻娟面前，蒻娟终于大起胆子，握住了那只向她伸出的手。她猛地从铁锚上拔起，直往群星闪耀的夜空飘去。她尖叫了一声，又捂住了嘴，她感觉这并不是在飞，而是在下坠，在坠入深不见底的、黑色的天空。梅姑带着她飘入莽莽苍苍的群山，落在山腰两间小小茅屋前。茅屋外插了一圈篱笆，篱笆外立着两株松柏，松柏上又还挂着半轮冷月。

柴门前种着几株芫花，花色淡紫，在月光里冷冷地开着。

茅屋里黑黑的，蒻娟打了个哆嗦。梅姑叫道："翩翩儿！翩翩儿！"一只粉蝶飞了进来，青白色，拖曳着一缕月光，把茅屋照亮。

青葙站在茅屋中间，瞪着一双大大的眼睛，好奇地看着蒻娟。后来他搬出一匹小木马，给蒻娟玩，那木马能跑能跳，还会嘶叫。两个人玩了许久，翦娟累了，她从没和小伙伴这样开心地玩过，在扬州，别人都当她是小姐，没人和她玩。

"来，小姑娘！"梅姑把翦娟搂在怀里，用一把木梳替她梳头。因为母亲不在身边，翦娟的头发每天都乱糟糟的。

翦娟小心翼翼地问："梅姨，明天我还来行吗？"

"我是鬼，茶鬼。"梅姑伸出手，笑着说，"看到吗？茶鬼的手指甲都是绿色的，你不怕吗？"

"阿娟不怕。"翦娟轻轻碰了碰那指甲，"梅姨是茶鬼，怎么不去浇茶树？"

"我逃出来啦！"梅姑淡淡地说，似乎突然有些不高兴，"我喝了碧茶乳，连老妖怪也拿我没法子，自然不用替他们浇茶树啦！"

梅姑细细地把翦娟的头发梳好，用一根玉色的丝线系住。

第二天清晨，在翦娟回到船上之后，她的头发散落了，那根玉色的丝线原来不过是一根蛛丝。

但翦娟喜欢和梅姑在一起，还有青葙。

青葙带着翦娟在月夜里飘行，他的身体是那样的轻盈，似乎仅仅月光就足以将他托起。他们飘遍了祁门的每一处茶园。在一座茶山上他们惊醒了一对野鹌鹑，它们扑扇着翅膀低低地飞过茶园边的灌木丛，嘎嘎叫着。

有一次青葙说带她去看"鹌鹑的梦"。青葙还不太会说话，他牵着蒳娟的手,蹒跚着走在前面,引着蒳娟向灌木丛里去。露水轻轻打湿了蒳娟的衣裙,青莳做着手势让她噤声,又用手指给蒳娟看。蒳娟踮起脚看树枝上一个窝,那两只美丽的鹌鹑紧紧地挤在它们的窝里沉睡,甚至蒳娟沉重的呼吸也没能把它们惊醒。青莳指着鹌鹑道:"摸摸,摸摸。"蒳娟小心翼翼地伸出一个手指头,放在一只鹌鹑的羽上。她被突然浮现在眼前的景象吓了一跳。那是一片翠绿的茶园,蒳娟把手指头缩了回来,那片茶园消失了。"摸摸,摸摸!"青莳道。蒳娟再一次把手指头放在鹌鹑的羽上,她看到阳光倾泻在茶园上,看到一只黑褐色带斑点的鹌鹑正在茶树下走,两只小小的脚迅速地摆动着。它的后面,排着队,跟着一、二、三、四、五、六、七……不,蒳娟数不清,那样多的小鹌鹑,在后面排着队走,黄褐的茸毛,那样稚嫩的可爱。

蒳娟八岁的时候,梅姑说想看看蒳野人的黑玉扳指。蒳娟知道那个黑玉扳指,那是道士画过符下过咒的,说是能避邪驱魔。那个风月晴莹的夜晚,蒳娟趁着父亲熟睡的时候,偷偷把黑玉扳指从父亲的手上脱了下来,坐在河岸边等梅姑和青莳。

蒳野人在芳蕊苑建起了巨大的庄园。蒳娟远远地看到梅姑和青莳飘过了小河,直向庄园里飘去。蒳娟使劲地招手,但梅姑连头也没回,只有青莳似乎是朝她笑了笑。蒳娟想,他们待会儿就会来找自己的,便坐下继续等。约莫一个时辰之后,梅姑和青葙回来了,梅姑揪着一个人的头发,在野地上走。那人脸色苍白,目光呆痴,在梅姑身后跟跟跄跄走着。蒻娟只隐约听得青葙道:"娘,怎么不飞?怎么不飞?"他一边说一边用胖嘟嘟的手指头指着天空。梅姑答道:"不行,你以为他和阿娟一样吗?他一身的铜臭,死沉死沉的,拖着他娘飞不起来。"

蒻娟忽然认出那人原来是自己的父亲。她拼命地追过去,喊道:"梅姨!梅姨!你要把我爹拖到哪儿去?"但梅姑和青葙都不搭理她。他们走上了河面,蒻野人沉了下去,只露出头和脖子在河面上。蒻娟也跟着跃下了河,春天的河水还非常冷,但蒻娟顾不上了。她爬上河岸,跟在了梅姑和青葙的后面,幸好他们拖着蒻野人,也走不快。在山野里追了不知多久,又来到那两间茅屋前,梅姑把蒻野人拖了进去,青葙似乎是停了下来,回头看蒻娟,却被梅姑一把拉了进去,柴门掩上了。

蒻娟拍着门,哭着,喊着,但茅屋里黑沉沉的,无声无息。她浑身湿漉漉的,冻得直抖,但她已经不在乎了。她喊得声音也哑了,拍得手也肿了,突然,她想起了那个黑玉扳指,那不是能避邪驱魔吗?她把手去摸,却找不到了,一定是掉在河里了,她想。她背靠着茅屋,无力地坐下。

夜色深沉,虫儿唧唧地叫着。她把头伏在膝盖上,睡着了,一边睡,还一边喃喃地说着什么。

醒来时天已蒙蒙亮，她看见自己是坐在两座坟前，不远处立着两株松柏，再望下去，是一条小河在山脚下流过，河两岸，是一座又一座的笼罩在晨雾里的茶山。

一朵淡紫的芫花轻轻地飘下来，落在了翦娟的衣襟上。

翦娟下山去找人来挖坟。找来了十几个男人，后面又还跟着一大群看热闹的妇人和孩子，喧喧嚷嚷地上山去。可距坟墓还有十几丈时，人们停下了，喧哗声也止息了。"那是梅姑的墓！""那是梅姑和青葙的墓！"人们交头接耳地道。翦娟道："是啊！就是梅姑和青葙把我爹拖进去的。"可人们渐渐地散去了，"我们不挖梅姑的墓！"翦娟一下愣住了。

她独自在坟前坐下，一直坐到太阳落了，天黑了，月亮升起。除了镬八公，她不知道还有谁能帮助自己，可镬八公在祁门码头的大船上，离这儿还有好远。她哭哭停停，直到夜深，忽然有一股浓郁的茶香飘来，隔不久，又响起一记棋子敲落在棋盘上的脆响。她觅路行去，但那茶香飘忽不定，棋子的声音也是忽远忽近。就在她几乎绝望的时候，一只青白的粉蝶飞了过来，拖曳着一缕月光。"是翩翩儿！"翦娟跟了上去，终于，茂密的松林里，亮起了一团莹白的光。她跑了过去，那团光把方圆数十丈的松林照得像白昼一样明亮，两个人，一个书生打扮，另一个则是和尚，正坐在山石上，饮茶，下棋。数十只翩翩儿一样的粉蝶拖曳着月光在他们的身周飞舞,正是它们拖曳的月光,把松林照亮。

"你们是神仙吗?"蒻娟走过去,怯生生地问,"如果你们是神仙,请你们帮我救我的父亲!"

"哈哈哈!"那两人笑了起来,那书生打扮的人道:"我们当然是神仙,我叫褚乘霞,他叫周寂川。"那个叫周寂川的和尚道:"小姑娘,你想叫我们如何帮你呢?"蒻娟道:"我原先有个黑玉扳指,能避邪驱魔,你们帮我把它找回来,我就能去救我爹了。"褚乘霞道:"呸!你是叫我们帮你找赵叔牙的破铜烂铁吗?"蒻娟问道:"赵叔牙是谁?"周寂川道:"就是那个给你父亲黑玉扳指的道士,老褚和他是多年的仇家了。"褚乘霞道:"赵叔牙的东西顶得什么屁用,不如我赐你一样本事,你便能救你爹了。"

蒻娟把两手交叉握在身前,用一双盈满泪水的眼睛看着褚乘霞,道:"请大仙救我!"褚乘霞诡笑着道:"不过,你要拿一样东西来交换。"蒻娟道:"要用什么换?"褚乘霞道:"不多不多,我只想要你的十根手指头。"

蒻娟吓了一跳,她退了一步,又走上前来,把十根手指伸出,道:"如果大仙要,便拿去吧,我只想救我爹!"褚乘霞便大喊了一声:"阿富!"从山石下跳出一只癞蛤蟆来,两只前脚握着一把小小的玉斧。褚乘霞又道:"把手放在那石头上。"蒻娟把手张开,平放在一块山石上,又怯怯地问道:"会不会很疼?"褚乘霞道:"怎么,你怕了吗?"蒻娟摇了摇头。阿富便跳到山石上,斧头轻轻落下,哧的一声,一根手指掉了下来。

蒻娟感到一阵钻心的疼痛,但疼痛很快消失了,像有一块寒冰封住了她的伤口。阿富连续地挥起斧头,蒻娟的十根手指都掉了下来,散落在地上。阿富把斧头放下,捡起手指抱住,一摇一摆地,送到褚乘霞手中。

褚乘霞笑嘻嘻地道:"好啦!不疼吧?现在跳进我的茶杯里来吧。"蒻娟看着那个小小的茶杯,有些犹豫。褚乘霞道:"怎么,不敢跳?"蒻娟一闭眼,没头没脑地跳了下去。

她的身子迅速地变小,当她落入茶杯里时,已变得只有红枣那么大了。

片刻之后,褚乘霞把蒻娟从茶杯里拎了出来。蒻娟的身子慢慢变回原来的大小,但她再也不是原来的蒻娟了。她变得有些矮胖,脸也变得黄而浮肿,像一片被泡开的茶叶。她茫然地看着四周,渐渐回过神来,道:"大仙,我……我能去救我爹了吗?"

褚乘霞傲然道:"现在你便是有一百个爹也救得!"蒻娟问道:"怎么救?"褚乘霞道:"你试试叫一声看。"蒻娟有些不解,又问:"叫什么?"褚乘霞道:"随便你。"蒻娟便轻轻叫了声:"爹!"但没什么变化。褚乘霞道:"笨姑娘,大点声叫!"蒻娟又叫了一声:"爹!"可仍然是没有变化。褚乘霞道:"再大点声,就像……就像你们姑娘家猛地看到一只老鼠一样。"蒻娟便放开了声音尖声叫道:"爹——!"

忽然刮起了一阵大风,这阵风把那些拖曳着月光的粉蝶都刮跑了,还有癞蛤蟆阿富,还有放在山石上的茶盏、玉斧、棋盘、棋子,还有原先是放在褚乘霞身前的那个古琴,也都被吹得无影无踪,褚乘霞和周寂川身上的衣衫被吹得稀烂,褚乘霞的头发也散开来,向后飘飞。

风停了之后,四周一片漆黑,好似这阵风竟将天上的月亮也吹跑了。只听得褚乘霞道:"坏了坏了,我忘了告诉她不可对着咱们叫了!"周寂川道:"老褚,你要小姑娘的手指头做什么?"褚乘霞道:"本是想用来做我松月琴的承露。"周寂川道:"我看还是先做把梳子,给你这老杂毛梳梳头吧!"

清晨,蒻娟回到了梅姑和青葙的坟前。就这样尖叫就能把我的爹爹唤回来吗?她想,于是她尖声地叫起来:"爹——!爹——!"

天空刹那间暗了,一道旋风像一条黑龙,从蒻娟的身后卷了过来,把坟头卷平了,松柏被连根拔起,旋风带着它们向远处飘去。蒻娟看着它们被卷下了山腰,远远地落在小河里。

梅姑立在那被卷成平地的坟墓前，叫道："青葙，你不要出来！"蒴娟犹豫了，她看到梅姑眼里燃着仇恨的火，她问道："你为什么要抓我的爹爹！"梅姑恶狠狠地道："像他这样的王八蛋，便是有一千一万个，我也要一个个抓来杀了！"蒴娟道："你放了他，我便不再叫了。"梅姑道："你便是叫到山都平了，我也不放！"

"那我叫了。"蒴娟就像在和梅姑商量，但她叫起来却是倾尽全力，"放了我爹爹！放了我爹爹！"一道更大的旋风猛地扑了下来，梅姑被风卷得轱辘辘直转，她的衣衫被卷去了；她的皮肉被卷去了，只剩森森的白骨，那白骨也在断裂、粉碎；她倒了下来，碎裂的白骨被旋风卷着，向遥远的天际飘去。在她原先立着的地方，只余下一个大坑。

蒴野人俯身卧在大坑里，一动不动。"爹爹！"蒴娟叫了一声，又一阵风把蒴野人从大坑里卷了起来，砰地摔在山石上。蒴娟吓得捂住了自己的嘴，她跑过去，轻轻地唤着："爹，你醒醒！"

蒴野人喉咙里咕噜了一声，把手抬起，似乎想说些什么，却又说不出来，那手也落了下去。

一个白骨小儿，从坟坑里跳了出来，手里抓着一把纸梳，一匹纸马，一摇一晃、忽左忽右地跑着。"青葙！青葙！"蒴娟低声地唤道。青葙猛地转过身来，用一双黑黑的眼眶看着蒴

尖之娟

娟,片刻之后,他哗啦倒在地上,破碎成一堆细小的骨头。

蒻野人在床上将养了一个月,才能行路。他不待茶叶收足,就扬帆起航,回扬州去了。虽然是蒻娟把蒻野人救回的,但蒻野人对蒻娟却再也不像从前了。蒻娟知道是为什么,有时她照镜子,看已容貌大变的自己,那又黄又浮肿的脸,与梅姑是多么的像。她去找镤八公,可连镤八公也不搭理她了,她伤心极了,难道就因为自己变丑了,所以所有人都不再喜欢自己了吗?

她没了手指,再也不能抓住铁索滑到铁锚上坐了,她只能坐在船舷上,看铁锚在江风里晃啊,晃啊。有一天夜里,她看见镤八公独自坐在铁锚上,便走过去,可怜巴巴地喊:"八公!八公——!"镤八公终于心软了,爬上来,抱着她抓住铁索滑到铁锚上。

他们坐了许久,没说一句话。天就要亮的时候,镤八公突然开口了,他道:"梅姑是你爹害死的!"蒻娟不作声,开始抽泣,镤八公又道,"你不知道,那时梅姑有多好看,祁门的采茶女全加起来,也没她好看哩!"

蒻娟终于哭出声来,她哭哭啼啼地道:"八公,我不知道,我只想救我爹!"镤八公叹了口气,把她搂入怀中,道:"我晓得你不知道,可那时梅姑多好看哪!你爹啊,和她有了孩子,可又嫌她卑贱,不愿娶她。梅姑带了孩子,就是青葙,到扬州去找你爹。大冷天里，抱着孩子，在篛府门前守了一夜，你爹也不出来见她一面。结果，大人孩子都冻死啦！还是芳蕊苑的采茶人，凑了钱，把她和青葙从扬州拉了回来，安葬了。"

篛娟什么也说不出来，只是把头埋在镂八公怀里呜呜地哭，一直哭到天亮。

篛娟变得孤僻而冷傲。扬州城里的人都知道，篛家的宝贝女儿八岁时从祁门回来，变成了一个妖怪。十五岁及笄，篛野人给篛娟说了一门亲事，男方是扬州榷茶使的外甥，名叫程蔷，是出了名的小霸王。大伙儿都知道他娶篛娟是为了钱，而篛野人愿意把篛娟嫁给他，也不过是看中了他的舅舅是榷茶使。这门亲事本是皆大欢喜，但临到头来篛娟却不情愿。篛娟的母亲崔氏把口水都说干了，也没用，每次上闺房去看女儿，篛娟便转过身去，对她不理不睬。

后来篛野人亲自去劝说，可无论怎么威逼利诱，都没用。有一天晚上，篛娟逼急了，她就把梅姑的事翻出来，把篛野人气得脸都绿了。

但篛野人的死却是很偶然。那天篛野人照例去劝说篛娟，一只癞蛤蟆从房梁上掉下来，正好落在篛野人肩上，篛娟吓得尖叫了一声，立时刮起一阵狂风，把篛野人从窗口卷了出去。下人们寻了半日，终于在城外一株老槐上发现了篛野人的尸体。

这回事情闹大了，官府派了几十个捕快，带着铁尺锁链，来捉拿她这弱女子，也被她一声尖叫，全刮到了城外。后来没法子，把玄元观的老道赵叔牙请来了，这个赵叔牙，便是给蔫野人黑玉扳指的那个老道，他也是扬州城里最会捉妖的道士。

赵叔牙祭起了食风兽，那食风兽看起来就像一头黑色的小猪，在半空里乱跑，猪屁股一左一右地晃。蔫娟一尖叫，它就坐倒鼓起猪肚子吸气，把蔫娟唤出来的风都吸进肚子里去了。

后来赵叔牙又祭起了一块大大的黑玉，把蔫娟压在了下面。蔫娟知道自己要死了，她恍惚听到人们说要把自己扔进乱坟岗子里。她看到从黑而深的天空飞下来一只癞蛤蟆，前脚抓着一个血色的小袋。"是阿富。"她想，"它来干吗？"她看见阿富把那血色的小袋套在了自己的鼻孔上，她觉得自己被吸进去了，"不要！不要！"她想尖叫，却叫不出声。

袋里似乎大得无边无涯，无数冰冷的手死死把她抓住，仿佛要把她撕碎。

"阿娟！阿娟！"

是谁叫我？蔫娟朦胧醒来。

一个瘦瘦的女子，与蔫娟岁数相近，问道："你醒了吗？"

她身材虽瘦，脸却是黄而浮肿，小鼻子小眼睛，眉毛稀疏，头发枯黄。她又道："我叫阿登！陈阿登！"

蒻娟撑起半个身子,恍恍惚惚道:"这是哪儿?"阿登道:"这是茶鬼村,是茶鬼们住的地方。"蒻娟又道:"我死了吗?我不是采茶人,怎么也变成了茶鬼呢?"阿登道:"你以前也是采茶人,是褚乘霞和周寂川让你投胎做人,借你的手杀死梅姑,又借赵叔牙的手杀死你,才把你收回来作茶鬼。"

　　蒻娟有些糊涂了,她看了看四周,却是一个破旧的茅屋,屋角一个灶台,灶台旁立着一根扁担、两个木桶。从窗户望出去,天空阴沉沉的,没有太阳,也没有云彩。

　　她又朦朦胧胧地睡去,天黑时,阿登把她唤醒了,道:"阿富大人快到了,你快起来!"

　　片刻之后,走进来一个着绿衫的男子,暴眼扁鼻,阔口短项,腹大如鼓。他咣啷咣啷地,把一根扁担两个木桶扔在地上,道:"呱呱!阿登,呱呱!你今夜便带阿娟去浇茶树!"说罢,大摇大摆地走了。

　　蒻娟问道:"他又是谁?"阿登道:"阿富大人啊!"

　　蒻娟奇道:"阿富,它不是一只癞蛤蟆吗?"阿登吓得捂住蒻娟的嘴,偷偷看阿富走远了没,又低声道:"你这话可不能乱说,阿富大人最忌讳人家说他是癞蛤蟆,茶鬼村几千个茶鬼,可都归他管,谁不小心惹了他,他便给谁一根铁扁担,两个铁水桶,不要说担水浇茶树了,便是那两个空桶,也要把你压得万劫不复!"

正说着呢，外边已有人叫道："阿登，你还不去吗？"

阿登便担起木桶，蒻娟也把阿富扔在地上的木桶挑起，两人一起走出茅屋。

外面是幽暗的山谷，散落着许多青白的磷火，无数茶鬼，有男有女，有老有少，都挑着木桶，往天上飘去。

他们去收集草上的露水。阿登教蒻娟怎么把草皮从地上揭起来，就像揭开一条绿色的地毯。在草皮下面，蚯蚓、青蛙、蛇、蝾螈、蚂蚁……无数的虫豸，让蒻娟惊讶。它们有的被吓得团团乱转，有的又镇定自若似乎已习惯了这怪异的景象，有的连看也不看她们一眼，呼呼大睡，有的索性钻入土中，那儿更潮湿，也更温暖。她们把草皮放入木桶中，脱下鞋子，用脚去踩，阿登教蒻娟怎么把草里的露水踩出来，又不伤着青草，又教蒻娟怎么把草皮照原样再铺回去。那些露水清凉、透明，浸着蒻娟的脚，蒻娟看着自己洁白而圆润的脚踝，几根蓝色血管，在肌肤下轻轻地跃动。

很快她们就把木桶装满了，阿登带着蒻娟向高处飘去。茶鬼们渐渐聚到了一起，他们都挑着装满露水的木桶。阿登对蒻娟喊着："快看！"蒻娟朝前方看去，只见在遥远的天际，隐约现出一丝微光，既不像星星，更不是月亮。蒻娟问道："那是什么呀？"阿登并不回答，只是带着蒻娟更快地向那微光飘去。一路上超过了许多茶鬼，他们都笑着道：“阿登，今天怎么这么勤快！”阿登也笑着道：“有人还没见过碧沉呢！”茶鬼们便都笑起来。

愈来愈近，愈来愈近，翦娟隐约看出来，那闪着光的，是一棵树。可当她再近些的时候，她却有些怀疑，这是树吗？它是如此的巨大，与其说它是一棵树，倒不如说它是“一棵森林”，那粗大的树干，便是所有茶鬼手拉手也不可能把它环抱住，每一片叶都像是一片绿色的原野，每一朵花都是一座辉煌的宫殿。阿登引着翦娟向树顶飘去，她们穿越树叶与树叶之间的间隙，那些树叶和花朵散发出醉人的馨香。许多翩翩儿一样的粉蝶拖曳着月光，在树叶、花朵与枝干间飞舞，正是那些粉蝶，让这棵巨大的树放出光来。

她们终于飘到了树顶，阿登轻轻地道：“这就是碧沉！这就是我们要浇灌的茶树！”

在暗蓝的夜空下，碧沉铺展开它的花叶与枝条，铺展开它无与伦比的绿与馨香，它是如此的巨大，仿佛覆盖了整个大地。

阿登和翦娟把木桶中的露水倒了下去，内心充满爱与虔诚。

那天夜里，翦娟担了一百多桶露水去浇灌碧沉，可把她累坏了。一回到茶鬼村她就睡着了，她是睡在一张用枯草铺成的床上，厚厚的，有草的香。

中午阿登把她唤醒，带来几朵野花做蒻娟的午饭，蒻娟吃完了，又昏昏沉沉睡去。黄昏时，她听到有人在说话。

是一个男子，阿登和他相依着坐在门槛上，蒻娟只看到他们的背影。

"我怕！"阿登的声音抖抖的。

"茶鬼们会被地狱之火烧成灰烬的！"那男子道。

"可是，他们说，把碧茶乳收上来了，就放咱们去投胎。"

"你信？"

"就算逃出去了，也不过是像梅姑那样，做一个野鬼。"

"那也比被烧成灰烬好！"

他们沉默了。那男子猛地站起，他身材极高，头一下磕在了门楣上，"你不逃，我自己逃！"他道。

阿登默不作声。那男子攥着拳，看着阿登，忽地转身跑走了。阿登回头看着蒻娟，道："他要逃走。"

蒻娟赤着脚，从床上下来，抱着膝坐在阿登身边。阿登忍不住哭起来，道："逃不走的，阿虎你逃不走的，那么多年，每个想逃走的茶鬼，都被烧成了灰！"

蒻娟把手抬起，搂住了阿登的肩。阿登又哭道："就算偷到碧茶乳，逃走了，也不过像梅姑那样，孤零零的，有什么好！"

那天夜里，阿虎把木桶抛掉，钻入了碧沉的树根下。阿登和蔫娟坐在一片绿叶上，心中忐忑不安。时间似乎极慢、极慢，阿登清楚记得梅姑逃出时的情景，她化成一团绿色的火，从地底冲了出来，眨眼间消失在遥远的天际。但五百年来，就只逃出了这么一个茶鬼，更多的茶鬼被那黑色的地狱之火烧成了灰，被风吹散，永远地消失在天地之间。

突然，碧沉下的泥土动了动，阿登紧紧握住了蔫娟的手。泥土爆开，一团火冲了出来，但那是黑色的、透明的火焰。阿虎被那火焰撕咬着，在夜空下挣扎、呼喊，阿登尖叫了一声，她松开蔫娟的手，向阿虎飘去。"不要！不要去！"蔫娟喊道。但阿登已冲入了那团火焰之中，她紧紧地抱住了阿虎。那黑色的火嘶嘶地笑着，将阿虎和阿登吞噬。蔫娟想尖叫，想唤来黑色的风，把这黑色的火吹灭。但她叫不出来，她早已不是那个能够用尖叫来毁灭世界的蔫娟了。

次日清晨，癞蛤蟆阿富带着两小堆灰烬来到了茶鬼村。它鼓起肚子深深吸了一口气，然后噗的一声，把那两堆灰烬吹散。它呱呱地笑着，道："蠢啊！蠢啊！蠢啊！再等三天，主人就会把你们放了。蠢啊！蠢啊！蠢啊！为什么要逃呢？蠢啊！蠢啊！蠢啊！那时我就能和主人一起升上天界！好啊！好啊！好啊！"

三日之后的深夜，阿富领着茶鬼们向碧沉飘去，他们在树下站住。月上中天时，褚乘霞和周寂川钻入了土中。碧沉开始枯萎——碧茶乳如同碧沉的血液，被取去之后，碧沉就要死去。巨大的绿叶变得枯黄，从空中飘下，把方圆百里的山野都遮盖了，花朵凋谢，空气里弥漫着花朵死亡的气息，那是一种腻人的甜香。

茶山上的茶树，也都随着碧沉一起枯萎了，鸟兽们不知发生了什么事，都从巢穴里跑了出来。

终于，褚乘霞和周寂川从地下冲了出来，全身上下都闪烁着绿色的光芒。褚乘霞手里提着一只大老鼠，他哈哈笑道："赵叔牙啊赵叔牙，你真是不自量力，居然想来分一杯羹，枉自送了性命！"他把那只死老鼠抛下，与周寂川携手向天上飞去。

阿富在地上又跳又叫，他喊道："呱呱呱！主人，还有我呀！呱呱呱！别把我抛下！"周寂川一弹手指，一团绿火从他的指尖飞出，把阿富烧成了一堆白骨。

蔫娟觉得地面越来越热，她一低头，看见熊熊烈火正从地底升起，那黑色的、透明的烈火，像地狱之王的长舌，翻卷着，瞬间冲出地面，将所有的茶鬼吞噬。

烈火将蔫娟攫住，把她猛地抛入了夜空。她感到背部一阵阵灼热，接着，燃烧的剧痛撕碎了她的意识，像有千万把尖刀，同时把她柔弱的身躯划开。不,她已经没有身躯了,这地狱之火,正在燃烧、正在划开的,是她的灵魂。

她看到在碧沉枯死的枝干上,一滴绿色的露水正要滴下来,怎么还会剩下这么一滴,那是碧沉为她留下的吗?她伸出手掌,伸出她那已被地狱之火烧得乌黑的、没有手指的手掌,去迎接那滴从碧沉的枝干上落下的露水。她接住了,一阵清凉的潮水涌遍了她的全身,这不会就是碧沉清露吧?这真的是碧沉清露吗?

她看见她的手指生了出来,像春天的葡萄藤,卷曲着,仿佛有些畏惧和羞怯,但它们在长,那十根美丽的手指,那十根指甲是绿色的美丽手指,很快长了出来。她看见自己身上也闪烁出了绿色的光芒,她轻抚自己的脸,它已变得像从前那样光滑而柔嫩。她想起自己六岁时第一次进入茶山时的情景,还有那首采茶歌,她忍不住尖声地唱道:"采茶复采茶,采采黄金芽。纤指摘翡翠,微烟散彩霞。采茶复采茶,采采黄金芽。纤指摘翡翠,微烟散彩霞。……"

她不停地唱下去,起风了,是和暖的春风,天空下起了绿色的雨,把地狱之火浇灭,那些枯黄的叶片,重又变得翠绿,飞上碧沉的枝头,那些凋谢的花,也冉冉升起,重新在枝叶间绽放,而那些已经枯死的茶树,也都重新长出新的绿叶。褚乘霞和周寂川被这风儿一吹,都从天上掉了下来,现出他们的原形，原来一个是山猫，一个是野猪，他们在地上乱窜，被茶鬼们用石头砸死了。

蔚娟轻轻地落在碧沉的树梢上，鸟兽们都围了过来，无数粉蝶，拖曳着月光，慢慢向蔚娟聚拢，它们不停地落在蔚娟身上，不停地落着，落着……

镬八公从乱坟岗子寻回蔚娟，把她埋在了梅姑的墓旁。后来，常常有采茶人，看见一个美丽的女神，赤着脚，在茶树上飘行，凡是她飘过的地方，茶树就长得格外的好。她的衣衫，像晨雾一样洁白；她的脚踝，像露珠一样，圆润而晶莹。

金鱼

八

金色的燕子一碰到网,就变成了风,它们总是自由的。

金鱼分三种:草金鱼、文金鱼和蛋金鱼。

草金鱼会变成草。它们长啊长啊,颜色就慢慢地变绿,从黑色、白色、红色、紫色、花点变成墨绿、柳绿、水绿……它们的尾巴变成水草的叶子,身子变成水草的茎,头变成水草的根。变化是从尾部开始的,然后是身子,最后才是头。当它最后还剩下头还像个金鱼的时候,它就会向别的金鱼告别,告诉它们自己就要变成草了,然后找一个地方静静地待着……它就这样变成了一株草,名字也从草金鱼变成了鱼金草。

鱼金草们待在一处,默默生长,毫不起眼。直到春天,突然之间,仿佛是约定好了的,它们开出了各种颜色——黑色、白色、红色、紫色、花点的小花,静静地盛放在翡翠一样绿的水面上。一天之后,这些小花就会变成新的草金鱼——黑色、白色、红色、紫色、花点——在水里游动。而鱼金草们就慢慢地枯残了，在冬天的时候，最终消失在水中。

有一种草金鱼有一个别致的名字，叫燕尾，因为它们的尾巴特别的修长，就像燕子的尾巴一样。大约一千朵小花变成的草金鱼里面，会有一尾燕尾，它们比别的草金鱼更美丽、更飘逸，但这还不是人们喜爱它们的真正原因。

在春天的时候，它就像所有草金鱼一样，变成了草，开出了自己的小花。但是它的小花不是黑色、白色、红色、紫色或花点的，而是金色的。这些金色的小花也仅有一天的花期，当它凋谢的时候，它不会变成新的草金鱼，而是变成了一只只金色的燕子，它们飞离水面，飞向天空……

每一尾燕尾都价值不菲，不仅因为它可遇而不可求，更因为它是无法繁殖的——它的下一代将是燕子，而不是金鱼。曾经有人好不容易得到了一尾燕尾，他想看看燕子的下一代会不会又变回金鱼，于是在春天鱼金草开花的那一日，用网把鱼缸罩住——但他什么也没有得到，金色的燕子一碰到网，就变成了风，它们总是自由的。

在草河南岸的柳庄里，曾经发生过这样一件事：有一年朱标养的草金鱼全都变成了鱼金草，而每株鱼金草开出的花又都奇迹般地变成了燕尾。这件事传得这样快，以至于第二天就有人从扬州城里过来，出千两黄金跟他买十尾燕尾。但朱标一尾燕尾都不卖，他把所有的燕尾都藏起来，独自守着它们，看它们慢慢地变成一株株鱼金草。直到第三年，在一夜之间，所有的鱼金草都开出了花，朱标才命人把那十几口鱼缸都从隐匿处抬出来，放在院子里，他负手在那些鱼缸旁站了一日。直到所有的鱼金草开出的花都变成金色的燕子飞走，他才揉着因为仰头太久而酸疼的脖子，进到屋里坐下。

那时日头已经落了，屋外仍然立着十几个和他一起看金燕子飞走的柳庄的少年，和狗。

文金鱼是不会变成草，也不会变成燕子的。它们的肚子比草金鱼大，身子比草金鱼短，游动起来也比草金鱼慢；在那狭小的鱼缸里，它们的泳姿看起来更像是一种舞蹈，它们的嘴巴不断地开合，仿佛是在载歌载舞，它们舞姿曼妙，歌喉婉转——可惜我们永远也不可能听到它们的歌声。

但或许也有例外，柳庄的少年中，有一个叫郭暖的，他曾经热衷于蹲在朱标的院子里看文金鱼。但他并不说他在看，他说他只是在听，他把眼睛闭住，蹲在鱼缸旁摇头晃脑，他说他听到金鱼在唱好听的歌。但柳庄里没有人把他的话当真，因为他长得是那样的憨和傻。

春天的时候，文金鱼总是互相撕咬，很多人以为那是因为雄鱼在争夺雌鱼，但朱标却知道，它们不过是在互相打扮罢了。文金鱼喜欢残破的尾巴、碎裂的鳞片、硬生生翻卷出来的腮和穿孔的嘴,如果在春天的时候把它们隔开,不让它们互相打扮,它们就会忧郁而死。

有一种被称为蝶尾的文金鱼不仅仅是春天里会互相撕咬,它们一整年都在互相撕咬,它们是狂热而病态的美的信徒,如果任它们撕咬下去,那么每一尾蝶尾都不会活过半年,即使活过了半年,也往往只剩下半边残躯。因此人们总是单独喂养蝶尾。一般而言,一尾蝶尾养不过一年,就会忧郁而死,但是,也有例外,如果运气特别好的话,那尾蝶尾就会变成蝴蝶。

没有人真正知道它们是怎么变成蝴蝶的,常常只是一眨眼间,鱼缸里的蝶尾就不见了,而在缸沿却发现了一只娇小的蝶。这蝴蝶是不能捕捉的,你只能任它们飞去,每一个想把它们留下的人,最终得到的,都只能是它们的尸体。

但这并不是最让人惊讶的文金鱼,还有另一种被称为孔雀的文金鱼,就像它的名字一样,它们总是长着一条如孔雀般绚丽的长尾,但这并不是它们被称为孔雀的真正原因——在传说中,伴着一声震天动地的雷鸣,这种名为孔雀的文金鱼会变成真正的孔雀,但这只是传说而已,从来没有人看到过。

蛋金鱼长得就像一个蛋,它们没有背鳍,尾巴也很短。在所有金鱼中,蛋金鱼最不惹人喜爱,因为它们长得很难看,游动起来又是那样的笨拙,像一个愁苦的老头子。许多养金鱼的人都会把蛋金鱼丢弃在路边,或者直接把它们扔给猫狗。好心一些的人,会把蛋金鱼扔到河里,但是谁都知道,它们是不可能在那种严酷的环境里生存的,它们早已习惯了鱼缸里的生活。

只有那些长得异常丑陋的蛋金鱼能够逃脱被抛弃的命运,比如,头上长出一个巨大的瘤,或者眼睛周围长出巨大的水泡……有些蛋金鱼头上的瘤是如此之大,以至于它们只能够倒立着游动,而那些长着巨大水泡眼的蛋金鱼也好不到哪儿去——它们的水泡眼太大了,只要稍微被什么东西碰一下就会涨破,而这就意味着它们将立即被抛弃。

但这并不是说蛋金鱼很快就将灭绝,一些穷苦的、养不起草金鱼或文金鱼的人,会从路边或者河里把蛋金鱼找回来。他们的家里是不会有精致的、描着花纹的鱼缸的,那些蛋金鱼只能生活在破了的瓦罐或陶碗里;陪伴着它们的将不会是穿着绫罗绸缎的小姐,而只会是一些流着鼻涕、打着赤脚、穿着破衣烂衫的少年。但是它们也有它们的好处:那些穷苦人家的少年所给予它们的爱,是任何草金鱼或文金鱼都不可能得到的。

因此就出现了这样一种蛋金鱼,当它得到了足够的爱,它就会变成那个喂养它的少年,它变得是如此之像,以至于连那个少年都无法辨出它的真假。他们——少年和他的蛋金鱼,将成为一对比孪生兄弟更像孪生兄弟的兄弟,但这仍然不够准确,或者我们应该这样说:少年获得了另一个自己,一个蛋金鱼变成的自己。

但这是一个秘密,只有那些喂养蛋金鱼,并对他们的蛋金鱼付出了足够的爱的少年才会知道,但当他们知道的时候,他们绝不会说出来。

于是,你会看到,当蛋金鱼变成少年的时候,同时也就意味着少年变成了蛋金鱼,二者不断地互换着他们的身份,共同享受着人与金鱼的双重生活。直到有一天,其中的一个死去,这时候,只会留下一个——蛋金鱼或少年,而这个蛋金鱼或少年,将再也不能够变换他们的身份。而从此也不会有人知道,他或它究竟是由蛋金鱼变成的少年,还是由少年变成的蛋金鱼。

我是柳庄那十几个与朱标一起看金燕子飞走的少年之一,我叫虎头,我有一尾蛋金鱼。

没事的时候,我们总是在朱标的房子前面玩,过去就是草河,河对岸是稻田和荷塘,有白鹭在上面飞。

朱标的房屋前立着好大一片柳树,树下摆着好多的鱼缸,那些鱼缸都是上好的砂缸,只有有钱人家才用得起,但是这些缸里的金鱼都是朱标不要的,每隔十天半个月,朱标家的园丁就会把这些金鱼挑到集市上去卖掉。院子里种了好多花木,还有堆在木架子上的盆景,还有假山和溪水,院子里的鱼缸都是白粉缸。这些白粉缸又比柳树下的砂缸更精致了,但是这些白粉缸里养着的金鱼，还是朱标不要的，不过他也不会让园丁把它们挑到集市上卖掉，而是留在院子里。等有大官员或是别的穿长衫的客人来了，就把这些白粉缸里的金鱼送两三对给他们做礼物，那些得到了金鱼的人，都会非常的高兴，而且还会到处宣扬。因为在扬州，假如你家里没有养着几对朱标送的金鱼，那你必定还不算是一个风雅的人物。

真正好的金鱼是养在屋里的，那里的鱼缸都是从景德镇买回来的景泰蓝缸，每一个都有我那么高，上面盖着皇帝老儿的红印。因为这些鱼缸里的金鱼都是贡品，每回皇帝老儿到扬州来，都要到柳庄来看这些金鱼，那排场比戏台上演的还吓人，衣服也比戏台上的还阔气，朱标家里就有了很多的皇帝老儿写的诗，还有皇帝老儿题的匾。但是我知道，在朱标的眼里，所有这些金鱼其实都是次品，只有养在他的后院里的水晶缸里的金鱼，才是真正的好金鱼。

他的后院不是随便什么人都可以进的，那几口水晶缸也是藏在密密的柳荫里，从外面根本别想看见。

水晶缸里养着的金鱼都是世上最罕见的品种：巨大的燕尾拖曳着它长长的尾巴，蝶尾的美丽令真正的蝴蝶也相形见绌，这里还是唯一一个孔雀曾经变成真正的孔雀的地方。在很多年前，那时朱标还是一个年轻人，他被隆隆的春雷声从梦中惊醒，于是目睹了那绝美的一刻。此后很多年，虽然他养出了好几尾绝品的孔雀，但是再也没有哪尾孔雀，能变成真正的孔雀了。

在所有人都睡着之后，金鱼们会从柳荫下的水晶缸里游出来——朱葵是那样的美丽，以至于以美丽著称的金鱼也羡慕她。在她睡着之后，金鱼们从窗棂或门缝间偷偷地窥视她，虽然她每天都会到水晶缸旁去给金鱼喂食，但金鱼们还是看不够。它们在朱葵的闺房四周游来游去，发出只有它们自己才听得到的啧啧的称羡声。直到天快亮了，才匆匆地游回水晶缸，装作一切都不曾发生的样子。

有一天一尾冒失的孔雀撞开了窗纸，游进了朱葵的闺房。它把朱葵惊醒了，但她并不惊讶，而是把房门打开，走到院子里与金鱼们快乐地嬉戏。从此她总是在睡前悄悄地把门打开条缝，好让金鱼们在她睡着之后游进来。她的房子里渐渐充满了鱼的气息，而柳庄里的人也总是称她为"那个鱼一样的朱葵"，因为朱葵走起路来，就仿佛是一尾金鱼在水里漫无目的地、懒懒地游动。

人们甚至相信朱葵总有一天会变成一尾金鱼，虽然这样的想法直到朱葵十六岁了也没有实现，但是更多的时候，柳庄的人仍然习惯于把朱葵看成一尾美丽绝伦的、会说话的金鱼，而不是把她看成一个美丽绝伦、沉默寡言的少女。

开始有人向她提亲，都是扬州城里有权有势的人物：刺史的儿子、转运使的儿子、盐商的儿子……刺史是一个好刺史，他整天都帮老百姓写"福"字，因为他字写得好；转运使也是一个好转运使，他养了很多驴，每天都骑着驴去衙门办事，是一个隐士一样的大官；盐商也是好盐商，他家的园子里有九块太湖石，每年都有文人雅士到那儿去品茗题诗。但朱葵总是摇头，谁的聘礼她都不收。后来她不耐烦了，便说："想娶我，金银财宝再多都没用，我只想要三尾金鱼，一尾是世间最小的金鱼，一尾是世间最大的金鱼，最后一尾，是世间最怪的金鱼。"

刺史的儿子第一个把金鱼送来了，最小的那尾小得就像一颗黄豆；最大的那尾足有十多斤重，如果不是因为它有着金鱼的外形，人们一定会以为它是一尾鲤鱼；还有一尾金鱼，它是最怪的，因为它有着一身彩虹一样的鳞片。

"这三尾金鱼花了我五千两白银。"刺史的儿子得意地说，"最小的那尾，从小就养在一个极小的鱼缸里，所以它总是长不大。我总共养了一千零一尾这样的金鱼，有一千尾因为鱼缸太小死去了，只有这尾活着；最大的那尾金鱼，是从小就放在鱼池里和鲤鱼一起养着的，我总共养了一千零一尾这样的金鱼，有一千尾被鲤鱼吃掉了，只有这尾还活着，因为它竟能长得跟鲤鱼一样大，大约它以为自己也是鲤鱼哩；有着一身彩虹一样鳞片的那尾……"

这时朱葵打断了他的话，说："有彩虹一样鳞片的金鱼，是你让人用颜料绘上去的，你一共绘了一千零一尾这样的金鱼，有一千尾因为受不了身上的颜料死去了,只有这一尾活着,对吗?"

刺史的儿子张口结舌地看着朱葵,他不明白朱葵为什么不喜欢他送的金鱼,只好灰溜溜地走了。

第二个送金鱼来的人,是转运使的儿子,他送来的金鱼,最小的那尾,只有蚊子那么大;最大的那尾,把柳庄的狗吓得都不敢吠叫了;还有一尾是最怪的,因为它竟长着四条腿。

"这三尾金鱼花了我一万两白银。"转运使的儿子得意地说,"最小的那尾,是我派使者到南方蛮荒之地找到的,它只能生活在瘴气里,有一万尾因为离开了瘴气死了,只有这尾还活着;最大的那尾,是我派使者到北方苦寒之地找到的,它只能生活在冰里,有一万尾因为离开了冰死了,只有这尾还活着;有四条腿的金鱼……"

这时朱葵打断了他的话,说:"有腿的那尾金鱼,是你从西洋请来了最有名的医生,把四条青蛙的腿硬接到金鱼的身上,有一万尾金鱼和一万零一只青蛙死了,只有这尾金鱼还活着,对吗?"

转运使的儿子张口结舌地看着朱葵,他同样不明白朱葵为什么不喜欢他送的金鱼,只好灰溜溜地走了。

第三个送金鱼来的人,是盐商的儿子,他送来的金鱼,最小的那尾,只有蚂蚁那么大;最大的那尾,简直就是一头生活在水中的老虎;还有一尾最怪异,因为它竟长着两个头。

"这三尾金鱼花了我一万两黄金。"盐商的儿子得意地说,"最小的那尾,是我花了两千五百两黄金,请一个杀手到印度国去抢来的。它的主人是位公主,因为失去了她最心爱的金鱼,已经伤心而死;最大的那尾,是我花了两千五百两黄金,请一个神偷到日本国去偷来的。它的主人是一位王子,因为失去了他最心爱的金鱼,已经剖腹自杀;有两个头那尾金鱼……"

这时朱葵打断了他的话,说:"有两个头的金鱼,是你花了五千两黄金请来一个骗子,不远万里,到大英吉利国去骗来的。它的主人是大英吉利国的女王,为了这尾金鱼,她已经发誓要派战船来攻打我们,对吗?"

盐商的儿子张口结舌地看着朱葵,他不明白朱葵为什么不喜欢他送的金鱼,最后只能灰溜溜地走了。

又憨又傻的郭暖每天都跑到柳树林里照着一本拳谱练少林伏虎拳,一边练一边咿咿啊啊地喊,我们一直拿这个取笑他。练完拳后,他就到朱标的院子里听文金鱼唱歌——听文金鱼唱歌不假,但更重要的,他是想看看朱标的女儿朱葵。每当朱葵到院子里来,他的心就会猛地揪紧,他不敢睁开眼睛,只是喘着气,听朱葵清清脆脆的说话声、细碎的脚步声和沙沙的衣服摩擦声。

天气好时,郭暖会跑到后山上,爬上一棵槐树,在那儿看朱葵穿着红裙,鱼一样在后院里走动。有时她会恹恹地坐在鱼缸旁一根斜垂下来的柳枝上,嘴里念叨着什么,穿着宝蓝绣花缎鞋的小脚一前一后地摆。那时郭暖就会暗暗地心疼,觉得朱葵又是在为什么事情伤心了,可是他从来也不敢把自己对朱葵的情意说出来,他觉得自己太憨太傻,跟朱葵根本不配。

其实朱葵不过是在念叨金鱼们的名字罢了:苏儿、花眉、辛夷子、饕餮公、清琶、阿胭……她家里那几千尾金鱼,她都给取了名字。

郭暖偷看朱葵的事,不知怎么的被我们发现了,我们把他从树上扯下来。他的少林伏虎拳一点儿用也没有,我们把他狠狠地打了一顿,他的眼睛肿了,鼻子也歪了,躺在地上不动弹。

我们打累了,天也黑了,就走了。只有我留下来。

"我帮你!"

"帮我什么?"郭暖从地上坐起来,傻傻地看着我,不太相信的样子。

"我帮你找到朱葵要的金鱼,最小的、最大的和最怪的。"

他用疑惑的眼神看着我,从地上爬起来,拍拍屁股:"我走啦,我要回家吃饭。"

"今天夜里,月亮爬上朱葵家屋脊的时候,你到这儿来。"

郭暖竟然真的来了。我带他到山顶上,面朝着东方——那是大海的方向,也是金燕子飞走的方向,说:"你叫它们!叫它们回来。"

"叫谁呢?"他微张着嘴,傻傻地看着我。

"金燕子。"

于是他就喊,一点不犹豫,那嗓音难听极了:"金——燕——子——快——回——来!"

他喊得那么大声,只怕整个柳庄的人都听到了,不过他们只会当郭暖又犯傻了。月亮升得很高了,蝙蝠横横竖竖地在树影里飞,到处都是唧唧的虫唱。好一会儿没有动静,郭暖有些讪讪地说:"我走啦!"大约他以为自己又被人玩了一把。

我指指东边,说:"再等等。"

在东边靠近地平线的地方,已经有一点一点的金光在闪烁了,很快,它们像一片金光闪闪的云一样飞到了我们的头顶上,扑哧哧地落下来,树上和岩石上全都落满了,也不知有几千几万只。

我说:"金燕子啊,带他去找世间最小的金鱼吧。"于是金燕子们忙碌起来,它们用草叶编出一张结实的大网,让郭暖坐在里面,用喙叼住网缘,在太阳即将升起的那一刻,金燕子带着郭暖飞了起来,它们背着初升的太阳向西方飞去,很快就消失了。

几天之后,金燕子带着郭暖回来了,但他并没有带回世界上最小的金鱼。

在那几天里,金燕子带着郭暖飞越了河流和群山,最后降落在一座巨大的土山上。那座土山里全是黑蚂蚁,整座山就是一个巨大的蚁巢。黑蚂蚁们被一个穿山甲怪统治着,穿山甲怪逼迫黑蚂蚁钻到土山下去挖煤。黑蚂蚁们钻得如此之深,以至于它们不得不修筑一个巨大的通道以穿过地底的河流,那通道用泥和石头建成,似乎随时都会在水的压力下崩塌。但穿山甲怪才不管这些呢,它命令黑蚂蚁没日没夜地挖煤,否则便要把黑蚂蚁吃了。而它则用黑蚂蚁挖出的煤块建起了庞大华美的黑色宫殿,它住在这宫殿里,享受着同样是用那些煤块换回来的美酒和美食。

蚁巢山上的一只黑蚂蚁养着一尾比灰尘还小的金鱼,它把它养在一个用煤制成的鱼缸里。那尾金鱼是黑色的,像煤一样黑,也像煤一样亮。那只黑蚂蚁在挖煤的时候挖到了它,从此把它像女儿一样养着——这是一只四处游历的、苍老的金燕子偶然中告诉我的——那尾金鱼一定是这世界上最小的金鱼了。郭暧到达蚁巢山的时候,那岌岌可危的、穿越地下河的通道正在崩塌,它被巨大的水流压得粉碎,洪水灌入煤井中。几十万只黑蚂蚁还没弄明白发生了什么事,就被淹死了,它们的尸体漂满了煤井,幸存的黑蚂蚁在蚁巢山里拼命地阻挡着水流。穿山甲怪被吓坏了,它逃到蚁巢山的顶端,说什么也不愿意下到煤井中去把水流堵住。眼看煤井中的水越来越高,如果持续下去,整个蚁巢都将倾覆。郭暧正是这时候赶到,他钻进煤井中把水流堵住，还挖了个出口，把水排到了山谷中，他还帮助黑蚂蚁把穿山甲怪赶走了。他回来的时候，浑身又黑又红，黑的是煤，红的是与穿山甲怪打斗时流出的血。可是，当黑蚂蚁们问他"我们该如何报答你"的时候，他却没有向它们索要那尾世界上最小的金鱼，他什么都没有要就让金燕子送他回来了。不过黑蚂蚁们最后还是送给了郭暖一块漂亮的煤，郭暖把它当成一块黑色的玉挂在脖子上。

"它太可怜了。"郭暖说，"那只小黑蚂蚁，如果我拿走了它的金鱼，它一定会伤心的。"

"好吧。"我说，"至少我们还有世间最大的金鱼和世间最怪的金鱼。明天晚上，当月亮爬上朱葵家屋脊的时候，你再到这儿来吧。"

第二天晚上，当月亮爬上朱葵家屋脊的时候，郭暖来了。我们走上山顶，我对着朱葵家的后院轻轻喊道："孔雀，来吧孔雀，现在是你出场的时候啦！"

一尾孔雀从朱葵家的后院里游了出来，摇摆着它绚丽的长尾。

我知道孔雀总是喜欢炫耀的，它们在变成真正的孔雀的时候，总要弄出一声响雷以吸引更多人的注意，所以我提前跟它打了个招呼："你变身的时候最好安静些。"孔雀不满地眨了眨它鼓起的眼睛，抖动着身子，鳞片变成了羽毛，鱼鳍变成了翅膀，然后轰的一声，一只真正的孔雀出现在我们面前，骄傲地张开尾巴，前后左右地踱着方步。

"好了好了。"我的耳朵都快被它弄出的声响震聋了，"你快带郭暖去找世间最大的金鱼，你的尾巴还是等回来了再炫耀吧！"

孔雀嘎嘎地叫了几声，自顾自地梳理了一阵羽毛，才挺着胸走到郭暖身前。郭暖惊讶地张大了嘴，我拍了拍他，他才笨手笨脚地爬到孔雀背上。孔雀带着他飞起来，在空中绕了几圈，我知道它是在向别的金鱼炫耀自己的尾巴呢！可是似乎所有的金鱼都不买它的账，孔雀最后还是自得其乐地飞走了。

没办法，这种金鱼，虽然长得漂亮，脑袋瓜子就是有点笨。

几天之后，孔雀带着郭暖回来了，但他们并没有带回世界上最大的金鱼。

他们飞越了大海，来到一座小岛——啊，不是，他们先是降落在了另一座小岛上。那座小岛原本只应该是路过而已的，但是孔雀看到那个岛上的人多，就把郭暖的事给抛到了脑后，自顾自地降落在小岛上，去向人们炫耀它的长尾。但是岛上的人一看到孔雀就追了上来，想要拔下它尾巴上的翎毛做成扫帚去驱赶蝗虫——岛上的居民正为了蝗灾而苦恼呢，哪来的心思欣赏孔雀的尾巴。

孔雀带着郭暖落荒而逃——它尾巴上的毛都被拔光了——很快就来到了柿树岛，世界上最大的金鱼就是在这座小岛上，如果不是因为受到了岛民的惊吓,以孔雀那种慢吞吞的飞法,至少还要多花一天的时间才能飞到柿树岛呢。

柿树岛上有一棵巨大的柿树和一个喜欢吃柿子的巨人。巨人养着一尾金鱼,那尾金鱼比大象还大,而且还非常贪吃,它吃得甚至比巨人还多。原本柿树岛上的柿子是足够巨人和金鱼吃的,巨人给柿树浇水、剪枝、除虫、培土、施肥……到了秋天柿子红了,就把柿子摘下来晾干做成柿饼,这样他们一整年都有柿子吃了,有时候巨人甚至还可以拿出一些柿饼来和大食国的商人交换巨大的龙虱给金鱼吃。但是,这一年来了一大群小鸟,数量不知有几亿万只,它们来到柿树岛上就不走了,与巨人争着吃起柿子来。巨人爬到柿树上去驱赶它们,它们就飞过一边去,可是巨人一从树上下来,它们又一窝蜂地拥过来了。柿子被它们吃去了好多,再这样下去,巨人和金鱼——原本巨人想把它养得比鲸鱼还大——到了明年春天就会因为没有柿子吃而饿死了。

郭暖到达柿树岛的时候,巨人正在为小鸟的事情唉声叹气呢!他叹一口气,海上就起一场飓风,飓风里全是柿子的味道——后来大陆上的人真的就把这些飓风的名字统统命名为"柿子"了。郭暖让孔雀飞啊飞,飞到巨人的耳朵边,他大声地喊:"巨人,我可以把小鸟引走,让它们不再吃你的柿子!"虽然他已经用尽全力在喊了,但是在巨人听来,他的声音仍然像蚊子的嗡嗡声一样小。不过巨人还是听明白了,他豁开大嘴哈哈笑了起来,这回海上又连着刮起了好几场"柿子"飓风——我看这巨人一定比郭暖还憨,还傻。

孔雀就带着郭暖朝柿树飞去。飞到柿树的第一根枝杈上的时候,郭暖从天上看到那尾世界上最大的金鱼了,天啊,它简直比大象还大,它并不是生活在鱼缸里——大约这个世界上也没有那么大的鱼缸养它——而是在巨人身边游来游去的,它长着一双大大的水泡眼,郭暖真担心如果带它回去它会一口把朱葵给吞了。

那棵柿树好高啊!孔雀带着郭暖飞了半天,才飞到柿树的半中间,终于看见一大群鸟儿在那儿叽叽喳喳你抢我夺地啄食柿子了。

郭暖对它们说:"鸟儿啊!随我来吧,我带你们去吃蝗虫,那可比柿子好吃多啦。"鸟儿看到郭暖的样子又憨又傻,都觉得他不会骗自己,就随着郭暖飞向那座有蝗灾的小岛去了。在那儿它们不仅发现了好吃的蝗虫,还发现了其他许多好吃的小虫子。它们不禁互相埋怨起来,说留在柿树岛啄食又硬又涩的柿子真是太蠢了,也不知是谁出的主意。它们为这件事吵了起来,不过反正它们一整天都在吵架的,不是为这件事,就是为那件事吵个没完。

郭暖与孔雀回到了柿树岛,他原本也是想向巨人讨要那尾金鱼来着，可是当巨人问他"我该如何报答你"的时候，他却犹豫起来。

"如果我把金鱼带走了，他一定会很孤单的。"郭暖想，"这里就剩下他一个人了，他孤单得发起疯来怎么办？那样海上一定会天天刮起有柿子味的风暴了，而且，那尾金鱼也太大了，我真担心它会把朱葵一口吞到肚子里去。"

于是他什么都没有找巨人要就与孔雀一起飞回来了，不过巨人还是硬塞给他一张通红的柿叶，那张柿叶大得就像一张床。

"好吧。"我说，"至少我们还有世间最怪的金鱼，明天晚上，当月亮爬上朱葵家屋脊的时候，你到这儿来吧！"

这回可该让蝶尾出场啦！虽然它们与孔雀一样都是文金鱼，但它们可比孔雀聪明多了！我打算让蝶尾把郭暖引到我家里来，然后向他揭开我的身份——还有什么金鱼能比我更怪异呢？我既是柳庄的少年虎头，又是柳庄的蛋金鱼虎头。

果然，在月亮升上朱葵家屋脊之后不久，蝶尾就化身为一只蝴蝶，引着郭暖走过来了。我听到郭暖在絮絮叨叨地问那只蝴蝶："这不是虎头的家吗？你引我到这儿来干吗？难道他生病了不能出门吗？可是我白天还看到他好好的呢……"

蝴蝶自然无法回答。我捧着一个大陶碗，里面养着我的蛋金鱼虎头，走出门外——我可不想让郭暖把我的父母惊醒。

我说:"蝴蝶把你引到这儿来,是因为世界上最怪异的金鱼就在我家里。"

郭暖看看我,又看看我手里的大陶碗——它破了个口子,但是很干净,说:"可是……它好像很平常。"

"哦,只是看上去很平常。"我说,然后,我蹲下身子,把大陶碗放在地上,"你看着。"说完我就耸身向陶碗里跳去,一边跳一边就变成了一尾蛋金鱼。而与此同时,陶碗里的蛋金鱼虎头也跃了出来,一边跃出一边也由一尾蛋金鱼变成了一个人。

郭暖吓得向后退去,他的眼睛瞪出来像两个大鸡蛋:"天啊,你是金鱼还是人!"

"我既是金鱼,也是人。"我(其实应该是蛋金鱼变成的我了)说,"假如你能够得到一尾蛋金鱼,并且像我这样爱它,那么你也会像我这样,既是金鱼,也是人,但是我知道这个世界上没有人能像我这样爱一尾蛋金鱼的。"

"可是,"郭暖犹豫着说,"假如我把你送给了朱葵,你还能够同时既是蛋金鱼又是人吗?那时你大概就要和你的蛋金鱼分开了吧?"

我没想到又憨又傻的郭暖居然还能想到这个。他说的其实不错,可是隐隐中我觉得蛋金鱼虎头似乎更适合跟朱葵待在一起,如果说这个世界上还有谁能比我更爱蛋金鱼虎头的话,我想就只有朱葵了。我甚至怀疑朱葵本来就是一尾金鱼,或者是人与金鱼生下的孩子，她的母亲在哪儿呢？说不定她的母亲真的是一尾金鱼呢！当然这一切都只是我的猜测，总之，我并不觉得让蛋金鱼虎头与朱葵在一起是不对的。

我把我的想法对郭暖说了，可是他根本听不明白，他只知道摇头，说他绝不会——无论有什么理由——把我和蛋金鱼拆开。

他是个死脑筋，于是我改了主意，开始怂恿他即使没有世界上最小、最大和最怪的金鱼也去向朱葵提亲。只要到时我陪在他的身边，那时揭不揭开我的身份就是由我来做主了，而那时有了世界上最怪的金鱼，说不定郭暖还有一小半成功的希望。

"好吧。"郭暖脸红得我在夜里都能看见，"可是我很害怕！"

我才不管他呢，这家伙虽然傻，但关键时刻脑袋还是挺灵光的，到时候自然会知道该怎么做。

第二天，第三天，第四天……一直到第五天的时候，郭暖才下定决心去向朱葵提亲，他甚至不敢向他的父母说，他知道他的父母肯定会骂他得了失心疯的，他只跟我去。像往常一样，他先去柳树林里练了一套少林伏虎拳——这拳法的名字真不吉利，我叫虎头，它就叫伏虎。当郭暖正在林子里咿咿啊啊地练拳的时候，村子里突然传来一阵喧嚷，有马蹄声、抬轿声和吆喝声，好像是有大官员来看金鱼了。郭暖又找到了借口拖下去，不过我们也没办法，一直等到那个官员走了，他才和我贴着墙角,慢慢地走进朱葵家的院子里。我把蛋金鱼虎头搁在一个小瓦罐里,系在腰上,我们在柳树林里等了那么久,那小瓦罐都被我焐热了。

几个长工在收拾院子里的桌椅茶具,大约是刚才人太多,一口白粉缸被踩坏了。朱葵正小心地捧起在地上扑腾着的几尾金鱼,要换到别的缸里去。郭暖笨手笨脚地过去帮她把金鱼捧起来,换到一口空着的鱼缸里。我一直在捅他的腰,他终于说出口:"朱葵……朱葵……"朱葵似乎有些愁闷,不像平常的日子里那样安静。她愣了愣神,问:"怎么了?"郭暖终于还是说出来了:"朱葵……我喜欢你,可是……可是我……我没能找到你要的金鱼。""是吗?"朱葵听到这儿,没有取笑郭暖,也没有变得开心,反倒流下泪来,虽然只是小小的、小小的两滴泪,但郭暖可被吓坏了:"朱葵……我不好,你当我什么也没说,我再也不说这些话了。"

朱葵摇摇头,又笑了笑,说:"不,你有我要的金鱼。"她伸出手,把郭暖系在脖子上的煤块解下来——老实说,郭暖把煤块系在脖子上,连我也觉得他傻。

"你看。"朱葵把煤块举到阳光下让我们看,脸上带着笑,也带着泪,"这里面不是有世界上最小的金鱼吗?"真的,阳光穿透了煤块,在那小小的煤块里,有一尾小黑点一般的、如果不仔细看就看不到的小金鱼在快乐地游着。原来,虽然郭暖没有问黑蚂蚁们要那尾金鱼，但黑蚂蚁们还是给了他，因为它们觉得只有这尾金鱼才是它们能送给郭暖的最珍贵的礼物。

朱葵把煤块挂回郭暖的脖子上，说："你怀里那张柿树叶子，能取出来吗？"郭暖惊讶地看着她，他心里一定在想，朱葵怎么会知道呢？但是他已经紧张得说不出话了，只能乖乖地把柿树叶子取出来，它被小心地折叠成方块，包在一块破旧的蓝印花布里。

朱葵接在手中，四处看了看，说："这儿可能不够大呢。"她引着我们走到院子的中央，这时候她已经变得开心了，她笑起来脸上有别样的光彩，真是美极了。她把柿树叶子展开，放在地上，小声地说着："金鱼啊金鱼啊，你憋坏了吧，快快伸展开你可爱的身子吧！"于是，我们看到那柿树叶子迅速地膨胀起来，最后变成了一尾比大象还大的金鱼。它在院子里游来游去，水泡眼一颤一颤的，开心得很，大约是因为它第一次看到有那么多金鱼在自己的身边，而且还都比自己小。

是这样的啊！巨人也把自己最宝贵的东西，偷偷地送给了郭暖作为礼物呢！最后，朱葵看了看我，她伸出手来。我知道她在问我要蛋金鱼虎头，我把瓦罐递给她，她捧在手中，只是看了看，说："多好的金鱼啊！我知道它是世界上最怪也是最幸福的金鱼呢！"她说完这句话，就把瓦罐递还给我，对郭暖说："谢谢你郭暖，可是我不能嫁给你了，如果你早来一个时辰……啊,那也没有用吧!人家可是皇帝呢!"她说完这句话,就伤心地转身回到屋子里去了。

我和郭暖只能怏怏地离去,巨人的金鱼跟着我们,把柳庄里的人都引了过来。他们一边谈论着那尾大金鱼,一边传递着这样一个消息:皇上的圣旨刚刚下来,明天,皇帝老儿就要来接朱葵到京城里去做皇妃了。

郭暖伤心了一夜。第二天一大早,他跑到后山,爬到槐树上,像往常那样看着在后院里给金鱼喂食的朱葵。这时候他什么也不在乎、什么也不怕了,他大声地喊:"朱葵姑娘,我喜欢你,我要娶你做我的媳妇!"朱葵听到了,整个柳庄的人也都听到了,他们跑出来,以为郭暖——这回不是犯傻,而是发疯,要知道,朱葵现在已经是皇上的媳妇了,他要皇上的媳妇做自己的媳妇,那不是要被杀头嘛!

这时候,迎亲的队伍也来了,一队队的太监、一队队的宫女、一队队的骏马,还有许许多多的礼盒,队伍一直从柳庄拖到了扬州城里。皇帝老儿打扮得像一个新郎官,乐得嘴都合不拢了,直往外掉哈喇子。

可是,我简直不敢相信自己的眼睛,虽然我自认为是一尾见多识广的蛋金鱼,但是,我还是不敢相信——我看到朱葵爬上了她家后院的一棵柳树,她从树上跃下,但是并没有落到地上，而是轻盈地滑过墙头，然后扭动着腰肢向天上飞去。她在天空中飞翔的样子就像一尾在水里游动的金鱼，她越飞越高，终于飞到所有的人都能看到她的地方。自然，也包括所有的金鱼，于是，柳庄里的金鱼也像她那样从鱼缸里飞了出来，草金鱼、文金鱼、蛋金鱼……

连我也飞了起来，我离开了柳庄的少年虎头，虽然他是如此爱我，但我还是满怀喜悦地向天空飞去，向朱葵飞去，我知道该是我们离开这里的时候了。我看到了那尾世界上最小的金鱼，它是连着那个煤块的鱼缸一块儿飞的，也看到了那尾世界上最大的金鱼，还有其他许许多多的金鱼，燕尾、蝶尾、孔雀……我们把柳庄的天空都遮住了，我们身上的水掉下来，像下了一场暴雨。我们跟着朱葵越飞越高，白云、蓝天、绿的大地……我们不知道她将带着我们飞向哪里，或许是大海，或许，是更高更辽阔的天空。

我是柳庄的少年虎头，我的蛋金鱼飞走了。后来我和郭暖又活了很多年，我们长大，娶媳妇，生娃娃，变老，然后……死去。

但是，即使把我们烧成了灰我们也会记得的，柳庄里的金鱼曾经并不仅仅只是金鱼，它们能变成草，变成燕子，变成蝴蝶，变成孔雀……甚至变成和我一样的人。后来它们和一个叫作朱葵的姑娘一起飞走了，并且一直没有再回来。

梨花院

九

那老头早已没了踪影,只见高嵩仰身倒在桌旁,竟已是死去多时了。

石国雄猛地觉着眼前一黑,他忽然有些害怕。但很快有光透进来,他软软地倒在云娘身上,叹了口气,欢喜至极,仿佛自己刚才还是被深埋于地底,却忽然被抽了上来,那黑暗,还有那飕飕的冷风。他漫无目的地寻找云娘的嘴,轻轻吻住。

天渐渐黑了,一只蝴蝶仍在绕着院中那棵梨树飞舞。花还没开,满树的花骨朵,每个花骨朵,都像一个小小的青白色的火把。

"你今晚不回来了?"

"唔!"

"又跟郑大哥喝酒?"

"嗯。"

"别喝醉了。"

石国雄没有回答，他痴痴地瞧着云娘的如丝媚眼，点了点头。

渭水在长安城北四十里处。

石国雄和郑忠信在西市的酒家里喝得半醉出来，已是戌牌时分，路上空荡荡的，没什么行人。

他们分了手，郑忠信往东，石国雄往西。郑忠信要从春明门出城，然后折而往北，在粟邑的浅滩边等候，如果天气好，在那儿可以看到大明宫重玄门谯楼的飞檐；但今天肯定不行了，无星无月，风温暖而潮湿，春天不知不觉间就来了。石国雄则是从金光门出城，他小心地避开巡逻的兵士，翻过城墙，展开身法向北。

滈水在七里塬下汇入渭水。往东数里，是汉长安故城，如今已是荒凉寂寥，成了狐狸的乐土。

石国雄找到白天留下的标记，扒开泥土，挖出了一个绸布包袱，里面是一身黑色水靠，和两只分水峨眉刺。

他脱下长衫，换上水靠，峨眉刺插在腰间，静静坐在岸边等候。

那时是元和八年，朝廷势弱，藩镇割据，武元衡入相后，力主削平藩镇，一方面向皇上进言，出兵削藩，另一方面，亦豢养死士，为己效命。

石国雄便是武元衡豢养的刺客,今夜,他来到渭水岸边,等候一艘船,船上有平卢节度使李师道手下大将高嵩,他要做惊鸿一击,置高嵩于死地。

在平常日子里,他是秘书省校书郎,一个从九品的小官,一个月领一万二千钱的薪俸。他当刺客,是为了能攀上武元衡这棵大树,更快地往上爬;而郑忠信则是西市里有名的屠夫,他杀猪绝不用第二刀,总是一刀致命,他当刺客,则是为了钱。

石国雄等了约有半个时辰,一条画舫果然从上游不紧不慢漂下,船上灯火辉煌,管弦并作。

他鱼一样滑入水中,无声无息地潜游,慢慢靠近了画舫。他把峨眉刺插入船身,自己右手攀住峨眉刺,放松身体,只露出一双眼睛和两只鼻孔在水面上,和画舫一起,向下游飘去。

船上人们的说话声,隐隐约约传来。

"……天宝九载二月,贵妃闲坐无聊,正好宁王当时亦在宫中,她便把了宁王的紫玉笛,吹了一曲《梨花院》,被明皇看到,大发其醋,还把贵妃赶出了宫。"

"原来这首曲子,还有这么一段故事。"

"后人还为此写了一首诗,里头说道:'梨花静院无人见,闲把宁王玉笛吹。'"

"哈哈哈,其实明皇把贵妃的姐妹们都偷到了手,贵妃不过是用宁王的笛子吹吹曲子罢了,他又何必如此,倒失了气度。"

"高将军所言正是,明皇也太小肚鸡肠了。"

"但若是她果真和宁王有一腿,那可就没么客气了,岂止是赶出宫,若是我的小妾,我非把她碎尸万段,然后丢出去喂狗不可。"

众人似乎没料到他突然会冒出这么一句,都愣了愣,无人搭腔。这时石国雄才注意到雨早已下了,淅淅沥沥,落在水面上,却了无声息。

船中一人咳了一声,道:"杜工部诗云:'随风潜入夜,润物细无声。'虽说的是成都之春雨,但用在今夜,也未尝不可呢。"

"到明日,便是梨花满园了。"

"不如就请杜兄,把那首《梨花院》吹奏出来,伴着这满江春雨,必是别有一番滋味。"

"可惜没有宁王的紫玉笛。"

"杜兄这支笛子,乃是用南诏绿烟竹精制,虽然比不上那支紫玉笛,但也是当世绝无仅有的了。"

"那,就烦请杜兄……"

霎时船上江上静寂无声,片刻之后,一缕珠圆玉润的笛声悠悠扬扬自船中飘曳而出。石国雄立时觉得有一股热气由脚到头漫将上来,全身暖洋洋的,几欲睡去。他吃了一惊,勉强镇住心神,再细细听那笛声,忽如春燕呢喃,忽如春花绽放,忽如春月当空,忽如春雨缠绵,听到后来,又想到自己在靖安坊的小院,梨花满树,佳人独立,几个时辰之前,还与她在绣榻上缠绵,此刻却已身处险境,不禁感慨万千。

笛声何时停了,石国雄竟不自知。他被一阵喝彩声惊醒,回过神来,赶紧往四周一看,雨却下得大了些,岸上黑魆魆的,什么也瞧不见。

渐渐有水浪声传来,石国雄知道是江水与浅滩上的碎石相激而成,他又定睛向岸上望去,隐约看到了岸边那株巨柳。他紧了紧腰间的峨眉刺,从水里探出了半个身子。

船中之人似乎仍在谈论刚才那首曲子,忽然有人惊呼:"有刺客!"

石国雄把峨眉刺拔出,插回腰间,攀住船缘,轻轻一跃,便上了船板。

他伏下身子,看见一个胡人,手中提着把弯刀,正转身往船头张望。他摸上去,拔出腰间峨眉刺,在那胡人颈上一抹,把他放倒。

船头的惊呼声益加紧密,又传来了兵刃撞击声。他并不着急,轻轻跃上船顶,伏下身子,向下一望,只见画舫内摆着一张长桌，上首坐了一个虎背熊腰的大汉，自然便是高嵩。高嵩旁边立着一人，身形如鹤，应是高嵩的亲随杨简。下首一个着青衫的中年人，身材瘦小，手里握着一把绿色竹笛，想必是刚才吹笛之人了。打横的是七八个书生，神色慌张，只当中一个年纪老迈的，定定坐着，对眼前事，竟是恍若不闻。

郑忠信呼喝酣斗，刹那间已掷翻了两人。与他相斗的却都是胡人，这些胡人本是浙西观察使李锜帐下亲兵，叫作藩落子，李锜势败后，辗转被高嵩收入帐下，他们多是亡命之徒，一味好勇斗狠，动起手来势如疯虎。但郑忠信却是比他们更不要命，他的武器是一把精钢制成的屠刀，肚大嘴尖，比平常的屠刀长了一倍有余。他的招数只有一招，便是当胸直掷，虽然只是一招，但却迅如闪电，更兼他力大如牛，胡人的弯刀与他一碰，竟都把持不住，被他一掷就是一个血窟窿。他又掷翻了一个藩落子后，已冲入了船内，剩余还有三个藩落子在他身后紧追不舍。郑忠信抬眼看见高嵩坐在对面，大喝一声，一个鱼跃，向高嵩直掷而去。后面三个藩落子，亦哇啦哇啦喊着，随之跃起，三把弯刀同时刺向郑忠信的后背。

高嵩看郑忠信跃来，冷笑一声，轻轻一推长桌，向后滑出半尺有余。郑忠信一跃之势已竭，手中屠刀递到高嵩胸前，竟是想再进一分也不能，他砰然落下，将酒水菜肴溅得四处飞散。此时三把弯刀亦已刺到，同时插入郑忠信的背心，将他牢牢钉在了长桌上。

高嵩笑着向书生们说道："无知野人，败坏了诸位的雅兴……"

石国雄等的便是这一刻，他身体一振，翩然而下，如飞燕一般，将峨眉刺刺向高嵩的咽喉。高嵩只当刺客已死，对这致命一击，竟是浑然不觉。眼看就要得手，却觉得有掌风袭来，将他的峨眉刺推过一边，他便顺势一转，仍是划向了高嵩的胸口，只听刺啦一响，高嵩衣衫碎裂，露出里面的金丝软甲。石国雄本以为已经得手，兴奋已极，乍一看到软甲，竟是茫然若失。便是此时，又是一掌袭来，结结实实拍在石国雄的腰腹间。石国雄转头一看，是杨简，他觉得胸口一热，猛地喷出满嘴的血来，眼前渐渐模糊了。忽又想起刚才听到的那首曲子，和满江春雨，他颓然倒地，眉眼间却漾着隐约笑意。

"拉出去！拉出去！"高嵩喊道。

三个藩落子匆匆把石国雄和郑忠信的尸首拖到船头，扑通扑通两声，把他们踢下了水。

又从后面出来了几个侍婢，战战兢兢地擦拭血迹，重整杯盘。

高嵩自去后舱，把金丝软甲脱了，换一身装束，轻袍缓带,出来道:"刚才杜乐师一曲《梨花院》,真可谓妙绝人寰,可惜突然来了刺客,大伙儿不能细细回味。这会儿刺客已除,不如请杜乐师再吹奏一曲,借以压惊,大伙儿以为如何?"

那几个书生虽然都还是惊魂未定,但高嵩有言,自然都随声附和。

高嵩所说的杜乐师,名唤杜草堂,乃是太常寺的乐工,号称当今吹笛第一圣手,本来架子颇大,轻易不出宫演奏,却不过高嵩的情面,出来应付一夜。没想到竟会碰到刺客,正自叹倒霉,听到高嵩又请他吹曲子,只好勉强把笛子举到嘴边,想了想,道:"不如就吹《凉州曲》罢。"

《凉州曲》本是西凉州的俗曲,开元年间西凉州都督郭知运将之进上,又有王之涣为其配词曰:"黄河远上白云间,一片孤城万仞山。羌笛何须怨杨柳,春风不度玉门关。"从此风行天下。

刚开头时,杜草堂还有些分神,但渐渐就入了情境,心中一片空明,只觉越吹下去,就越是畅快。

一曲终了,他举目四望,诩诩而立。

众人却都默然无声,只看着船外的潇潇春雨,心中千回百转,想叫声好,又觉得这喝彩声只会亵渎了此时此刻的美妙感觉,若是就这么默然下去,又觉得对不住刚才的笛音。

半晌,那喝彩声终究还是喊了出来。众人浑忘了就在一盏茶之前，发生过一场惊心动魄的激战，就有一两个想起来了，也觉得便是在听了这首曲子后就死了，也是值得。

只那老头，并不出声，嘴角边似乎还有些微的不屑。

高嵩道："兀那老头，你怎么不吭声！"

高嵩其实也不清楚那老头姓甚名谁，只知道他是和国子监的监生陈才俊一起来的。陈才俊说那老头住在常乐坊鸡鸣巷，与自己所租的房子相邻，平日饮酒闲谈，颇为相得，听说今夜有笛子听，就一块儿来了。

老头并不回答，只是微微一笑。

高嵩有些气恼，暗想若是在军中，早就把你拖下去打板子了，如今却不好发作，于是又问道："莫非你也懂得吹笛子？"

老头冷冷道："杜乐师，你师父莫非是龟兹人？"

杜草堂一听大惊，问："老丈如何知道？"

老头道："你这《凉州曲》，算是吹得不错了，可惜的是声调中杂有夷乐，是以我猜你师父乃是龟兹人。"

杜草堂没料到居然能在这里碰到行家，他本爱笛如命，否则也不能练到如今的境界，此刻骄矜之心立去，俯首道："我这曲子里还有什么毛病，望老丈多多指点。"

老头又道："第十三叠你误入了水调，知道吗？"

杜草堂道："晚辈愚顽，竟是不知。"

老头道："你拿笛子来，我吹一遍你听，自然就清楚了。"

杜草堂把手中笛子恭恭敬敬奉上。老头道:"这支笛子却不堪用,到入破时,难免碎裂,你不可惜吗?"

杜草堂道:"老丈但用不妨。"

原来唐朝的大曲,每套都有十余遍,分为"散序""中序"和"破"三大段,"入破"即为"破"这一大段之第一遍,至于"水调",乃是当时流行的另一曲子,与《凉州曲》大不相同。

众人听他们叽里咕噜,全是音乐中的术语,已十分不耐。忽然听到老头说要吹笛,都是精神一振,便是高嵩,也想听听老头究竟有何本事,能让杜草堂折服。

声尚未发,似乎已有微风乍起,画舫亦随着轻波左右摇晃。一丝若有若无的笛音,荒凉而苍茫,霎时把众人带入了玉门关外无边无际的大漠之中。一支驼队,缓缓行走在沙海之上烈日之下,驼铃声如泣如诉。远处,玉门关的城墙若隐若现。突然笛声转厉,仿佛风暴正于沙漠边缘聚集,笛声如风之低啸,在沙漠上回旋,渐渐拔高,竟至响遏行云,而风暴也已把黄沙卷起,天地间只有黄蒙蒙的一片,沙粒打在人身上,痛如针刺。终于风暴停息了,沙漠沉寂下来,一条沙蛇匆匆在沙面上滑行,却不发出丝毫声响。忽然马蹄声起,沉闷而恐怖,一人一马迅速从沙丘后升起,又是一个,又是一个。他们头上打着无数细长的小辫,手执锋利的马刀,身穿破狼皮袍子。他们在沙丘顶上森然而立，猛地将马刀高高举起，金黄的阳光打在刀身上，有一股冷冷的杀意，然后他们如狂风般席卷而下……便是此时，笛声戛然而止，那支用南诏绿烟竹精制而成的笛子，无声碎裂。众人茫然若失，心中忽愁，忽喜，忽悲，忽乐，忽而酸楚莫名，忽而又想开怀大笑。

待大伙儿清醒过来，那老头早已没了踪影，只见高嵩仰身倒在桌旁，竟已是死去多时了。

门下侍郎同平章事武元衡一夜没睡，直到四更梆子响过，独孤问俗才从檐上跃下，他面无表情，作了个揖，淡淡地道："幸不辱使命。"

武元衡问："那两人……"

独孤摇了摇头，并不作答。

武元衡叹了口气，竟是不知说什么才好。

他安排下这连环三击，定要置高嵩于死地。郑忠信的第一击和石国雄的第二击，都不过是为了令高嵩放松戒备，然后由独孤问俗借吹笛散其心神，再于笛子碎裂之时，将口中钢针射入高嵩心口，这才有那淡淡的一句"幸不辱使命"。

武元衡的相府与石国雄的小院，同在靖安坊。那一夜，石国雄的妻子云娘亦是难以成眠，天才蒙蒙亮，她就打发丫环碧梅去西市郑忠信那儿买肉。往常，石国雄夜不归宿，总能在郑忠信家中找到他，这一回，自然也不会错。

她自己草草梳了梳头，到院门前站着，等石国雄回来。

院中那棵梨树，本就已长满了花骨朵，又经了一夜的春雨，竟都怒放开来，欺霜赛雪，令云娘莫名其妙地生出一丝寒意。

"怎么还不回来？怎么还不回来？"

可石国雄又如何回得来呢？此时此刻，在冰冷而黑暗的江底，他静静地躺着，手中仍紧紧地攥着峨眉刺。

快然亭记

十

只那瀑布,仍是行若无事般地从山巅飘落下来,飞珠溅玉,荡人心魄。

"师父,茶好了。"

楞伽从竹编的茶箱里拿出一只黄澄澄的杯来,旁边有一耳,杯上镌着三个垂珠篆字,是"杏犀乔",下面还有一行小真字"晋石崇珍玩"。石桌上一只小小的银质鎏金茶壶,楞伽拎起来,摇了摇,把茶倒进杯里,却是老君银针,橙黄明净,香气清纯。

"嗯。"刘遗民漫不经心地拈起杯子,浅浅抿了一口,"用庐山瀑布水泡的茶,果然有些道理。"

他手上一册书,半开着,是《黄庭内景经》。

"师父喜欢,不如多取些回去。"

刘遗民笑了笑,说:"不必了,我们峨眉山的水,也不差的。"他深吸了口气,走到亭边,俯瞰山下。但见晨曦初露,香炉峰下万千竿绿竹随风起舞。他把目光收回,脚下便是那道"飞珠散轻霞,流沫拂穹石"的庐山瀑布,夹在两壁墨绿的岩石间;快然亭如一只苍鹰一般,翼然其上。

"师父,你说慧远长老也要来,怎么到现在还不见?"

"这不是来了?"刘遗民用下巴指了指山下。

只见一道人影,如灰云一般,沿着梯级,飘然而上。近了,却是一个老僧,灰布僧袍,方面大耳,额上皱纹如刀刻。

离快然亭还有数丈,他便已对着刘遗民高声喊:"酸秀才,你来得倒快。"

刘遗民笑着回骂:"老秃驴,这回你又预备了什么古怪东西做礼物?"

慧远且不回答,他好整以暇地在石凳上坐下:"有什么好茶,先让我尝尝,老衲一昼夜跑了上千里,渴都渴死了。"

楞伽一撇嘴:"大和尚,我这茶可不是拿来解渴的。"

慧远一愣:"酸秀才,你什么时候收了这么个婆婆妈妈的徒弟?"

刘遗民微笑着说:"楞伽,拿那个蟠虬海出来,让大和尚牛饮一杯。"

楞伽从茶箱里拿出一个大大的黄藤杯来,嘟嘟囔囔地把茶倒入杯中。

慧远一饮而尽,说:"酸秀才,你又谤佛毁僧了。"

"此话怎讲?"

"你拿佛经名做你徒弟的名字,不是谤佛毁僧又是什么?"

"佛说'色即是空',老秃驴又何必在乎我的徒弟做何称呼。"

"我不和你争,你先告诉我这回你带了什么礼物来?"

楞伽插嘴说:"我们的礼物是峨眉黄芽,乃是师父亲手采摘焙制,用了十二年的时间,总共也只得了一两雷鸣、一两雾钟、一两雀舌、一两白毫,五钱鸟嘴,五钱龙团和三钱凤饼,可说是天下绝无仅有的至宝。"

"酸秀才,你这徒弟,武功没学到你的一成,吹牛功夫,倒学到了三四成。"

"你又带了什么礼物来?"

慧远仰首望天,说:"你可知这快然亭'快然'二字的出处?"

刘遗民并不回答,只是拈须微笑。

楞伽不屑地说:"大和尚,谁不知道这亭的名称乃是出自王羲之《兰亭集序》中'快然足矣'四字,你提这种问题,岂不让人笑掉大牙!"

"你说得不错,大和尚的礼物,便是王羲之亲笔所书之《兰亭集序》。"

刘遗民一听,耸然动容:"你说的可是'亲笔所书'?"

"自然是亲笔所书,弄个摹本来,又有什么可炫耀的。"

"据说太宗皇帝驾崩后，《兰亭集序》的真迹便已殉了葬，慧远，你连昭陵里的东西都敢盗出来，胆子也忒大了点。"

"盗来了却又如何，若寂灭仍是不现身，却也无用。"

刘遗民听了，一时也说不出话来。

这一静下来，慧远才注意到瀑布喧声聒耳。他刚来时，只一味和刘遗民斗嘴，炫耀《兰亭集序》，听那瀑布之声，不过如哀松碎玉而已，此刻心静下来了，再听，只觉竟如疾雷震霆般，足以摇荡山岳。他俯身下望，只见一条白练垂挂，水流在半山腰与岩石相撞击，散成无数碎珠；山底的水汽为清晨的阳光照耀，更是幻出七彩虹霞，炫人心目。

楞伽亦随着慧远看瀑布，正目眩神迷，忽听到刘遗民说："老陈，你也来了。"楞伽一回身，吓了一跳。

不知何时，亭中已多了一人，高瘦，一身青衫，脸上弥漫着一层青气，神情冷峻神秘，令每个看到他的人都说不出的难受。

那青衣人并不答话，兀自踞坐在石凳上，砰的一声，把一个包裹放在了石几上。看那包裹的形状，里面应是一把剑。

慧远笑嘻嘻走过去，解开包裹。

里面果真是一把剑，剑鞘虽斑驳古旧，但却镶金错玉。楞伽虽不学剑，但只是看了这剑鞘，就已对里面的剑悠然神往。

慧远锵啷一声把剑抽出来，楞伽一看，却是大失所望。

原来只是一把青铜剑罢了,用来做古董,还有可观,若是用来做武器,只怕还没出手,就已先输了气势。

刘遗民却呼地站起身,惊问:"陈兄何处得来此剑?"

"只要有银子,还怕买不到?"青衣人的神情却是颇为淡漠。

"师父,我看这剑,却也一般。"楞伽对师父的举动,大惑不解。

"大胆!"刘遗民把剑拿在手中,细细欣赏,"你仔细看看,它与普通的青铜剑,有何不同。"

楞伽细心一看,才发觉这剑果然有些特异处。普通的青铜剑,或是一色青黄,或是一色灰白,而这把剑,剑脊处呈青黄色,剑刃却是灰白色,在青黄与灰白两色之间,隐约有一道细缝;显然这把剑是分两次铸造,然后再把两部分,嵌合在一处的。

慧远把剑拿在手中,说:"'白所以为坚也,黄所以为韧也,黄白杂则坚且韧'。这把剑,正是所谓'黄白杂则坚且韧',确是好剑哪!"

"老秃驴还没说尽这剑的妙处。"刘遗民指着剑脊说,"你且看看这铭文。"

慧远眯眼一看,果见剑上有一行铭文,以金丝嵌错,乃是"勾践之用剑"五字,字形竖长,首尾纤细,类于蚊脚,很是秀丽。

慧远刚张嘴,正要说些什么,忽听到一阵马蹄铮铮,随风飘上山来。

远远看见山脚下已聚集了数十骑,马匹雄俊非凡,马上的人,皆做飞龙禁军打扮。

刘遗民一皱眉,问:"宫里的人来干什么?"

"还不是王纯五那野道士惹来的。"青衣人冷冷地说。

话音刚落,山道上已奔来了一个老道,奇怪的是肩上居然还扛着一人。

那老道腾腾腾跑进亭子里,扑通一声,把肩上的人扔在地上,说:"各位稍等,下面那几个草包颇为讨厌,竟从洛阳跟到了庐山,待我先去把他们打发了,再跟各位叙旧。"

说罢,又腾腾腾地跑了出去。

片刻之后,只听半山腰传来"啊啊啊"的惊呼声,许多刀剑映着朝阳,飞起又落下,果真有些"飞龙在天"的样子。然后又是一阵马蹄铮铮——那些飞龙禁军,来得快,去得也快。

亭子里的人却都只顾着看王纯五带来的那个年轻男子,心里只想着:"俗语说'貌比潘安',眼前这个男子,只怕真的潘安来了,也要自愧不如呢?"

"各位这样直着眼看他,莫非都有断袖之癖?"

楞伽一抬头，原来是王纯五回来了，只见他五短身材，满面虬髯，豹眼环睛。

楞伽不禁想："怎么上天造人如此奇妙，既能造出美如这男子的，也能造出丑如这道士的。"

"野道，"慧远皱着眉问，"你带这么个人上来干什么？"

"你可知他是谁？"王纯五大大咧咧坐下，抓起茶壶，把茶嘴塞入口中，咕嘟咕嘟喝起来。

楞伽看得心痛如割。

"屁话。"慧远说，"他又不是我家养的，我怎知他是谁。"

王纯五得意地说："他便是当今皇上的面首张易之。"

众人一听，一片哗然。

刘遗民问："你把个面首弄来何用？"

楞伽却问："师父，'面首'是什么？"

青衣人则冷笑着说："原来王兄……哼哼。"

王纯五却挤了挤他的豹眼，神秘地说："各位不要误会，这人是送给寂灭师太享用的。"

慧远一听，呸的一声吐了口痰在地上，说："也只有你这野道士才能想出这种馊主意。"

王纯五说："主意是馊了点，但说不定却能派上大用场。各位想想，那寂灭师太每日里只在山野间打坐参禅，修习长生久视的神功，这几百年下来，会不会觉得有点寂寞。我送这么个可人儿给她，说不定倒能歪打正着。"

刘遗民一听，倒有些后悔自己竟然花了十二年时间去焙制峨眉黄牙了。想想当年，寂灭师太不也是对别人千奇百怪的礼物不屑一顾，却偏偏喜欢上了自己师父唱的《薤露》，居然用了一个时辰的时间，指点师父的武功，峨眉派才能从此大放异彩，与少林对峙数十年而不败。

慧远与青衣人听了，也有些后悔自己居然没有想到这"馊主意"，心中暗骂王纯五傻人也有傻福。

慧远酸酸地说："只怕寂灭今日依然不现身，你的馊主意再馊，却也派不上用场。"

"师父，"楞伽问，"您说寂灭师太今天会现身吗？"

"嗯。"刘遗民若有所思，"她已有六十年未现身了，当年你师公得她指点，乃是乙未年的十月十日，今年，也正好是乙未年！"

青衣人说："只怕她竟已死了，也说不定。"

大伙儿听了，都默不作声。

他们每逢未年的十月十日，便带了礼物到庐山香炉峰快然亭上来等寂灭，盼着能得她指点一二，从此可以横行江湖快意恩仇。六十年之前，寂灭倒确是每逢未年的十月十日便在快然亭上现身的，但自从听了刘遗民师父唱的《薤露》之后，却是再无踪迹了。

"楞伽,再去泡壶茶来吧。"刘遗民吩咐。

楞伽从茶箱里拿出一只梨木水瓢,走出亭子,到溪边去取水。

水流湍急,岸边几株老梅,花枝向水面斜着;花下的岩石上,长着厚厚的青苔。

楞伽俯身取水,不想脚下一滑,竟掉进了溪中。他只来得及喊一声,身子已随着瀑布,直直落了下去。

他喊了这一声,众人虽是听到了,但也只能眼睁睁地看着他往下掉;掉到一半,却隐约看到楞伽的身子斜着飞了出去,大是怪异。刘遗民惊呼一声,展开轻功,向山下跑去。慧远和青衣人也跟着出去了;王纯五却是先点了张易之的穴道,才匆匆跟了上去。

楞伽掉到半山腰,忽觉有股大力稳稳托住自己的身子,直向潭边的竹林飞去。他轻轻落在竹林中,地上是如软垫般不知多少年积下的暗褐色的竹叶。竹丛中似乎坐着一人,他战战兢兢地走过去,原来是个老尼,衣衫破烂,身子皱缩得如一枚核桃,竟似是老得不能再老了。竹子从她的胯间和腋下长了上去,她却浑然不觉,只是合着眼静静坐着,仿佛就要永远这么坐下去。

"你想寻死吗?"她问楞伽,声音若有若无。

楞伽怔怔地看着她，她虽然是活着的，但楞伽却觉得她对这世界已了无兴趣，心中只想着快点把这一生过完，然后默默死去。

"你能告诉我，怎么才能死吗？"她的眼睛忽地睁开了，但却浑浊无光。

楞伽突然知道她是谁了。他回转身，向山上跑去，一边跑一边高声喊着："师父，快来，快来，她在这里！"

但等他们赶到的时候，那老尼却已不见了。

竹林里空荡荡的，阳光被竹叶滤过，漫在地上，冷而绿。

众人只是不舍，在竹林里到处找寻，却如何找寻得到。直到黄昏时，才恋恋不舍地向山上走去。走到山脚下时，楞伽忽然喊："师父你看，那是什么？"

其他人依着楞伽所指的方向看去，只见一物，挂在竹梢上，一上一下地晃。

"是个骷髅头！"楞伽惊呼。

那确是一个骷髅头，不须楞伽喊，别人也都看得清。但被楞伽这么一喊，不知为何，却都莫名其妙地悚然一惊。

只那瀑布，仍是行若无事般地从山巅飘落下来，飞珠溅玉，荡人心魄。

龙

十一

龙啊！你快别理我了，夜叉大王会要了你的命的。

桑叶清晨起来到荒野上去扯猪菜的时候，遇上了这条龙。

她听到从黑暗的深处传来断断续续的喘气声，"嘶——嘶——"好像风吹过原野。

桑叶把她手中的白骨火把稍稍举高了一些，她看到在一丛丛鬼芦苇、猪菜和黑蛉草之间，似乎有什么东西。她放下挽在臂上的用来装猪菜的柳篮，小心翼翼地靠上前去。在白骨火把灰白的光下，那巨大的、黑色的、带鳞片的东西在剧烈地起伏，忽而它静止了，像已经死去，忽而它又猛地跳起，像有人刚捅了它一刀，然后它又继续剧烈地起伏，伴着那凄厉的喘息。

桑叶循着这个声音寻找。附近的鬼芦苇被压折了一大片。她看见在数丈之外，有一个巨大的黑影立着。她走过去，那声音愈来愈响，忽然吹来一阵腥风，把她吓了一跳，白骨火把跌在了地上。她想拾起火把,但又刮起一阵风把火把吹灭了,她惊叫起来,于是风停息了。桑叶拾起火把,打着颤将火点燃。她看到一个巨大的龙头趴伏在地上,白色的口涎从它的嘴角流出,黑黑的、湿漉漉的、牛一样的鼻翼在痛苦地翕张,它似乎喘不过气来了,它那凸起的、布满血丝的眼睛痛苦地睁大,两耳向后支棱着,额头上的皱纹挤到了一块儿。忽然,风声再一次响起,巨龙终于呼出了一口气,火把再一次被吹灭了。

那一天桑叶只扯了半篮猪菜回家。锦绣娘一看到那半篮子猪菜,脸就黑了,捏着声道:"死丫头,你这是去踏青去了吧?"桑叶低着头,嗫嚅道:"我……我遇上了老大一条龙!"锦绣娘根本就没听桑叶说的什么,她尖着两根手指,扭住桑叶的耳朵,把她扯到了猪圈边:"在这儿跪着!今天的午饭你就别想吃了!"

在每一个无星无月的夜晚,桑叶都会偷偷地走出村子,向天上飘去。她手里总是擎着一根白骨火把,她看到小小的村庄落在了她的脚下,她看到遥远的天边有绚丽璀璨的灯火,那灯火把暗域黑暗的天空映得通红,她还看到无边无际的黑粟田,在通红的天空下缓缓起伏、翻涌。

桑叶知道自己是死了,却不知道自己怎么就来到了暗域,来到了这个既不是地狱,也绝非天堂的鬼城。这儿的鬼魂都以种植黑粟和酿造黑粟酒为生。和桑叶一起死去、一起来到暗域的桑叶的爹爹，在远离城镇的地方开垦出了一小块田地，建起了简陋的屋舍，安下了家。几年之后，这儿成了一个小村庄，桑叶的爹爹也娶了一个孤零零的女鬼为妻，这个女鬼，自然便是锦绣娘。

自从桑叶的爹爹娶了锦绣娘，便渐渐冷淡了桑叶，有时遇见锦绣娘虐待桑叶，也只当看不见。桑叶愈发地想念自己仍在人间的亲娘了，每当这时候，她就会偷偷从村里飘起，一直飘到人间，坐在自己小小的坟墓上，呜呜地哭。哭累了，就看青白的磷火在草丛间游荡，看萤火虫的光乍起乍灭。有时候，她看到坟头上的草没了，坟前插着三炷香，摆着两小杯黄酒和一只碗，碗里要么是一个馒头，要么是一枚鸡蛋，她就知道娘又来看自己了，心里就有些欢喜，虽然也哭，却没那么伤心。

可是，不知从何时起，连她的亲娘也不来看她了，坟前那三炷烧香剩下的红棍子早已褪色，杯里尽是雨水，摆在石碑前的瓷碗也碎了一角，碗缘上沾满了黄泥。

桑叶隐隐约约听到新来的鬼魂说："她后娘是这样子，亲娘又重新嫁了人，去了好远好远的地方，只怕是再也不会回来上坟了。桑叶这小丫头，还三天两头地跑去坟里坐，她亲娘若是知道了，不知有多伤心呢！"

桑叶只是抿着嘴，当没听见，还是跑去坟里坐等。她想终有一天，娘还会回来看自己，给自己烧上三炷香，摆上两个杯、一只碗，杯里是黄澄澄的黄酒，碗里是一个馒头，或是一枚鸡蛋。

可是她等呀，等呀，总也等不到她的亲娘回来上坟，坟头上的草愈长愈高，草根都垂了下来，像巨人的胡子，把坟里塞得满满的，桑叶都快没地儿坐了。

"花脸，你说我娘还会回来给我上坟吗？"这会儿，桑叶跪在猪圈前，忍不住就问圈里那头又黑又脏的老母猪，花脸呼噜呼噜地，也不知究竟说的是"会"，还是"不会"。

一直跪到桑叶的爹爹从地里回来了，锦绣娘才在厨房里喊道："死丫头，还在那儿挺尸咧，还不快起来给你爹打水洗脸去！"桑叶才从地上爬起，拿了根火把，提了木桶，挪着脚到河里打水——她的腿又酸又麻，像刚被千万根钢针扎过了一样。

亿万年来，黑色的冥河在黑色的荒凉之雾上蜿蜒流过，黑琉璃一样的河水无声地汹涌，穿越了整个阴间；宽广的河面上雾气迷蒙，没有死亡，也没有生命。直到它流入地狱，才渐渐地有鬼魂与神灵在河上来往，才远远地飘来痛苦的呼喊和欢乐的狂笑，才隐隐地看到一幢幢的楼宇在黑暗中立起、坍塌。可是，一旦它流出地狱那黑铁铸成的城墙，一切又都恢复了原样。冥河重又在无生无死的沉寂中向黑暗的最深处流去，流去，终至流入黑暗之海。

可是，不知从何时起，一个被地狱流放的鬼魂在冥河岸边的荒凉之雾上开垦出了一小块黑粟田，这用冥河之水浇灌出的黑粟啊，竟成为域界最香甜最味美的食粮。愈来愈多被流放的鬼魂在冥河之畔种起了黑粟，这些黑粟田渐渐连成了一片，而那些鬼魂，也在阴间建起了一座新的城市，这座城市便是暗域——天堂与地狱之外的另一座欢乐之城。

桑叶愣愣地看着这宽广无涯的冥河，每一次站在河畔，她都会这么愣愣地看上一小会儿。终于，她弯下腰，把木桶浸入水中，她拼尽全力才提了桶水上来，还溅湿了半幅裙子。她摘了些苇叶盖在桶上，以免水再溅出来，又把火把斜着插在腰间，便两手提起木桶，歪着身子，跟跟跄跄地把水往家里提去。

经过龙湫边的时候，她把桶放下了，喘着气，对着那潭黑水轻喊："叁合！叁合！"平静的黑色水面荡起了波纹，一条毒龙从水里浮起，却只露出双角和鼻孔。这是桑叶家的毒龙，在暗域，毒龙就如同阳间的牛一般，都是农家必不可少的牲畜。

桑叶跪下来，把嘴凑到叁合的耳边道："叁合，我今天早上遇见好大一条龙，它快喘不过气来了！"

叁合懒懒地摇了摇头上的角，一闭眼，又沉入了水中。

桑叶气恼地站起来，把一块小石子踢入水中，道："臭叁合，不理你了！"便又提起水桶，向家里走去。

她原本是想叫叁合陪着自己，在夜里再去看一看那条巨龙，可是，叁合却根本对别的龙不感兴趣。桑叶只好等爹和后娘都睡着了，才偷偷地溜出门，自个儿向荒野里走去。她带了一些小米饭，想看看那巨龙吃不吃。

巨龙愈来愈喘了，那些嘶嘶的风声中，又夹杂了一些奇怪的声响，如同无数的婴儿在放声啼哭，这啼哭声细小而坚韧，被风声裹挟着，听起来不仅凄厉，而且悲凉。

桑叶小心地不让火把被巨龙的喘息吹灭，把小米饭堆在巨龙的嘴边。巨龙喘着气，睁开眼看了看，又闭上了。桑叶把那堆小米饭往巨龙的嘴前推了推，道："吃啊！龙，吃啊！这可是用黑粟煮出来的，好香呢！"巨龙把眼睁开了，它的嘴缓缓张开，舌头伸出轻轻一卷，便把那堆小米饭全都卷入了口中。

桑叶开心地笑了，她站起来，高举着火把，看着这条巨龙。刚才，在巨龙张开嘴的时候，桑叶看到它的牙全都没了，这可真是一条巨大而苍老的毒龙啊。它的耳朵眼和鼻孔里都长出了白毛；它的两根长须已被磨得又短又钝；它那两叉巨角，立在它的头顶上，简直就像两棵老树，上面不仅挂着许多枯藤，甚至还有一个破碎的鸟巢；它身上的鳞片已经脱落了许多，露出暗红的肉，黑色的龙虱在鳞片里进进出出，这些龙虱每只都有黑豆那么大，鼓着坚硬而饱胀的肚子，在巨龙身上钻来钻去。

"你可真是一条老龙啊！"桑叶轻轻拍着巨龙的身躯，她即便踮起脚尖，也摸不到巨龙的背，"我家的叁合，跟你比起来，根本就不是龙，最多只能算条蛇。"

"我明天再来看你，你可别就这么死喽！"桑叶也不知巨龙听没听她说，它仍是闭着眼睛，费力地喘着气。

桑叶吹灭火把，悄悄地推开院门，在经过爹和后娘窗下的时候，她听到隐约传来的话语声，那是爹的声音："她还小呢！"紧接着是锦绣娘的声音："哼，我可不管，有胆你自个儿跟大王说去。再说，你也不想想那彩礼，你再刨一万年的雾，也挣不来！"她爹嘀咕了一声什么，不再说话了。

桑叶也不知他们说的什么，她蹑进自己房里，上床躺下，老母猪花脸在猪圈里哼哼着，桑叶很快就睡着了。

第二天清晨，桑叶挽着柳篮去扯猪菜的时候，在院门口遇上了牛蒡爷爷。牛蒡爷爷不是鬼魂，他似乎是从天上下来的，他碰到桑叶，就招呼道："桑叶还扯猪菜去呀？"

桑叶"哎"了一声，"哎"完了，才觉得有些怪怪的，以前牛蒡爷爷碰到她，都是问"桑叶扯猪菜去呀"，怎么今天就多了个"还"呢？

桑叶走到村口，又碰上几个野小子在那儿玩，一看见桑叶，他们都喊起来："黑黑苇叶黑黑草，黑蜻蜓打对水上漂。桑叶丫头心焦焦，嫁给夜叉不害臊。"

桑叶红着脸，回头道："呸，你们才嫁夜叉呢！"一直走出好远，她仍听到那几个野小子在那儿喊："黑黑苇叶黑黑草，黑蜻蜓打对水上漂……"

桑叶走到田边的时候，又遇上了屠夫王胡："桑叶，你家里吃酒可别忘了叫我！"桑叶低着头，"哎"了一声，匆匆地走过去，心里疑惑地想："我家里吃啥酒呢？"

她扯足了一篮子猪菜，便又绕去瞧那老龙。老龙这一天又喘得更厉害了，风呼呼地响，里头的婴儿啼哭声撕心裂肺。她盘腿坐在龙头边，絮絮地道："龙，怎么说呢？今天一大早我出来，村里的人都怪怪的，牛蒡爷爷怪，野小子们说我要嫁夜叉，更怪，王大伯没来由地要咱家里请他吃酒……"

老龙闭着眼，呼呼地喘着气，似乎在听桑叶说，又似乎没在听。

"我娘许久没来看我了,"桑叶仍是絮絮地说个不停,她觉得跟龙说话比跟人说话还舒畅,"她嫁去好远好远的地方,说不定又生了个小宝宝,已经忘了我……"

一只黑蝴蝶飞进火把的光中,老龙忽地睁大了眼睛,鼻子一皱一皱的,贪婪地看着那只在火光中绕圈的黑蝴蝶。

"你喜欢吃黑蝴蝶?"桑叶咯咯地笑着,"你这老大一条龙,竟喜欢吃这小虫子?"她折下一根柳枝,绕成个圈,又从草丛中寻了个蜘蛛放在柳圈上,只一会儿工夫,蜘蛛便在柳圈里织成了张网,桑叶把蜘蛛放回草丛中,道:"龙,你等着,我替你捉黑蝴蝶!"

她抓着柳圈,向草地上飘去,黑蝴蝶在草尖上飞舞,桑叶把手臂张开,不久,柳圈的蛛网上就粘满了黑蝴蝶。桑叶飘回来,把黑蝴蝶从蛛网上摘下,堆在老龙嘴边风吹不到的地方,又再一次向冥河上飘去。

老龙闭着眼睛,呼呼地喘着气,伸出舌头,一只一只地舔食那些黑蝴蝶。

那一日桑叶帮老龙捉黑蝴蝶,一直到吃晚饭时才回家。她怯怯地走进院中,以为会被锦绣娘迎头一阵臭骂,却没想到锦绣娘笑嘻嘻地迎出来,道:"哎哟,我的小丫头,你可回来喽！还不快进屋去试试新衣裳！"

只见到房里堆着许多的箱笼，桌上还压了一摞摞的银子，那张烂木桌快被压塌了，咯吱咯吱直响。桑叶的爹爹蹲在椅子上，皱着眉，一口一口地抽旱烟。

锦绣娘已忙不迭地拿出一套绸缎衣服来，往桑叶身上披。桑叶的爹爹道："还不快把饭端上来！"锦绣娘一拍手，道："瞧我乐的，丫头还没吃饭我都给忘了！"她一阵风地从厨房里端了饭菜出来，给桑叶盛上。

桑叶从没见过这阵势，慌得手脚都没处放了。她看着面前一大碗热腾腾的红烧肉，却不敢动筷子。

桑叶的爹爹道："吃吧丫头，吃完了爹有话跟你说。"

桑叶许久没吃上肉了，虽然事情有些蹊跷，但她实在抵挡不住那扑鼻的肉香。

"管他呢，"她心里嘀咕着，"先把肉吃了再说。"她老实不客气地吃起来，没等她爹爹把烟抽完，桑叶已把碗里的肉吃得干干净净。

锦绣娘一边过来收拾碗筷，一边问道："姑娘饱了吗？"桑叶想像往常那样去刷碗，却被她爹叫住了。

"丫头，你可知道这些银子衣服怎么来的？"

桑叶摇了摇头。

桑叶的爹爹抽了口烟，缓缓道："昨天在地里，我听人说，河对面山上的夜叉大王看中你了，要娶你做第十九房小妾，我还不信。没想到今天下午，人家就把聘礼送来了，还说，过几天就有轿子来迎你哩！"

桑叶愣了愣，在心里想着那夜叉大王的模样，她记得自己小时是见过他的，红头发，蓝蓝的脸，长着四根獠牙，穿着书生的长衫，和另外几个人在河边作诗。难道现在自己就要去做这个妖怪的第十九房小妾了吗？

桑叶低着声道："我不去！我死也不去！"

锦绣娘一听，碗也不刷了，揎着袖子从厨房里跳出来，道："哎哟小祖宗，你死了不打紧，须想想你爹和我，也得陪你一块儿死了，那可多冤哪！"

桑叶咬着嘴唇，她知道锦绣娘虽然说得难听，但却是不错的。邻近一个村子里，就有一户人家，因为女儿不愿嫁给夜叉大王做妾，跳到冥河里自尽了，夜叉大王就把那户人家全都烧死了。

那天夜里，桑叶又偷偷地从村里出来，去看那条龙。

"龙啊，我可不能再陪你啦！"她絮絮叨叨地说，"你怎么老成这样了呢？你又是从哪儿来的呢？怎么就没个伴儿？那可多孤单、多凄惶啊！龙啊，过几天，夜叉大王就要把我娶去做他的第十九房小妾了，你说他娶那么多小妾干吗呢？他喜欢小姑娘不会自己生几个出来养着吗？干吗老抢别人家的女儿呢？人家不给，他还凶神恶煞地把人都杀了……"

桑叶直说到半夜，老龙只是闭着眼，呼呼地喘着气。桑叶也不知自己说了那么多，龙听不听得懂，她只是觉得说出来心里舒坦些。

她摸黑回到院中的时候，爹和锦绣娘的房里仍亮着灯，桑叶听到叮当叮当的声音。"他们是在数银子吗？"她心里想着。

那天夜里，大风在桑叶的梦中吹起，凄厉的风声中有无数的羊在悲鸣，"咩——咩——"仿佛它们知道自己即将被宰杀。

早晨桑叶是被锦绣娘的尖叫声惊醒的。她推开窗户一看，就见到一个巨大的龙头——是那条老龙，它在夜里爬了过来，盘绕在桑叶家的院子里，它的身躯是如此巨大，把院子塞得满满的，还有长长的一截尾巴留在了院墙外。

锦绣娘和桑叶的爹大声地驱赶着那条老龙，但老龙总是闭着眼，呼呼地喘着气，它喘得是如此厉害，以至于那些婴儿的啼哭都变成了羊羔临死前的哀鸣。桑叶才知道自己昨夜里听到的并不是梦。

村里的人都过来看热闹，野小子们跳到老龙的背脊上跑来跑去，老龙只是拼命地喘着气，任野小子们在它的背上嬉戏，并不理会。桑叶的爹没法子，只好从后门出去，到龙湫唤起叁合，背着犁到地里去了，到了夜里，也只好还是从后门进屋。锦绣娘咒骂着老龙的腥臭，还有在屋里跳来跳去的龙虱，又担心过两天夜叉大王来迎亲，难不成也让他老人家从后门进屋？

"不如让王胡过来把它宰了！"吃饭的时候，锦绣娘恶狠狠地说。桑叶的爹有些担心地道："就怕它发起狂来，那可没人能制得住！"锦绣娘道："一条老龙，气都快喘不上来了，还能发什么狂！"却听桑叶冷冷地道："你们若把它杀了，这人我就不嫁了！"锦绣娘和爹都诧异地看着桑叶，不知她怎么就对这条老龙好到这般。锦绣娘脸上一黑，终究压下怒气，讪讪地道："不杀就不杀，听你小祖宗的话！"她心中想道，今日不杀，到时候夜叉大王来了，他法力高强，还怕弄不走这条半死不活的老龙？犯不着又节外生枝。

那一夜，桑叶最后一次去等她的亲娘。坟头上的草长得比人还高了，草根把坟全塞满了，还掀开了早已朽烂的棺材，露出了桑叶的骨殖。桑叶只能坐在石碑上。她等啊等……坟前的碗里早已装满了土，还裂成了两半，向两边倒着，烧香剩下的红棍子也不见了，杯子也不知被谁拿走了。一只猫头鹰落在桑叶的肩上,陪了她大半夜。这可实在不是一个好伴儿,它总是无缘无故地大声鸣叫,听起来既像笑,又像哭。到天边露出鱼肚白的时候,猫头鹰飞走了,把桑叶吓了一跳。她茫然四顾,露水把草都打湿了,白色的雾静静地压在草尖上,她低着头,向下飘去。

也没人叫她扯猪菜了,桑叶拿上柳圈,到河边去给老龙捕黑蝴蝶。她捕了一整天,最后老龙根本就吃不下了,她还在捕。似乎是想一次就把老龙要吃的黑蝴蝶捕完,好让老龙一直到死都不缺吃的。

野小子们在院墙外搬老龙的尾巴玩,还使劲地抠老龙的鳞甲,连着抠下了好几片,他们看老龙动都不动,又从院墙外往老龙头上砸石子儿。桑叶一回来,他们就一哄而散,可桑叶一走,他们又跑回来了,继续把石头往老龙头上扔。牛蒡爷爷和另一个老头儿,还取了粪筐放在老龙的尾巴下,说这龙粪是好肥料,扔了可惜。

那天夜里桑叶就睡在龙角间,和老龙絮絮地说了一夜的话。老龙仍是闭着眼,呼呼地喘着气,时不时弓起身子,剧烈地喘息一阵,又渐渐平息,似乎无论桑叶说了什么,它都是无动于衷。

一大早,锦绣娘就把睡眼惺忪的桑叶从龙头上扯了下来,让她细细地梳洗，挽起双髻，穿上大红的嫁衣，披上红盖头，在床边坐等。

夜叉大王的迎亲队伍果然好大的排场，最前面是一百只敲锣打鼓的绿皮青蛙，然后是一百只吹喇叭的青头蟋蟀，后面跟着五十只蛤蟆力士，都扛着一箱箱扎了红绸的彩礼，一队队蜻蜓丫鬟拥着一辆八只老鼠拉的油壁小车，车上垂着璎珞，铺着红毡。夜叉大王自己穿着新郎官的衣衫，骑着一只白蜥蜴，施施然走在最后。

锦绣娘和桑叶的爹急忙迎上去跪下，战战兢兢道："禀报大王，小的院中现如今盘着老大一条龙，前门被它堵住了，进不去，还请大王委屈一下，从后门进吧！"夜叉大王从白蜥蜴背上跃下，扶起两老，道："不妨事，让蛤蟆力士把它拖走便是！"便有八只蛤蟆力士，跳进院中，扳住龙角，想把老龙拖走，却不想扳了半天，老龙的头都没动得分毫。没奈何回去禀报，夜叉大王又多派了八只蛤蟆力士去，却也仍是扳不动。没奈何又多派了八只，竟仍旧是无可奈何。到后来所有蛤蟆力士都去扳那龙角了，老龙却依旧是闭着眼，呼呼地喘着气，动也不动。

夜叉大王觉得很有些没面子，要说若是不曾让蛤蟆力士去拖这条老龙，由后门进屋也未尝不可，如今既已叫蛤蟆力士去拖了，再由后门进屋，这不明摆着是输给这条老龙了吗？

夜叉大王也顾不上新郎官的体面了，让蛤蟆力士都退下，自己脱去了新郎官的衣衫，挽了袖子，站到龙头前，抓住龙角，使劲一扳。本是想就这么一把把老龙摔出村外的，没想到老龙却纹丝未动。夜叉大王又拼了命用力一扳，这回可挣得面都红了，老龙倒反打起鼾来。

夜叉大王没奈何，只好道："今日是本王娶亲，不必跟这小畜争道，它既喜欢在此睡觉，便让它睡好了，本王从后门进屋便是。"

于是鼓乐重又吹打起来，蛤蟆力士们重又扛起彩礼，夜叉大王重又穿上新郎官的衣衫。桑叶的爹爹赶着放了一挂鞭炮，只是这挂鞭炮不是放在前门，而是放在后门，看去总有些不伦不类，却也顾不上那么多了。蜻蜓丫鬟们把新娘扶上了油壁车，赶车的小鬼一声唿哨，老鼠们都跟着吱吱叫起来，便要把车拉动。

这时忽然起了风，从天际涌来了大片大片的乌云。众人都惊恐地朝天上望去，多少年来，暗域的天空都是黑沉沉的，从未飘过云，更未下过雨，他们早已忘了云是什么样子，雨是什么样子，他们看到云层间电光闪烁，听到轰隆隆的雷声在云层之上滚过，都惶惶然相互对视。

夜叉大王强打起精神，呼喝道："慌什么？还不快走！"于是油壁车缓缓地动起来。便是此时，老龙似乎是刚从睡梦中醒来，它睁开双眼，轻轻地抬起一条腿，用爪尖钩住了车辕。老鼠们打了个趔趄，停下了。

夜叉大王在白蜥蜴背上转身，他看到老龙已经不再是原先的样子了，它依旧老，依旧喘着气，但它的眼中却是精光四射。它轻轻地把油壁车拖了回来，用爪尖掀开车顶，把桑叶从车中托起，小心翼翼地放下。

桑叶茫然地看着四周，终于明白过来，她对老龙喊道："龙啊！你快别理我了，夜叉大王会要了你的命的。"

老龙轻轻地摇了摇头，四足微动，龙尾轻摆，缓慢地撑起身子。风从天上吹了下来，把村里的屋舍吹得歪倒了，老母猪花脸在尖叫，黑粟田呼啦呼啦地响着，青黑色的粟浪，忽而向东，忽而向西，惊惶地翻滚着。冥河上掀起了数丈高的巨浪，向两岸涌去，淹没了大片的田地。乌云低低地压下来，压得众人都抬不起头，雷电猛地炸响，"咔啦啦啦——"渐渐地向天边滚去了，风似乎也随着这雷鸣声远去了，天地间静得吓人，忽然豆大的黑色雨点哗哗剥剥地砸下来，瞬间就连成了无边无际的雨幕。

老龙带着闪电飞起，它张开无牙的嘴，放声长吟。龙湫里的毒龙都从水里飞出，在老龙四周盘旋飞舞，似乎是在向它朝拜。片刻之后，别的村庄的毒龙也飞了过来，还有城里的毒龙，甚至还有从遥远的地狱里飞来的毒龙，它们都随着老龙在天上盘旋,似乎这条垂死的老龙,是它们威严而神圣的王。

忽然,老龙鬐鬣俱张,从天上俯冲下来,它伸出利爪,直向夜叉大王抓去。夜叉大王早已甩去了新郎官的衣衫,他抓起一把方天画戟,朝老龙刺去。老龙又是一声长吟,似乎是对夜叉大王的反抗有些不屑。它的利爪震开了画戟,一把将夜叉大王抓住。夜叉大王的红发蓬起,獠牙尽露,在老龙的爪中挣扎。老龙朝他喘着气,喷着鼻息,忽然轻轻一捏,便把夜叉大王捏成了一团肉酱。

老龙把爪中的肉酱甩去,缓缓张开嘴,再一次放声长吟。它身后无数的毒龙也都跟着长吟起来,浑厚而低沉的吟唱在天地间来回地震荡。直到多年以后,暗域的鬼魂们谈起这场暴雨,这次龙吟,仍然心有余悸。

老龙在黄钟大吕般的吟唱声中死去了,它飘落在冥河岸边,成千上万的毒龙将它的尸体围住,久久不愿离去。

牛蒡爷爷说,他以前在天上的时候,隐约是见过这条老龙的,他说它是龙主,天上地下所有的龙都要听命于它。牛蒡爷爷还说,它一定是太老了,别的龙取代了它的位置,把它赶了下来,它才来到了暗域。

别人说你怎么不早说,你说了谁还敢这样欺负它呀!牛莠爷爷说:"我到暗域也有几千年了,谁还记得这么多旧事。再说,它要不发起怒来,谁又敢说它便是龙主呢?"

桑叶为老龙建起了一座坟,这本不是她能力所及,但村里的人都来帮她,终于用一个月的时间,把老龙埋上了。

桑叶仍是每天都去老龙的坟头看看。黑蛉草渐渐把坟头淹没,在上面开出了淡白的花。有时,桑叶会突然地听到黑暗的深处传来呼呼的喘气声,时缓时急,里面还夹杂着羊的哀鸣。她猛地抬头四顾,以为老龙就在不远处瞪着自己,但除了浩浩荡荡的冥河,和河畔暗沉沉的黑粟田,她什么也看不到,看不到。

七夕赋

十二

黄针拨镜再梳头,遥遥到来秋。
来秋亦不过是场空罢了。

"夫人,月亮上来了!"乞巧用她肥肥短短的食指,指着东边道。

沙萱一抬头,就看到一弯黄黄的新月,怯怯地,挂在城墙上。

栖在城墙下那棵老槐树上的几只乌鹊,扑哧哧飞了起来,绕着老槐树盘旋。

"夫人,那鹊儿不是要到天上搭桥的吗,咋还在这儿瞎飞呢?"乞巧一边笨手笨脚地把香炉、瓜果、针线、银盘、蜡人往桌子上放,一边鼓着腮帮子,傻傻地问。

沙萱笑了笑,道:"许是搭桥用不上那么多的乌鹊吧!"

乞巧恍然大悟,道:"那倒是,天下的乌鹊不知有几千几万只,哪能都用上呢?就不知它们是一年一年轮着去呢,还是抓阄儿,还是有个鹊儿仙子安排,今年是你,明年是它……"

沙萱由着她絮叨，并不作声。那么多年过来，她早就习惯了乞巧的啰唆。记得她刚来的时候，虚岁才过十三，稀疏的黄发勉强绾成两个鬟儿，矮矮胖胖。沙萱让她睡在暖阁外，半夜里她踅进暖阁里来，揭开幔帐，把沙萱从竺虎的怀里拉出来，抖抖地道："夫人，外边黑咕隆咚，俺怪怕的，睡不着。"

竺虎看一眼沙萱，又看一眼乞巧，想笑，又强忍着，不让自己笑出来。

那时沙萱刚嫁过来不久。竺虎问沙萱，那新来的傻丫头，该叫什么好呢？

那天正好是七夕，沙萱也懒得去想，随口道："就叫乞巧好了，看她那傻样！"

没想到，乞巧这名字，就那么多年的叫过来了——如今，乞巧也有十七了。沙萱看她和园丁老王的儿子一递一递地说着话，才知道原来，傻丫头也有长大的一天。

月亮渐渐爬得高了。乞巧把物品都摆在了桌子上，拈起一根香，伸到那碗琉璃灯上点着，递给沙萱。

沙萱接过香，双手擎着，向前一步，跪在几前，朝着那弯月，拜了三拜，嘴里喃喃地祝祷。

乞巧也跪在沙萱旁边，大剌剌地道："织女仙子保佑，转过年来，咱们夫人就能生个大胖小子；再转过一年，又生个大胖闺女；再再转过一年，又生个大胖小子。嗯，这就够了，生多了咱们夫人也累。还有呢？还有呢？也顺道儿保佑保佑乞巧，能嫁个老实肯干的汉子，平平安安地，把这辈子过完，转世投胎，也做个男人，让乞巧也享享做男人的好处……"

沙萱站起身，把香插进香炉里，过来踢了踢乞巧的大胖屁股，道："你有完没完，织女仙子听你这么啰唆，明年都不敢来了！"

外面飘来咚咚的更鼓声，却才过了初更，紧接着不知是哪个女孩儿家，咿咿呀呀唱道："一更每年七月七……"歌声丝丝袅袅，忽断忽续，钻进沙萱耳中，"……一心待织女，忽若今夜降凡间，乞取一交言。"

乞巧铺开竹簟，扶沙萱坐下。

"夫人还是要守到天亮吗？"

"你若是撑不住，自去睡好了。"

乞巧也学着沙萱的样子，侧着身坐下，道："俺也要陪夫人守一夜。"

"就是，你也守上一夜，织女仙子看你心诚，才会让你嫁得个好汉子。"

乞巧哧哧笑着，道："小王昨天倒送了我只蛐蛐儿。"

"哼。"沙萱冷冷一笑，道，"小心别上了男人的当。"

乞巧毕竟坐不惯，把两腿伸长，又开了，手撑在背后，仰起头看天上星星，道："小王才不会骗我……夫人，你看那织女星有多亮！"

沙萱也仰起头看，银河如雾如縠，牵牛织女，遥遥相对。

"夫人，咱们也来穿针玩儿好吗？"

沙萱微微一笑。

乞巧跳起来，从几上拈起那九孔针，用根丝线系了一头，悬在院中那棵石榴树上，又一把抓起几上的彩线，递给沙萱。

沙萱轻舒葱指，拈起一根，手腕一抖，那根线便笔直地飞起来，穿过针孔，又飞回来。

乞巧拍着手笑道："好玩好玩！"

沙萱手腕又是一抖，那线都飞了出去，便似长了眼一般，一根一个针孔地穿了过去，又乖乖地，飞回沙萱手中。

"不好玩不好玩。"乞巧嘟着嘴道，"俺可还没看清呢，夫人就穿完了！"

沙萱轻叹道："便是穿得再多、再巧，又有何用！"

乞巧一听，一时间，倒是说不出话来。

也不知静了多久，又飘来咚咚的更鼓声。

"这就二更了吗？"沙萱倒有些诧异。

那女孩儿的歌声，又随着更鼓，飘了过来："二更仰面碧霄天，参次众星前。月明……"中间一段却听不清，沙萱把心静一静,才听得后面一段,"……烧取玉炉烟,不知牵牛在哪边,望得眼睛穿。"

"这歌儿唱得人心里凄惶。"乞巧喃喃道。

沙萱道:"去,把前日买的酒端来,男人们在外边喝酒装疯,就不许咱们也喝几杯吗?"

乞巧道:"就是,这本是女孩儿的节日,他们男人倒会借着寻乐子。"

乞巧擎了盏灯,先去地窖里砸了两块冰上来,出来时不小心,额头倒撞在了门楣上。她骂骂咧咧地,趔到灶前,把酒倾在盆里,取半旋子,冰桶里冰了冰,倾在酒壶里,却又猛了,洒了一手的酒。她把手放在嘴里吮净,收拾了几盘点心,两个盏,两双箸,一桶盘托出院来。

沙萱先倒了半盏酒,朝天拜了拜,倾在地上,算是敬过了织女仙子。

远远的,传来咚咚锵锵的鼓乐声。

乞巧道:"也不知官人在干吗,怕是在看戏吧?"

沙萱心里道:"如果真是看戏,倒好了。"

她和竺虎,算是青梅竹马。她十五岁嫁过来,头两年,真称得上是如胶似漆,那日子,比拌在蜜糖里还甜。

竺虎在镖局里做镖师,使得一手好剑。沙萱的爹则是竺虎的授业恩师。从小两人就在一起练武,哪个人不说他们是一对金童玉女。

第三年上,竺虎对沙萱就渐渐地冷了。沙萱知道是为什么——自己嫁过来那么久,别说是生下一儿半女了,竟是连身孕都没有过。

沙萱自己心里也急,四处求神拜佛,每逢七夕、中元,都要备好蜡人儿,求告天地神祇,但又有何用。

竺虎待在家里的日子,却是越来越少,只听得人说,常见他在三瓦两舍里厮混。前几日更听得间壁的王婆说,官人在州衙东边一条巷子里,养着一个小妾。

沙萱听了,心那个疼啊!似有只牙尖嘴利的虫子在咬,却又无可奈何。

她知道竺虎怕师父怪罪,绝不敢把那个小妾往家里领,可就这么在外边养着,就算不领到家里来,又有什么区别呢?

乞巧倒了盏酒,端到沙萱面前,道:"夫人,喝杯酒吧!"

她虽然傻,却也知道沙萱心里不欢喜。

沙萱捏着杯盏,一仰脖,一饮而尽,道:"再倒一杯来。"

乞巧倒愣了愣,从未见过沙萱这样喝酒,她又倒了一杯。

沙萱又是一仰脖,一饮而尽。"再倒一杯来!"

乞巧道:"夫人,你——你这是何苦来!"

沙萱懒懒道:"你到还是不倒?"

乞巧便倒了一盏，却没递给沙萱，自己喝了。

沙萱嘻嘻笑起来。

更鼓敲响的时候，乞巧已喝得醉了，倒在竹簟上，姁姁地睡着。

那女孩儿又唱起来，这回却是异常地清晰："三更女伴近彩楼，顶礼不曾休。佛前灯暗更添油，礼拜再三求。会甚么北斗，渐觉更星候。月落西山欸星流，将谓是牵牛。"

沙萱心里的酸楚，借着酒劲，一下都涌了上来，她低低地啜泣。虽然心里是那样的苦，但无论是人前人后，她都从未掉过一滴泪，没想到今夜，却再也忍不住。

她一边哭，一边拈起一根香，那碗琉璃灯，却已是将灭未灭的样子，她把香点上，跪下，道："织女娘娘，为什么我们做女人的，就得受这样的苦！生出了儿女，是苦；生不出儿女，更是苦！男人就可以三瓦两舍，飘蓬浮荡，我们做女人的，就得孤枕独眠，凄清寂寞！织女娘娘，你倒是舒心爽快，有个男人，一心一意地爱着你，一年里总还能聚一次，这日子，总还有些盼头！可我呢？织女娘娘，我这过的是什么日子啊！……"

她边哭边祷告，不知不觉间，月已西沉，更鼓倏乎响起。

便听得那女孩儿唱道："四更缓步出门听，直走到街庭。

今夜斗末见流星，奔逐向前迎。此时为将见，发却千般愿，无福之人莫怨天，皆是少因缘。"

沙萱听了，却骂道："因缘？什么狗屁因缘？我不信……"

这时，忽听乞巧喊道："小王，小王，你可别骗我！"

沙萱一惊，回头看去，却原来是梦中呓语。乞巧翻了个身，依旧睡去。

沙萱撑起身子——她跪得久了，腿脚一阵阵地酸麻。她叹了口气，借着月光，步入楼内，把妆台上那菱花镜取来，藏在怀里。

还是新婚时从京城的宝祥斋买来的铜镜，足足花了十两银子，沙萱就喜它后面的铭文："玉匣聊开镜，轻灰暂拭尘；光如一片水，影照两边人。"她死死缠着竺虎，非让他把镜子买下不可。竺虎虽然嫌贵，但毕竟不忍拂了她的意，买下了。可如今，镜子依旧是"光如一片水"，却再也不能"影照两边人"了。

沙萱跪在灶前，把那从小就念得熟了的咒语念了七遍，快步走到街上。夜已深，隐隐只听到瓦子里传来的丝竹管弦之声，还有男人们的呼喝喧闹。她侧耳去听，却怎么也听不清他们闹的什么。她只好闭上眼，踏出七步去，把铜镜从怀里取出，向前一照——

那镜子其实已在她怀里捂得热了，但沙萱一看到镜中映出的景象，却觉那镜子冰得刺手。

原来镜中映出的是一小院，只见得竺虎正和一个杏眼桃腮的年轻女子，在院里饮酒。

只听得竺虎道："待你把肚里那大胖小子生出来，我就把你领回去，做了正房，让那只生不出蛋的老母鸡做二房，看她有何话说！"

那女子斟了盏酒递给竺虎，道："官人可别又弄出什么三房四房的，到那时，妾身就算做了正房，心里也不舒坦。"

竺虎一把搂过那女子道："怎么会，只要你生出了小子，别说是正房，就是把你当观音娘娘供着，我也心甘情愿！"

那女子轻笑道："呸！说这种话，小心下拔舌地狱！"

竺虎道："我为了你，莫说是下拔舌地狱，便是……"

沙萱再也听不下去，咣啷一下把铜镜摔在了地上。

那镜子翻了两个身，定住了，明晃晃地映出满天星辉，却哪有什么小院，什么女子。

沙萱冷冷一笑，俯身把铜镜拾起，用手抹净，放入怀中。

忽地更鼓又响，只听得那女孩儿凄声地唱："……五个姮娥结彩楼，那个见牵牛。看看东方动，来把秦筝弄。黄针拨镜再梳头，遥遥到来秋。"

"哼。"沙萱心中默念，"'黄针拨镜再梳头，遥遥到来秋。'来秋亦不过是场空罢了。"

她走回院中，把乞巧推醒，道："我先去睡了，你把这些收拾了，也回楼里去睡吧！"

乞巧揉着惺忪睡眼，"嗯"了一声。

天光渐亮。

巷子里，一个报晓头陀，敲着木鱼走过，口里高声叫道："普度众生，救苦救难，诸佛菩萨！普度众生，救苦救难，诸佛菩萨！"

声音洪亮如钟，在清晨的微光里回荡。

乞巧蓦然想起了什么，从怀里摸出一个小小的漆木盒子。她掀开一道缝，睃进去，却黑黢黢的什么也看不见。她把手摁在胸口上，长吸了口气，掀开盒盖……

小王说，州桥上有个卖蜘蛛的胡人，他卖的蜘蛛，能结出棉布一样密的蛛网。许多富家小姐都和他买，放在盒里，第二日结出密密的蛛网，那些小姐呀，就个个都变得心灵手巧了。

乞巧也拿出三百文，让小王给自己买一只回来。

可如今盒子里却空空的一根蛛丝也无。那只三百文一只买回来的蜘蛛，在乞巧的惊愕中，爬出盒子，仓皇而去。

附：旧时七夕风俗，有对月穿针以乞巧，又有闭蜘蛛于小盒中，至晓开视蛛网稀密，以为得巧之侯者；至于无子者以蜡做婴儿形以求子，则不止于七夕之夜，盂兰盆节亦有此风俗。"七出"中，"无子"排在了第一位，其实生不出孩子，又岂仅是妻子一方的责任。那首歌，出自敦煌曲辞，名为《五更转·七夕相望》，惜乎不全。

青溪异人录

十三

你看看那些在田里种地的人，其实他们自己，便是异人！

南山上飘过来一大片乌云。不知谁喊了一声，人们不约而同地仰头一望，都从稻田里跳出来，没命地跑。

清明才过去不久，正是插秧时节。稻田里的水被风卷起了一阵阵涟漪。有些胆小的婆姨，一边跑一边就哭了起来。

天暗了下去，风卷起路上的尘土。突然"喀喇喇"一声，一道闪电划破天空。

大家跑得愈发快了。荀阿大的老婆脚一软，噗地跌在地上。她撑起身子，正要爬起来再跑，却看见明晃晃的一道电光打下来，正打在王阿多的头顶上。王阿多又向前冲了两步才倒在尘土里，手脚痉挛着，身上冒出一股烟。荀阿大的老婆哇地就哭出来了，她坐在地上，怎么也站不起来，只觉得手也软了，脚也软了。王阿多的身子都焦黑了，倒在地上，像一截烂木头。

荀老爹在蚕房里收拾蚕种，隐约听到雷声，走出门外一张望，看见在田里插秧的人都在往回跑。他也跟着扯开嗓门喊："阿大！快回来喽！响雷喽——！"村人乱拥着跑进村里，却不见到阿大和他老婆的身影，荀老爹揪住一个人问，那人指了指后面，便一头钻进自家屋里去了。荀老爹爬到土岗上张望，看见阿大正背着他的女人，刚进村口。那女人正没命价地哭，跟刚死了爹娘一样。

荀老爹急忙去把他们迎回来，阿大跟他急："爹，你不到屋里躲着，跑出来干啥哩？"荀老爹问他："你媳妇咋啦！"阿大道："吓傻了呗！王阿多被劈啦！正在她身前。"

雨停了之后，也没人再去插秧了，都聚到王保甲家里讨论。

众人都不吱声，末了，荀老爹叹气道："这样的日子，什么时候是个头！"

王阿多的老婆本还是哭丧着脸，一听，便一把鼻涕一把泪地号起来。王保甲一拍桌子，道："还不收声，咱们是来议事的，可不是来听你哭男人！"王阿多的老婆抽抽搭搭地道："今年的童男女，可都是供过了，前日里劈死了王家的二妞，说是去推雷车，今天又劈死了我家阿多，莫不成也要他去推雷车吗？"

便有人道:"是哩!你家阿多和二妞推雷车,正好做了一对哩!"众人都笑,王阿多的老婆回头去寻说话的人,却寻不着,便叉起腰,祖宗十八代地骂,被王保甲吼了几嗓子,才住了嘴。

荀老爹咳了一声,道:"不如再去请个道公来!"后头有人冷笑一声,道:"道公顶个屁用!"荀老爹眯眼一看,认得是邓家的小子,叫邓山。荀老爹知他是个愣头青,也不与他计较,只是唉了一声,低下头去。

原来村里往年也曾凑了几两银子,请了个道公来降伏雷公。道公初来时还是满嘴大话,要吃要穿,磨蹭了几天,终究筑了坛,做起法来。却被一阵乱雷劈下来,坛也坍了,道公也烧成了半截焦炭。花费了村人的安葬银子不说,还惹恼了雷公,那年的献祭,就改成了两对童男女——荀老爹一个四岁的孙子,就是那年死的。

众人议了半天,有说再献一对童男女的;有说再去请道公的;也有说索性搬出这里,另寻地方建村的;还有说去请官兵来擒雷公的,终究是议不出一个道道。

末了王保甲的老婆子走出来,说王老爹有话要说。王保甲道了"失陪",进去抬了王老爹出来。那王老爹也有九十来岁了,齿落发白,走不得路,在床上躺了七八年,村里人都要把他忘了。

王老爹哼哼着道:"我幼时听我爷爷说,青溪山中,有一种异人,会一种异术,叫缚雷术,专是降伏雷公的。不如咱们凑些银子,着几个人去将异人请来,或许有望。"

王老爹说罢,便进去了。众人又再商议起来,也有说去请异人的,也有说不去请异人,再献一对童男女的。

说到献童男童女,却是赵六老和赵板儿最是反对,原来该是轮到他们家出童男童女。但听赵六老道:"不是我爱惜我家春郎,但咱们也献了多少年的童男女了,何时是个尽头?不如这一回豁出去,请了异人来,与那恶雷公斗一场,或许有望!"

又有另一个人道:"异人的话,王老爹是听他爷爷说的,那可是有年头的事。且不说是不是真有异人,便是真有,也不知他们现今还活不活;便是还活着,也不知他们还在不在青溪山;便是还在青溪山,那也跟咱们村隔着几百里的路,等请了他们来时,也不知又被劈死几个人了。"

最后毕竟还是定了下来,由赵六老、苟阿大、邓山还有赵板儿,一共四个人,去青溪山中请异人,却需在三十日内回来。若到时未回,便在第三十日,将童男女抬到雷公祠里,做了祭礼。

大伙儿凑了份子钱,王保甲、赵六老和赵板儿出得多些,王阿多刚死,他女人就不需要再出钱了。

次日一早,结束停当,盘缠和请异人的花销都紧缚在邓山的裹肚内,扎在腰间。四人别了众村民,向青溪山行去。

非止一日,来到青溪山山脚下的远安城。远安古称临沮,有漳水、沮水环绕,也是个繁华所在。四人入城内寻了一家客栈安身,向那客栈内的小二打听道:"城内可有异人?"小二道:"有啊!有啊!"四人大喜,荀阿大拿出一串钱,塞在小二手里,道:"相烦小二哥指引,咱们前去拜见。"那小二颇有些诧异,却也不愿多言,便引他们到客栈门首,指着一个抱着二胡的瞎老汉和一个唱小曲的女子道:"这可不是卖艺的'艺人'?"

那瞎老汉穿着一件褴褛的长衫,两眼翻白,听见有人来了,急忙躬身道:"官人可是要听小曲吗?"那唱曲的女子也转过身来,虽是年轻,长得却是粗丑。邓山大怒,揪住小二的衣领,抬起拳头便要打。小二叫苦道:"是你们自己要寻'艺人'的,这个可不是'艺人'?为何却要打我!"荀阿大急忙拉住邓山道:"本是我们说不清楚,岂可怪罪小二哥!"邓山也知怪他不得,只好松了手,四人自回房中歇息。

次日在城内打听,却哪有人听说过什么会"缚雷术"的异人。寻了两日,邓山着恼道:"这般寻下去,便是寻到天边也寻不见。"赵六老道:"王老爹说异人是在青溪山里头,可不是在城里头,咱们在城里头寻,自然寻不见。"赵板儿也道:"是哩!何曾见过住在城里头的神仙哩!"荀阿大便道:"明日起咱们到青溪山里头去找。"赵六老又道:"城里也要留一个人,保不定异人自个儿找上门来,若咱们都不在,岂不坏事?"末了定下,荀阿大、赵六老和邓山入山寻访,赵板儿身子骨弱,留在城内打探消息,约定十日之后碰头。

赵板儿在城内又寻了两日,仍是茫无头绪,不免心焦。忽一日,一条大汉找上门来,自称异人,自小习得缚雷术。赵板儿看他穿一领青衣,腰间悬一把钢刀,身长七尺,膀阔三停,极是威武,心中暗道:"便是这样的人才能与雷公斗哩!"急忙将他请到一处酒馆中,寻了靠窗的位置坐下,鸡鸭鱼肉地叫上来,又打了一坛上好的富水酒。那大汉自称姓乌,名大有。幼时在山中碰到一个老神仙,学得缚雷术在身,如今少说也降伏了十七八个雷公了,从未失过手。得知赵板儿等人寻异人,特意从青溪山上下来与他们相会。赵板儿跌脚道:"可惜可惜!他们已经上山去了,只好等十日后,他们从山上下来,才好走路。"乌大有但道"不妨事",说他还有几个同伴未到,还要等人来齐了,才能动身。

果然两三日内,又来了几个"异人",与乌大有聚在一处,每日只要赵板儿请他们噇酒,稍不如意,便大声叱骂。赵板儿还指望着他们救自己女儿,只能忍气吞声,好酒好肉相待,才到第五日，就已经把带在身上的钱花了十之七八了。村人凑的钱，倒有一大半是留在赵板儿身上，如今异人还没请到村里，钱却已花得差不多了，赵板儿不免暗暗心焦，只盼着荀阿大等人快些回来。

到第八日，赵板儿再无钱请乌大有等人饮酒吃肉。乌大有怒道："连钱都没有，请什么异人，降什么雷公！"引了众人便要走。赵板儿拦在门前，求爷爷告奶奶，说等荀阿大等人从山上下来，便有钱了。这些人哪里听他的，反倒给了赵板儿一顿老拳，骂骂咧咧、大摇大摆地走了。待人都走得远了，小二才扶起赵板儿道："这些人哪是什么'异人'，不过是街上的闲汉，来骗酒喝罢了！"赵板儿自觉没脸皮再见荀阿大等人，寻思到半夜，便要悬梁自尽，又想到在客栈内做这等事，会坏了人家生意，不如去外头寻棵歪脖子树为妙，便趁着天黑，蹭出门去。

再说荀阿大等三人，在青溪山大小道观内打听异人踪迹，却是无人知晓。三五日后，赵六老道："这些杂毛道士，都不成样子，前日还瞅见几个窑子里的姐儿，把腰扭得像蛇一样，从后门进去了，能有什么好事？咱们要寻异人，还得到深山里去寻。"荀阿大道："说的也是，不如你和小邓进山去寻，我留在这里，看看能否打听到一些头绪。"

次日便分做两路，荀阿大只在道观内寻访，赵六老和邓山攀藤附葛，向深山内行去。行了一日，看看日色将晚，正好遇上一个归家的樵夫。赵六老从侧边赶上去，堆起笑脸，打听异人消息。那樵夫道："翻过前面两座山，茅屋里住着一个隐士，却不知道是不是异人。"

赵六老和邓山欢喜道："这必是异人了！"两人就在樵夫家中宿了一晚，次日清晨，三步一拜，向那隐士所住之处行去。

翻了两座山，转过一处山坳，下面是好大一片竹林，竹林外小桥流水，桥边果然有一间歪歪斜斜的茅屋。赵六老喜道："这样好景致，必定是神仙住的地方！"邓山被赵六老逼着三步一拜，弄得脖子都有些歪了，气恼道："害得我磕了几千个头，若不是真神仙，定要把他从茅屋里揪出来，撺到水里去！"

两人沿着山脚，拜到茅屋前，只见柴门半开，里面一个须发皆白的老者，穿了一件半旧的道袍，正在打坐。那老者看到有人来了，急忙站起身来，伸颈一望，看赵六老和邓山都是农夫打扮，鼻子里头哼了一声，依旧坐回去，连眼也懒得再睁一下。

赵六老和邓山看老者行径有些古怪，倒不知如何是好。依邓山的意思，便要入茅屋内询问。赵六老却拼命拉住邓山，只在茅屋外跪着，大声道："村民赵六老、邓山拜见老神仙，有事相求！"那老者也不知是不是聋了，只在茅屋内坐住，既不出来，亦不吭声。赵六老便又把方才所说之话，依样再说了一遍，老者仍是不吭声。赵六老只道老者在打坐，不愿别人打扰，也就不再出声了，和邓山并排跪在门外，等着老者自行出门相询。

哪想到从日中直跪到日暮，老者只是打坐，并不来搭理他们。两人跪得手脚酸麻，双膝肿痛。邓山数次要起身，赵六老却只当老神仙在试他们的诚心，死命拉住邓山，不让他莽撞行事。

渐渐暮色四合，老者才慢悠悠起身，提个小竹桶，却是要去溪边打水的意思。邓山再也忍不住，一跳跳起来，挡在老者身前，大大地唱了个喏，粗声道："老神仙，我们已在门外跪了半天了，你为何并不搭理？"

老者一甩袖子，道："村野俗人，谁耐烦搭理你们！"邓山便有些恼了，斜跨一步，道："修仙之人，都是心肠慈善的，我们老远地走过来，三步一拜，你却是瞅也不瞅，不像是修仙的样子。"老者却道："谁稀罕当神仙！我隐居于此，是等着皇上听到我的大名，好下个诏书，请我入朝为官。你们要我搭理，却也容易，拿出皇上的诏书来，我自然随你们去。"

邓山听了大怒，一把将那老者提起，甩在肩上，大步走到溪边，肩膀一耸，便摔了下去。老者在水中大骂，邓山也不理他，捡了老者的小竹桶，打了水，便用老者的米做起饭来，与赵六老两个人吃了，当晚便在老者的茅屋中过夜。老者在水中骂了半天，到了夜里，露水打下来，却有些凉。老者耐不住饥寒，踅到门边，涎着脸求赵六老让他进去避寒。赵六老看他可怜，把他放了进来，又拿出冷饭来让他吃了。邓山也不理会，只当看不见。

赵板儿恓恓惶惶地行出城去，找到一带野林，便一头钻将进去。他搬来一块石头，站上去，解开裤带往树枝上一搭，打个死结，伸颈一钻，道："女儿，爹对不住你！"脚下一蹬，把石头蹬过一边，身子便吊住了。

正在将死而未死时，来了一个人，把赵板儿从树上解下来，放他在地上躺着。

赵板儿昏昏沉沉醒来，借着月色，看到身边蹲着一个老者，大大的两块颧骨，长眉长须，只道是地狱里的判官，翻身便拜了下去。

老者道："跟我来。"便转身向林子外走去。赵板儿举步便追，却摔了个狗吃屎，他还道是有什么鬼物作祟，吓得跪倒在地胡乱磕头。老者在前面道："你裤带还在树上！"赵板儿才知道原来是裤子落下来，绊了自己一跤，他爬起来，从树上解下裤带，系在腰上，亦步亦趋跟在老者后面，连气也不敢喘。他只当自己已是鬼了,看到月光下的影儿,还颇诧异:"世人都说鬼没影儿,原来是胡扯!"

行了有半个时辰,却转到一片山谷里来,谷中一排三间茅屋。老者引赵板儿进了左首一间,指着地上一张苇席道:"你先睡一觉,明日再说话。"说罢,便出去了。

赵板儿躺在苇席上,暗暗算着自己以前做过什么坏事:小时候常常偷别人地里的瓜,大一些了偷看过村里的女人洗澡,成了亲后还去窑子里逛了几次——不过可都是别人硬拉去的。还有就是有一年饥荒,牛都饿死了,赵板儿把牛肉卖了换小米,剩下的牛骨头,熬了一大锅汤,全家人吃了。老辈人说过,庄稼人吃牛肉,是要遭天罚的……赵板儿想到这里,身上起了许多的寒粟子——也不知阎王爷要怎么罚自己,是下油锅,还是上刀山?

便这么胡乱想着,渐渐睡着了。

一觉醒来,天已蒙蒙亮,山谷里迷迷茫茫的,全是雾。赵板儿战战兢兢,踉跄行去,看到雾中隐约现出一个坟头,他靠过去一瞧,只见那坟头后边也还是坟头。他向前行去,坟头一个接着一个,一片接着一片。看这情形,这山谷里似乎除了那三间茅屋外,四周全都是坟头了。

坟前都立着石碑,赵板儿认不得字,不晓得碑上都刻了些什么。愈是往前,坟前的石碑就愈古旧,到了后面,也有缺了边角甚而裂成两片又重新修补起来的。不过无论坟之新旧，坟头上都没长草，显是有人精心照管。

行到后来，晨雾渐渐散了，只见那老者正背着手，在坟头间缓行，偶尔看到坟头上长了草，便信手拔去。

到了此时，赵板儿再蠢，也知道自己没死了。那老者远远看到赵板儿，朝他招了招手。

赵板儿走过去，直直站着，心中暗道："这老东西若不是判官，难道是神仙？却也不像，哪有神仙住的地方全是坟头的！"老者道："你们不是在找异人吗？我便是异人！"赵板儿瞪着眼看他，颇有些不信。老者道："异人很了不起吗？你看看这些坟头，里边埋的全是异人，他们从小学得缚雷术，却一辈子都没用过，便这么死啦！"

赵板儿不解道："咋的一辈子都没用过？"老者道："古时有一个人，叫朱泙漫，花费千金，用三年时间，从支离益处学得屠龙术，结果却一无所用，只能郁郁而终。世人只道朱泙漫寻不到龙来施展屠龙术，却不知道，世间未尝没有龙，只是世人不敢屠龙、不愿屠龙罢了。便是朱泙漫果真屠了条龙，拖到他们面前来，他们也是战战兢兢，不敢说这是龙，反倒都硬把龙说成了蛇。异人之缚雷术，与朱泙漫的屠龙术有何差别？是以异人学了缚雷术后，便都弃之不用了，反倒去种田地，去做生意，去屠鸡屠狗……"

赵板儿听了,急忙转到老者前面来,扑通跪下,道:"求老丈替咱们降了那雷公,救我等脱离苦海!"老者道:"你们真的要降那雷公吗?"赵板儿道:"要降要降,他可害得咱们好苦,我那苦命的溜儿,我我……我若是三十日内请不到异人回去,她便要被送去雷公祠里做祭礼啦!"老者道:"既是如此,你且回客栈去,等我消息。"赵板儿听罢大喜,跳起身便要走,想了想,又回身道:"老丈,只是有件事不好说,咱们可……可没什么钱了。"老者点点头,道:"有饭吃便好,钱是小事。"赵板儿听罢,乐得颠头耸脑地走了。

赵板儿回到客栈中,一夜不曾睡好,寻思着这回溜儿有救了,又想到以前被送去做祭礼的大姐,不免掉了几滴浊泪。不觉天光大亮,他因是没钱了,昨天便没吃晚饭,此时难免肚子咕咕作响,便走到一个包子铺前,看着热腾腾的包子干咽唾沫。忽听到一阵鼓噪,他是喜热闹的人,追上去一望,只见一群人,拥着三条大汉,往斜对面的一家铁匠铺子里去了。那三条大汉合力扛着老大一根铁柱子,少说也有三四百斤重,前面又还有一个客商打扮的中年人,气冲冲地走。

铁匠铺门首拉风箱的小童,看到这么多人来了,吓得把炉丢过一边,跑到铺子里去了。一个老汉,一瘸一拐地走出来,往门前一站,倒把众人都唬了一个愣怔。只见那老汉赤着上身，露两条粗膀子，胸前围一条又黑又破的皮裙，手中拿一只三四十斤的铁锤，身长足足八尺有余。乍一看，便似那落魄的门神、遭殃的韦驮一般。

那客商上前，指着那老汉道："你你……你好个祥瘸子，快来看看你打的铁锚！"那祥瘸子上前一看，半天作声不得。客商转过身来，对着看热闹的人群道："诸位，我肖某日前在这瘸子铺里打了个一千斤重的铁锚，说好是三十两银子的价钱，没想到才不到两个月，这铁锚便……便……唉！那日，肖某置了一船货，要到杭州城里交易，半道上遇见粮船，堵塞了水路，便下了锚泊船。哪想到次日起锚，便轻了好多，拉起来一看，一个一千斤的大铁锚，就只剩下这根铁棍，那四根锚爪，都落到江里去了！诸位说说，我的船若是泊在水急处，便这么冲下去了，可还有命在？"

那祥瘸子涨红着一张脸，粗声道："我退了工钱，再替你重打一只便是！"说罢，伸出一只蒲扇般大的巨掌，一把抓住铁柱子，锵啷扔在铁砧上，喝道："把火给我烧旺了！"

那客商却慌忙道："不敢有劳您老大驾了！前日已有人对我说过，祥瘸子打些镰刀镢头，还过得去，要打铁锚，那锚爪非掉了不可。是我贪这里工价贱，不合到此处来打那铁锚。现今我已在别处另打了一只，您老只把那三十两银子退我罢了，我也不敢要什么别的费用。"

祥瘸子愣了半天，入内去寻出几锭沾了许多煤灰铁粉的银两来，一股脑都给了那客商，自己挥起铁锤，噼里啪啦地，把那铁匠铺子砸得粉碎。众人都惊得呆了，又不敢上前相劝，便是那客商，也没想到自己一番话，竟有这样的后果。祥瘸子把铺子里的东西全砸了，自己把锤一扔，蹲下来抱住头，便大哭起来。众人面面相觑，劝了几声，也就散了，连那拉风箱的小童，也一溜烟跑了，只留下祥瘸子在那里，呜呜哭得震天价响。

赵板儿正待要走，却见昨日遇上的老者从街上拐了过来，看见赵板儿道："正好正好，与我进去一同劝说那瘸子。"便进去对那瘸子道，"瘸子，莫哭了，有件天大的喜事！"祥瘸子听了，收泪道："有甚喜事？"老者道："有人请咱们去降雷公！"祥瘸子道："你不要看我傻，却来骗我，都几百年了，还没碰上这样的事哩！"

老者便把赵板儿推过前面来。赵板儿扑通跪下，道："小人怎敢说假话，委实是本村人受雷公欺侮不过，特来求助！"祥瘸子听了，立时破涕为笑，道："嘿嘿，从我爷爷的爷爷，都是学了缚雷术在身，却从未用过，没想到却被我遇上如此好事，也算是傻人有些傻福！"回身捡了铁锤，插在腰上，拽开脚便走。

老者急忙把他拉住道："你到哪里去？"祥瘸子道："这

不是去降伏雷公吗?"老者道:"只我们两人济得甚事,还得多叫几人。"祥瘌子拍了拍后脑勺,道:"是哩是哩!还有阿推婆、殷瞎子、朱六和潘鸿德,我倒忘了!"老者道:"这便先去找阿推婆吧!殷瞎子是必定要去的,朱六也罢了,就是潘鸿德少不得要费些口舌。"

三人向城北行去,不一刻到了一处所在,只见处处是绣阁朱楼,原来却是个青楼汇聚之所。赵板儿以前也逛过乡下窑子,却如何能与这远安城的相比,耳中听的是肉竹管弦,鼻中嗅的是脂粉奇香,眼中看的是妖姿丽色,却把他弄得像个落入火中的雪狮子一般,不觉身都化去了,落在后面,行路不得。

祥瘌子喝道:"你怎的不走了?"那老者原来姓薛,名孤延,人家看他守了一辈子的墓,都不叫他薛孤延了,只叫他薛孤鬼。那薛孤鬼看见赵板儿如此模样,也只是笑。赵板儿被祥瘌子一喝,回过神来,急忙跟上去。三人行到一处门楼下,一个龟奴把他们迎了进去,赔笑道:"三位且入内喝杯茶!"又喊道,"多多,快唤姑娘们出来伺候!"便有一个凹兜脸的小厮趿着鞋往内跑去。赵板儿在后头伸长了脖子,想看看那些姑娘们是什么模样。

薛孤鬼却道:"且住,我们是来找人的。"那龟奴一听"找人"二字，笑容便倏地没了，道："多多莫去了！"又道，"三位要找谁啊？"原来他们做这一行的，少不得有逼良为娼的事，最怕的是有人来找，翻出姑娘们的老底来，告上官府。薛孤鬼道："却是找你们的老娘阿推婆！"龟奴一听是找阿推婆的，又是笑容可掬了，原来那阿推婆便是这妓院的老鸨。

龟奴将三人让入一个阁子内，奉上茶来。片刻之后，便听得门外有人踏着急碎步走来，一个妇人道："那张生囊中已是没钱了，明日若还赖着不走，只管一顿乱棍打出门去，不要理他！"方才那龟奴应道："是，只是绿蔻对他似有些舍不得哩！"那妇人道："有本事拿二百两银子来，把她赎出去，我阿推婆可不是红娘！"话音方落，一个人揭开帘子走了进来。

赵板儿正抓桌上的点心吃哩，猛一跳头，却吓了一跳。这人乍一看去，却似三十来岁，再仔细一看，才知她脸上是搽了白粉，颊上是抹了胭脂，唇上是涂了口红，那满头的青丝，怕也是假的，说她有五十岁了，怕还是少的。

薛孤鬼道："阿推婆，你钱也赚得不少了，怎的还是如此不长进！"阿推婆挥了挥手绢，一屁股坐在桌边，又扶了扶鬓边的一朵大红花，方才道："孤鬼，你找我甚事？莫不是拐来了一个美貌女鬼，要卖到我院里来！"薛孤鬼哼了一声，道："有人请我们去降伏雷公，你去还是不去？"阿推婆道："那请我们去的人，是个大财主？"

薛孤鬼道:"却不是财主,是一伙村夫!"阿推婆道:"这么说,那雷公是母的?貌美如花,还会调脂弄粉,我去降了她,还能弄到我院里来,招呼客人吗?"薛孤鬼一时倒不知如何应对了。祥瘌子狠狠道:"阿推婆,你若不去,我就拿这把锤子,把你这里砸得粉碎!"阿推婆扭扭腰,道:"哟!你是祥瘌子吧?有本事你砸呀!我阿推婆可不是泥捏的!"

薛孤鬼咳了一声,道:"瘌子也只是说说罢了!只是我薛孤鬼倒没想到,阿推婆居然会忘了自己年轻时的事!"阿推婆听薛孤鬼如此说,脸色便一黑,正要开言,却听得门帘一响,一个女子跳进来。赵板儿塞了满嘴的点心,嚼得正起劲,一看到那女子,差点便被噎住了,心头怦怦直跳。原来那女子上半身只穿一条鹦哥绿的抹胸,下边也只穿条裈裤,入眼尽是春意。

阿推婆看到那女子,便道:"红玉,却又怎的?"红玉哆声道:"娘,以后再也不要让我去陪那老货了,一碰到他,我浑身都起寒粟子!"阿推婆道:"人家就是看上你了,你想怎的?总不成让老娘我把送上门的银子又送回去!"红玉便跺着脚,哭道:"你就是偏心,让绿蔻去招呼张生,不让我去!"阿推婆道:"呸!有本事你也去勾引一个王生李生来……"

正说着呢,忽然帘子半开,一个老头子探了半身进来,道:"红玉!红玉!"红玉急忙收了泪,娇声笑道:"哟,我找我娘说句话呢!"说着走出去,便听得叭的一声响,大约是红玉在老头子的额上亲了一口。

阿推婆转过身来,冷冷道:"孤鬼,我年轻时的事,也轮不到你管,我爱怎的便怎的。你们要降雷公,便请吧,却莫来烦我!"说罢,站起来,道了"送客"。

三人怏怏地走出街上。祥瘌子道:"我把这妓院砸得粉碎,看老妖婆随不随咱们去!"薛孤鬼道:"千万不可莽撞!咱们先去寻殷瞎子,回头再想法子说服阿推婆。"

三人迤逦行去,却行到了赵板儿等人所住的客栈之前。赵板儿心内就有些七上八下:"难不成殷瞎子竟就住在客栈之中?"他逐个咂摸客栈内的人,"东厢房那个车把式,神气得很,倒有些像,不过既然说是'殷瞎子',就该是瞎子才对!莫不是间壁的算命瞎子王半仙?他可是姓王,不是姓殷。西厢房的那个私盐贩子倒好像姓殷,不过此人吝啬得很。那日我借他二两盐,他便整日来催,怕我不还,不像个好汉,怎么做得异人?要不就是楼上的酸秀才,此人呆得很,天天念什么'书中自有黄金屋,书中自有颜如玉',也做不得异人!奇怪奇怪?要不就是那客栈老板卜仁义,他肥头大耳,满面油光,大约是天天都有肉吃的,他那个小妾也娶得好,那日她与我在门首相遇,好像瞟了我一眼,却不知是什么意思?……"

赵板儿想到卜仁义的小妾,便有些心痒痒起来。

正胡思乱想间,忽听到一阵喧哗,原来是有人在客栈内拉拉扯扯,却是要打架的意思。赵板儿随着薛孤鬼和祥瘸子走进去一看,一个络腮胡的大汉,像是喧醉了酒,正揪住那拉胡琴的瞎老汉的领口,不依不饶地骂,那个唱小曲的女子,急得直哭。

祥瘸子大怒,一脚把前面一张桌子踢翻了,跨上去抓住那络腮胡的手。那络腮胡的脸便唰地红了,"哎哟!"他脚一软,呼道:"哎哟!快放手,疼哎!"祥瘸子道:"怎的欺负一个瞎子!"那瞎老汉却道:"瘸子,你快放了他,我欠着他的钱哩!"祥瘸子方才放了手,骂道:"姥姥的,瞎子欠你多少钱?"那络腮胡甩着手道:"二两……二两的本金,加利息是……"他正说着,看祥瘸子一瞪眼,急忙改口道,"就二两!二两!"

祥瘸子在身上摸了摸,摸出一块黑污的碎银来,掂了掂,丢给络腮胡道:"这块二两有余,你拿了快滚!"又回身对那瞎老汉道,"姥姥的,你欠着人家的钱,怎的不来找我?"瞎老汉苦着脸道:"实是两年前老婆子归天,借了他二两银子买了口棺材,哪想到直欠到现在,也还不上,利滚利,也有六两了!"

薛孤鬼在一边道:"罢了,我说瞎子,你也不要在此处卖唱了,现今有人请咱们去降伏雷公,虽然没什么钱,一口饭总是有的。"那瞎老汉一听"降伏雷公"四字,精神便是一振,道:"我早知道有几个人在找异人呢!却不知真假,不敢莽撞,原来竟是真的!"他想了想,又摇头道,"我这孙女阿秀,却丢不下!"

薛孤鬼回身对赵板儿道:"你们多给阿秀一口饭吃,不要紧吧?"赵板儿做梦也没想到殷瞎子竟是这卖唱的瞎老汉,正寻思着:"这老瞎子天天被人欺负的,竟也会缚雷术,打死我我也不信!"忽听到薛孤鬼的说话,急忙道:"不要紧!不要紧!便是十口饭,也使得!庄稼人银子没有,粮食却是有一些!"又看阿秀长得粗丑,暗道"可惜,可惜",若是长得秀气些,倒可以嫁给邓山那小子做媳妇,这样以后再有雷公来欺负,也不怕了,只管叫殷瞎子去对付便是。

几个人正说着,忽然看到荀阿大、赵六老和邓山从外边走进来,原来十日已到,尽管他们未在山中找到异人,但也只好先下山来,与赵板儿相会。赵板儿大喜,挺着胸脯上前道:"你们还不快来拜见异人!"那邓山一听,左右四顾,一惊一乍地道:"哪儿?异人在哪儿?"

赵板儿过去给他个暴栗,道:"你面前的不是?"又转身对荀阿大和赵六老道,"这几位便是我请到的异人,这位是薛大法师，这位是祥大法师，这位是殷大法师！"

荀阿大和赵六老看到三人其貌不扬，其中更有那拉胡琴的瞎老汉在内，也是惊诧，将赵板儿扯过一边道："你可瞧准了！这些人莫不是骗银子的？"赵板儿苦着脸道："哪还有什么银子！银子早被一伙闲汉假冒异人骗去了，这三位法师都说了，他们不要银子，只管吃饱就行！"

三人听了大惊，邓山便要去找那伙骗银子的闲汉，却被荀阿大拉住道："这是人家的地方，咱们四个人，势单力孤，怎么讨得银子回来？目下只有先带了这三位法师回去，无论真假，先过了三十天这一关，救了春郎和溜儿的性命再说！"

四人商量已定，便将薛孤鬼等人连同阿秀一块请到客房内，倒身下拜，齐道："还有十日，村人便要将童男童女送去雷公祠做祭礼了！还请三位法师速速动身，前去降伏雷公！"

薛孤鬼急忙将四人扶起，道："我们还有几位同伴：一位阿推婆，方才已去唤她了，她却不愿去，还需再想法子请她。还有一位姓朱，叫朱前疑，大家都叫他朱六的，还要去寻。还有一位姓潘，名鸿德的，却是在青溪山中隐居……"

说到这里，赵六老惊道："莫不是屋前有一条沟，沟边有一片竹林的？"薛孤鬼道："正是，你们怎么知道？"赵六老道："莫说了莫说了，我与邓山在他门前跪了一日，他也不搭理，还说除非是皇上下了诏书，请他到朝廷去，做个大大的官儿,否则他绝不出山!"

薛孤鬼听了,皱眉道:"如此说来,却有些麻烦了!只能走一步算一步,我们先去寻了朱六,再想办法说服阿推婆和潘鸿德。"众人听了,都点头称是。

哪想到他们在远安城中找了一个下午,也没有找到朱六。天色渐暗,众人都回来了。荀阿大腰里还剩下些银两,便拿出来摆了席酒,相请薛孤鬼等人,只是席上众人都是愁眉苦脸。酒过三巡,食供两套,荀阿大问道:"降伏雷公,一定要六个人才行吗?"

薛孤鬼道:"异人所学,虽说都是缚雷术,其实细分起来,还各有不同。比如阿推婆,学的是缚雷术中的鼓术;这位祥瘸子呢,学的又是缚雷术中的锤术;还有这位殷瞎子,学的是缚雷术中的剑术;在下不才,学的是缚雷术中的射术……总之各人所学不同,每个人的所学都能降伏雷公,但若要做到十拿九稳,却须同舟共济才行,否则一击不中,反倒可能被雷公反噬!"

荀阿大听了,点头称是,又问道:"那么朱六和潘鸿德两位法师,又是学的缚雷术中的哪一种呢?"薛孤鬼道:"朱六学的是缚雷术中的畜术,他养了一只避雷貘,善听风能识雷,提前规避,是以朱六又唤作朱前疑。那潘鸿德所学,则是缚雷术中的鞭术。"

赵六老掐指算道："这么说来，总共有一、二、三、四……六种缚雷术喽？"薛孤鬼道："其实还有一种，不过早已断绝，没有传人了，就连名称，也已湮没无闻。"

这一席酒，直吃到二更，方才散了。众人商定明天一路人去劝说阿推婆，一路人去找朱六，一路人去青溪山上找潘鸿德，无论明日请不请得到这三个人，都于后日动身。

第二天一大早，天才放亮，便见那伛兜脸的小厮钱多多在客栈外探头探脑，一看到薛孤鬼，便大声喊道："我娘说，你们若要走时，知会她一声！"说罢了，转身就跑。

薛孤鬼听到了，捻须微笑。

这一日却是薛孤鬼、邓山和赵六老去青溪山中请潘鸿德。正要行时，那赵板儿踅过来道："薛法师，我有个歪法子，不知当讲不当讲！"薛孤鬼道："但说不妨！"赵板儿道："刚才那小厮过来，说咱们要走时，去知会他老娘一声，自是阿推婆也要去了？"薛孤鬼点头道："不错！"赵板儿又道："不如咱们去阿推婆的窑子里，请一个大姐出来，抬上青溪山去，如此如此，这般这般，不愁潘法师不随咱们下山。"薛孤鬼听了，笑道："法子是歪，不过倒也使得。"又与殷瞎子商量了一下，一行人便向阿推婆处行去，赵板儿是出主意的人，自然也兴冲冲地跟去了，余下的人，继续在城中寻找朱六。

不一时行到阿推婆处,与阿推婆一说,阿推婆直摇头,道:"老娘同你们去降伏雷公,已经是蚀本的事,现今又更好了,竟要我女儿去做这样赔本的买卖,不行不行!"

众人正没法子,却见那红玉鬈发蓬松地走出来,歪在椅子上,道:"被那老不死的歪缠了一夜,骨头都疼了!"薛孤鬼灵机一动,便大声道:"那潘鸿德是立时就要做官的人,家中又有乌鸦飞不过的田宅,贼搬不动的金山银山。他还是古时的美男子潘安的后裔,生得面如傅粉,唇似……"

红玉果然上了当,问阿推婆道:"娘,有如此好人,怎不让与我?"薛孤鬼道:"他可正要见红玉姑娘呢!只是你娘不愿让你去……"红玉便摇着阿推婆的肩道:"娘,让我去!让我去!"阿推婆道:"莫烦我!你要去便去,到时须不得反悔!"红玉听罢,扭着腰臀,喜滋滋上楼梳妆打扮去了。

众人在下面等了有一个时辰不止,才见红玉花枝招展地下楼来。一乘小轿是早就备好的了,红玉褰帘入内,坐稳了,众人便向青溪山行去。

渐渐出了城,红玉却问道:"这潘鸿德怎的住在城外吗?"薛孤鬼诳她道:"不错!他城外有数处别墅,一年里头,倒有三百天是在城外,游赏山水,骑马打猎。"红玉道:"原来还晓得骑马打猎,大约也不是个孬种。"众人听了,只是窃笑。

正行间，远远看到好大一株桃树，结了满树的青果子，树下躺着一个大腹便便的叫花子，那叫花子身旁，又躺着一只浑身脏污的黑皮小猪。那小猪长着一只长鼻子，四脚朝天躺着，大张着嘴；那叫花子，居然也是大张着嘴，与那黑皮小猪，一般模样。

薛孤鬼大喜，上前去对那叫花子道："朱六，你在此作甚？害我们寻得好苦。"那叫花子道："不要扰我们等桃子吃！"赵板儿一听大乐，问道："这桃子少说也要再过一个月才吃得，你便在此等着吗？"

叫花子道："那又如何？"赵板儿又问道："那你张着嘴作甚？"叫花子道："你这蠢人，我不张着嘴，桃子掉下来时，能落到我嘴里吗？"

赵板儿听了更乐了，还待要问，薛孤鬼却已领着人走了，赵板儿急忙追上前去，问道："薛法师，这花子莫非便是朱前疑朱六吗？"薛孤鬼道："正是。"

那赵六老也问道："既是如此，怎么不唤他与咱们一道去青溪山，等请来了潘法师，再与他一道去降伏雷公，岂不是好？"

薛孤鬼道："莫理他，这花子懒得很，必不肯与咱们一道上山，等咱们从山上下来，再诳得他与咱们同去便是，反正只要那桃子还未吃到他嘴里，他也不会轻易便走。"

邓山也道："这朱六如此之懒，若是旁的人，早饿死了，他倒还如此胖，煞是怪异！"薛孤鬼只是笑，众人又问到朱六旁边那只黑皮小猪，果然便是避雷貘。众人初听到这怪兽时，还道它必是比狮虎还要凶恶的，哪想到却是如此卑琐邋遢。俗语云"人不可貌相"，现在竟是连猪亦不可貌相了。

谈谈讲讲，不觉已行到山中，轿子再也进不去了。薛孤鬼把红玉请下轿来，把轿子打发了，便让邓山背红玉入山。

邓山脸涨得通红，把红玉背起来。红玉却只是叫苦，说那潘鸿德怎的如此怪异，把别墅建在这鸟飞不到的山旮旯里。不过既已到这般田地，便是要退回去，亦是不能了。

直行到月儿东升，方才进了潘鸿德所住的山坳。薛孤鬼对红玉道："那潘大财主，就在那茅屋内。"红玉诧道："怎的住在这烂茅屋里？"薛孤鬼道："这是他家庄户的屋子，他上山打猎，来此借住一晚，明日便去。"

红玉半信半疑的。薛孤鬼又道："这潘大财主，喜欢装神扮鬼的，你便假称自己是嫦娥下凡，他必欢喜，明日重重赏你。"红玉便整整衣衫，抖擞精神，装出十二分的狐魅来，袅袅娜娜向潘鸿德的茅屋行去。

再说那潘鸿德，自那日被邓山撺进水里后，又羞又恼，生了场病，刚刚才好。这日早早上了床，正梦到自己接了皇帝老儿的诏书，锦衣玉带，高车怒马，要上京城去当官。忽听到门外环佩叮当，跟着笃笃笃的几声，却是有人敲门。

潘鸿德只道是邓山等人又回来了，惊问道："是谁？"却没想到门外传来的却是娇声软语，但听那声音道："妾身是月宫里的嫦娥仙子，仰慕潘先生美名，特来相会，切勿推辞！"潘鸿德扑通翻下床来，颤声道："世间多的是美貌少年，嫦娥姐姐怎的看中老夫？"

红玉听他自称"老夫"，又说什么"世间多的是美貌少年"，心内诧异，便道："你且开了门再说！"她本是想等潘鸿德开了门，看看他的模样，再作区处。哪想到潘鸿德把门一开，便一把将她搂在怀里，就往床上拖。她黑地里也看不清潘鸿德的模样，只好挣扎着问道："你可是那有着乌鸦飞不过的田宅，贼搬不动的金山银山的潘鸿德潘先生吗？"

潘鸿德到此时哪还管什么真假，便是嫦娥姐姐问他是不是潘安，他也要冒认了，一边点头称是，一边便按住了红玉，强要交欢。红玉到此时就算是想反悔，也来不及了，只好由着潘鸿德胡天胡地。潘鸿德也知道古时有嫦娥下凡会郭翰之事，丝毫也没提防，怎料得到竟是薛孤鬼等人设的圈套。

正到得趣处，忽听得门外传来脚步声，一伙人拥进来，手中高举着火把。便听得那伙人道："好你个潘鸿德，说是在青溪山中隐居，却暗暗从城里召了青楼女子来，做那苟且之事,也忒没廉耻了!"潘鸿德大惊,从床上跳下来,道:"哪来的青楼女子,这是月宫里的嫦娥!"众人哈哈大笑,道:"她是月宫里的嫦娥,我们还是太上老君哩!"

潘鸿德渐渐回过神来,借着火把的光,看那搂着衾被瑟缩于床角的"嫦娥",哪有一丝的神仙气,说她是青溪山中的千年狐妖,倒还有些像。又看那伙人,认得其中有前日上山来寻过自己的两个农夫,再看那举着火把的,却是守墓的薛孤鬼,不禁骂道:"薛孤鬼,你设计来陷害我,是何居心!"

薛孤鬼道:"这两位你也认得,他们是来请你去降伏雷公的,不知你去还是不去?"潘鸿德披了件衣衫,蹲在墙角,闷声闷气道:"不去!"薛孤鬼冷笑道:"今日的事若传出去,你隐士的名声便是没了,守在此处又有何用?不如与咱们去降伏雷公,事成之后,请那边的县令荐你做个茂才什么的,倒还有些指望!"

潘鸿德蹲了半天,道:"要我去也行,不过你们得先出去了再说!"邓山道:"既是要去,还赶我们出去做甚,这深山老林的……"正说着,被赵六老捏了一下,众人嗤嗤笑着往门外退去,红玉却尖叫一声,跳下床来,指着潘鸿德骂道:"你这老枯骨,还想老娘陪你睡哩!呸!阴沟里想天鹅肉吃吧你!还有你们几个,也不是好东西,诳老娘到这野地里来,说什么金山银山,原来却是个穷得没裤子穿的老货,看老娘回到城里怎么收拾你们……"

红玉便这么唾沫横飞地骂了半夜，众人自知理亏，只好由着她骂，连屁也不敢放一个。次日天明，邓山又辛辛苦苦把红玉背了出去。到了平地上，薛孤鬼好说歹说，从附近庄户人家中借来了一头叫驴，请红玉坐上去，命邓山替她牵着，算是给足了她面子。

路上遇到朱六，果然还与避雷貘一道，大张着嘴躺在桃树下。薛孤鬼也不过去，只远远地喊道："朱六，我请你吃饺子！"朱六一骨碌爬起来，乐颠颠地跑过来问道："哪儿？哪儿？"那避雷貘也跟在朱六身后，冲着薛孤鬼呼噜噜地叫，似也要饺子吃。

薛孤鬼道："这里怎有饺子吃？随我到远安城再说。"朱六嘟着嘴道："你说话可要算话！"便左摇右晃地，跟着大伙儿走。走了不到半个时辰，那避雷貘却趴在地上，不愿动弹了，朱六道："它说怎么那个姐姐有驴子坐，它没有？"

众人哭笑不得，荀阿大道："驴子只有一头，红玉脚小，行不得路，还非那驴子驮着不可。不如我背着避雷貘走，你看可使得？"朱六点了点头。那避雷貘看着不重，但背起来也有数十斤，荀阿大、赵六老和邓山三人轮着将它背到远安城中，已是一身臭汗。

荀阿大等人看到不只请来了潘鸿德，又找到了朱六，都十分欢喜。那朱六一进城,就闹着要吃饺子。荀阿大带他到汤饼铺中,让他和避雷貘放开肚量吃,结果他们一人一畜吃的,比那汤饼铺十日里卖出的饺子还多。汤饼铺的老板乐得合不拢嘴,荀阿大却苦着一张脸,暗想:"似这般饭量,如何供得起?"

一夜无话,次日清晨,薛孤鬼叫醒众人,又令赵板儿去请阿推婆。那朱六和避雷貘何曾这么早醒过,一百个不情愿。薛孤鬼只说到了村中再请他们吃饺子,才骗得他们同行。不一会儿,阿推婆也来了,却是斜坐着一头叫驴,钱多多替她牵着。

又是一番忙乱后,一行人出了远安城。邓山和薛孤鬼走在最前面;祥瘸子、潘鸿德、朱六、避雷貘、荀阿大、赵六老和赵板儿走在中间;阿秀用一根竹竿牵着殷瞎子,紧跟在他们身后;钱多多牵着驴子,与阿推婆一起,走在最后。那朱六和避雷貘最是惫懒,才走不上十几里,便说没力气行不得路了。荀阿大与赵六老一合计,用树枝扎了一乘小小的软轿,把避雷貘放在上面,两个人扛着走。朱六也闹着要坐轿子,赵板儿道:"朱大法师,就您这身量,这里没人扛得动你!"朱六两眼乱转,却指着阿推婆的驴子道:"它扛得动我!"阿推婆却不搭理他,只管自个儿往前走。朱六磨蹭了一阵,想着要吃饺子,只好又赶上前去。

行了几十里,朱六再也走不动了,躺在地上,死皮赖脸地要坐阿推婆的驴子。众人无法,百般央求阿推婆下得驴来,让朱六骑上去。没想到那驴子才走了几步,咴咴叫了两声,腿一软,便坐在地上,走不动了,众人大笑。那一日停停走走,直到天色黑了,也还只走了五十里不到。薛孤鬼情知如此下去,不是办法,一时却又无计可施,只好先停在山脚下,打扫出一片空地,升了篝火,过了这一夜再说。

荀阿大初时还暗暗担心他们带的干粮不够朱六与避雷獏一顿,后来一问薛孤鬼,才知道原来他们吃得虽多,却是饱餐一顿后,就十天半月肚子不饥的,才放下心来。

阿推婆与钱多多两个,山前山后乱走,也不知在寻什么东西。赵板儿好奇,一问薛孤鬼,原来他们是在寻鼍龙,好取了它的皮,幔一张鼓。赵板儿随着他们转悠,只见那阿推婆手中拿着个小鼓槌,四处乱点,倒赶出了许多稀奇古怪的东西出来,什么两头蛇三足鹿。阿推婆都是看也不看,在一处菜园里,还赶出了一只肥肥胖胖的大青虫,一拱一拱地爬,竟是比人的手臂还粗。

赵板儿将虫儿砸死了,又追上去,看见一只满身眼睛的怪物,哧哧哧地从土里钻出来,爬到树上去了。赵板儿拉着钱多多的手,有些害怕起来,想自己回去,却又不敢,只好跟着走下去。绕过一片草地，却在一个水塘里赶出一条大鲇鱼，那鲇鱼长着双乳，乍看去像是个女子，只是脸上却生着两条长长的胡须。半夜里赵板儿做了无数怪梦，最可怕的是梦到王保甲的女儿，在河里洗澡，自己凑近去偷看时，只见她也长了像鲇鱼一样的两条长胡须，还咧开嘴对着自己笑。

第二日他们遇上了一个雷公，是在一片稻田里，正行间，避雷貘忽地从软轿上跳下来，跑得竟比兔子还快。朱六高喊："有雷公！快跑快跑！"跟着也跑了起来。看他行路时慢似蜗牛，但真跑起来，竟也迅疾。一伙人沿着田埂，直向稻田边的树林里跑去。赵板儿一听有雷公，早吓得腿也软了，跑了几步，却坐倒在地，发起抖来。薛孤鬼看见了，跑回去啪地扇了他一巴掌，赵板儿果真清醒过来，放开脚步就窜起来，末了倒还比别的人先跑进林子里。林内有一个小小的土地庙，众人挤在里面，伸长脖颈张望，却只见晴空万里，秧苗青青，哪有雷公的影子。

薛孤鬼道："避雷貘既是说有雷公，附近就必定有雷公，大伙儿不可出去。"等了有半个时辰，却仍是没动静，赵板儿不耐烦起来，撺掇殷瞎子道："瞎子，叫阿秀唱个曲子吧！"殷瞎子翻了翻眼，并不吱声，低头摸索出胡琴，调一调弦，试了试声，弓弦一拉，就扯出一嘟噜扭扭捏捏的调子来。

阿秀一手扯着衣襟，一手翘着兰花指，低声唱道："对妆台忽然间打个喷嚏。想是有俏哥哥思量我寄个信儿。难道他思量我刚刚一次？自从别了你，日日珠泪垂。似我这等把你思量也，想来你的喷嚏常如雨。"一曲唱罢，赵板儿也打了个喷嚏，大伙儿都笑起来，邓山道："必是婶子在家想你了！"赵板儿呸了一声，道："想个啥！"一张脸却已通红。

大伙儿正乐，却听得钱多多喊道："看哪！在那儿呢！"众人举头一望，只见到稻田内不知何时已多了一个怪物，那怪物背上生着好大一双青色肉翼，身高足有丈余。它似乎也听到了钱多多的喊叫，慢慢把头转过来。只见它双目赤红，生着一只鸟嘴。

避雷貘躲到朱六身后，把头埋进土里，拱着屁股不愿出来。大伙儿都不自觉地又往土地庙里缩了缩，只是庙宇甚小，便是缩到土地公公身后，也藏不住人。

那雷公缓缓扇动双翼，贴着稻田飞了起来，鸟爪似的脚上生着鳞片，它愈飞愈近，转眼间已飞到了土地庙的屋檐上。它停在空中，双翼扇出一阵阵狂风，把庙内众人吹得站立不住。赵板儿早躲在土地公公的背后，伸出一个头来，看那雷公，却正与它的一双赤目碰了一下，不禁打了个战，丹田一松，便尿了出来。他呜呜地哭，再抬起头来时，雷公已不见了，只听得庙顶上一声霹雳,震得屋檐上的尘土,簌簌地落下来。

跟着便下起了倾盆大雨。大伙儿坐在庙内,都是没精打采。赵板儿倒不哭了,嘟哝着道:"你们还是异人哩!怎的见了雷公,跟老鼠见了猫一样?"薛孤鬼苦笑道:"我们虽是异人,其实也都没降过雷公。"

阿秀不知何时已抓住邓山的手,此时才回过神来,急忙松了手,靠到殷瞎子身边去,邓山睃了她一眼,那颗心不知怎的,便怦怦地乱跳起来。

那一日又走了二十多里,天便黑了,远远看到田边一座小庙,大伙儿去投宿。出来一个和尚,自称住持,眉毛胡须都很长,看起来道行高深的样子,嫌他们中有女的,便道"不方便",让他们在林子里露宿。

众人却也不以为意,只是阿推婆有些气恼,骂那个和尚是假正经。

夜里阿推婆仍是与钱多多一道,四处寻找鼍龙,赵板儿跟在后头看热闹。找了半个时辰,阿推婆道:"到庙里找找!"三个人从豁口处跳入院内,只见几间不大的屋宇,门都掩上了,当中一棵柏树、两个香炉。阿推婆拿着鼓槌四处乱指了一阵,没甚动静,看见香积厨前似乎有一口破缸,缸里积着陈年的雨水。阿推婆把鼓槌伸进那水中搅了搅,忽然哧的一声,似有什么东西从水中跳了出来，伏在院中，狗一般地低吠。

赵板儿定睛一看，是一条似蛇而有足的怪物，正随风而长。阿推婆向前一跳，鼓槌敲在怪物头上，那怪物吼了一声，绕着院子跑了起来。阿推婆叫道："拦住它，拦住它！莫等它长大了，可就制不住了！"她这么一闹，倒把庙里的和尚都惊醒了，战战兢兢爬起来看，只不见那住持。

那怪物在院中跑了一阵，忽然窜进一间房里去了，和尚们叫起来，"不好不好！怪物跳入方丈里去了，莫惊了师父！"正要去解救，却忽然见从方丈内跑出两个人来，都光着身子，一个女的，容颜姣好，体态妖娆。和尚们认出是庙里的佃户阿三的女人秋莲，另一个男的，赫然便是他们的住持师父。原来他们两个正在方丈内行那好事，虽听得院中响动，知道与自家无关，竟不愿出来，哪想到怪物一跳跳到方丈里去了，由不得他们不从屋内窜出来。

赵板儿看见忽然跳出一个女子，且是一丝不挂，浑身都酥软了，只匕斜着眼去看她，眨都不眨一下。忽然那怪物又跳出来，却大了好多，照着赵板儿冲过来，赵板儿吓得一抱头翻倒在地。那怪物并不咬他，呼地跳过去，直向庙外冲去。阿推婆追了几步，却又跑回来，照着那住持的光头呸地吐了口唾沫，才翻身再追。钱多多也回过身来，照着住持的光头，也吐了口唾沫，又挠挠头，在秋莲身上摸了一把，才一溜烟走了。

赵板儿却不舍得走,只管拿眼去瞄人家,又没胆子像钱多多那样,上前去摸一把。和尚们却都有些不知所措,愣愣地看着院中那对男女,不知如何是好。半晌,有个和尚道:"师父好艳福,怎不与徒弟们分享?"大伙儿一听,都哧哧笑起来。

还待要说,却见钱多多又跑回来了,嗖地过去,从豁口处翻了出去,跟着阿推婆跑过来,嘴中骂道:"好你个小多多!追时不见你出力,逃起命来却是比谁都快!"跟着便听到"砰訇、砰訇"的脚步声,庙墙哗啦倒了,一头怪兽冲进来,龙身豹足,委实凶恶。和尚们发一声喊,把秋莲和住持都丢在一边,四散奔逃。

赵板儿也拼了命地跑起来,回头一看,却见怪物谁都不跟,只跟在自己身后。他暗暗叫苦,一边喊着救命,一边就往众人露宿之地跑去,却远远看见阿推婆和钱多多已在那儿了,正对众人说着什么。赵板儿高喊着:"救命啊!各位法师救命啊!"

本以为那几个法师必是使锤的使锤,使鞭的使鞭,前来搭救自己,却没料到他们一听见自己的呼救声,便也跟着拼命狂奔起来。只有祥瘸子回身冲了几步,又停下来,喊道:"不是我不救你,委实是打它不赢!"便也转身一瘸一拐地跑走了。

赵板儿暗暗叫苦，脚下又被树根一绊，翻倒在地。他却没力爬起来了，只好躲到驴子后面，求那怪兽道："我赵板儿皮粗肉硬，这驴子却皮白肉嫩！您老若是肚中饥饿，不如先尝尝这驴肉吧！"那驴子明明长了一身黑皮，他欺负怪兽夜里看不清，就骗它说驴子皮白。

那驴子也不知是吓傻了还是怎的，竟是不动，忽然呼噜噜放了一串响屁，把赵板儿熏得险些没昏过去。驴子放了屁之后，咴咴地叫起来，那怪兽似乎害怕驴子的叫声，慢慢向后退，又渐渐变小，不上一盏茶的工夫，已变得只有小牛般大小，跟着扑通一声，倒在地上，一动不动。

赵板儿等了许久，看怪兽一直不动弹，上前去一摸，果然是死了，便高声大笑起来。

后来阿推婆说，师父教她猎鼍龙时，本告诉过她鼍龙怕驴的，只是自己情急之下，把这个茬给忘了。她把鼍龙的皮剥下来，幔了一张鼓，背在身上，赵板儿一路上求她擂鼓试试。她只是摇头，说这鼓一擂，就会招来雷公，是以千万擂不得。

一路上朱六都是怨声载道，行不上两步，便闹着要歇息，后来阿推婆从林子里赶出了一头瞎了眼的老黑熊，让他骑着，他才住了嘴。朱六骑了熊之后，他们的脚程便快了许多，终究赶在第十日，回到了村里。

那时已过了午时，老远就看见村里的人排成长队，最前面两条大汉扛着一尊雷公爷爷的彩绘木像，跟着后面四个人抬着一个案子。案上是春郎和溜儿，都穿着新衣，绑了手脚。春郎哇哇大哭，溜儿似乎还不知道这是怎么回事，坐在案子上，眯着眼笑。后面又还有一队男子，吹着喇叭唢呐，再往后，就是村里的男男女女了，都低着头走，也有几个女子，一边走，一边抹泪。

邓山急忙高喊道："不要送童男女了，咱们请到异人喽！"他一路喊着跑入村里，村人果然都停了下来，几个后生迎出来，拥着他去找王保甲。

几个村老，与王保甲一道，把薛孤鬼等人上上下下看了一遍，便拉着荀阿大，低声问道："怎的瞎的瞎，瘸的瘸，还有那老太婆，穿得如此花俏，咱村里的年轻女子，还没哪个敢穿得这般呢！"

荀阿大道："俗语说得好：'人不可貌相，海水不可斗量。'他们虽是卑琐，却是异人无疑，那个脏污的胖子，最能探知雷公踪迹，那个瘸子力气好大，那个婆子，虽然看着像妓院里的老鸨，却能降伏鼍龙，你们看她背上背的鼓，便是鼍龙的皮幪的，了不得呢！还有其他几个，也都各有本事，或会射箭，或会使锤使鞭，都是一等一的好汉。"

又有一个乡老问道："这么说，他们以前必是降伏了许多雷公了！"荀阿大只好支吾道："不少！不少！"他暗想着："且先过了这一关，救了春郎和溜儿的性命。至于薛孤鬼等人，若真降不了雷公，还有村里的百十号人，只要把他们的勇气鼓起来，与雷公拼上一拼，就不信没有获胜的希望。"

薛孤鬼等人便这么在村里住了下来。潘鸿德却是如鱼得水，勾搭上了王阿多的老婆，每天夜里都跑过去快活。阿推婆却被村里的年轻婆姨围住了，原来她们是向她请教如何才能牵住男人的心。阿推婆教了她们几招，婆姨们听了都捂着脸笑，说这样的事，做不来，可是到了夜里，男人们外出的都少了，天刚黑下来，就缠着女人要吹灯上炕；朱六本还想把那老黑熊养在身边，只是村人却没那么多钱买肉给老黑熊吃，朱六只好把老黑熊放了，堵了一肚子气，隔三岔五闹着要吃饺子。村人凑了几千斤的麦子，磨成白面，朱六和避雷貘一闹，就取出几十斤来，给他们做饺子吃；薛孤鬼和祥瘸子却把村前村后都走了个遍，说是看地形，又说在找竹子和雷公铁。

村子是在一个山谷里，雷公庙建在半山腰上，庙后一片竹林。薛孤鬼和祥瘸子带着几个村民，从竹林里砍了十几根竹子回来，又令村民将家中藏的牛筋牛角柘蚕丝白鳔胶都献出来。薛孤鬼挑了半日，却没有合意的，勉强挑了几样，做成一张弓。

村人都围起来看薛孤鬼做弓,看到薛孤鬼龇牙咧嘴地使力,好将弓弦绷紧时,都嘿嘿地笑。几个村妇帮着薛孤鬼削竹箭,王阿多的老婆把家里的鸡都拔了毛,说是给薛孤鬼做箭羽。薛孤鬼说鸡毛用不上,至不济也得用雁翎。村人便都去水边捕雁,捉了十几只回来,只是王阿多家的鸡有很长一段时间就一直光着屁股,颇是可笑。

祥瘸子在四周的山里走了好几日,背回几块大石头,说这些石头都是被雷劈过的,里头有雷公铁。他寻了一块空地,搭起炉子,开炉炼铁,数日之后,果然炼了几块铁锭出来,比寻常的铁锭要重上许多。祥瘸子说,只有这样的铁做成的箭头,才能伤得了雷公。

数日之后,弓做成了,箭也削成了十几支,又都装上了雷公铁的箭头,薛孤鬼说要到村外去试弓。众村民都蜂拥着跟在后面,想亲眼看看异人有何本事,是不是真能伤得了雷公。

却未料到那弓不济事,稍一用力,便咔嚓一声,断成数截。有个村民道:"王老爹有副杉木的棺材板,拿来做弓,兴许用得上!"

薛孤鬼便择了个时机,跟王保甲讨要那棺材板。王保甲面有难色,说要问过王老爹再说。但王老爹却颇爽快,一口便答应下来了,还说薛孤鬼要哪一块,只管来挑。薛孤鬼挑了一块又硬又直的,又重新挑了牛筋牛角,再绷起一张弓。

这张弓果然与前一张大不相同,高有五尺三寸,重却不到三斤。寻常的弓,有一百二十斤力道,便是上等,超过一百二十斤的,那就称为虎力了,但这张弓,却非有三百斤力拉不开。

试弓那日,村民们都跟在薛孤鬼和祥瘸子的身后:两个汉子用一乘竹轿抬着王老爹,走在薛孤鬼后面一点;那些流着鼻涕的村童,跑前跑后,捉着蜻蜓蚂蚱;婆姨们一边走,一边吃吃笑着说起晚间炕头上的事;男人们却都尽量地靠近那张弓,好看得仔细些。

不一时走出村外,却走到一片荒草滩上,草滩尽处,是从山上流下来的溪水,溪边几棵野树。薛孤鬼道:"我要一箭射穿那株老槐!"那株老槐少说也要两个人才抱得拢,村人听了,都惊叹一声。只见薛孤鬼张弓搭箭,嗖地射去,那支羽箭,如闪电般掠过草滩,箭气所至,带起一排草浪,断的草叶向两边溅开,果然悄没声地穿过那株老槐,又飞出几十丈远,才插入土中,直没至羽。众人都惊得张大了嘴。

却忽见草滩上跳出两个人来,一个是邓山,一个是阿秀。两人都是衣衫不整,面带春色,邓山后脑勺上还有一道白迹,却是被箭气剃出来的。众人先是哗地惊叹了一声,跟着又指着邓山和阿秀捧腹大笑。便是王老爹,也笑得从竹轿上摔下来了,跌破了头,将养了好几日才平复。

那天夜里却出了件事。原来早先王阿多的老婆还有个相好的,叫于大棒子。潘鸿德来了以后,王阿多的老婆贪他是个异人,便把于大棒子一脚踢开了,日日与潘鸿德欢会。于大棒子怎咽得下这口气,果然拿了根大棒子,蹲在黑地里,趁着潘鸿德出来小解,给了他后脑上一棒,却把潘鸿德打得咕咚一声,倒在地上,昏了半日。直到王阿多老婆出来寻他了,方才苏醒,脑后却肿起个大包,一碰就疼。潘鸿德也晓得王阿多老婆的旧事,情知必是于大棒子暗算了自己。等天明了,却走到于大棒子的破草棚前面来,喊着要跟于大棒子打一架,以报昨夜里一棒之仇。

于大棒子好歹也是个男人,便拿了大棒子出来,说:"要打便打,你当我怕你是个异人吗?"他说这句话其实便有些怕了,因是昨日他也看了薛孤鬼射箭,委实惊人。潘鸿德既然与薛孤鬼一样,也是异人,必也有些不寻常处,自己一个农夫,怎么能与他相比。

果然潘鸿德看见于大棒子出来,便从头上解下一根绳,轻轻一抖,但听得一声闪电般的脆响,那根细绳已化成一条长鞭,通体乌黑,煞是吓人。潘鸿德道:"有本事你便接我一鞭,若是没本事,你便跪在我脚下,喊我一声'爷爷',我自然饶你狗命!"于大棒子心里虽怕,却也是个硬骨头,道:"呸!你个老淫棍,该你叫我爷爷才对!"周围看热闹的人,都哄笑起来,有人喊道:"去问王阿多老婆,自然便晓得谁是爷爷了!"众人听了,更是笑得跌脚。

潘鸿德一咬牙,道:"须怪不得我!"便要挥鞭,却见于大棒子的老娘从草棚里出来,抱住潘鸿德的脚,哭道:"潘大法师,你饶了这狗才一命吧,他若死了,老婆子我也活不成啦!"于大棒子道:"娘!你不要求他,便是死了,也比现今这穷苦日子强些!"

潘鸿德却早已气昏了头,一脚把于大棒子的老娘踢开,手臂一甩,长鞭挟着风雷之声,直向于大棒子抽去。众人都是一声惊呼,于大棒子的老娘已是晕厥过去了。于大棒子虽知不敌,却也不顾死活,抬起手中大棒,去挡那鞭子,但觉手中一空,那个大棒一碰到潘鸿德的长鞭,已是碎成粉末,于大棒子把眼一闭,便等着鞭子落到自己头上。

正在危急之时,却忽然从人群中跃出一个人,一把抓住了潘鸿德的鞭梢,沉声道:"潘鸿德,你忘了祖师爷的话了吗?"

原来这人却是薛孤鬼,他听到潘鸿德与村人起了龃龉,急忙赶来,救了于大棒子一命。潘鸿德被薛孤鬼一喝,耸然一惊,却把长鞭收起,依旧是一根细绳,捏在手中,对薛孤鬼道:"这缚雷术学了何用?既不能用来降伏雷公,更不能用来与寻常人打斗,我潘鸿德辛苦半世,却依然落魄如此,要跟一个村夫争抢女人,可笑可笑!"

他垂头丧气，披散着满头白发，转身向山上走去。

众人只道没事了，都缓缓散去。却没料到半个时辰之后，忽有人高喊："雷公庙起火啦！雷公庙起火啦！"大伙儿跑出来向半山上一望，只见一缕青烟，冉冉而起，隐约可见大火已烧穿了雷公庙的屋顶。

村民们都吓得半死，惊呼道："大家快逃命吧！雷公庙烧了，雷公必是放不过咱们啦！"果然片刻之后，从山背后升起大片的乌云，却停在了雷公庙上空，一阵阵的电闪雷鸣，隐约看到两条人影跃在空中打斗。

薛孤鬼喊道："不好，必是潘鸿德一怒之下，自己去降伏雷公了！"祥瘸子等人大惊，都拿了武器，往山上跑去。便是朱六，也没了往日的怠懒，抱着避雷貘，和殷瞎子阿秀一起，跑在最后。

大伙儿跑到山上时，雨已经停了，水汽被阳光一照，直升上来，林子中热得像蒸笼一般。雷公庙的火虽是灭了，却也已烧成了一堆瓦砾。潘鸿德是在距雷公庙好远的地方被找到的，已被雷劈得只剩半截身子，手脚都没了，浑身乌黑，发出一股焦臭。他的长鞭，被劈成数截，散落在方圆几十丈的一大片山林里。

村民们也陆续跑了上来，看见潘鸿德已死了，有人便哭了起来。于大棒子亲手捧着潘鸿德的尸体，直捧到山下。后来是把潘鸿德埋在了村外那株老槐下，每次村人去田地里做庄稼活，都要经过潘鸿德的坟前。

但这并不是唯一的一座异人的坟，后来还有更多的异人埋在这里。再后来，村人在这里建起了祠堂，立上每位异人的塑像，日日香火不绝。

"雷公已受伤了。"薛孤鬼道，"在雷公庙四周，有好几处青色血渍，潘鸿德总算没有白死。"

是在一间小屋内，燃着一盏油灯，薛孤鬼、祥瘸子、阿推婆、殷瞎子、朱六，还有阿秀和钱多多，七个人围着油灯坐着。

"但雷公也必是知道咱们已来到了村中。"薛孤鬼又接着道，"是以咱们得先下手，否则，等到它养好了伤，自己来找咱们，再要降它，可就难了。"

朱六问道："该如何下手呢？"薛孤鬼看了看祥瘸子，缓缓道："我与瘸子将四周的地形都看了，在村子西边十里处有一个山谷，四面皆是绝壁，谷中有一棵数十丈高的老杉，正可做雷公夹。阿推婆，你在老杉下擂鼓，将雷公引来，我、祥瘸子、殷瞎子和朱六各守住一面。雷公被夹住以后，先由我在绝壁上射它，确定他无还手之力了，再由殷瞎子上前去将它刺杀。祥瘸子护住殷瞎子，若殷瞎子不能得手，祥瘸子再接着上。总之务必将雷公杀死，不留后患。阿秀和钱多多留在村中守卫,若有紧急情况,便打锣报警。"

朱六听了,却有些急,道:"我也可以上去杀雷公,怎么只叫我守住!"薛孤鬼道:"若祥瘸子不能得手,再由我上;我不能得手,阿推婆上;若阿推婆仍不能得手,再由你和避雷貘上!"说到这里,他转身对着阿秀和钱多多道,"若咱们都杀不了雷公,你们两个便与村民一道,换个地方,重建村落,切不可急着为我们报仇,白白送去两条性命不算,还绝了异人的传承!阿秀,你和邓山两情相悦,我便代你爷爷定了这亲事,邓山是好后生,跟着他,不吃亏!殷瞎子,你说是吧!"殷瞎子点了点头。

阿秀羞得脖子都红了,她转过头去,把油灯捻亮了,顺带用衣袖擦了擦脸上的泪痕。

薛孤鬼道:"事不宜迟,咱们这便动身吧!"说罢,背起那张弓,又将箭囊挂在腰上。七个人推门出去时,却见到外边已高高低低立着一众村民,月光照下来,地上暗影斑驳。

薛孤鬼顿了顿,想说些什么,又不知说什么好,便四面拱了拱手,领着祥瘸子、阿推婆、殷瞎子、朱六还有避雷貘,向村西的山谷行去。

村民们缓缓让开一条道路,让异人们过去,有人低低地哭起来。

不到半个时辰，众人已行到了山谷边。但见谷底正中，果然立着一棵巨杉，树梢几与山顶相平，便如一把楔形的巨剑一般，直指着夜空。

薛孤鬼道："阿推婆，你这便下去，看到我的手势再擂鼓。殷瞎子，你守住西面，也是等我号令才可行动。祥瘸子，你守住南面，若殷瞎子下去了，你便跟在他身后十丈处，若他得手便罢了，若他失了手，你再接着上。朱六，你守住北面，东面由我来守！"众人都依着号令行事，不久，各处都传来准备就绪的信号。薛孤鬼并不着急，令众人不可轻举妄动，要等太阳升起来了，再下手。

天渐渐亮了，谷中浮起一层厚厚的白雾，那雾却奇怪，只浮在一丈来高的空中，下面却是一丝雾气也无，是以阿推婆从谷中向上看，只看到厚厚的白雾将天空遮住了，杉树似乎被截成了两半。而在山顶上的薛孤鬼等人看来，那白雾却是只浮在谷底，并不升上来，杉树倒还有一大截树梢，是浮在白雾之上的。薛孤鬼暗暗着急，担心白雾不能及时散去，阿推婆看不到自己的手势。幸好太阳一露头，那白雾便迅速地散去了，露出谷中的杉树、山石还有青草。阿推婆立在树下的一块巨石上，鼍龙皮幔的鼓已放在她脚前，双手握着鼓槌。

薛孤鬼转身对着太阳，看它冉冉而起，觉得阳光有些刺目的时候，他回过身来，把右手从上到下用力一挥。阿推婆似乎等这个手势已经等了很久了,她鼓槌轻敲,于是仿佛有雷声自极远处滚来。她渐渐地加力,鼓槌的节奏也愈来愈快,雷声似乎在逐渐地迫近,好像一辆硕大无朋的马车,隆隆而来,又隆隆而去。谷中升起强大的气旋,呼啦啦地向天上吹去,把杉树的树冠吹得如同波浪般翻滚起来。

稍稍静了片刻,阿推婆再一次把鼍龙鼓擂响。原来鼍龙本是上古神兽,是最初的雷神,那时,它们的一呼一吸,都是巨大的雷,足以震荡天地,但最终它们沦落了,只能隐身于沟渠中,以虫豸为食。可是,在它们的身躯中,终究还藏了一点雷神的血性,这便是为什么用它们的皮幔的鼓,能够擂出如雷的鼓声的缘故。阿推婆再一次挥起鼓槌,再一次把鼍龙鼓擂响。她似乎要把内心中所有的愤恨都发泄到这鼓声中,于是风起,于是云涌,于是大地在鼓声中不安地摇晃。村人都从屋子里跑出来,他们从未听到过如此震人心魄的鼓声,他们知道异人与雷神之战,就要开始了。

雷公青色的身影终于在山巅上出现。它们与鼍龙是世仇,正是它们打败了鼍龙,取代了雷神的位置,是以,只要它们听到了鼍龙的雷声,仇恨便会从它们的血液中升起。

雷公鼓动它青色的肉翼,带着闪电,腾空而起。"擂啊!阿推婆,它来了!"薛孤鬼喊道,"不要忘了你受过的罪!"于是鼓声愈发地猛烈了,四面的石壁都似乎要在这鼓声之中塌坠，杉树左右地摇晃着，竟似乎要被那一阵阵升起的气旋连根拔起。薛孤鬼、祥瘌子、殷瞎子、朱六还有避雷貘全都躲在了山石后，以免自己被那从谷中升起的旋风带上天空。

乌云如墨，压了过来。云层间不断地闪烁着小小的闪电，那些闪电是如此的脆弱而渺小，似乎它们不过是来自某个孩童的玩具，并不可畏。但忽然，雷声接连不断地炸响，这不是来自阿推婆的鼓，而是来自那如墨般黑的云层，来自那隐身于云层之中的雷公。

云愈来愈低，直压在了杉树的树尖上，连薛孤鬼等人，也被云吞没了。雷公在云层里狂暴地飞舞，无数鬼魂在它身边推着雷车，雷公擂响了雷车上的巨鼓，并将手中的楔和锤相撞，发出一道又一道青白的电光。

忽然喀啦一声，闪电亮起的同时，雷声也炸响了。薛孤鬼但觉得眼前一阵白亮的闪光，许久睁不开眼。是雷公把闪电劈向了那棵杉树，它以为鼍龙便躲在了那棵杉树之中。在雷公劈向杉树的同时，阿推婆的鼓声竟也同时震响。雷公暴怒了，立时又劈出了第二道闪电，杉树被这两道闪电从当中劈成了两半，而雷公也因为用力过猛，直接冲了下来，被那棵杉树生生夹在了中间，动弹不得。它暴怒了，挥舞着手和脚，向四周发出无数电光，把石壁炸得伤痕累累，但却无法从杉树中挣脱出来。

薛孤鬼站在乌云之中，射出了第一支箭。箭穿透了乌云，射入雷公的左臂。雷公尖声地叫起来，如同鹰唳，它劈出了更多的闪电，狂乱地寻找着那个向它射箭的人。薛孤鬼缓缓从箭囊中拔出了第二支箭，搭在弓上，奋力射去。因为雷公是夹在杉树中间，是以他只能射向雷公的手和脚，还有肉翼，却无法射击它的身躯。第二支箭射入了雷公的右腿。青色的血溅出来，雷公又是一声尖唳，它左手上的铁楔跌落下来。

　　于是乌云缓缓地散去了，推雷车的鬼魂们也逃得无影无踪，露出了杉树，和被杉树夹住的雷公。杉树的叶子已所剩无几，树干被雷劈得乌黑，分成了两片，把那青翼的雷公夹在了中间。

　　薛孤鬼射出了第三支箭，但乌云散去之后，也给了雷公躲避的机会，它一晃，那支箭就射入了杉树之中。薛孤鬼回头看看太阳，调整了自己的位置，又射出了第四、第五、第六和第七支箭。这些箭是与阳光一道向雷公射去的，雷公被刺目的阳光所碍，看不到箭，无法躲避。第四支箭射入了雷公的右臂；第五支箭射入了雷公的左腿；第六支箭射入了雷公的左翼；第七支箭射入了雷公的右翼，它手中的铁锤也掉落了。它凄厉地叫着，那惨叫声撕心裂肺，直向天上飘去。

　　薛孤鬼的箭囊中还有五支箭，他没有再射，而是看着雷公惨叫，青色的血不断地从它的身体中滴落，把山谷染得触目惊心。渐渐地,雷公的叫声低落下去,薛孤鬼朝着殷瞎子挥了挥手。

殷瞎子抱着他的胡琴,盘腿坐在地上,他不是听到,而是感觉到了薛孤鬼的手势。他慢慢把琴头拧下来,慢慢立起,锵的一声,从琴腹里抽出一把剑来。那把剑长不到三尺,剑身浑圆,泛着冰冷乌光。他侧耳听了听,似乎在确定雷公的方位,然后抬脚一跃,如飞鸟般落入山谷中,着地一滚,右手握剑于身后,如猎豹般向杉树跑去。

天地间似乎再也没有别的声响了,除了殷瞎子轻得几乎没有的脚步声,但紧跟着,祥癞子也从石壁上跃了下来,跟在殷瞎子后面。两人相距大约十丈,祥癞子一步便跨出很远,且是一脚重,一脚轻,那脚步声从山谷中传出来,格外清晰。

雷公似乎也知道危险的临近,它尖唳一声,拼命挣扎着,想从杉树上挣出来,但杉树把它夹得紧紧的,无论它如何使力,都是无济于事。

殷瞎子已跑到了杉树之下,他并不停步,反倒加劲向前奔去,竟然呼地冲上了树身。他借着力道直冲到雷公身旁,剑出如风,已将雷公的两个肉翼削断,这是怕它挣脱了飞走,紧跟着又连出四剑,削去了雷公的手和脚。这时他停了停,立在雷公的双肩上,侧耳听了听,忽然高声喊道:"薛孤鬼,它身上只有六处伤!"喊罢,他一个翻身,鹞子般从杉树上跃下来，落下时左手抓住雷公的尖嘴，右手剑轻轻一推，已将雷公的首级割下，握在手中。

他如一片鸟羽般落在树下，对旁边的阿推婆和祥瘸子道："它没有受伤！"

阿推婆因是立在杉树之下，已被雷公劈得面目全非，或者不如说，是劈出了她本来的面目：她的头上只剩几缕白发，皱纹遍布的脸是焦黑的，如同曾被烟熏了无数年一般，这样的焦黑似乎已蔓延到了她身体各处，因为她的脖子、手臂和小腿，也是焦黑的，而在平日，这些地方都被衣服遮得严严实实。

阿推婆有些不信地问道："真的没有受伤吗？"祥瘸子却仍不解："没有受伤又如何？"殷瞎子道："没有受伤，便说明昨日与潘鸿德相斗的，并不是这个雷公！"阿推婆跟着道："也就是说，还有别的雷公！"

但已来不及了，避雷獏在山崖上呼噜噜地叫起来，跟着朱六便喊道："有雷公！有雷公！"

阿推婆一抬头，看到一个雷公正悬在他们的头顶上。它黑色的肉翼上有几道长长的鞭痕，这使它在扇动肉翼的时候有些吃力，或许这正是它虽听到了伙伴的呼救，却仍迟迟未到的原因。

祥瘸子猛地一跃，挥起锤子向雷公砸去，但已是慢了。雷公连劈出了数道闪电，电光在山谷里来回地盘绕，一道接着一道，雷声隆隆地响着，前后相叠，猛地冲出山谷，如潮水一般向四面八方翻涌而去。

当电光与雷声都消失了之后，山谷里已没有了人的踪影，殷瞎子、祥瘸子和阿推婆都已在雷公的暴怒中被劈得粉碎。杉树也没有了，只余下一截乌黑的树头在地上，被截断的地方，平滑如镜。

雷公转头四顾，缓缓向朱六和避雷貘飞去。薛孤鬼大惊，朱六和避雷貘虽能预见到雷公的行踪，但自己却是没有什么力量与雷公相抗。薛孤鬼取箭，张弓，嗖地射去，正射在雷公的左翼上。雷公转头看着薛孤鬼，目光如炬，终于放过了朱六和避雷貘，摇摇晃晃地向薛孤鬼飞去。薛孤鬼再次取箭，张弓，但这一次雷公已有准备，肉翼一扇，把那支箭扇过一边去了。

薛孤鬼看了看自己的影子，回身跳上一块山石，"嗖嗖嗖"连出三箭。这三支利箭仿佛是从太阳里飞出的，雷公虽是拼力扇动双翼，却也只扇飞了一支，仍有两支箭射入了它的胸腹间。雷公从空中掉了下来，手中的铁楔铁锤都落在地上，它爬起来，一跳一跳地向薛孤鬼逼近。

薛孤鬼一摸箭囊，才发觉箭已用尽。他持弓在手，等着雷公扑上来，弓弦一挥，又割去了雷公的半截右翼。但雷公也已把他扑倒在地，压在身下，用它的尖嘴拼命地啄着薛孤鬼的头脸。薛孤鬼眼前只有猩红的血色,鼻中嗅到的是雷公身上难闻的恶臭,耳中听到的是雷公的尖唳。他胡乱地挥动双拳,却打不着雷公,就算打着了,也不过是给雷公搔痒,并不济事。

这时朱六和避雷貘也跑了过来,避雷貘也不知哪来的胆子,一下跳到雷公肩上,张嘴就咬。雷公手臂一挥,把避雷貘远远地挥过一边去了。避雷貘尖叫着,撞在山石上,竟不再动了。朱六大怒,奋力扛起一块大石,要来砸雷公,却被雷公的肉翼一扇,眼前金星乱冒,石头落下来,砸在他脚尖上。他正呼痛时,又被雷公一扇,亦是远远地飞出去,倒在地上,怎么也爬不起来。

正在危急时,山后转出一个农夫来,手中握着一把镢头,两眼圆睁,看见雷公,便不顾死活地冲过来。朱六大惊,高呼道:"不要过来!"却见到后面跟着又拥出一大群农夫,里面有荀阿大、邓山等人,他们或握着镢头,或扛着九齿耙,或举着镰刀斧头,甚而还有几个村妇,手里拿着菜刀、剪子、擀面杖之类的物件,一窝蜂拥了上来。雷公竟被他们的气势惊住了,松开了薛孤鬼,转身就逃,却如何逃得掉,四面八方都有拿着武器的村民在拥上来,雷公想飞上天逃走,却已飞不起来了。

村民们终于将雷公团团围住,把多年的愤恨都发泄在了那垂死挣扎的雷公身上,起初还能听到雷公的尖唳,渐渐就变成了哀吟,渐渐地,连一丝呻吟也没有了。只听到村民们把武器砸在雷公尸身上的沉闷的噗噗声,几个村妇一边哭着,一边使劲地把剪子往雷公的肉里扎。

钱多多和阿秀扶起了朱六,几个村民在忙着给薛孤鬼止血敷药。荀阿大止住了几个哭得已有些疯过去的村妇,对众人道:"我们把这死雷公抬回村去,每家每户分一些它的肉吃了,以消咱们心头之恨!"众人都说好,便有几个人把雷公的尸身扛了起来,往村子走去。别的村民,分别把薛孤鬼、朱六和避雷貘扛起起来,欢呼雀跃而去。

钱多多、阿秀和邓山等几个在山谷中找了许久,只找到一些破碎的布片和零星的骨头,后来在老槐下立起的祥瘸子、殷瞎子和阿推婆的坟,其实只是衣冠冢了。

村子里举行了盛大的庆祝仪式。村民们喝了一整天的酒,夜里,他们高举着火把,在田地里转来转去。这样的仪式,原本是春天里才举行的。

薛孤鬼、朱六、阿秀和钱多多站在田地边,看着村民们欢歌起舞。薛孤鬼沉默了许久,终于开口道:"多多,你是阿推婆的传人,但有些事,你想必也不知道。"钱多多点了点头。薛孤鬼道:"阿推婆对她年轻时的事一直讳莫如深,现在她也死了,希望她不会怪罪我说起这件事。"薛孤鬼说到这里,又沉默了。几个村民跑过他们身边，停下来，深深鞠了一躬，又跑入黑夜里去了。

薛孤鬼笑笑，又接着道："那年阿推婆才十八岁，长得很美，却在出嫁的时候，被雷劈了。雷公是抓她去推雷车的，却不知她用什么法子逃了出来，但她的身体却已被劈得不成样子了。她的新郎，甚至她的家人，都说她是妖怪，不敢近她。从此她总是在脸上涂厚厚的粉，穿得严严实实，生怕别人看见她的丑模样，她也不再嫁人，一辈子都靠开妓院为生。"

三天之后，薛孤鬼说要回远安城去守墓，而朱六和避雷貘也过不惯安定的日子，仍想回去做乞丐。村民百般挽留，终究是留不住，只好要他们两个一家一户地吃酒，直到每家每户都吃过了，才准他们走。薛孤鬼、朱六和避雷貘无法，只好一家一家地吃下去，到后来，便是朱六和避雷貘，也吃得怕了。

村民们直送到了五十里外，才依依不舍地去了。赵六老和赵板儿，分别揿住春郎和溜儿，要他们给薛孤鬼和朱六磕头。荀阿大、邓山等人，一直把他们送到了远安城里。

阿秀嫁给了邓山，留在了村里。钱多多不想回妓院，也留在了村里，做了一个农夫，后来还娶了一个村民的女儿，生了一窝小崽子。

不知多少年之后，钱多多也老了，一日在田地边，他的孙子问他，缚雷术一共有几种？钱多多说，有七种，分别是鼓术、射术、剑术、锤术、鞭术和畜术……还有最后一种，不知道名称，不过却最厉害。孙子问他，那究竟是什么啊？钱多多沉默了，他想起了薛孤鬼临走时说的话，便轻声地道："你看看那些在田里种地的人，其实他们自己，便是异人！"

塔尔寺

十四

> 不知什么时候起,莲花山下岩碴窠那边,多了一个修苦行的喇嘛。

不知什么时候起,莲花山下岩碴窠那边,多了一个修苦行的喇嘛。

又黑又瘦,胡子拉碴,脸上皱巴巴的,看不清楚年纪,衣衫烂得不成样。

孩子们悄悄地跑过去看。他在胡杨树下打坐,木石一样。胆大的孩子远远地扔一块石头过去,砸在他的头上,发出噗的一声,竟不像是砸在人身上,反倒像是砸在了烂木头上一般。有时,心肠好的大妈,到莲花山上的塔尔寺上香,会顺道绕过岩碴窠那儿,放上一碗酥油茶和几块糌粑,但大妈从山上下来,酥油茶还是酥油茶,糌粑还是糌粑。他似乎根本不吃东西的,十天半月地在岩石堆里打坐,动也不动。狼来了,嗅嗅他又走了——他的肉,便是狼也不吃的。

塔尔寺是有名的大丛林，里面常年都有数千喇嘛在修行的。活佛知道了山下有一个修苦行的喇嘛，便派一个索本（活佛的侍从）下山去寻他，道："何不到寺里来修行？还可以听活佛讲经，好处不少！"修苦行的喇嘛只是不出声，不说去，也不说不去。

索本只好回寺里跟活佛禀报了，还说他不识抬举。活佛倒是不以为忤，只让寺里负责外务的喇嘛，久不久去看一下那修苦行的喇嘛，大约是怕他在野地里死了，都没人知道。

时间长了，山下的牧民给那修苦行的喇嘛起了个绰号，叫他"枯树喇嘛"，因为岩砬窠里有许多枯树，而喇嘛自己也长得像枯树一样。孩子们胆子也大了，知道这个枯树喇嘛脾气好，就有过去敲他脑门的、拉他耳朵的、扯他胡子的，枯树喇嘛只是不动。有时牧民来放牧牛羊，发现喇嘛的头上都积了土，长了青草，便驱使牛羊过去，把青草吃了，喇嘛也只是不动。他这样坐了多久啊！一个冬天过去，人们以为喇嘛早冻死了，可是雪化了过去一看，喇嘛还是坐在那儿，半闭着眼，结着手印，身上腾腾地冒着热气。

就有人说这枯树喇嘛是活佛，供养的东西便渐渐多了起来，喇嘛身后的枯树上也挂满了白色的哈达。有一天，一个苦命的老汉，背着他瞎了眼的儿子来，在喇嘛身前跪了一天一夜。求喇嘛开恩，让他瞎了眼的儿子能重见光明；喇嘛却是一动也不动，老汉气愤不过，又不敢得罪活佛，只好又背着儿子回去了。没想到回去后不久，他儿子果真睁开了眼，看到东西了。

这件事愈传愈神，来求喇嘛治病的人也愈来愈多，而且这些人似乎果真都好了。后来有人在喇嘛打坐的地方，搭了个大的毡帐，把他身后那棵枯死的胡杨树都圈了进去；喇嘛还是不动，任人们怎么伺候他，他连眼皮也不抬一下。人们把喇嘛的胡子和头发都剃去了，给他戴上镶着宝石的毗卢帽，还要给他换一身华美的衣衫，喇嘛还是动也不动。人们去扳他的手，想帮他把旧衣衫脱下来，却是扳不动。一个人扳不动，两个人扳不动，三个人还是扳不动，大家不敢再扳了，仍让他穿着那身脏污破烂的旧衣衫罢了。

喇嘛的名声愈来愈响，塔尔寺的活佛也忍不住从山上下来看他。喇嘛还是不动，也不出声。活佛合掌念了经文，依旧回寺里去了，却给拉萨的大活佛写了封信，信里说这里有一个修苦行的喇嘛，极是怪异。拉萨的大活佛派了人来看，这排场可大了，一路上都有鼓乐吹打着，马匹牦牛数不胜数，可喇嘛还是动也不动，真个是像木石一样。

前面说了，塔尔寺是有名的大丛林，一年到头总有许多的法会。正月里有祈愿大法会，喇嘛们在大经堂和各殿堂献供点灯、陈列法器，每日登殿诵经祈请三次，还要考试辩经；正月十四上午跳法王舞、"浴佛"，晚上还有酥油花灯展；四月法会是纪念佛祖诞生、出家和涅槃的大法会，喇嘛们在莲花山上"晒大佛"，那佛像长十余丈，宽六七丈，用五彩锦缎堆绣而成，把整座山头都遮住了；六月法会是纪念佛祖在鹿野苑初转法轮的法会，仍在莲花山上"晒大佛"，喇嘛们还在寺里"转金佛"祈祷弥勒佛"出世"；九月法会是纪念佛祖降回人间弘扬佛法的法会，喇嘛们在大经堂里诵经，佛殿和库房的大门也都敞开着，供僧俗瞻仰里面的珍宝；阴历的十月二十五日是燃灯五供节，那天是宗喀巴大师（藏传佛教格鲁派的创始人）圆寂和诞生的日子。喇嘛们连点了五夜的酥油灯，万盏灯火象征着佛光普照，寺院的墙壁也粉刷一新，喇嘛们高声地念诵着赞颂宗喀巴大师的祈祷文。

但不管山上的法会做得如何热闹，枯树喇嘛还是像枯树一样，动也不动。

那一年的六月法会，善男信女们或是到莲花山上去看"晒大佛"，或是到寺里去看"转金佛"。独独有一个姑娘，转到岩碴窠这边来，好奇地看着打坐的枯树喇嘛，久久没有离去。

她坐在毡帐外的岩石上，脸被太阳晒得通红，乌油油的辫子，黑黑的眼睛，微微地笑着，像春天里一株葱绿的小树。

第二天，枯树喇嘛竟站了起来，他伸伸腿脚，把筋骨活动开，慢慢地走到小湖边洗了个澡，又慢慢地走了回去，依旧打坐。有牧人看到枯树喇嘛站起来了，而且还洗了个澡，便当作是一件了不得的大事，到处去说；但后来看到枯树喇嘛站起来、走到小湖边去洗澡的人愈来愈多。有时他甚至还会在湖边坐一阵，看着湖水和野花，目光依旧是平静的；但有时也会忽闪一下，他的眼睛里像有一块宝石。

终于枯树喇嘛穿上那件人们为他准备好的衣衫，正了正毗卢帽。他走啊走啊，就走到了那位姑娘住着的毡帐前，他也不化缘，也不讲经。他就在姑娘的毡帐外打起坐来，姑娘出来了，他也不看，姑娘不搭理他，他也不恼。姑娘的父母也不敢得罪活佛，只任他在外面坐着，时不时地还送些水过去，怕枯树喇嘛渴了。

可是有一天晚上，姑娘却真的和枯树喇嘛走了，他们走啊走啊，走回了岩碴窠，就像两个人要结成夫妇搭伙过日子一样。姑娘的父母一夜不见姑娘回来，天明了，才发现枯树喇嘛也不见了，便到岩碴窠去找，果然见到两个人手牵着手，坐在胡杨树下。姑娘的父母气坏了，说这怎么是活佛该做的事呢？便把姑娘拉过一边去，朝着枯树喇嘛吐口水。

以前的供养人知道了这回事，都看不起枯树喇嘛；以前说自己的病是被枯树喇嘛治好的人，也不承认了：或者说根本没治好，或者说是吃药好的，根本不关枯树喇嘛的事。毡帐被人拆走了，毗卢帽被人抢去了，衣衫也被人撕烂了。九个月以后，姑娘产下了一个女婴，姑娘的母亲哭坏了。姑娘的父亲气坏了，带着人去，拿着生牛皮的鞭子，一下一下地照着枯树喇嘛身上抽。

喇嘛也不跑，也不骂，只是坐在树下，任人打他，抽他，啐他，骂他，血也流出来了，骨头也打折了。他倒在了地上，人们踢他，踩他，把他打得连条狗也不如。后来，他不动了，人们当他死了，渐渐地散去，也不埋他，让野狗来啃食他的尸体。

可是野狗也不吃他，那尸体只是在树下躺着，不烂不坏的。到了冬天，下雪了，尸体便被埋在了雪下，人们似乎是把他忘了。可是冬天过去了，人们发现枯树喇嘛又坐了起来。现在他几乎是赤裸的了，身上积着厚厚的泥，泥上还长了菌子，一对野鸟在他的头顶上筑了巢。

人们不敢再去打他，却也不敢再去拜他。他独自在荒野里坐了很久很久，有时小孩子过来了，却只把他当成了一尊泥像，竟不知道他是个人。

好多年过去了，塔尔寺一带来了一群土匪，为首的叫王黑獭。牧民们都躲到塔尔寺里去了。那塔尔寺建在莲花山上，三面都是绝壁，只有一条道通到山下。塔尔寺里的上百个铁棒喇嘛，扛着四楞铁棒在那儿守着。王黑獭也不急着攻上山去，只是指派几个人把下山的道路堵了，每日里领着土匪们宰杀草原上没人牧放的牛羊，又拿出他们早先抢来的美酒，高呼畅饮。

王黑獭放出话来，说他们这次来，就为了塔尔寺里的珍宝，除非喇嘛们把那些珍宝交出来，要不就别想下山。他们谋划得清楚了，那塔尔寺再大，存了再多的粮，也不可能养得活那么多的牧民，只需等上十天半月，喇嘛们非求饶不可。

过了几天，喇嘛们看土匪日日喝酒，烂醉如泥的，便趁着天黑舞着铁棒冲下山来，想杀土匪们一个措手不及。却不料王黑獭早在山道两头埋伏下几十个土匪，待喇嘛们过去了，便从后面唰唰地放火箭，山下的土匪也乘乱冲上来，把喇嘛们打得大败。

王黑獭可是湟水两岸有名的土匪，他长着一双红眼，虽然驼着背，却还比常人高着两个头，膀大腰圆，满头黄发在头顶心上扎成一束朝天辫，络腮胡子，一口大黄牙，使一把几十斤重的大砍刀，杀起人来像砍瓜切菜。哪家小孩子哭了，只要吓他一声："再哭，王黑獭可来了！"立时便能让他止住，夜里还得做噩梦。

县里派兵剿了王黑獭几次，不是损兵折将，便是被他遁入沙碛里，追之不及；待官兵退走了，他依旧是扯起大旗做他的土匪。后来西宁城里来了一个总兵，带着上千的兵勇，前来攻打王黑獭在娘热沟的老巢，连着攻了半月，白白损折了几百兵勇，却拿土匪没办法。那总兵便派一个信使去，对王黑獭说道："王黑獭，你也算是一条好汉，却作缩头乌龟，没得让人笑话。外头风传你刀使得好，你若真有本事，便与我家总兵对上十刀。总兵大人输了，自然引兵回西宁去，以后再不敢说剿你；若你输了，便自个儿缚了双手，随总兵大人到西宁城里去，一刀砍下脑壳来，二十年后，依旧是条好汉！"

次日清早，王黑獭便赤着上身，散着裤脚，独自拖着大砍刀，走出寨子外，去与总兵对刀。总兵戎马半生，刀下不知斩了多少人的性命，怎把王黑獭放在眼里。但见他唿哨一声，舞个刀花，放马向王黑獭冲去，带起一团黄尘来。王黑獭扎个马步，待总兵过来了，让过刀锋，自己从下往上一撩，把总兵连人带马撩成两截。众官兵何曾见过这等阵势，发声喊，转身便逃。王黑獭也不追，只让土匪们远远跟着，白白捡拾了许多的盔甲辎重。

自此之后，官府内再没人说剿匪了。王黑獭肆意横行，荼毒百姓。草原上的牧民和寺庙里的喇嘛，一听到他的名字，都要吓得抖一抖，颤一颤。

塔尔寺里的喇嘛苦守了十几天，也没能盼到官兵来救，寺里的粮食早已吃尽，连老鼠也被抓得不剩几只了；铁棒喇嘛冲下山去攻了几次，却攻不开土匪的围困。后来眼看着再冲不出去就要饿死人了，活佛无法，只好答应将塔尔寺里的珍宝拿出来，任土匪搬取。

这且罢了，土匪临走时，却又从牧民里挑出了十几个年轻貌美的姑娘来，横搭在马上带走了。这可苦了那些姑娘的亲人们，但能拿土匪怎样呢？也只能哭天抢地，怨自家命苦罢了。

土匪们在山下围了十几天，枯树喇嘛也在岩石堆里坐了十几天，动也没动，便像什么事也没发生一样。只是土匪离去时，他抖了一抖，把那两只在他头顶上筑巢的野鸟惊了一下，扑棱棱飞起来，嘎嘎地叫。

第二天一大早，枯树喇嘛跟前多了一个下跪的妇人，原来早先那女子。她跟枯树喇嘛生下一个女儿后，嫁不出去，直到三十好几了，才嫁给了一个靠打铁糊口的瘸腿汉人，没想到才过了几年安生日子，土匪又来了。她带着男人和女儿到塔尔寺里躲藏，终究是躲不过，女儿还是被土匪抢去了。

妇人在枯树喇嘛跟前跪了一天一夜，枯树喇嘛没动；跪了两天两夜，枯树喇嘛还是没动；跪了三天三夜，枯树喇嘛终于动了一动，泥土从他身上簌簌地掉下来。他睁开眼，撑起身子，咯吱咯吱地向娘热沟走去。

妇人远远地跟着他，在沙碛里走了一天，走了有近百里地，走到了娘热沟外，妇人不敢进去，让枯树喇嘛一个人向沟里走。

土匪们在娘热沟里建起了石头的寨子，一条蜿蜒小道通向寨门，一边是绝壁，一边是悬崖。枯树喇嘛在夕阳里敲响了那镶铜钉的寨门，有土匪认得他是岩硁寨的枯树喇嘛，飞一般地跑去向王黑獭禀报，问要不要把寨门打开。

枯树喇嘛等了一阵，见寨门没开，便伸出个瘦骨伶仃的拳头，照着门上打了一拳，竟把那寨门打出了一个窟窿。他伸手进去，拉开门栓，把寨门推开，照直了往里走。土匪们看见了，发声喊，都往寨子里跑去。有吃了豹子胆的，远远地照着枯树喇嘛放箭，却不知被他使了什么怪法，都射过一边去了。

慢慢走到了大堂上，王黑獭已拿着刀迎出来。他也不是有勇无谋的，先敬了个礼，问枯树喇嘛打进寨子里来，为了何事？

枯树喇嘛"啊啊"了两声，却说不出话来，原来他却是个哑巴。他"啊啊"了一阵子,看王黑獭不明白,便伸脚在地上写了起来。那大堂上都是青石铺的地,却被枯树喇嘛划得石粉四溅,转眼间写成了一行字。王黑獭认不得字,回身拉了一个识字的小土匪出来,让他念。那小土匪早吓得浑身筛糠似的,颤巍巍地把字念出来:"放了我女儿。"

王黑獭哈哈一笑,命人把昨日里抓来的姑娘都领出来,让枯树喇嘛认,谁是他的女儿便由着他领回去。枯树喇嘛眯着眼看了一转,又用脚在地上写起字来,小土匪依旧是抖着声念道:"我不认得,你把她们全放了。"王黑獭本来答应枯树喇嘛放了他的女儿,便已是委曲求全,如今枯树喇嘛居然说自己不认得女儿,要他把人全放了。王黑獭可放不下面子了,狠狠心,把大砍刀抓抓紧,道:"哈哈,活佛必是在讲笑,天下哪有父母不认得自己女儿的?"

枯树喇嘛又在地上划了一行字,小土匪吞吞吐吐念道:"我不杀你,你把她们放了。"这句话当着众人的面念出来,王黑獭便是想放人,也不能放了。他黄牙一咬,心中暗道:"他也不过是血肉之躯,难道就能抵得住我的大砍刀?"便上前一步,大喝一声,大砍刀带着风雷之声,向枯树喇嘛的头上砍去。

枯树喇嘛看也不看,把右手往上一抬,用两根手指把大砍刀夹住,再使个巧劲,大砍刀便咔地断成两截。王黑獭正使劲地往回拔刀，刀一断，他拔了个空，腾腾腾地后退，撞在墙上晕了过去。

王黑獭一晕，众土匪自是轰然一声散了，任枯树喇嘛把姑娘们都带走，没人敢吱一声。

枯树喇嘛让姑娘们回家里去，自己依旧在岩硿窠打坐。

王黑獭醒过来，又羞又恼，想起自己还有个大哥叫王黑虎的，在青海湖边做马贼，善使一杆大枪，手下也有几百个兄弟。他便亲自跑了一趟，一个月以后，他得意洋洋地骑着马，和王黑虎一起回来了。

王黑虎带来了五十个剽悍马贼，再加上王黑獭手下的几百个土匪，把岩硿窠团团围住。枯树喇嘛动也不动，土匪和马贼们弄不清虚实，却也不敢贸然行事。后来还是王黑虎胆子大些，跳下马来，拖着杆八十斤重的铁枪，慢慢走到枯树喇嘛面前。起先他听王黑獭说枯树喇嘛如何厉害，还道必是铜头铁额的，哪想到近前一看，只是个又干又瘦的喇嘛，心里便松了劲，大大咧咧地解开裤带，照着枯树喇嘛身上撒了泡尿。

喇嘛竟是动也不动，任尿水从额头上流下，湿了全身。王黑虎手下的马贼都捧腹狂笑，土匪们却是吓得面如土色，还道王黑虎这回必是要死了。却见王黑虎慢慢吞吞地系好裤带，一把把枯树喇嘛提起来，扔到外面空地上，喝道："儿孙们，用马踩死他！"五十个马贼高声应和，霎时间烟尘滚滚，只几个来回，枯树喇嘛已被踩得血肉模糊，躺倒在地上，眼见是不活了。土匪们看到这样的情形，胆子也大了，搬了石头过来，高高地堆在枯树喇嘛身上，好让他永世不得翻身。

王黑獭算是出了口恶气，与王黑虎一路烧杀着回娘热沟，把之前被枯树喇嘛放了的姑娘，依旧是抢了回去。王黑獭也懒得问这里边究竟谁是枯树喇嘛的女儿，奸淫了几日后，一股脑儿推到山崖下摔死了。

人们也都道枯树喇嘛必是死了，哪想到过了十几日，却见他依旧是在那枯死的胡杨树下打坐，只是变得更干、更瘦了。

妇人听说枯树喇嘛又活了，大哭着过来，搬起石头照着枯树喇嘛头上砸，说早知如此，不要你去救，还留得姑娘的性命。

枯树喇嘛坐了半晌，脸上竟多了两道泪痕。他摇摇晃晃起身，向娘热沟走去。王黑虎还没走呢，正与他的兄弟在山寨内欢宴，看到这喇嘛竟又站在自己面前，都当是遇到了鬼。

那一夜的情形没人说得清楚，因为除了枯树喇嘛自己，知道详情的人都已死了。人们只知道娘热沟被火光映得通红，那火却又不像寻常的火，没有一丝的烟气，亦没有爆炸之声，竟不知道是从何而来。后来，人们到那被烧成一片焦土的山寨里去，只看到残垣断壁上，留着一个个的小坑，那些小坑极是怪异，每一个都正好能容下一只拳头。

那天清晨，枯树喇嘛一只手抓着王黑虎，一只手抓着王黑獭，把他们倒拖回岩砼寨。他找来一块锋利的石头，当着王黑虎的面，把王黑獭给活剥了，然后把那块人皮给铺在了岩石上；王黑虎是给活活吓死的，枯树喇嘛也把他的皮剥了，铺在了另一块岩石上，然后把两具血淋淋的尸体丢在荒野里，任野狗去吃。

他自己呢，就坐在那两块人皮中间，一直坐啊，坐啊，从此再没有起身。人皮被太阳晒得枯干了，被风吹薄了、吹没了，他还是没有起身。他像一尊泥像一样地坐着，偶尔会有人来到这里，在他身后的胡杨树上，挂上一条洁白的哈达。

后来一个铁棒喇嘛说，枯树喇嘛使的武功，有些像是密宗早已失传的"红莲吐焰"。据说那位索本后来曾问过塔尔寺的活佛："为什么枯树喇嘛要任马贼们践踏自己？"活佛说："因为他是喇嘛。"索本又问："为什么枯树喇嘛要把王黑虎和王黑獭的皮剥下来？"活佛沉吟半晌，仍道："因为他是喇嘛。"

很多年以后，胡杨树下那尊泥像倒下来了，人们看到，那可真的是一尊泥塑的像啊!牧人有时会坐在那缺了胳膊掉了脑袋的泥像上抽旱烟,歇歇脚,可枯树喇嘛去了哪里呢?没有人知道,就像没有人知道他是从哪里来的一样。

只有胡杨树上的哈达,和胡杨树旁的玛尼堆上的经幡,仍在飘扬。

薤露

十五

> 长安有歌谣说：「不畏斩玉刀，唯畏断肠醪。」

绿野苑里的绿，野得像一只山猫，一只有着一双绿幽幽猫眼的山猫，一身黑夜般美丽的皮毛，在山野间无声无息地潜行。

你可以想象它优雅的步子，像一首歌，轻轻弹唱。

绿野苑有绿野池，绿野池有夜舒荷。在月色朦胧的夜晚，夜舒荷悄悄开放，它的叶子其实亦是一朵花，张狂地在水面上舒展它的绿，有着月光一般容颜的荷花肆无忌惮地盛开，它无须顾忌。它是这座园子的主人，它把自己的妖艳与圣洁点燃，照亮绿野苑每一个有月光的夏夜，照亮绿野苑每一个角落，和苑里每一个人。

孟湄清楚记得，当她让最后一块轻纱轻轻滑落，月光为之一暗。她看到阿难陀的眼里有疯狂、迷茫、痛苦、欢喜、忧伤……她听到他一字一句地念："……来与众生治心病，能使迷者醒,狂者定,垢者净,邪者正,凡者圣。"他把孟湄当成了佛?或者,魔?

那年,她十六岁,她把自己的贞洁献给了阿难陀,一个从天竺来的和尚。

现在,她清楚地知道,她的贞洁还在,她并没有把它献给任何人,她的贞洁始终还在她的心底最深处藏着,藏在一个连她自己也不知道的地方。突然有一天,来了一个少年,有着一张松鼠一样的小脸,和一双松鼠一样警惕的眼睛,不,他不是松鼠,他怎么会是松鼠呢?他是一滴泪水,一滴从佛祖的眼眶中滑落的泪水,一滴渐渐拉长的泪水,他在尘世间只有那么短短的一瞬。他瞬间滑落,落在地上,碎了,消失了,可是他却在消失之前发现了孟湄深藏在内心深处的贞洁。他在月光下看着,终于他哭了,他知道这个世界原来是美的。

当他还躲在通化坊东门下的阴沟里的时候,他深信这世界其实亦不过是一条阴沟,他活着,为了活着而活着。他深信自己亦不过是这条阴沟里的一只蛆,蠕动,翻滚,寻找着什么,其实什么也不可能找得到,因为根本就没有什么可以寻找。

他叫李漠。

街鼓刚响过不久,他就悄悄跳进这条阴沟里藏了起来。他仿佛听到城门在轧轧关闭,一队神策军骑在高头大马上,手里长矛闪亮,从金光门沿着皇城南街,向春明门骑行,马蹄同时落下，又同时抬起，踏在皇城南街铺了细沙的街道上，发出沉闷的响声。

阴沟里弥漫着死老鼠腐烂的气息，潮湿，郁闷，蚊子嗡嗡绕着他转。这一切都没什么，当他决定做一个刺客，就已决定了他必须忍受现在这一切。在令人惊艳的翩然一击之前，刺客必须学会忍受人世间所有的苦难屈辱，否则他就不是一个好的刺客，而不是一个好的刺客，就意味着挣不到钱和死。

他倏地出手，用食指和拇指捏住了一只正在飞舞的蚊子，轻轻将它碾碎。

这样的动作，他已重复了千万遍。

有时他会想象自己其实是一棵树，在某一个平常得不能再平常的春天里长出了一根枝杈，这根枝杈慢慢生长，终于在经过了多少个春天之后，长到了它想要长到的地方。

但其实他的动作迅如闪电，他必须快，也只能快，但快并不足够。他还必须准，因为每次出手，都只有一次机会。但准仍然不够，他还必须尽量的简单，就像一棵树上的枝杈，总是用最简洁的路径去追寻阳光。他要让每一击的每一动作都不浪费，浪费就意味着，死。

他默默数着梆子响。这是一个晴朗的夏夜，虽然阴沟上有石板盖着，他看不到天上的星星，但他仍然知道，这是一个晴朗的夏夜，星河流转，仿佛要泅湿每一个仰望者的眼。

将近五更，他把铁丸装进弹弓，握在手上。他蹲下，像一头豹子，鼻翼翕动，双目紧闭，触摸从通化坊里传来的轻微振动，一个人，两个人……八人一骑，振动越来越坚实，嘎的一响，坊门开了。他双足一振，从阴沟中跃起，后背顶开石板，手中弹弓将铁丸弹出，黑黑的铁丸呜呜低啸，撕裂长安夏季凌晨的死寂，狠狠咬在了那个骑在马上的人的额头上。他脚下一蹬，把尚在空中的石板向慌乱的人群踢去，自己则借力翻上了通化坊墙头，再一跃，就消失在了夜色中。

他在明德门和启夏门之间翻过城墙。晨光熹微，大片的乌云从终南山后压过来。

街鼓乍起，最先是从宫城里传出，然后由北向南，各坊的街鼓也依次响起，刹那间满城鼓声如雷，惊天动地。

清明渠对岸山脚下，有一小庙，里面大殿墙上的地狱变图，据说是吴道子画的。李漠曾在那庙里唱过挽歌。夜里，他独自举着蜡烛，去看壁画。大殿空旷，头顶上是高而深的黑。复活地狱、黑绳地狱、众合地狱、号叫地狱、大号叫地狱……他一层层看下去，刀山、火海、剑树、镬汤、油锅，哭号的灵魂，碎裂的肢体，吸引着他，阴森恐怖却又弥漫着神秘的诱惑。在最下一层，靠近墙角的地方，李漠看到一个被冻在冰里的女子，身躯赤裸，眼神迷茫，孤独而冷漠，却媚得令李漠心碎。

他坐在地上，呆呆看着这女子，直到黎明降临。

黎明降临时，乌云遮住了整个天空，风低低刮着，灰的光，冷冷的死寂。李漠站在渠边，百无聊赖，默默看一群蚂蚁搬一只死蚂蚱。它们似乎想在暴雨来临之前把蚂蚱搬入洞穴中，但雨点砸下来了，伴着几声闷雷，蚂蚁们四处奔逃。

一年前，就是在这里，李漠开始了他的刺客生涯，也是在这里，他拿到了第一笔报酬。可是现在他再也回想不起当时是如何开始的了，仿佛冥冥中有一个声音，对着他说："杀死他！杀死他！"他的脑海里，慢慢浮现出那个人的音容服饰。他把那人杀死了，一个和尚，简单得像捏死一只苍蝇，不，或许更简单，因为捏死一只苍蝇还要洗手，而李漠杀了人后，连手也不用洗。他在清明渠边一棵榆树下拿到了钱。后来，每次杀了人后，他就会立即来到这儿，总会有一小袋钱，放在树下，像一个迷路的孩子，等着父母把自己领回家。

每一次行刺，他都充满了恐惧。他害怕被人捉住，更害怕失手。那个声音，温婉而坚定，李漠知道他是强有力的，绝不会容忍失败与背叛。

可他却从没有见过他，他直接控制了李漠的大脑，李漠不由自主地按着他的话去做。而他则给李漠丰厚的报酬——杀一个人十贯，足够一个国子监的书生舒舒服服过一个月。

李漠需要这笔钱。

李漠知道自己再也无法摆脱他了，除非自己死去，一个人只有死了，才能摆脱自己的命运。

可是这一回，树下没有钱。

李漠有些慌乱，任由雨水淋湿自己瘦削的肩膀。

雨越下越大。清明渠上，白亮的雨幕被风吹向北，又吹向南。

李漠听到身后有人向自己走来，每一步都安闲自在，仿佛不是行走在雨中，而是在踏青。

李漠转身看去，一个人，白衣乌帽，轻柔如一抹春野上的晨雾。

这人在李漠身前站定，缓缓出手，方圆数丈的雨水都被他的掌力吸去了，回旋盘绕，渐渐在他手掌上聚成一条水柱。这水柱愈来愈粗，在他的掌上伸缩着，如一条欲振鬣飞起的龙。

但此时李漠却被他的脸吸引住了，这是一张怎样的脸！连李漠自己也惊讶了，在这生死关头，自己竟会去关心对手的脸，但这是一张怎样的脸呵！

可是李漠有权利决定自己的生死吗？现在那水柱扑过来了，须髯怒张，李漠茫然的心里突然闪过一个念头：自己是多么的不值一提，和刚才那些蚂蚁本无区别。

可是就这么死了吗？可是就这么死了吗！他向后退了一步，水柱已吻上了他的前胸，他拼了命向后一跃，但没有用没有用，他像一只断了线的纸鸢一般飘落在渠里，半浮半沉，随着湍急的渠水向北去了。

向北去了，由安化门西进去，就是安乐坊。安乐坊内有绿野苑，绿野苑内有绿野池，绿野池上有夜舒荷，还有那个比夜舒荷更美的女人，那个女人，叫孟湄。

孟湄第一次见到李漠，是在元和八年上元节那天。

长安的上元节，"九陌连灯影，千门度月华。倾城出宝骑，匝路转香车"，繁华热闹到了极致。

孟湄在平康坊笼月楼最高一层上，倚着栏杆，嗑着瓜子，独自看楼下袨服靓妆，车马填噎。

平康坊是长安的风流薮泽，长安的妓院，大多在此。笼月楼又是平康坊里最大的一家妓院。但是很少有人知道，笼月楼的主人，居然是大荐福寺的长老阿难陀，而孟湄，又是阿难陀的姬妾。

和尚而开妓院，养小妾，似乎很怪异，但在当时的长安，却并非完全不可能。

楼下有人在喝花酒。孟湄知道他们都是国子监的书生。国子监所在的务本坊与平康坊只隔一条街，来往异常方便；而这些书生又都是风流自赏的，笼月楼墙上，就免不了要留下许多他们的墨迹了。

现在，这些书生们就在谈论一首去年秋天才写上墙的诗。孟湄那时正好也在，见过那个书生，二十来岁，身材瘦高，双眼白多黑少，衣衫弊旧，牵一匹瘦马，在笼月楼门廊下避雨。孟湄看他可怜，叫龟奴唤他进来，在楼内小坐。没想到那场秋雨却下得淅淅沥沥，一发而不可收。书生大约坐久了，不好意思，要了一壶清酒，又求龟奴拿一些草喂马，自己则坐着慢慢喝酒。喝到半酣时，他从怀里掏出笔砚来，把诗写在了墙上。

他走后，孟湄下去看，没想到却是一首难得一见的好诗。

孟湄想至此处，不知不觉把诗念了出来："落莫谁家子，来感长安秋。"

这时楼下跟着也有人朗声念道："落莫谁家子，来感长安秋。壮年抱羁恨，梦泣生白头。瘦马秣败草，雨沫飘寒沟。南宫古帘暗，湿景传签筹。家山远千里，云脚天东头。忧眠枕剑匣，客帐梦封侯。"

又听一人评道："起得便极愤郁之致，既说'南宫古帘暗'，看来他也是吃过贡院的亏的，末句'忧眠枕剑匣，客帐梦封侯'，粗看是说要投笔从戎，其实却是激愤语，亦是从'南宫古帘暗'而来。"

另一人道："又是一个牢骚满腹的才子，可惜没有署名，要不拼死也要请了他来，畅怀一叙，方才快意。"

旁边的歌伎娇红却不耐烦了，嗲嗲道："一个穷措大写的诗，有什么好的，不如听奴家唱一曲，好吗？"

众人自然都叫好。娇红便铮铮弹了几声琵琶，唱道："珠泪纷纷湿绮罗，少年公子负恩多。当初姊妹分明道，莫把真心过与他。仔细思量着，淡薄知闻解好吗？"

方才唱罢，众人都起哄，有一人道："什么'少年公子负恩多'，娇红姊姊，我对你可是死心塌地，连下月的吃饭钱也丢在你床头上了，我看倒是你们青楼女子水性的多，你且听我这首。"停了一会儿，响起两声琵琶，却不成曲调，随后一破锣嗓唱道："莫攀我，攀我太心偏。我是曲江临池柳，这人攀了那人攀，恩爱一时间。"

众人听了，都哈哈笑起来。孟湄颇觉无趣，放眼往街上望去，月已西沉，行人却不见减少，笼月楼前的水西桥上，依旧是摩肩接踵。一个小孩，被人群挤得双脚离地，带着走了好远，急得哇哇哭起来。孟湄微微一笑，蓦地看到桥栏上坐着一人，十七八的年纪，尖尖的小脸，却无丝毫表情。孟湄心里怦地一跳，觉得自己好像在哪里见过这人一般，但拼命去想，却再也想不起来。再看那人的样子，忽觉他竟不像是一个人，倒更像一个刚从荒山老坟里爬出来的孤魂野鬼。

那几个书生直闹到三更，才醉醺醺骑着马回国子监，将要行到水西桥上，那少年从桥栏上跳下，扯住了其中一个书生的马头。那书生似乎极不愿意停下,他不耐烦地挥了挥马鞭,示意同伴先走,自己低下头,冷冷地对那少年说了一句什么。

孟湄站在楼上,可以清楚地看到那书生的侧脸,她忽地想起,原来他便是去年秋天题诗墙上的那人,只是现在穿着蜀锦夹衫,骑着大白马,比那时要阔气多了。

这时却听到极清脆的啪的一响,孟湄看下去,只见少年捂着左脸,执拗地看着那书生。书生却不理他,自顾自拨转马头,"嘚嘚嘚"走了。

少年把手放下,眼里噙着泪。孟湄看到他脸上已多了一道艳红的鞭痕。

她心里一痛,仿佛这一鞭并不是抽在少年的脸上,竟是抽在自己的心里。

"真可怜。"旁边服侍的丫鬟四儿轻道。

"你认得他?"孟湄问。

"他叫李漠。"四儿低低地道,"可是全长安城有名的挽郎呢。"

孟湄有些奇怪,夜舒荷怎么就开了呢?

青白的花,浮在水上,纯洁如佛的足印。

几只小小的蝴蝶,阳光般金黄的翅,在水面上飞舞,这是多么奇怪的蝴蝶呀!孟湄轻轻跃上水面,悄悄靠近那些蝴蝶。有一只憩在花上了，孟湄看到它脆而薄的翅，仿佛透明。孟湄小心翼翼伸手，把蝴蝶捉住。她心里有隐秘的喜悦，令她想起多年前在大荐福寺上香时，与卢舍那佛那一眼对视。这是佛的赐予吗？爱情，或只是漫长而痛苦的生命中一次小小安慰？孟湄不知道，但至少现在她是满足的，在她捉住蝴蝶的那一刹那，她是满足的。幸福原本短暂，短到几乎可以忽略不计。

她醒时，阳光满室。她想了很久，才知道刚才不过是做了一场梦。

一只蝴蝶在阳光里轻舞，慢慢从窗口飞出去了。

这是上元节第二天的早晨。阿难陀从大荐福寺过来看她，现在，他似乎离不开孟湄了。

孟湄让四儿去吩咐厨房准备酒菜。片刻之后，四儿回来了，说厨下的人问，大节里的，是不是还喝断肠醪？孟湄看着窗外，点了点头。

断肠醪，是阿难陀最爱喝的酒。

有时孟湄会想，自己还有没有另一种选择，但怎么可能呢？她父母种的是大荐福寺的地，她还只十岁时，阿难陀就为她造好了绿野苑，接她进来，教她舞蹈、音乐和作诗，她又怎能有另一种选择？

在她十六岁时，一个有月光的夜晚，阿难陀来看她，她就知道那早已注定要来的一天终究来了。

她还有其他的选择吗？这个面目冷峻、深陷的眼眶里藏着一双泛着黄光的鹰眼一般的天竺僧人，是孟湄一生的主宰。

第二次见到李漠，已是寒食节。

这个凄冷的节日，因介之推而来。晋文公要介之推做官，介之推不愿意，和老母亲跑到山里藏了起来；晋文公放火烧山，想把介之推逼出，可大火直烧了三天三夜，也没见介之推下山。火熄了，人们到山上去找，只找到了介之推和他母亲的被烧焦的尸体。

这火就这样熄灭了，一直熄了一千多年——寒食节是禁火的；人们吃青粳饭，到城外去上坟，惨惨戚戚过这个节。

孟湄母亲的坟头，在延兴门外灞水岸边。

孤零零一个坟头，四周只有荒草凄迷。孟湄在坟前坐了很久，直到四儿催促，才懒懒上了桃花驹，一路回去，日头竟已低了。

远远听到有人在唱挽歌，尖尖的童音，却略带些沙哑，仿佛一个坐禅多年的老僧，早已看破了万丈红尘，却毕竟不能斩断所有的尘缘。

是最后的一首了吧，扶着灵柩的挽郎，穿着素白的丧衣，扯着嗓子，从城里唱到城外。

孟湄在山头一棵白杨下，立马俯视，棺材已放入坟坑，人们正在填土，一个瘦小的挽郎，逼着嗓子，如醉如痴地唱："寒日蒿上明，凄凄东郭路。素车谁家子，丹旐引将去。原下荆棘丛，丛边有新墓。人间痛伤别，此是长别处。旷野何萧条，青松白杨树。"

"素车谁家子，丹旐引将去。"孟湄心里默默地想，"素车丹旐，谁能逃得过，死时能有素车丹旐，就算不错了。"

孟湄直等到李漠把歌唱完，捡起丧家丢在地上的挽歌钱，独自往回走了，才催马下山，缓缓跟在李漠后面。

这个谜一样的少年，孟湄看到他蹲下捡钱的时候，眼里有刀一样的恨。

挽郎是最低贱的职业，丧家甚至不愿意直接把钱交到李漠的手中，虽然他是"全长安城有名的挽郎"，可他仍然只是一个挽郎。

洛阳有一个挽郎，好不容易娶了一个寡妇进门，三年了，却连那寡妇的床也上不去。

没有人指责那个寡妇，谁叫你只不过是一个挽郎。

可这个世界上，谁离得开挽郎呢？今天，我们站在别人的坟头上，看着别人死去；明天，是别人站在我们的坟头上，看着我们被埋入黑暗之中。

每年夏天，阿难陀都在绿野苑里度过。

孟湄给他的不仅仅是欲望的满足，还有内心的平静。修行几十年，他才猛地发现真正的平静并不是靠坐禅能得来的。东土大唐说西天在天竺灵鹫山上，天竺倒说祇园精舍本在东土。他跋山涉水来到这里，没有找到祇园精舍，但他不后悔，他找到了比祇园精舍更宝贵的东西。

第一次见到孟湄，好像是很久以前的事了。在长安附近一个小山谷里，他已走了千万里的路，渴极累极，在小溪旁跌坐。一个小姑娘，那时她多小呀！挎着小小一篮野樱桃，从山上下来。她已经走过去了，又走回来，把那篮野樱桃放下。

他来到长安，靠着辩才无碍，成了长安最大寺院大荐福寺的长老。他疯了一样地找那个小姑娘，他早已看透了一切——原来她才是他的佛。

他把他的佛找来，为她建起了绿野苑。

元和八年夏，一个寻常的下雨的早晨，小沙弥跌跌撞撞跑进禅房，气喘吁吁地告诉阿难陀，同中书门下平章事武元衡被刺身亡，御史中丞裴度亦同时遇刺，因戴了一顶扬州出的厚毡帽，侥幸未死。

阿难陀一双鹰眼中黄光一闪，又渐渐黯淡了。

因为下雨，阿难陀没有到绿野苑来。

一个早上，孟湄坐在窗前默默看雨，听一只黄莺在雨里有一声没一声地叫。

将近午时，雨停了。她独自划着小舟，到绿野池里摘莲子。

夜舒荷的莲子，色黑如墨，更奇妙的是异香扑鼻。

相传汉代时，汉昭帝穿淋池，在里面种夜舒荷。宫女们把夜舒荷的莲子戴在身上，芬芳之气彻十余里，而且据说吃下去还能益人肌理。

孟湄不知道这一切是不是真的，香自然是极香，但说"彻十余里"未免太夸张，至于"益人肌理"，可能吧，这世上益人肌理的东西可多了。

她缓缓用手划水，渐渐划入荷花深处。

阿难陀说，这荷花，其实是从天竺传入东土的呢。那么说，或许连释迦也见过这种奇妙的荷花吧。

夜舒荷的叶子低垂，花瓣紧闭。在荷叶的下面，绿野池水稠得像是化不开。

这样的水，死在里面或许是件幸福的事，孟湄暗想。

但她的手碰到了什么东西，她低头看，一张苍白的脸慢慢从水里浮现出来。孟湄吓了一跳，身子向小舟的另一边倒下去，攥紧拳头塞住了牙。

但很快她又想到这只手是碰过那张脸的,她把手从嘴里拿出,俯身干呕,却呕不出什么东西。

是随着雨水,从清明渠里过来的吧?

她右手使劲摁着前胸,仿佛要把那颗狂跳的心摁回去,然后,她小心翼翼探出半张脸去看。她猛地捂住了嘴,天呀,是李漠,就是那个挽郎,那个挽郎啊!

她伸手探看,良久,终于从李漠的鼻孔里呼出一丝细而又细的气息,她也跟着长出了口气。

阿难陀有些惊愕。面前这个女人,虽然一直都很温顺,但却从未主动到大荐福寺来,更从未向自己求过什么,而现在,她不仅来了,而且居然开口了。

为了什么呢?阿难陀吩咐小沙弥拿出灵玉膏,交给孟湄。为了什么呢?他没有问。窗外竹枝摇曳,沙沙地响。

长安城里已乱成了一锅粥,金吾将军和京兆尹的人,守住了城门坊门,又挨家挨户搜查,就是阀阅名家,也不得免;连大荐福寺里也来了人,兵士们虽然都很客气,但搜查却极严密,比起以往,大不相同。

他开了张路条,说孟湄是到大荐福寺上香的信士,再加上孟湄乘的是七宝香车,华丽至极,所以倒没遇上什么麻烦,直接回到了绿野苑。

下午，传来了风声，说刺客捉到了，共十来人，领头的叫张晏，恒州人。京兆尹裴武和监察御史陈中师，严刑鞫问，张晏受不住拷打，供出来说乃承德节度使王承宗主使，到第二天，城里就渐渐松了下来。

但绿野苑外即便天翻地覆了，又算得了什么呢？

孟湄用酒把灵玉膏化了，细细涂在李漠身上。她不知道李漠为什么会受这样重的伤，她也不想知道。现在，这个青白瘦小的身体，在她面前赤裸着，令她心疼得想哭。

她也不知道自己内心的感情是怎么回事，她从未想过自己有一天能为了另一个人，一个可以说是素不相识的人，献出自己的命。

曾经，她以为自己已经爱上阿难陀了，但如今看来，这不过是对命运的屈服罢了——她不爱又能如何呢？

可是，现在，她就能爱了吗？能爱了吗？

她低下头，轻轻吻在李漠灰白的唇上，这或许是第一个也是最后一个吻吧！当他醒来，他要离开，继续做他的挽郎，而自己仍然是一个天竺僧人的秘密姬妾，在这个美丽的庭院里，过完自己苍白的一生。

阿难陀仍旧一有空就来，他也知道孟湄在给李漠治伤，但他没有问。

孟湄隐隐感觉到,阿难陀在触摸自己的时候,有些犹豫了。但孟湄更关心李漠的伤,她又一次问阿难陀要灵玉膏,这是他从天竺带来的疗伤圣药,用完了就没了,但阿难陀连问也不问就给了孟湄。

孟湄看着李漠苏醒,脸色一点点红润起来,心里的欢喜就一点点增加。

但李漠是冰冷的,孟湄来了,他只斜了斜眼,一声不吭。孟湄讪讪的,坐了一会儿,和他聊些连自己也觉得很无聊的事,李漠心不在焉应着。

孟湄想,他是知道了阿难陀的事了吧?但她本无所求,能这样坐在李漠身边,本就已是奢望了,奢望而能实现,她应该庆幸才是。

但渐渐她就有些怨恨了,她想倒在李漠怀里,细细嗅他的体香,捕捉他的心跳。有时她突然希望李漠的伤永远也不要好,就这样无力地躺在床上一辈子好了,让她来照顾。可即便是现在,照顾着他的,也不是孟湄呀!孟湄暗暗恨起那个照顾李漠起居的妇人,但有时又觉得自己真是可笑。

每天早上,她细心把自己打扮起来,穿上最好的衣裙,袅袅婷婷去看李漠,又依依不舍出来,心里一半是喜,一半是嗔。

但有一天，李漠突然主动开口了，他不看孟湄的眼，他说请孟湄借他十吊钱，并代他送给国子监的生员李凉。

孟湄自然照办。

送钱的是四儿，回来神神秘秘说，那个李凉，原来就是上元节那晚抽了李漠一鞭的书生，高傲得紧呢。

七月很快过去。

裴度升为同中书门下平章事，顶替了武元衡的位置。

四儿把钱送给李凉那日，傍晚时，整个长安城都笼罩在黄蒙蒙的光中。

李凉缩着肩，沿着墙根儿，偷偷踅到了裴府大门前。

裴府的门子倒没有其他大官儿的门子那样倨傲，接了李凉的名刺进去，片刻之后，出来说，相爷正在见客，请李凉在前厅暂候。

进去是堵照壁，绕过花园，西首便是客人等候的前厅。

李凉等了一会儿，听到园子里有人说话。他挪到门旁，偷眼看去，是两个人，那着紫袍带金鱼的自然便是裴度，另一人着绯袍，却不知是谁。

只听那着绯袍的人大声道："外面都说，入御史为佛道，入评事为仙道，入京尉为人道，入畿丞为苦海道，入县令为畜生道，入了判司，那可就是饿鬼道了……"

裴度笑吟吟地，一路招呼着，把那人送出去，匆匆回来。过了一会儿，便有人招呼李凉去见"相爷"。

裴度面皮微黑，眉眼细小，身量亦不高，形容颇猥琐，但待人却极和气。

李凉把话说出来时，有一种奇怪的感觉，仿佛说话的人并不是自己，而是另外一个人。那人的声音离他是如此地近，如同是从他的耳中发出的一般。但李凉对自己说，那绝不是自己，绝不是。

那一夜，绿野苑里来了一个人，白衣乌帽，脸上没有眼耳口鼻，只是一片莹白如玉。

阿难陀在他身前几丈处，结跏趺坐，低眉顺目，口中喃喃念着经。

那人终究是退走了。

阿难陀缓缓睁开眼，他眼里闪着黄光，竟如落日镕金一般炫目。

八月，李漠已能拄着拐杖，到绿野池边去看荷花。

这使他想起家乡的小湖，一样的平静，一样的绿。

但家乡的小湖边长的是相思树和苦楝树，而这里，池边长的是榆树和槐树。

他从安南来,一个越族少年。

他和他的哥哥一起来到长安。哥哥李凉以为凭着满腹诗书,能一举中第,"一日看尽长安花",却不想名落孙山,淹蹇不得志,兄弟俩只能靠李漠做挽郎挣到的钱为生。李漠始终不能忘记他第一次唱挽歌时的情景,人们把他当成了一条狗。他第一次从地上把钱捡起,十个铜子儿,他心里全是屈辱和愤恨。但他还是一个铜子儿一个铜子儿地把钱捡起了,一个铜子儿能买三个鸡蛋,有吃的,这比什么都重要。

在安南时,他跳月唱山歌,练出了一副好嗓子。他唱的挽歌能让心肠最硬的人心碎,流下痛苦的泪水。渐渐他能挣到更多的钱,但不久之后,李凉不知如何攀上了一门权贵,进了国子监读书,花销大增。李漠做挽郎挣到的钱,他几天就花完了。李漠不得已,只能偷偷做了刺客。

长安少年做刺客乃是传统,早在汉代时就有,每次行动前设赤白黑三种弹丸,使各人摸取,拿到赤丸的去杀武吏,拿到黑丸的去杀文吏,拿到白丸的为行动中死去的同伙办丧。因此卢照邻诗有"挟弹飞鹰杜陵北,探丸借客渭桥西"的句子。诗中说得浪漫而轻松,似乎做刺客是一件很随便的事,但其中的危险和艰辛,早令李漠心力交瘁。

而现在,竟连刺客也做不成了,他不知道以后该怎么办。

出了绿野苑,他竟寻不出一个立锥之处。

但绿野苑又还能待多久呢?

八月十五月圆之夜,孟湄拜完月,让四儿用食盒提了一桌精致酒菜到李漠房中去。

她对李漠说,李漠就要走了,她要陪李漠醉一次。

李漠看四儿亦在房中,便点了点头。

孟湄脸上立时便似开了一朵花一般的娇艳。

她让李漠喝酒。那酒清冽香醇,李漠啜一口下去,只觉肚里一阵凉,但渐渐又有一丝丝温软浮上来,像一个女子十指葱葱,在李漠肚上柔柔抚着,说不清道不明的暖。

这便是断肠醪。

长安有歌谣说:"不畏斩玉刀,唯畏断肠醪。"

相传,在极西之地,有一小国。国中有一极美女子,爱上了一个年轻男子,经了许多磨难,终于两情相悦,便要结为夫妻。却不想突然来了战争,男子参军去打仗,却在高山上冻死了,埋在千古不化的冰川里。女子那个哭呀!她酿了男子最爱喝的酒,装在罐子里,去找。但如何能找到,而她自己,亦被冻死在山上。千百年后,商旅从冰雪中挖出一罐酒来,清冽香醇,味美无比。但却有一奇怪处,女子喝下无事,男子喝了却须立时睡下,而且睡时还需他的情人守着,一边守,一边还得帮他翻身，否则，一个时辰之后，那男子便要肠断而死。人们说，这是因为酒中混入了女子泪水的缘故——本来，哪个男子，饮了女子的泪水，能不断肠呢？

喝到半酣时，孟湄把四儿支走，取出阮咸来，边弹边唱："若耶溪旁采莲女，笑隔荷花共人语。日照新妆水底明，风飘香袂空中举。岸上谁家游冶郎，三三五五映垂杨。紫骝嘶入落花去，见此踌躇空断肠。"

却是李白的《采莲曲》。

唱到"断肠"二字，孟湄的泪水忍不住流下来。她索性弃了阮咸，踩着如霜月色，翩然起舞，舞到痴时，她一件件将身上罗衣解下，一边解，那泪水就一边簌簌地落。

她本爱极了李漠，又喝了酒，想到李漠就要走了，竟把女孩儿家的羞涩都丢在了一边，只想着在今夜便将自己的身子给了李漠，把自己的心给了李漠，以后就算是立时死了，也是值得。

李漠看着孟湄，忽地想起那日在清明渠边小庙里看到的地狱变图，那个女子，落入了孤独地狱，被冻在冰里，脸上凄苦，却又媚得如乍开的莲。

他轻轻把孟湄搂入怀中，把头抵在她胸上，呜呜哭起来。

三更时，李漠终究醉了，倒在榻上，沉沉睡去。

孟湄冷着一张脸，穿上衣服，走出去，把门锁上。

四儿一直在外边等着，见孟湄出来，怯怯跟在孟湄身后，想不通孟湄怎么就把门锁上了。难道爱极了一个人，又得不到他，就一定要把这人杀死吗？如果是她，就盼着他能一生一世开开心心地活着，那才好呢！

孟湄上了床，把纱帐放下，看满室清辉，又如何睡得下。

渐渐就哭起来，只是噎着声，但泪水却忍不住，不单是沾湿了枕头，就连凉簟上，亦是泪痕斑斑。

她不时抬起半个身，看桌上沙漏，终究还是跳下床，一阵小碎步走到李漠房前，刚开了门，就哇地哭出声来。她蹲在李漠床前，搂着他，亲着他，把他的身子翻过来，又翻过去，只怕李漠真就这么死了。

她直守到天色大亮，知道酒都已化了，又怕李漠醒来看见自己，才出去。

李漠却是睡到日头西斜了才醒。

他收拾了一个小包裹，去跟孟湄告别。

孟湄只是淡淡的，李漠只当她已想通，并不在意。

李漠跟孟湄说，他要到洛阳去，听说那边唱挽歌钱多。

孟湄点点头，心里却想，到洛阳去，那就更见不着了。

李漠说，那十吊钱，他总会想法还的。

孟湄听了心头就一酸,都这时候了,他还念着那十吊钱。

李漠转身出去,孤零零地,不回一下头。

孟湄并不看他,把一条丝手绢在手指上绕啊绕,心里酸楚莫名。

"走。"她对四儿说,"到大荐福寺去。"

我要杀了他,我也要让他喝断肠醪,我要让他死了,她默默念着。

那时李漠就会要我了。

国子监在务本坊西。

务本坊东门出去,是平康坊,西门出去,是兴道坊,大荐福寺便在兴道坊内,兴道坊西南,则是通化坊。

务本坊西门外,相传是鬼市,风雨曛晦之夜,常有喧聚声传出,其中有枯柴精,乃是卖干柴的,不知为何,不好好卖柴,倒常吟诗:

"六街鼓绝行人歇,九衢茫茫空有月。"

便有另一鬼和道:

"九衢生人何劳劳,长安土尽槐根高。"

至于后来那个又是什么鬼,便不得而知了。

以前,李漠只在夜里来过国子监,把钱给了李凉,就走。

李凉不想让别人知道自己有一个唱挽歌的弟弟。上元节那一夜，他却是去告诉李凉，这个月竟没挣到钱。李凉本就不喜他当着这么多人的面来寻自己，又听到没钱，一怒之下，便抽了一鞭在他脸上。

　　李漠却从未想过这一鞭实在是抽得毫无道理，在他看来，哥哥要钱用，做弟弟的就该拼了命去挣。

　　他自己又何尝不是想着，有朝一日李凉中了举，他就能熬出头，不用再提心吊胆过日子。

　　但李凉这一次竟没生气。他把李漠领到国子监夫子庙院中，说这里比较僻静，方便说话。

　　李漠说自己要去洛阳了，长安已待不下去。

　　李凉愣了一下，让李漠等着，他去买些酒菜，和李漠喝一顿，算是饯行。

　　外面市声喧哗，但国子监内却是静极。

　　一轮通红落日挂在夫子庙金碧辉煌的屋脊上，却全无暖意。

　　李凉回来了，手里没酒菜，却带回了一个人。

　　身材瘦小，着一身白衣，眉眼遮在一顶斗笠里，看不清。

　　李漠退了一步，他觉出这人身上冷冷的杀意。

　　李凉柔声道："兄弟，我把你的事跟裴大人说了。"

"是吗？"李漠又退了一步，盯着那白衣人看，他的弹弓藏在腰间，他缓缓伸了伸右手五指。

"裴大人说，只要你跟着这位先生回去，他绝不会难为你。"

李漠却在想，自己有没有机会出手呢？

他曾在神策军校场上，于瞬息之间，用三十六颗铁丸，把"天下太平"四个大字，弹在校场西墙上，赢得满场彩声。

但神策军并不要他，因为他只不过是一个来自安南的越族少年。

于是他当了挽郎，当了刺客。

李凉却不出声了，连他亦已感觉到气氛不对。

他们所立之处，有几棵数百年的老松，正当盛夏，老松上结满了青绿的松球。

李漠静静等着。

一颗松球从树上落下，李漠却仿佛是出了神，他等这颗松球落下，已等了好久了，他等着那一瞬间，在松球即将砸到那白衣人的斗笠上，又尚未砸到之时，他出手了。

他向后跃了一步，同时弹出了五颗乌黑的铁丸。

噗的一声，松球砸在了斗笠上，跳了一下，又落在夫子庙大院的青砖地上，沿着砖缝滚着，最后停在了一棵老松虬曲的根旁。

而那五颗铁丸,亦同时打在了白衣人的脸上,深深陷了进去。

白衣人却不倒,他缓缓将斗笠摘下,露出脸来,莹白如玉,却没有眼耳口鼻,只有五个乌黑的洞。

他抬起右手,在脸上一抹,一张脸竟变得平滑如镜,而那五颗铁丸,则落入了他的手掌中。

李漠惊讶地看着。

那五颗铁丸,渐渐幻去了,仿佛本就不曾存在过。

李凉直到此刻才回过神来,喊道:"兄弟,你干什么?"

李漠冷冷道:"他要把我们杀了。"

李凉急道:"怎么会?裴大人说了……"

突然,他停下了,张大了嘴,惊愕地看着身边的白衣人。

只见白衣人的面皮,渐渐变黑,同时又幻化出眉毛胡子,眼耳口鼻来。

"裴大人,怎么是你?"

"不错。"裴度和善地笑着,"是我。"

他右手不疾不徐伸出,噗地插入李凉的胸膛。

李漠一惊,向前跨出一步,又弹出五颗铁丸。

这一次铁丸去势更疾,竟穿透了裴度的胸口,"哧哧"钻入院墙中。

裴度的身上现出了五个透明窟窿,但他只是笑笑,那五个窟窿，也渐渐闭合，只在白衣上，留下前后十个小洞。

这是什么诡异的武功？

李漠茫然看着裴度，心中绝望，他任弹弓从手中落下，无奈地笑了笑。

裴度并未出手，但那无形无影无声无息的一击，却将李漠震得向后飞去。

李漠像一口破布袋般落在地上，觉得胸腹间仿佛空了一块。天迅速黑了，像有什么人，砰的一声，把乌黑沉重的棺材盖子合上，传来铮铮的敲钉声，然后是泥土雨点一般洒落，挽郎凄凉寂寞地唱："蒿里谁家地？聚敛魂魄无贤愚……"人们悄声说着话，似乎怕惊醒棺材中的人，最后，终于什么声音也没有了，没有了，只有永恒不变的黑暗、孤寂与冰凉。

裴度垂手站在李漠身旁，脸上又变回原来那莹白如玉的模样。

街鼓猛然震响，如雷霆万钧。

这鼓声要响三千槌，要响到黑暗降临大地，才会平息。

在隆隆的鼓声里，孟湄骑着桃花驹，冲进了国子监。

她不待马匹停稳，就翻身跃下，一边跑入夫子庙，一边高声喊着:"李漠,李漠,你在这里吗?我已经把他杀……"

她猛地停下,像是有一个人,硬生生地把她的声音扯断。

然后,是她声嘶力竭的哭喊:"是你把他杀了?是你把他杀了!是你把他杀了!"

这哭喊声一声比一声尖利,一声比一声绝望。

她冲上前去,一手扯住裴度的头发,一手在裴度脸上拼命地挖着,仿佛李漠的命就藏在裴度的脸中,只要她挖得足够深,李漠就能活过来。

"放了她!"

裴度轻轻把孟湄推过一边,转身。

院中,阿难陀肃然而立,眼中的黄光,映着落日,益发炫目。

裴度心中一惊。自从十年前阿难陀来到长安,裴度就开始注意他了。虽然阿难陀从未出过手,但裴度却一直在小心翼翼地避免与他正面冲突。

李漠逃出性命,躲在绿野苑中,他早已知道,却因为忌惮阿难陀高深莫测的武功,不敢下手。

但此刻,已是避无可避。裴度深深吸了口气,将他修行了数十年的大明相道发挥到了极致,四周空气翻滚,如煮沸了的汤水。

然后,却忽地静了,那鬼魅般的一击,向阿难陀袭去。

但这一击却如春雨落于江湖,秋花飘于深谷,了无影响。

裴度从未遇到过如此情形，阿难陀的胸腹间，竟是如枯井般的静寂，但又并非朽木死灰，生气全无，在阿难陀的身躯内，仿佛有一个寂静寥廓的世界，大海潮涨潮落，明月无语当空。

裴度倾尽全力，再出一击，但阿难陀竟是笑了笑，仿佛是在笑裴度的可怜与可叹。

裴度退了一步，又退一步，再退一步，忽然万念俱灰，恨不得立时死去。不，立时死去仍是不够，他只恨自己为何要到这世上来，要做这一切事，要生，要死，要行走，要呼吸。他抬眼看着阿难陀，眼中却空空如也。

阿难陀合掌胸前，道："阿弥陀佛，檀越请回吧！"

裴度大叫一声，冲出了夫子庙，转眼无影无踪。

但腹中的绞痛却又一阵一阵地翻上来，阿难陀缓缓坐在地上，抬眼去寻孟湄。

孟湄慢慢地挪过来，跪在阿难陀身前，抬手轻抚阿难陀皱纹密布的脸。

"他死了。"阿难陀低声道，"我还是迟了。"

孟湄的心中却是一片茫然，一个男人死了，另一个男人，也要死去，她不知道自己究竟做了一些什么。

"你为什么要喝那酒？"她轻轻地问。

"你要我死。"阿难陀拼命从脸上挤出一丝笑容来,"我便死。"

"什么?"鼓声隆隆,孟湄竟是听不清阿难陀究竟说了一些什么。

"什么?"

"什么?!"

"什么?!!"

……

但阿难陀却再也说不出一个字了。

鼓忽地停了。

好像少了什么一样。

死一样的静里,谁在唱着《薤露》:"薤上露,何易晞!露晞明朝更复落,人死一去何时归!露晞明朝更复落,人死一去何时归,人死一去何时归!"

寻头者小畜

十六

"把"死神之头"给我。"那男孩道。

小畜用鼻子搜寻白骨,他的鼻子能嗅到白骨的味——一种甜甜的腥腥的味道。小畜十岁,小畜一直都是十岁。小畜只有一只手,他的右手断了,被一把刀一刀砍断了。小畜左手握一把用秋天的枯草叶子做成的刀,他用这把刀杀人——不过其实他很少杀人。

小畜有一个伙伴,叫丁财旺。丁财旺不会说话,因为丁财旺是一只老鼠,一只大象那么大的老鼠。

每个夜晚,小畜和丁财旺都外出搜寻那颗骷髅头。他们在乱坟岗子里乱翻,把白骨翻得漫山遍野,像刚下过一场凄惨怪异的大雪。小畜找到了无数个骷髅头,有的大得像老虎的头,有的小得像兔子的头,可是没有一个,是他想要的头。

小畜最早是在一个乱坟岗子里遇上丁财旺的,那时小畜像往常一样,钻进坟墓里翻死人骨头,他听到咯吱咯吱的声响。那是一个大墓，小畜从来没有在乱坟岗子里看到过这样大的墓。他提着刀，贴着墓墙，向坟墓深处走，咯吱咯吱的声音愈来愈响。他嗅到一股浓烈的腐臭味，突然一个庞大的黑影向他扑过来。小畜扬手一刀，刀劈在肉上，血溅出来，溅在小畜的脸上，腥臭难闻。小畜甩一甩头把脸上的血甩去，那黑影又扑了过来。小畜又是一刀劈去，黑影吱吱叫着，退缩了。

小畜看到黑暗里闪出一双绿眼，拳头那么大，阴冷，绝望。他们一直对峙到天明，光从坟墓的入口照进来，小畜才知道自己的对手居然是一只老鼠，一只巨大的老鼠。

小畜把奄奄一息的老鼠拖出坟墓，在它的伤口上敷上草药。等它活过来，小畜就给它起名叫丁财旺，因为它不仅喜欢吃死人的肉，更喜欢吃死人的陪葬品，不管是布帛竹册瓦罐，还是石斧铁剑铜鼎，它都照吃不误。

"如果你做盗墓贼，一定会发财的。"小畜说。

丁财旺点点头。

"如今你就叫丁财旺了，你是我的奴隶。"小畜拍了拍丁财旺的脑门说——他的刀插在背上。

丁财旺摇了摇头，又点了点头。

后来他们就一直一前一后地出去，丁财旺帮小畜把坟墓拱翻，然后小畜伸手去拨拉那些白骨。丁财旺总是喜欢去拱那些巨大的墓，因为那些墓里有更多的陪葬品，而小畜却喜欢去翻那些乱坟岗子，不知道为什么，他觉得他要找的东西只会出现在乱坟岗子里。

他们总是在一起的，除非小畜要到人多的地方去。

丁财旺不能去人多的地方，它甚至不应该被人看到。人们看到丁财旺，一开始总是落荒而逃，然后，就会有成百上千的人，拿着刀剑长矛，或者菜刀木棍钉耙，追杀上来，到那时，就轮到小畜和丁财旺落荒而逃了。

但他们更多是夜晚出现，这是可以理解的，挖人祖坟的事总是夜里做起来比较方便。

有时小畜会异乎寻常地在白天活动，丁财旺知道这是小畜要到人烟密集处去打探消息。它会和小畜一直走，一直走，走到不能再往前走了，它会停下来，看小畜只有一只手的背影愈来愈远。

小畜是去寻找城市里的白骨，他能嗅到白骨的味，隔着好远，他就能嗅到，那腥腥的甜甜的味道，像波斯的大胡子商人吃的奇怪的奶酪。

在城市里小畜总是贴着墙根走，走在墙的阴影里。他习惯于靠近那些老房子，那些古井，那些巍峨的宫殿，那些幽深的寺院……因为他总是能在这样的地方发现白骨，有时甚至是比乱坟岗子里的白骨还多得多的白骨。

他发现了太多太多城市内隐藏的秘密：悬梁自尽的女子；自相残杀的兄弟；被活活抛入古井的宫娥；还有被人鄙弃的卖淫的尼姑和道姑……到了夜里，他就和丁财旺在城市的街道上徜徉，闯入蛛网横生的老房，搜寻那些藏在墙壁夹层里的经年的骷髅；跳入黑沉沉的古井，摸索那早已腐烂的尸体；蹑手蹑脚地潜入皇宫内院，从龙床下拖出一根根白森森的骨头；翻过寺院的高墙，挖出那被埋在牡丹花树下的曾经的美艳……

但他们一直没有找到他们想要找到的东西。他们找了多少年呢？没有人算过，他们只找到了别的东西，太多太多的别的东西，残酷、冷漠、虚伪、奸诈……但他们却找不到想要的东西。

那天夜里他们遇上了橘逸势。那时他们还不知道橘逸势的名字，他们当时正在一个坟墓里乱翻。那个坟被丁财旺全拱开了，小畜正在坟坑里一根根地察看那些白骨。丁财旺在旁边捧着一把生了锈的铁剑拼命地啃，像啃一根死人的大腿。

突然丁财旺把那把已啃了一半的铁剑一扔，向坟坑里缩去，一双绿眼惊惧地看着坟坑上方。这时小畜才发觉月光被遮住了，有人立在坟坑边上。小畜抬头，看到一个瘦瘦高高的身着白衣的男子。月光是从他后面照下来的，小畜看不清那个男子的面目，但他能感觉到从他身上散发出来的冷意。

男子默默地看着丁财旺，丁财旺开始发抖，但男子转身离去了。小畜跃出坟坑，去追那个男子，他对他产生了好奇心。但小畜跑出了一段后，觉得有些异样，回头看，才发现丁财旺没有跟上来，他朝丁财旺招了招手，丁财旺从坟坑里探出半个脑袋摇了摇，它被橘逸势的古怪和冰冷吓坏了。

橘逸势白色的身影向西北方奔去，小畜跟了上去。一直跑到拂晓时分，橘逸势在一座小山脚下停住了，他整了整衣衫，放缓脚步向山上走去。天渐渐亮了，小畜看到一条生满青苔的石头小径，蜿蜒曲折，引他们来到山顶上一个草庵前。

草庵里什么也没有，光秃秃的地上，坐着一个矮小枯瘦的老人。老人的声音也是枯干的，而橘逸势的声音却清冷得像春天的冰。小畜听不懂他们说的什么，他们说的好像鸟语，也可能是某个遥远国度的语言。然后橘逸势走出了草庵。小畜犹豫了好一阵，不知道自己究竟是该继续跟着橘逸势还是该留下来探察这个老人，但他还是跟上了橘逸势，大概，毕竟还是跟着橘逸势比较有趣。

在阳光下，小畜能够更清楚地看清橘逸势的容貌。他虽然瘦，但仍不失为一个俊美的男子，唯一让小畜惊讶的是他的手——他的手那样瘦，那样长，那样柔弱，那样苍白，简直不像是一个男子的手,甚至也不是女子的手。那双手比女子的手更柔若无骨,似乎是水做的,但又隐隐透出一些让人害怕的东西。小畜想,或许用鸟爪来形容,会更贴切一些。

橘逸势顺着原路回去,日落时分,来到了一座道观前。他敲开山门,观内的道士正在晚课,传来悠扬的诵经声。开门的是一个小道童。

"我找王纯五。"橘逸势垂手立在山门外,对那小道童说道。

"这里没有叫王纯五的道长。"

"我找王纯五。"橘逸势向前跨出了一步,十指微张。

小畜清清楚楚地看见他的手指——他的拇指有三个指节,而其余的八根手指,每根都有四个指节,这就使他的手指看起来非常的长。

"这里没有王纯五。"小道童向后退了一步。

小畜看到橘逸势的手迅速变得苍白,变得透明,于是指骨和掌骨都露了出来。橘逸势手握成拳,收于腰侧,然后左手一拳击出。诵经声消失了,道童消失了,山门也消失了。橘逸势往里走,步入大殿:"王纯五,快出来!"他喊道。

观主从人群里走出来:"这里没有王纯五。"

橘逸势看也不看他,右拳无声击出,于是观主也消失了,橘逸势身周方圆数尺的道士也都消失了,还有他拳锋所指的香案和三清像,也消失了。

橘逸势不再呼喊,他一拳一拳击出,于是道士消失,道观消失,所有的一切都在消失,连天和地也消失了,小畜发现自己和橘逸势仿佛是站在虚空里。

到了最后,只剩下一个道士,站在橘逸势的对面。

"你就是来自扶桑岛的空寂拳高手橘逸势?"那个道士五短身材,大腹便便,满面虬髯,暴眼环睛,长相极为粗豪,嗓音却是极尖极细。

小畜隐隐嗅到一丝白骨的味道,但这味道很快就消散了,然后他嗅到一丝蜂蜜的味道,他有些惊讶。

"不错。"橘逸势微微点头。

"你还有一位师兄,叫千利休。"

"不错。"

"你找我何事?"

"我来找'死神之头'。"

"你的空寂拳使得还有点意思,不过,想夺'死神之头',还差得远!"

"哼!"橘逸势似乎不相信王纯五能抵挡得了自己的空寂拳。

"你何不出手试试。"

橘逸势就出手了。他双拳轮番击出,同时脚下一步步向王纯五靠近。王纯五却是形若无事。橘逸势击出五拳后，已有些胆怯，脚下略慢了慢。这时王纯五忽地深吸了口气，张开大嘴，向着橘逸势长啸起来。开始小畜听不到任何声音，似乎王纯五是一个哑巴，但橘逸势的脸色变了，他不再出拳，一步步后退。于是啸声倏然而起，起初如虫唱，如蛙鸣；渐渐如松涛，如龙吟；到了最后，竟如惊雷滚动，如海潮呼啸。而那些消失了的东西——苍天、大地、死去的道士、坍塌的道观……也都重新出现。

而橘逸势却消失了，他在王纯五的啸声里消失了，就像他从来不曾存在过。

小畜也退得远远的——他不是受不了王纯五的啸声，而是受不了王纯五的口臭。他听到山后有人在喧哗，便爬上山顶去看，只见山麓上丁财旺正落荒而逃，后面几百山民鼓噪着穷追不舍。丁财旺虽是身躯庞大，跑起来却颇迅疾，一转眼就窜过山侧去了，小畜竟没来得及唤它。只听得后面的山民呼喊道："快追！快追！""那么大一只老鼠，够咱们吃个把月！""晒干了做肉脯，真是味美无比。""比人肉还好吃哪！"

小畜正待去追，却听到山下又有响动，回转身去看，只见王纯五正踞坐在道观的废墟上，他身前数丈处，立着一个黑衣人。

"我家主人请道长去叙一叙。"黑衣人拱手道。

王纯五冷笑几声,随着那个黑衣人,向东南方向行去。

月亮升起时,他们来到了江边。一艘巨大的三桅帆船泊在江心,黑衣人侧身拱了拱手,道:"我家主人便在那艘船上。"王纯五又是一声冷笑,抬脚跨入江中。风从江面上直吹过来,把王纯五的道袍吹得贴在身上,更显出他肚子的奇大无比。他却不沉下去,反倒在江面上四平八稳地踱起方步来。每逢一个浪头打过来,他便随着那个浪头向后退去,但不知如何地一跨,却又变成向前去了,仿佛那浪头其实是在助他行走一般。不一会儿,他便来到了船下,伸手在船舷上一拍,已一个跟头翻到了船上。

"蛴螬鬼。"他喊道,"你也想要'死神之头'吗?"

船上黑沉沉的无人回应。王纯五大大咧咧地走到前面甲板上,只见一大团白花花的肉堆在那儿,王纯五笑了起来,道:"蛴螬鬼,你比以前又瘦了点儿呢!"

"拿来!"那一大团白肉并不理会王纯五的说笑。

"你有本事便来拿。"王纯五冷冷道。

蛴螬鬼伸出一根肥肥短短的手指——那手指果真便如蛴螬一般。只听铮的一声,一团白光从他的指尖弹出。小畜睁眼细看,隐约看出那团白光其实是一把圆形利刃,滴溜溜在蛴蟧鬼的指尖上转着。蛴蟧鬼手指轻弹,那团白光便跳起来,如有灵性一般,嗖嗖嗖地在他身上窜动。跟着又是铮的一声,又一团白光从他的指尖弹出,滴溜溜地转着跳起,落在他身上,依旧如前面那把一般嗖嗖嗖地窜。紧跟着又是铮的一声,那利刃便这般无休无止地从他的手指尖上弹出。不一会儿,就有百十团的白光,在他身上前后左右地窜动,偶尔相撞,又叮地弹开。

王纯五缩了缩脖子道:"冷月斩,果然好吓人!"

蛴蟧鬼身上肥肉一颤,便有一把冷月斩唰地向王纯五射去。王纯五侧身避开,那冷月斩绕了个圈,又回到蛴蟧鬼身上。

王纯五道:"米粒之珠,也放光华!"

蛴蟧鬼并不出声,忽地周身肥肉一阵乱颤,所有的冷月斩同时从他身上弹起,向王纯五射去。有些冷月斩是直射,有些是绕了个弯攻击王纯五的侧面,有些更从背后偷袭,还有一些相互碰撞、交叉、超越……只见到无数银白光华如蛇,如练,如龙,刹那间把王纯五裹缠住,那耀眼光芒,竟令月光也黯淡了。

王纯五腾身跃起,避开从后面袭来的冷月斩,脚下一踢,身子便如一只黑色圆球般向后飘去。冷月斩虽然极为迅疾,但一时间竟追不上王纯五。只见那些银色光练交错缠结,紧跟着王纯五，一起一落，愈飞愈远，渐渐只看到一个光点，在江面上跳动，忽的眼睛一眨，就再寻不见了。

蛴蟥鬼身上的肥肉只是乱颤，慢慢由白而红，由红而紫，由紫而青，待到那些肥肉重又变得雪白的时候，王纯五也回到了船上。冷月斩却已无影无踪，只王纯五手上握着一把。

"蛴蟥鬼，"王纯五笑嘻嘻地道，"也不知你这一身肥肉鱼爱不爱吃？"

蛴蟥鬼脸色微变，腾腾腾后退——直到这时，小畜才发现他还长着两条又粗又短的腿。

王纯五身形一动，已用冷月斩从蛴蟥鬼的胸腹处割下一大块肉来，他一脚把那块肉踢入水中。不知为何，蛴蟥鬼被割下了一大块肉后，竟无法动弹了，他瘫坐在甲板上，回头望着船下黑沉沉的水面，脸色灰败。

王纯五道："你想跳下去吗？不要急，我让你慢慢地下。"他一抬手，又从蛴蟥鬼身上割下一大块肉。蛴蟥鬼再忍不住，惨叫起来。

王纯五却是不为所动，他好整以暇地从蛴蟥鬼身上割肉，每割一块，都要絮叨一番，似乎是在品评肉的好坏。蛴蟥鬼开始还能厉声惨叫，渐渐就只能低声呻吟了，逐渐连呻吟声也没有了，只在血泊中横躺着，虽已被剐得只剩下骨架，但手脚却仍在不由自主地颤动。

王纯五低头看看自己的道袍，微笑道："还好，没脏了我的袍子。"他抬脚把蛴螬鬼的骨架踢入水中，把冷月斩也扔了，寻了个干净处盘腿坐下，闭目念起往生咒来。

天色微明时，江边来了个着朱衫的妇人。

"王纯五，你在船上吗？"那妇人唤道。

王纯五缓缓站起，走到船边，应道："缕仙儿，连你也想要'死神之头'？"

缕仙儿道："凭什么你王纯五能要，我缕仙儿就不能要？"

王纯五大声道："那你来取啊！"

缕仙儿道："你欺我过不去吗？"

王纯五并不出声。缕仙儿伸手入怀，掏出一个梨般大的赤球来。王纯五看了，冷笑一声道："你当我怕你的赤缕珠吗？"

缕仙儿手一甩，便从那赤缕珠里甩出一根火红的线来，那线愈来愈长，波浪般涌过来，啪地打在船舷上，登时木屑纷飞，竟将舷墙抽去了数尺。王纯五退了一步，依旧是冷笑着。那根红线退了回去，一转眼又涌了过来，唰的一声，把一根桅杆从当中劈成两半。桅杆吱吱呀呀倒入水中，溅起丈余高的浪花，把船也带得斜了。王纯五笑道："臭婆娘，你从哪里偷来月老的红线，不老老实实做媒去，倒来这里杀人。"

缕仙儿骂道："原来臭道士也晓得害怕！"红线又是波翻浪涌般过来，嘭的一声，在船侧捅出一个大洞，水汩汩而入，那船渐渐沉了下去。王纯五看船上是待不住了，待红线又抽过来，趁它将退而未退时，翻掌抓住线头，借着缕仙儿的力道，随着红线，飘飘悠悠地，落在江岸上。

缕仙儿身上朱衫被初升的太阳一照，直晃人眼。她戴了高高一摞银项圈，把她的脖颈抻得比寻常人长了三倍有余，令她乍看去颇似一只红羽的鹭。

王纯五双脚落地，手中攥着线头道："臭婆娘，你这红球，借给道爷玩玩如何？"缕仙儿却是有些心慌，手一甩，想把红线从王纯五手中甩脱，没想到王纯五却如纸做的一般，随着那红线飘了起来。缕仙儿愈发慌了，又是用劲一甩，王纯五却飘得更高了。这情形倒不似两人在生死相搏了，更似缕仙儿在放纸鸢，只是那"纸鸢"，不是纸做的，却是人做的。

只听得王纯五在天上唱道："天和树色霭苍苍，霞重岚深路渺茫。云实满山无鸟雀，水声沿涧有笙簧。碧沙洞里乾坤别，红树枝前日月长。愿得花间有人出，免令仙犬吠王郎。"那歌声尖细如铁丝，在江面上曲折回旋，刺人心魄。

他唱的是曹唐的游仙诗《刘阮洞中遇仙子》，咏的是刘晨、阮肇天台山遇仙之事，只是却把诗末的"刘郎"改成了"王郎"。

一曲唱罢，他从天上倏然而下，右手一伸，在缕仙儿脖子上叮叮叮地弹过去，登时把她的银项圈全都弹断。缕仙儿的脖子只有婴儿手臂般粗细，没了银项圈支撑，头颅立时软塌下来。缕仙儿手忙脚乱，把赤缕珠一扔，抬起双手去扶自己的头。王纯五哈哈大笑，欺近前来，伸手把缕仙儿的双臂捏断。缕仙儿被自己的头带得向后倒去，她双腿乱蹬，想站起身来，却站不起。"臭道士，你不得好死！"缕仙儿厉声骂道。

　　王纯五低头看着缕仙儿，笑眯眯道："那赤缕珠，我就却之不恭啦！"缕仙儿大怒，抬腿向王纯五踢去。王纯五皱了皱眉，顺手把缕仙儿双腿也捏折了，又道，"道爷本要一走了之，但是想到你要躺在这儿慢慢死去，又有些于心不忍，不如给你一个痛快。"他蹲下，右手缓缓向缕仙儿的脖子伸去。缕仙儿瞪大了双眼，看着王纯五那只生满黑毛的手愈来愈近，终于触到了自己的颈项……

　　咔嚓一声，王纯五把缕仙儿的脖子捏断了，站起来甩了甩手。

　　天已大亮，江岸上生满茂密的青草。王纯五四下望了望，放开脚步，向下游走去。

　　日午时分，小畜随着王纯五来到一个大村镇旁，远远听到村子里鼓乐齐鸣，又看见祠堂上香烟缭绕，便撇了王纯五，进村去探看。只见祠堂大殿里，兀兀然蹲着一只大老鼠，正是丁财旺。它身前堆着许多腐臭尸首，又还有人正陆陆续续地扛了尸首进来。丁财旺眼也不斜一下，两只前爪各拿着一根手臂，啃得正欢。祠堂院子里黑压压跪了一大片人，个个睁大了双眼，瞪着丁财旺屁眼儿看。忽然丁财旺打了个饱嗝，噗的一声，屙出一颗珍珠来，在大殿里骨碌碌地转——原来它本不喜吃珠宝玉石，但偶尔吃得急了，也难免误吃了一些进肚里去，老不消化，积存了许多在里头。那群人看见珍珠，都哄然一声，抢了进去，推推搡搡，拳打脚踢，最后是一个大汉抢到了，塞进怀里。众人看了，又都出了大殿，乖乖地跪在院中，等着丁财旺再屙珠宝出来。

小畜正想唤丁财旺一道出去，忽然听到远处传来一声巨响，便如打了个霹雳一般。他抬头望天，却是晴空万里，没一丝要下雨的意思。小畜正在疑惑，跟着又传来了一声，这回愈发响了，震得他耳朵里嗡嗡直闹。他转身跑出祠堂，向江边冲去。祠堂里那群人，却依旧动也不动地瞪着丁财旺的屁眼——他们发财心切，便是天塌了，也别想让他们转一转眼珠子。

江岸上，王纯五与一个矮子相对而立。小畜跑近了看时，那矮子原来便是草庵里的那个老者，他身材枯干，高不及三尺，却挂着一根丈余长的狼牙棒。王纯五手中则拿着一个盾形兵刃，盾面上生着许多铁齿。

王纯五额上青筋微露,森然道:"你,便是千利休?"

那矮子并不答话。

王纯五又道:"那么说,这便是大名鼎鼎的枯寂之牙了?"

千利休抬了抬嘴角,单手擎起狼牙棒,横在身前。

小畜看到许多气泡从水底冒了出来,噗噗作响,突然之间,江水沸腾了,白色的蒸汽从江面上升起,如野马,如尘埃。

千利休低吼一声,双手将狼牙棒高举过头,向王纯五冲去。

"咣——嗡嗡嗡——"

王纯五退了两步,道:"枯寂之牙虽然厉害,我的雷震挡却正是它的克星。"

江水在陷落,露出龟裂的河床。千利休始终不作声,只是一次又一次地朝着王纯五当头砸下。他虽然比王纯五矮了许多,但看那气势,却仿佛比王纯五高出许多一般。王纯五一步步后退,用雷震挡抵御千利休的攻击,他的面色渐渐转青,似乎有些力不从心,而千利休依旧如木石之人般地攻击、攻击、攻击……

但是在小畜的耳中,那"咣——嗡嗡嗡——"的声音却渐渐小了,消失了,似乎整个世界的声音也都消失了。江岸的草尖上几只蝴蝶在飞,但江里却已没有了水,龟裂的河床上布满鱼的骷髅。

王纯五已经跪在了地上,他勉强把雷震挡举在头顶,抵挡千利休的枯寂之牙。终于到了最后一击的时候，雷震挡无声地碎裂，"别杀我……"王纯五哀号道。

千利休停住了。

"我给你'死神之头'。"王纯五伸手入怀，掏出了赤缕珠。

千利休似乎有些奇怪——"死神之头"怎么会是这样？便是此时，那红线如蛇般从珠子里蹿了出来，缠住了千利休的颈项。千利休的眼睛惊恐地睁大了，他扔掉枯寂之牙，想挣脱红线的纠缠，但红线迅速地收紧了。千利休的眼珠凸了出来，舌头伸出口外，还没等他弄清究竟是怎么回事，红线便已将他勒死了。

王纯五呼呼地喘着气，重新将赤缕珠收入怀中。

而小畜则被一阵水花泼溅声惊醒。他转头，看见一群野鸭子正在飞起，它们在波光粼粼的江面上鼓动双翼奔跑，留下一条长长的白色轨迹。

黄昏时从下游走上来一个骑驴的中年书生，后面跟着他的书童。那书童是哑的，而书生则是聋的。

"李聋，你也来了。"王纯五道。

书童向书生比划了一下，于是书生道："不错，道兄近来可好？"

王纯五苦笑道："不错不错，被人追得都没处逃啦！"

李耷看了一眼书童的手势,笑道:"山人倒有个办法,能让道兄逍遥自在。"

王纯五斜了李耷一眼,道:"原来你也是为俺的'死神之头'来的!"

李耷看了王纯五脸上神色,已猜到他说的什么,便道:"惭愧惭愧,山人也不过是一介凡夫,未能免俗。"

王纯五道:"你有本事便把道爷杀了,那劳什子'死神之头'自然便是你的了。"

李耷看了看书童,道:"岂敢岂敢,只要道长把'死神之头'交给在下,山人又何必伤了道长性命。"

王纯五哈哈大笑,道:"说得好说得好!只可惜都是屁话!"他雷震挡已被千利休击碎,赤缕珠虽然好用,但若非出其不意,怕也无济于事。他低头想了想,从脑后拔下一根头发,右手两指捏住,手腕一抖,那发丝立时绷直了,宛然便是一把一尺来长的细剑。

李耷捻须微笑,抬脚从驴上下来,四周看了看,伸掌虚虚一抓,已从江里抓了一捧水在手,他咄了一声,一缕水剑倏地从他手心弹出,一颗颗水珠清晰可辨,被夕阳一照,立时幻出数道七彩霞光。

"山人便以这柄清波剑对道长的乌丝剑。"李耷道。

王纯五心头一跳,知道此时已退无可退,只能鼓勇向前。

他喳地大喝一声,振臂向李奔胸口刺去,乌丝剑嗖嗖地破开空气,带得四周青草一阵乱舞。李奔微一侧身,食指轻弹,清波剑剑尖的一颗水珠如铁丸般射出,击偏王纯五的乌丝剑,他自己向前踏出一步,清波剑已指住王纯五咽喉。王纯五心中一凉,没想到自己竟会命丧此处,却见到清波剑如碎裂的水晶般散落了。

"你输了。"李奔道。

王纯五重施故技,从怀里掏出了赤缕珠,那道红线如蛇般向李奔卷去。李奔退了半步,一仰头,已咬住线头,又一扯,竟将赤缕珠从王纯五手里扯了过来。他吐出线头,收了赤缕珠,道:"你又输了。"

王纯五退了一步,忽地一个筋斗,翻到江面上,放开脚步狂奔。他心中暗想,我打不过你,难道逃也逃不过吗?瞬息之间,已奔出了数十里。他回头一望,却见江面上,李奔举了他的驴子,正一步三摇地走过来,稍远些的江岸上,又还有一道灰色人影,疾速奔来,想必便是那个哑书童。王纯五吓了一跳,头也不回地向下游奔去。也不知跑了多久,月亮缓缓升了上来,映得江水一片银白。王纯五用眼角瞟了瞟身后,发现李奔仍是不紧不慢地跟着自己。他暗想,如此逃下去,怕是逃到天涯海角也逃不脱,非得想个法子不可。猛地想到那个哑书童,倒是心生一计。又跑了片刻,他忽地回身向李耷冲去。李耷没想到他会跑回头,本能地一让,王纯五已从他身前冲了过去。李耷哈哈一笑,依旧是不紧不慢地跟住。王纯五看看已距那哑书童不远,便跃上岸,立住了。那书童只顾低了头拼命往前跑,似乎根本没料到王纯五竟会倒回头等住自己,竟是糊里糊涂地便被王纯五擒住了。

王纯五捏住书童脉门,高声对李耷喊道:"你这考一万年也考不中的臭穷酸,再敢跟着道爷,道爷便杀了这哑巴!"

他本来只是万般无奈之中胡乱想出条计策,聊做一搏,没想到李耷果真停了下来,"不可伤他。"他颤声道。

"哈哈哈。"王纯五狂笑道,"你且发下毒誓,从此不再觊觎道爷的'死神之头',不对道爷起一星半点的歹意,道爷便放了他。"

他说完这番话,才忽地想起李耷本是聋子,自己说的话,他根本就听不见,便踢了那哑书童一脚,道:"快快将道爷的话告知你家主人!"

那哑书童只有一只手可用,比画了半天,才把王纯五的话比画清楚。李耷看罢,沉声道:"我李耷说过的话,何时做不得数了,又何须发什么毒誓!"

王纯五道:"不错,你在江湖上大名鼎鼎,鼎鼎大名,如果说话做不得数,从此便是小乌龟、小王八、小婊子、小畜生……从此被人唾骂,遗臭万年……"

他一边说着，一边就扯了哑书童，向下游走去。撇下李奋一人，举着驴子，呆呆立在江水之上。

小畜跟着王纯五和哑书童，在月色里匆匆而行，走到半夜，看看四周景物，晓得前面不远便是平望亭，索性越过王纯五，先到亭角上坐住了，等王纯五过来。

片刻之后，王纯五也扯着哑书童过来了。他折腾了两日，直到此时，才能稍稍定下心来，看见前面有个亭子，便扯了哑书童进去坐下。他点了哑书童的穴道，扔在一边，自己打了个大大的呵欠，歪住身子。他本来只想眯一眯眼，没想到不知不觉却睡着了。

小畜在上面看见王纯五睡得鼾声大作，口角流涎，不禁心中暗笑。突然，那哑书童动了动，从地上爬了起来，只见他的手渐渐变得透明，现出了指骨和掌骨。他缓缓向王纯五靠近，忽地一拳打在了王纯五的肚子上。

王纯五大喊一声，从梦中醒来，喝道："你是谁！你是谁！"

哑书童退到亭角，离得王纯五远远的，似乎害怕他尚有余力反击。小畜只听得哑书童身上嘎吱嘎吱地响，转眼之间，他的身子长大了三倍不止，相貌亦是大变。

王纯五瞪大了眼，喊道："你不是哑书童，你是……你是那个橘逸势！"

橘逸势冷冷看着王纯五，并不出声。王纯五的肚子渐渐流出水来，瘪了下去，跟着他的胸口、手脚、脑门……也都流出了水，他的身子在缩小，在消失。半个时辰之后，橘逸势小心翼翼走过去，俯身揭开王纯五身上道袍，下面只有一具白森森的骷髅，骷髅的肚子里，又藏着一个骷髅头，他颤巍巍伸手拾起，忍不住仰天长笑。

几只灰鹤，被这骇人笑声惊醒，从芦苇丛里飞了出来，在月光下盘旋不已。

橘逸势笑够了，走出亭子，不到一盏茶的工夫，便拖着一具尸体回来了，原来便是那哑书童。他把哑书童的尸体撇在亭子里，又把王纯五的骷髅拖到江边，绑上块大石头，扔入水中，自语道："从此还有谁人晓得是我橘逸势得到了这'死神之头'，哈哈哈！"

他心中得意，一边在江岸上走，一边就忍不住要笑出声来。江水在前面拐了个大弯，无数银色波光闪烁着，跳动着。橘逸势心中畅快，走起来也轻松迅疾。也不知走了多远，忽地看见路边闪出两间歪歪斜斜的茅草屋。他心中暗道，怪哉，此处何时又多出了这两间破屋？那屋里燃着灯火，橘逸势吱呀一声推开柴门，里面却是空空如也，只一个瘦瘦的小男孩坐在灯下。

"把'死神之头'给我。"那男孩道。

橘逸势冷冷道:"黄口小儿,居然也敢来抢大爷的宝贝!"

说罢,他猛地击出一拳。这拳似是打在了那小男孩身上,又似没有打到。橘逸势觉得那男孩的身子并不存在,自己打到的只是一团空虚,但那男孩又明明是清清楚楚地立在自己面前,他看得到他那稀疏的眉毛、忧郁的眼睛、尖尖的下巴,还有他的瘦小的身躯。

橘逸势疯子一样地出拳,他的每一拳都打在了小男孩的身上,也都没有打在小男孩身上。小男孩只是用忧郁而古怪的眼神看着他,不断地道:"把'死神之头'给我,把'死神之头'给我,把'死神之头'给我……"

橘逸势再也没有气力出拳了,他喘着气道:"你做梦……"

于是小男孩从背后拔出了一把枯草叶子一样的刀,轻轻在橘逸势的咽喉上割了一下,只发出一声枯叶飘落的微响。一丝血痕从橘逸势的喉头沁了出来,他并没有死,可他以为自己死了,倒在地上。

小男孩从橘逸势怀里摸出那骷髅头,低声喊道:"爹,你快出来啊!"

于是从里面走出一个人,一个没有头的人。小男孩轻声道:"爹,你弯下腰好吗?"那没有头的人便把腰弯了下来,小男孩踮起脚尖,把骷髅头安在了那人颈上,血和肉从骷髅头的底部生了出来,像藤蔓一般地向上生长,一转眼的工夫,眼睛、鼻子、嘴巴……都生了出来,那头,已经像天生的一样,长在了那人颈上。

橘逸势昏了过去,他醒来的时候已是清晨,茅草屋不见了,在他面前只有两个馒头一样的野坟,在野坟后面,是大片大片绿得发黑的野草,和一条滚滚奔流的大江。

"爹,咱们走吧!"在暗夜里,小畜领着他的父亲向夜的更深处行去。走到一半的时候,丁财旺也寻了过来——它肚里的珠宝都屙完了,人们又想把它杀了做肉脯吃,它便逃出来寻找小畜,它觉得还是跟小畜在一起开心。

他们来到了一座黑黑的城市里,到处都弥漫着血的味道,到处都有人在惨叫、在咒骂、在痛哭、在呼喊,到处都有人在杀人,人在吃人,天空黑暗而潮湿。

四个人拦住了他们的去路,一个又白又胖,是蛴螬鬼;一个脖子长长的,是缕仙儿;一个拿着根狼牙棒,是千利休;还有一个大腹便便,是王纯五。

小畜道:"爹,这便把它们放出来吧!"

"嗯。"小畜的父亲道。于是一只金黄的蜜蜂从他的头里飞了出来,嗡嗡地绕着圈,似乎在等它的伙伴,很快又一只蜜蜂飞了出来，又一只，又一只，越来越多金黄的蜜蜂从小畜父亲的头里飞出，它们聚成一团，在天空下飞舞。于是所有的人都变成了白色的骷髅，于是黑暗而潮湿的天空塌了下来，于是这黑暗的一切堕入了比它更深的黑暗之中。

许多年以后，橘逸势再也无法忍受内心的折磨，再次来到那两座野坟之前。他把两个坟包都挖开了，从左边那个野坟里，他挖出了一个小孩的枯骨，从右边那个，他挖出一个大人的骷髅——它的头与身躯是相离的。橘逸势看出来了，那个骷髅头，果然就是他一直想得到的"死神之头"。

他满怀喜悦地从坟坑里把那个骷髅头抱了出来，在阳光下，他把它高举过头。于是，从骷髅头空空的黑黑的眼眶里，飞出了一只金黄的蜜蜂，跟着又飞出了一只，又是一只，又是一只……它们聚成一团，在天空下飞舞着，突然，它们飞了下来，裹住了橘逸势。橘逸势尖叫着倒下，翻滚，挣扎，却无济于事，当蜜蜂飞走，地上又多了一具白色的骷髅。

在耀眼的阳光下，无数金黄的蜜蜂掠过江边丰盛的草地，在墨绿的水上跳起了神秘之舞。

燕奴

十七

在一群舞动着的白马旁边,一个少年,腰间挂着羯鼓,敲得如醉如痴。

一

虽然萧昕特意在铁甲内又多穿了一件短袄,但仍是冷。

是一件新发下的短袄。

别人都说萧昕的运气好,因为他的那件显而易见是比其他人的多厚一些,针线也更细密。

从城楼上望下去,沙漠在黄黄的月牙下平躺着,像敦煌城里那些成天躺在床上的一丝不挂的妓女。

萧昕打了个寒战。

不知从何处传来梆子声,萧昕往手中呵了口暖气,龟儿子的,李大炮怎么还不来换岗。

但就听到了橐橐的脚步声,李大炮瑟缩着肩膀,拖着一杆长枪走上来。

突厥人的袭击总是像幽灵一样无声无息。

萧昕听到哎哟的一声,回转身看的时候,李大炮已经直挺挺地躺在地上了。

旁边兀然立着一个裹在狼皮袍子里的大汉,手中一把偃月弯刀,刀身上蒙着一层黄沙。

"突厥人,突厥人!"萧昕扯开嗓门高喊,心中充满恐惧。

突厥人轻轻一纵,弯刀就顺着那一纵之势斜劈了过来,萧昕把手中的长枪擎起,但刀锋一转,萧昕听到刺啦一声,突厥人的刀已劈在了他胸口的铁甲上。

他噔噔地退了几步,终究站不住,一屁股坐在地上。

突厥人冷冷地看了萧昕一眼,想上前来再补一刀,但这时已有人来了。他犹豫了一下,转身从堞墙的缺口处跃了下去,底下传来马的嘶鸣声、突厥人的呵斥声,随后是马蹄蹬在黄沙上的咻咻声,转眼间连声音也听不到了。

萧昕摸了摸胸口——铁甲破了,但似乎并没有受伤。

他的心疯一样地跳。

其他人也已经赶到,在萧昕四周围了一圈,有两个探头出去,想看看下面还有没有突厥人。

一声尖利的呼啸,"王八羔子的!"一个探头出去的人捂着自己的脸骂。

一根用红柳木和雁毛制成的箭一头扎进了城楼的木柱子里，发出沉闷而短促的响声。

董斌以为萧昕受了伤，正忙乱地撕扯他的甲胄，想替他止血。

萧昕粗暴地推开董斌的手，自己站起来，一步一步地走下城楼，回营房去了。

他倒在土炕上。

半晌，他起身，解下铁甲。

这样的事他并不是第一次碰上，虽然每次他都异常害怕，但很快就会平静下来。

他把短袄也脱了，只穿中衣，钻进了被窝里。

很快他就睡着了。

"秀才，快起来！"董斌边摇边喊。

因为萧昕读过几年私塾，认得字，所以要塞里的人都叫萧昕"秀才"。

萧昕迷迷糊糊地撑起半个身子："发生了什么事？胖子。"

"你看，你看，在你的棉袄里发现的。"董斌手里拿着一张小纸片。

萧昕的那件新短袄，被突厥人的弯刀带出了一个大口子，董斌在里面发现了一张小纸片,上面还写得有字。

萧昕就着烛光,看见那纸片上原来是写得一首诗:"沙场征戍客,苦寒若为眠。战袍经手作,知落阿谁边。蓄意多添线,含情更著绵。于今已过也,重结后生缘。"

萧昕看罢,并不作声。

"写的什么?"董斌兴冲冲地问。

"没什么,可能是哪个道士写的符咒。"萧昕随手把纸片塞进怀里,重又躺下。

据说这一次发下的短袄,都是由宫女们缝制的,这首诗若传出去,只怕要殃及那位缝制短袄的人。

"这件事,你不可告诉别人。"萧昕急切地说。

董斌见萧昕拿话搪塞自己,嘴里嘟嘟囔囔,爱理不理地走了。

第二天清晨,负责镇守要塞的偏将马大胡子从萧昕怀里搜出了那张小纸片,六百里加急送入凉州。当时在河西节度使哥舒翰幕下做书记官的高适接到纸片后,不敢自专,向哥舒翰禀报。哥舒翰微微一笑,在当晚写常例奏折的时候,把关于纸片的事当作一件趣闻附在了折子的末尾。又过了一天,那张小纸片就和哥舒翰的奏折一起,被送往长安。

当时是开元二十七年,十五年后,安史乱起。再过一年,萧昕以起居郎职随哥舒翰守潼关,潼关破,萧昕死,哥舒翰降安禄山,唐玄宗李隆基幸蜀。

但对小蛮而言,不要说十五年以后,她已经连明天将会如何都不关心了,因为她相信自己很快就要死去。

那张小纸片,就是她的杰作。

那年她十六岁,正在西苑的宫廷教坊学舞,本来是轮不到她们这些跳舞的人去缝制纩服的,但小蛮好奇,自己要求去缝衣,负责此事的太监见她也确实做得一手好女红,便让她去了。

她顺手写了首诗,又顺手把诗缝入了棉袄中,因为好玩,更因为寂寞。

高力士站在丹墀下,对一大群战战兢兢的宫女说道:"大家别怕,皇上说了,谁写了那张小纸片,皇上并不怪罪,皇上还说这小宫女的诗写得不错呢,竟比皇上自己写的还好。"说到此处,高力士嘿嘿笑了两声,"皇上还说,那宫女若胆大敢认了这件事,皇上就把她嫁给那位守关的将士,若胆子小不敢认呢?也没事,皇上说这件事绝不会再查下去,请大家放心。"高力士说完,宫女们并没有什么动静,他又等了一会儿,看看是不会有人出来承认了,便转身想走。

猛听到身后有个人怯怯地道:"高公公。"

高力士回转身低头一看,原来是教坊司的谢小蛮跪在下面。因她舞跳得好,人又机灵,所以高力士对她还约略有些印象。

高力士道:"你说诗是你写的,且背一背我听。"

小蛮便又大着胆子把诗背了一遍。

高力士笑嘻嘻地道:"造化造化,皇上还对我说八成是没人有胆子认下这件事哩?快起来,随我去见皇上吧!"

第二年开春,萧昕从河西轮值回来,就把谢小蛮从宫里娶回了家。

这件由皇上做主许下的婚事在长安引起了轰动。

冬天的时候,小蛮生下了一个女儿,皇上让高力士送来了贺礼,并给这女孩儿取了个名字,叫燕奴。

二

天宝七年的八月初五,天刚开始暗下来,燕奴就已穿得整整齐齐的,守在大门口,等着她的父亲带她到勤政楼下去看百戏。

这一天是千秋节——虽然皇上已经听了不知哪个大臣的建议,把千秋节改成了天长节;但老百姓还是习惯于把今天称为千秋节。

门外的街道上已有许多行人。

平常的日子,一入夜,街上的人就会迅速地消失,但今天不同,今天可是千秋节呀!

燕奴有些焦躁不安,她仿佛已经听到勤政楼下人群的嘈杂声了,还有楼上那些文武百官,相互间低声地交谈着,等待皇帝的到来。

月似蛾眉,悄悄地升起来,静静地看着长安城内鳞次栉比的屋宇。

"燕奴。"

燕奴抬起头,看到了父亲那张笑嘻嘻的,留着些微胡子的白净的脸。

燕奴欢欢喜喜地牵起父亲的手,向勤政楼走去。

像往常一样,总是由一个大胖子开场。他嘹亮的歌喉就像是召集众人的钟鼓声,人群从四面八方向勤政楼下聚集。

然后老皇上来了。燕奴坐在父亲的肩上,一边瞪大眼睛看着,一边向他父亲描述她所看到的一切。

"皇上爷爷坐下了,他旁边的那个胖妃子也跟着坐下了,啊啊,后面还跟着几个好美好美的女子……啊啊,现在出来一辆大车子,车上有许多的老虎狮子,啊不,都是假的,难为他们扮得那么像……啊爹爹,你再站得高些好吗?是呀,呀,爹爹你看,那个人在喷火,他真的在喷火呀!……这个不好看,咿咿呀呀唱的什么呀!爹爹,你在瞌睡吗?口水都流出来了,我回去告诉母亲,看她今晚还不把你踢下床……哎呀!这个好,许多大姑娘跳舞,哎呀!有一个还飞起来了,她真的会飞吗?爹爹,她们跳的是什么舞呀?好像母亲也跳过呢?……啊啊啊啊啊,这会儿出来的可是真的了,呀,爹爹你看,那是大象,那是狮子,那是狗熊,啊,那鼻子上长角的是什么呀?……"

突然,燕奴停下了。

"燕奴,燕奴?你看到了什么?怎么不说话了?"

她父亲使劲地跺着脚,想看看燕奴究竟看到了什么。

"是一个……"她不说了。

萧昕这会儿也看到了,是一个披散着头发的少年,年纪和燕奴也差不多,腰间挂着羯鼓,站在一个小圆台上,那个圆台,也就二尺见方。

"燕奴,他怎么站得那么高,不怕摔下来吗?"

"一个女人在下面用根竹竿顶着呢。"燕奴的心思似乎有些涣散了。

然后鼓声响起来,"砰、砰砰、砰砰、砰砰砰……"

他一边敲着鼓,一边在小圆台上做出各种动作,有时,甚至是连着几个空翻,把燕奴惊得呆了。

那天夜里,燕奴平生第一次失眠了,脑海里全是那少年的鼓声,"砰、砰砰、砰砰、砰砰砰……"

三

天宝十四年十一月初九,拂晓,蓟城南郊,安禄山率领二十万的大军,发动了蓄谋已久的叛乱。

十一月二十一,叛军攻陷博陵。

十二月初二,叛军自灵昌渡过黄河,直逼陈留。

十二月初五,陈留郡太守郭纳开城门投降,河南节度使张介然被俘,斩于军门,陈留陷落。

十二月初八,荥阳失守,郡太守崔无诐被杀。

从荥阳到洛阳,只有二百七十里。镇守洛阳的范阳、平卢节度使封常清亲自督军于武牢拒敌。武牢形势险要,是洛阳的东大门。安禄山以前锋铁骑进攻,唐军大败。封常清收集余众,战于罂子谷南之葵园,安禄山大军继至,唐军败退入洛阳城东之上春门。

十二月十二日，安禄山大军突入城内。封常清战于都亭驿，不胜；退守宣仁门，又败；再从提象门出来，砍伐大树，阻塞道路；最后从禁苑西边坏墙逃出，至谷水，西奔陕郡。

镇守陕郡的右金吾大将军高仙芝听从了封常清的"陕郡不可守"的建议，率部众仓皇退入潼关。唐玄宗大怒，斩高仙芝及封常清，改派当时已中风瘫痪正在长安城内居家养病的河西、陇右节度使哥舒翰去镇守。

萧昕积十数年军功，已累升至起居郎，亦随哥舒翰去了。

家中只留下夫人小蛮、女儿燕奴、老仆萧成及一些丫鬟小厮。

天宝十五年六月十三日，一大清早，萧成就带着小厮兴儿，从怀仁坊东南隅的萧府侧门出来，想到西市的米铺去看看能不能买一些糙米回来。

前几天就有传闻说，潼关已经失守。燕奴一听说，就闹着要出去打听她父亲的消息，萧成好不容易拦住了。

夫人小蛮既要照顾女儿，又要收拾家中细软准备逃难，又牵挂丈夫，忙得焦头烂额。

临天亮时下起了蒙蒙细雨，萧成一手擎着油纸伞，一手扶着兴儿，一步一滑地走在路上。

刚入西市，离米铺还老远，就已听到一片喧闹之声。

原来那米铺大门还没开,门前倒已经簇拥了许多等着买米的人。

只听得有人议论道:"若听从那监察御史高大人的话,即日招募城中敢死之士,再加上朝官们的家童子弟,这长安城未必就不可守。"

另一个冷笑道:"只怕皇上和杨国奸早吓破了胆,恨不得开城门投降,哪还有心抵抗。"

又听一个道:"投降倒不会,我只听说今早有人出门小解,恍惚看到从宫中出来许多车仗人马,往延秋门方向去了。"

头先那人道:"是不是要逃?"

另一人道:"不会吧,昨日还下旨说要御驾亲征……"

话还没说完,却听见那米铺的大门吱呀一声开了,出来一个掌柜,腆着肚子,道:"今日无米,大家请回。"

众人一听,都轰然一声散了。

萧成听到没有米,记挂府中无人,便也急着要回去。

走到小雁塔下时,看见一群人扎成一堆,却不知在干吗。萧成也走得乏了,找了个茶摊坐下,命兴儿去看看怎么回事。兴儿正是好事的年纪,看到有热闹,早就拉长了脖子往那儿瞧,一听到萧成命他去探听情况,便一溜烟跑过去,尖了头往人堆里钻。

路上已经有许多行人,背着大包小包,或骑驴,或乘轿,或步行,仓皇出城去避兵灾。

雨下得淅淅沥沥,竟没有一丝儿要停的意思。

听说东都洛阳城破时,安禄山放手让兵士们随意烧杀掳掠,奸人妻女,所以长安城里的老百姓,一听说潼关失守,都心急火燎地往城外跑,指望着到乡下去避一阵,等战事平息了再回来。

萧成想到这里,触动了心事,不禁捂着胸口一阵干咳。

原来自从潼关失守的消息传来,满城的百姓都人心惶惶,有些人私下里就想,安禄山手下那些兵士有不少是胡人,难保他们攻入长安城后,不做出些无耻兽行来。于是那些女人们,都暗暗贴身藏了些刀剪毒药一类东西,以备危急时自尽之用。萧成是男人,在这些事上就没女人想得快,等到夫人提醒他的时候,药铺里的毒药竟已卖完了。萧成央告说没有鹤顶红鸩毒,便是砒霜也好。卖药的小二却说连老鼠药也没有了,那些人参茯苓何首乌倒还有许多,不知大爷您要不要。萧成没有办法,只好找了两只利剪来,磨了磨,让夫人小姐先贴身藏了。

正想着时,兴儿兴冲冲地回来了:"大爷,您说这事怪不怪,里头一个满脸卷曲黄胡子也不知哪儿来的胡僧,先是嚷着十两银子卖一丸仙药,自然是没人搭理,他也不想想,谁有仙药不自个儿先吃了好成仙去,还跑到大街上去卖?他见没人搭理，便改口说他卖的不是仙药，竟是毒药，一小丸就能毒死一万头牛。他这么一说，倒有几个人心动了，只是还不太信他，而且十两银子一丸，也贵得吓人。"

萧成一听，便站起身，让兴儿速速带他过去看看。

只见里面果然立着一个满脸卷曲黄胡子的胡僧，破衲芒鞋，腰间斜挂着一个酒葫芦。

"我想喝酒。"那胡僧操着吭吭巴巴的汉话说道，"没钱，只好卖这丸药，如果我有钱，打死我也不卖。"

萧成心想，也不知他的药是真有毒假有毒，如今只好"死马当活马医"，先买回来再说。

他便高声道："大和尚，十两银子太贵，打个对折，五两一丸卖给我好了。"

那胡僧果然从怀中摸出一粒黄豆般大的药丸出来："一手交货，一手交钱。"

萧成道："一丸不够，要两丸。"

胡僧道："天底下就有这一丸了。"

萧成想，既是一小丸就能毒死一万头牛，回府了就拿刀切成两半，夫人一半，小姐一半，也使得。便从怀里摸了一锭银子出来，递给那胡僧，道："这块我家里刚称来，五两还多了一钱半。"

胡僧把那锭银子放嘴里咬了咬，便把手中的药丸扔给了萧成。

萧成把药丸用一块白布手绢包了,收进怀中,与兴儿一起,喜滋滋地回怀仁坊萧府去了。

两人刚进坊门,就看见府中的小厮旺儿急匆匆地跑来,从萧成和兴儿跟前冲过去,竟然都没看见人。

兴儿喊一声:"哪里去?"

旺儿才停下,过来向萧成唱了个大喏,喘着气道:"大爷,您快回去吧,府中这会儿已闹翻天了。"

萧成一听,知道一定又是小姐生事。

因为忙着收拾东西逃难,萧府内已是一片狼藉。

老远就听到闺房里传出的声音:"放开我,放开我,我要找爹爹去!"

兴儿朝旺儿吐了吐舌头,两人留在院内。萧成是老仆,并不避讳,揭开帘子进去一看,几个老婆子死命抱住燕奴。燕奴一身男装,腰间还挂着一把剑。

夫人独自坐在里间床边垂泪。

原来燕奴趁着家中忙乱,又想偷跑出去找她的父亲。

萧成道:"放开放开,小姐要去找老爷,便让她去好了。"

众人听了一愣,都只等着萧成回来把小姐劝住,让她不要出去,那里想到萧成竟会说出这样的话。

只听得萧成又道:"反正夫人也还有我这把老骨头照应——唉,要是当年老爷夫人能多生下一儿半女,也没人会拦着小姐去找老爷。"

燕奴一听,却不挣了,愣了愣神,道:"放开我,我不去找父亲了,我陪我娘到乡下去。"

萧成嘿嘿笑着,一边吩咐兴儿旺儿去喊两辆大车来,一边指挥丫鬟婆子们收拾家中细软,一边又偷空把那丸从胡僧处买得的毒药拿出来给夫人看,又说只有一丸,只好夫人小姐各藏一半了。

夫人拿出怀中的那把剪子来,发狠劲剪了几下,没想到药丸上竟连个印痕也没有,又拿锤子砸,竟然也是没有效果,看起来竟是比铜铁还硬的。

两人没办法,只好整个儿拿去给燕奴。燕奴一看,知道是毒药,红着脸藏在腰间香囊里,又问母亲有了没有,萧成想,若照实说,她必是要把这丸药扔回给夫人,不如骗她说一人一丸,大家相安无事。

燕奴原本是直肠子,一听,也就信了。

蒙蒙细雨笼罩了长安城。

兴儿旺儿找了半个时辰,只找到了两头骆驼,价钱是一天一两现银,比平时高了十倍还不止。

赶骆驼的是一个猴子一样的中年男子，两眼骨碌碌直转。

燕奴就在心里偷偷地叫那男子"猴子"。

燕奴、母亲和丫环昆仑乘萧府自己的油壁小车——找不到马，都被征去打仗了，只好用牛拉。萧成骑一头瘦驴，兴儿旺儿驾车，后面"猴子"牵着两头驮着细软的骆驼，一行人出了城门，直往西去了。

西去的路上已是摩肩接踵。

行到渭水便桥的时候，燕奴叫停车，揭开车帘回望，只见细雨中的长安城静默无语。

他们的打算是到武功去避一避，那儿有萧府的两处田庄。

从长安到武功，经金城，马嵬坡，大约要走三天。

渐行渐西，人也渐渐稀少，草木却逐渐葱茏起来。

除了逃难的人，偶尔还有从潼关败退下来的残兵，衣衫褴褛，身上又大多有伤，挂着刀枪，站在路边，用或呆滞或仇恨或贪婪的目光看着燕奴他们。

黄昏时燕奴和母亲乘坐的油壁小车吱吱呀呀地晃进了金城的洞开的城门。

城里已聚集了许多逃难的人。

他们到城里最大的客栈来福居投宿，没想到竟已没有客房。

只好沿着大街，一路寻下去，最后在街角的一家又矮又小的客栈里找到了两间客房，也只好将就了。

半夜，萧成年老睡不安稳，隐隐听到院内有杂乱的脚步声，又有骆驼"咻咻"的呼气声。他披衣出门一看，竟是"猴子"和另一个不知哪儿来的大汉，正把萧府从长安带出来的东西往骆驼上搬。

萧成上去阻止，却被那大汉一推，倒在地上。

萧成便扯开嗓门高喊起来。

"有贼呀——！大家快来捉贼呀！"

那大汉急了，过来又朝萧成连踢了几脚狠的，把萧成踢得晕了过去。

夫人和燕奴听到喊叫，也出来看。兴儿和旺儿更是操着不知从哪儿找来的木棍，鼓噪着冲出来。

那两人见到有人出来，心内慌张，也不等搬完东西，赶着骆驼，跟跟跄跄地逃走了。

众人救醒了萧成，幸好没什么大碍。

一检视，虽然还有一些东西，但十成中也仅剩这么两三成了。

也没心情再睡了，看看天已蒙蒙亮，便又上了路。

从金城到马嵬坡，约有七八十里。官道已被马蹄和车辙碾压得一片泥泞，倒像是刚有大队人马走过一般。

太阳渐渐升高，眼看已到中午，燕奴和母亲商量着找个背阴的地方歇歇，吃点东西。

忽然斜刺里冲出了一队官兵，却又不像是从潼关败退下来的，个个甲胄鲜明，又都骑着高头大马。

里面一个将官打扮的人朝萧成一抱拳，道："老爷子，有什么吃的喝的，拿出来帮衬帮衬，兄弟们可都饿坏了。"

萧成哪敢怠慢，急忙把从金城带出来的十几块胡饼都拿了出来，又拿出一牛皮袋的清水。

那将官命手下将东西接了，道一声"叨扰"，便领着人绝尘而去。

直把萧成看得瞠目结舌。

众人只好饿着肚子继续前行。

天黑时只走到了距马嵬坡还有十几里的赤霞岭，前不着村后不着店的，只能找个避风干燥的地方，露宿一晚了。

兴儿和旺儿抱来一些干树枝，升起了篝火，昆仑从溪里舀了些水回来，让夫人和萧成喝。

燕奴生性坐不住，却是自己和昆仑一起到溪边喝了水。

虽然是兵荒马乱之时，但初夏的荒郊野外，却依旧是蛙鸣虫唱，一片安宁。

半夜里雨竟停了，露出满天繁星来。

燕奴从睡梦中惊醒，看到篝火已渐渐要熄灭，守夜的旺儿正垂着头在火边打盹。

燕奴轻轻骂了一声，把火拨旺，想躺下再睡，却怎么也睡不着了。

索性爬起来，想起那道小溪，她从小胆子就很大，竟不叫人，自己向小溪行去。

溪水平缓，在一些转折处，传出细微的水声，"咕咕咕……"，仿佛一个小女孩在暗暗地哭。

燕奴把衣服脱了，鱼一样滑入水中，冰凉的溪水让她猛地打了个寒战。

她深深地吸了口气，闭上眼，把手圈到脑后，堵住耳朵，缓缓沉入水中。

水里静极，暗极，像是另一个世界。

小时候，她常常瞒着父母亲，和男孩子们一起，跑到渭水去游泳。

他们比试谁潜水潜得久，燕奴喜欢那种深藏在水底的感觉。

几只小鱼在她的腰腹间游来游去，她憋不住痒痒，吞了口水下去。

哗啦一声从水里冒出头来,一只青蛙有一声没一声地呱呱叫着,好像极远,又好像极近。

她走上岸,迅速地穿好衣服。

篝火在远处无声地烧着,火边似乎有人影晃动,难道他们都醒了吗?如果他们知道自己竟然一个人跑到溪边去,一定会担心的。

燕奴越走越近,渐渐就听出了篝火边传来的是陌生的声音,那些人影也是陌生的。

她趴在地上,一点点地向篝火爬去。

那是三个官兵,身上的号衣十分破烂,手里都握着刀。

燕奴看到兴儿、旺儿还有萧成都直挺挺地躺在地上,然后是昆仑,她的裙子已被撕去了半幅。

燕奴的心怦怦地跳着,她爬得更近了。

枯枝和草叶在燕奴的身体下窸窸窣窣地响,她的目光突然被一只急速飞翔的蝙蝠吸引了,那只蝙蝠在篝火上茫然地绕着圈,然后在一棵老松下梦一样消失了。

就在这时燕奴看到了她的母亲,她斜靠着松树坐着,表情安详,胸口上静静地插着一把剪刀。

燕奴的眼泪夺眶而出,她把脸埋进泥里,像一头小兽一样地呜咽起来。

燕奴的哭声惊动了那三个男人。

他们把燕奴的手脚都捆了,扔在一边。

"还是雏的哪!"

"手脚捆上了好,要不又自尽一个,大家没意思。"

"老黄,先把烧鸡和酒拿出来,吃饱了,咱们也缓过劲了,再轮到这一个。"

那个三十来岁佝偻着背的就从怀里摸出一壶酒和油纸包着的半只烧鸡出来,三个人围坐着吃喝。

"大叔,也让奴家吃点喝点好吗?"燕奴突然娇娇地媚媚地问道。

三个男人你看我一眼,我看你一眼,嘻嘻笑起来。

老黄果真撕了一块鸡胸脯肉塞进燕奴嘴里,又举起酒壶,让燕奴对着壶嘴喝了一口。

燕奴又道:"大叔,三个男人喝酒有什么意思,不如让奴家来陪酒吧。"

一个留着八字胡的道:"放了你,只怕又要偷空自尽。"

燕奴道:"我自尽干吗?奴家活还没活够呢?再说,我身上又没藏什么刀呀剪呀的,要自尽还没那么容易呢。不信,大叔来搜一搜就知道了。"

那个八字胡便老实不客气地把手伸入燕奴怀里摸了几摸，却只摸出一些手绢胭脂出来。

另一个脸上有刀疤的又问道："你家人死了，你就不伤心？"

燕奴道："他们不是我家人，只是路上遇到，搭伴走罢咧。"

老黄道："那你刚才哭什么？"

燕奴道："奴家一个小女子，突然见到那么多死人，吓坏了呗。"

那个八字胡早已笑嘻嘻地把绳索解开了，道："乖乖地伺候大爷，等咱们回了家，也替你成个好亲，一辈子吃喝不愁。"

燕奴做出一副娇滴滴的样子来，揉了揉自己的手脚，便娇笑着端起酒壶，道："就先让奴家喂各位大叔喝一口酒，算是道谢吧。"

那三个人便都大张了嘴，让燕奴倒酒入自己口中。

没想到这一口喝下去，就觉得比先前喝的颇有些不同，竟好像是喝下了一团火一般。

知道是上了燕奴的当，待要站起来，却站不起，仿佛天地都旋转着，便咕咚一声，倒在了地上。

原来燕奴趁着他们不备，把萧成从胡僧处买来的毒药扔进了酒壶里。

燕奴也不理他们，哭着挖了两个坑，一个埋她母亲，另一个埋萧成、兴儿、旺儿和昆仑四人。

然后她又端起酒壶,摇了摇,那粒药丸竟似乎还没化去,她喊一声:"母亲,等等女儿!"把壶口伸进嘴里,咕噜一声,把药丸吞了下去。

就觉得丹田里有一股火铺天盖地地烧起来,仿佛轻易就可以把这个世界烧成灰烬,她感到自己的血也化了,身子也化了,只余下一个空空的没有感觉的绝望的躯壳。

四

燕奴醒来,看到三张丑陋的男人的脸。

然后是布满繁星的美丽天空。

她哭起来,不知自己为什么要哭,她就是想哭。三个男人眼睁睁地看着燕奴缓缓从大地上升起,飞过他们的头顶,飞过树梢。他们仰着头,看着燕奴像一片云彩一样的随着风飘去,向西北方飘去,越来越小,越来越小,终于再也看不见。

风让燕奴落在了一个驿站的房顶上。

铁马被风吹动,发出叮叮的微响。

驿站外,肃立着几千神情激昂的士兵。

驿站的院子里有一棵一丈多高的大梨树。

燕奴看到一个三十来岁的贵妇打扮的女子无助地吊在树上，随着风微微摇晃。

两个小黄门哆嗦着把女子解下来，一个将官伸手到她鼻下探了探，点点头，便走出驿站。

他站在驿站的大门前，锵啷一声，拔出腰间长剑，举向空中。

士兵们欢呼起来："吾皇万岁，万岁，万万岁！"他们跪下了，高喊着："吾皇万岁，万岁，万万岁！"

难道那个举剑的人是皇帝吗？燕奴想，不对呀，皇上爷爷没那么年轻。

院内，两个小黄门用一块白绸把贵妇的尸体裹了裹，一个扛头，一个扛脚，从后门把尸体扛出去了。

燕奴看着他们把尸体扛进了驿站后黑沉沉的松林里，没过多久，他们就空着手出来了。即使是在夜里，燕奴也能看到他们的脸色像雪一般的白。

士兵们已经散去，他们在驿站周围支起帐篷，升起篝火，甚至有了隐约的笑声。

燕奴觉得好冷，她像被浸在冰里似的不由自主地打起抖来，好一会儿才停下。

她从房顶上跃下，战战兢兢地走进松林里。

松林里有一个草草堆起的土包。

在土包的旁边,燕奴捡到了一只小小的精致绝伦的绣花鞋,每个男人都会为穿上了这只绣花鞋的女人发疯的,燕奴想。

她把鞋子和自己的脚比了比,虽然她知道自己的脚并不适合这只鞋。

从鞋里散发出一股淡雅的幽香,令燕奴沉醉。

燕奴似乎忘了这只绣花鞋的主人刚刚死去——她就静静地躺在那个小土包里,静静的,她的一生,从未像现在这样平静过。

日出的时候,燕奴已经坐在了一座道观的大门前的台阶上。

台阶好像是用墨绿的玉石凿成的,门上悬着一块匾,上面有三个曲里拐弯的古字,燕奴不认得。

太阳在燕奴的脚下,闪着金光。往上看,是无比纯净的蓝天。

燕奴不知道这样一座大房子怎么可能建在虚空之上。

但这并不是她现在所要考虑的。

她静静地坐着,想着自己的父母,她想她现在真的是孤孤单单的了,于是把头埋在膝盖里,嘤嘤地哭起来。

身后的大门开了条缝,一个小道士探了半张脸出来,看了看,又把脸缩回去,把门掩上。

燕奴越哭越伤心,后来简直就是拉开嗓门号叫了,衣服上也沾了许多鼻涕和眼泪,不过她的衣服本来就很脏了,所以倒也不太看得出。

道观里隐隐传出笙箫和奏之声。

燕奴停下,听了听,又继续哭泣。

笙箫和奏声愈来愈响,大门訇然而开,一队队道士,穿着五彩道袍,束着紫金冠,或大或老或小,举着幢幡斧钺,从燕奴两侧鱼贯而出,在丹墀下肃立。

音乐停止了。

一人朗声道:"哪里来的野物,敢挡老君的道!"

燕奴哽咽着站起,转身看去,泪眼蒙眬中,只见一个相貌清癯的老道,手中握着白犀麈,侧身坐在一头肥大的青牛上,乍看去,居然跟那个赶骆驼的有些相像。

燕奴狠狠地瞪着那个老道看,突然尖叫着冲上去,一扑,把那老道从青牛上扑了下来。

燕奴骑坐在老道身上,左手扯住老道的山羊胡子,右手噼里啪啦地扇老道的耳光,嘴里还骂骂咧咧的:"你这不要脸的猴子,偷了我家的东西,还敢在我面前装神弄鬼。"

老道出其不意被燕奴压在身下,还没弄清是怎么回事,已被燕奴连着扇了几个耳光,胡子也被扯了好几根下来。他在天上位高权重，从未碰到过这样狼狈的情形，一时竟不知如何是好，最后还是周围的道士帮着把燕奴拉开了。

老道从地上爬起，整整衣冠，咳了一声，旁边有人替他拾起白犀麈递上，他拉住牛绳，一跨，却不知为何脚下一滑，噗的一声，脑袋重重地磕在牛背上。

众道士看到了，想笑，却又不敢笑，把脸憋得通红。

老道却也不恼，依旧是从从容容上了牛背，对那几个扯着燕奴的道士道："不要难为她，待我从王母处回来了，再作处置。"

说罢，轻轻一挥手中拂尘，青牛脚下生出五色祥云，老道又道："小心看好丹房，不要又被迦叶秃驴偷了金丹去。"

话未说完，他已和那些吹笙箫举幢幡斧钺的道士们一起，升至半空中，飘飘摇摇，不知往何处去了。

燕奴被关在一个空荡荡的房间里。

在天上看太阳和在地上看太阳完全不同。阳光从下往上照射，大部分被遮住了，只有一些幸运的阳光从楼台殿宇的空隙处冲出来，立起一道道金黄的光柱，直向更高的天空冲去。

许多细小的鸟儿在阳光里出出进进，它们的翅膀因为被阳光照耀而闪亮，它们的叫声像它们的身体一样细小，它们似乎就是以阳光为生。

一整个白天燕奴就呆呆地透过窗棂看着这些美丽而脆弱的鸟儿，哭一阵，睡一阵，又哭一阵。

直到夜晚降临，现在光柱变成了清冷的银光，是另一些鸟儿在这样的光里生活，它们的身体透明；它们默不作声，扇动巨大的翅膀绕着光柱飞舞；它们的翎羽飘落在地上，像水晶一样碎裂了。

清晨燕奴醒来，她听到外面有人说："把她送到太真仙子那儿去，仙子刚回来，正急需人呢。"

然后门嘎的一声开了，进来一个女冠，对着燕奴和善地笑着。

女冠让燕奴坐在一只青色的大鸟的背上。

青鸟斜眼看了看燕奴——它的每只眼睛里，都有两个青色的瞳仁。

然后它轻轻地扇动双翼，缓缓升起，在空中稍停片刻，猛地向下冲入了阳光里。

燕奴尖叫一声，不是因为害怕，而是因为兴奋。

她们急速地向下俯冲，离太阳越来越近，燕奴可以感觉到热度的变化。

那个女冠坐在另一只青鸟的背上，紧跟着她们。

太阳迅速地增大，燕奴以为自己根本就是从太阳内部穿了过去的。许多黑色的类似乌鸦的鸟在太阳四周盘旋，呀呀地叫着，青鸟似乎很看不起它们，每次和它们遇上，都是远远地绕过去。

她们很快把太阳甩在了身后，向下看，已经能看到一层层堆叠着的棉絮一样的白云，而不是像原来那样，只能看到白茫茫的一片。

穿过白云之后，突然出现的湛蓝大海让燕奴的心狠狠地抽了一下。

燕奴欢呼着，从青鸟的背上跃下，自己向下飞去。

青鸟朝她叫了一声，它的叫声像古琴的声音，清越而嘹亮。

一个小岛像婴儿一样地躺在大海的怀抱里，而大海又是如此的宁静，仿佛在等着另一个小岛从天空溅落，溅落在这无边无涯的梦幻一样的海水中。

远远看去，小岛被茂密的森林覆盖，只在小岛的边缘，有一圈银白的沙滩。

森林里隐隐露出楼台殿宇，仿佛是寺庙的样子。

青鸟带着燕奴落在一幢殿宇前，朱门半掩着，门上题着"玉妃太真院"五字，门前有小溪横流，一道小小石桥，横跨溪上。

女冠领燕奴进去，只见里面是一个大院子，一条小径分花穿柳，蜿蜒而入，转过一个亭子，又是另外一个院落，微风吹来，只见片片花飞。

转过花丛后，却是一扇小门，进去，是个厅堂，四壁镂空作各种花格。一个肌肤丰盈的女仙，半躺在竹榻上，着藕色罗衣，体态慵懒，神情落寞。旁边两个粉雕玉琢的女童，手中各拿着一柄不知何物做成的扇子，轻轻扇着。

燕奴一眼看到这女仙，就觉得颇有些面熟，却又记不起究竟是在何处见过她的。

女仙略略看了燕奴一眼，从嘴里吐出一个绿色的玉鱼，身边一个女童用一块白绢接住。女仙懒懒道："便送到黄婆处学舞吧。"

说罢，再不看燕奴一眼。

女冠领燕奴躬身退出，这回却又走的另一条路，十几株垂柳边，有一架秋千，高高的，看上去竟似是吊在白云上。燕奴一时兴起，上去荡了荡，只是女冠催促，不能尽兴。

黄婆是个面目慈祥的老太婆，就是有些唠叨。

和燕奴一起学舞的，有十几个女孩子，大的不过十七八岁，小的也才十二三岁。

黄婆教她们跳"紫云回"。燕奴生性聪慧，又是从小就和母亲学过舞的，所以一教就会，很得黄婆的喜欢。

岛上无事，忽忽就过了一月光景。那天清晨，燕奴被从窗户外飘进来的雨丝弄醒了,从窗子望出去,一只小小的青凤,正栖在一棵梧桐树上,梳理胸前的羽毛。

"紫云回"燕奴早就练得熟了,黄婆说过几天要教她跳"凌波曲"。

燕奴冒着微雨到舞场去,只听得女孩们窃窃私语说,太真仙子今日要来看她们跳舞。

黄婆一个劲地埋怨女孩们冒雨行路,头发都被打湿了,若生出病来,怎么办。

女孩们早听惯了她的唠叨了,也没人搭理她。

大约练了有半个时辰,燕奴刚到时见过的那位女仙,果然来了。她一个人悄悄地走进来,坐在那个放玉磬的架子旁。架子上的那对玉磬,燕奴从未见到有人动过。

她并不作声,看了一会儿女孩们跳舞,就轻轻拈起架上的那对用来敲磬的小棒。

叮的一声,她微笑,仿佛对这玉磬的声音很满意。

她一心一意地敲起磬来。那对小棒像通了灵一般,在她的双手间飞舞。她从椅子上站起来,似乎是音乐给了她活力,她的神情不再落寞,反而变得生动了。

女孩们随着音乐的节拍跳着,渐渐就忘了一切,只感到自己的肢体在轻柔地扭动,跳跃,飞翔。

时间似乎停顿了,又似乎绵延到了某个神秘的地方,在那儿，没有忧虑和烦恼，只有无休无止的幸福。

突然乐声消失了，女孩们不由自主地停下，茫然若失。

一只只鸟儿从窗户上、台阶旁，还有门外的花树上，"呼啦啦、呼啦啦"地飞起。

雨却下得越发凄清了。

有时候，女孩们去荡秋千。

荡得很高很高，好像荡到了天上，绿的地，绿的树，一闪而过的黄的墙，蓝的海，蓝的天，一闪而过的黄的墙，绿的树，绿的地，银铃一样的笑声像长着翅的小鸟，在园子里欢快地飞。

燕奴穿着桃红的抹胸，鹦哥绿的襦衫，鹦哥绿的长裙，偏偏只梳一个疏懒的倭堕髻，攀着绢索，腰肢间微一用力，秋千就高高地荡了上去，荡了上去，像一团绿色的火，在天地间无所顾忌地烧。

黄婆微笑着看着燕奴，摇摇头，如果是在凡间，她会迷死多少男人啊！

在一个晴暖的午后，燕奴听到一阵阵海风吹来的细碎的鼓声，时缓时急，时轻时重，时而热情如火，时而又忧思缠绵。

燕奴站在秋千上，荡得高高的，看见海面平静得就像一块透明的蓝水晶。在白色的沙滩上，在一群舞动着的白马旁边，一个少年，腰间挂着羯鼓，敲得如醉如痴。

"那是谁？"燕奴问身边的女孩。

"新来的，仙子让他训练舞马，准备给王母祝寿。"

燕奴从秋千上下来："我去摘些木槿花给仙子。"

她努力地让自己显得很漫不经心，她走出大门，木槿在山顶上，但她在门边犹豫了一下，拐进了那条通往海滩的小径。

她顺手摘了一片不知什么树的树叶，一路走一路撕着，撕完了，又摘一片，又摘一片，在她撕完第三片树叶的时候，她发现自己已经离那个少年非常近了，她能够清楚地看到他穿的是一件白色的罗衫。他并没有看到燕奴，他的心思全放在了鼓上。

他使劲地抿着嘴，目光随着鼓声的变化而变化，每当他敲出了一段难度极大极花哨的段子的时候，他的眼里就会闪过一丝得意的神情。

马儿们在他的四周随着鼓声跳跃，奔跑，扬蹄，嘶鸣，掀起一阵阵白沙。

燕奴等着，等着那个让她进入的间歇，她已经能感到自己的心在随着鼓声而跳动了。

突然，她娇叱一声，还没等少年从惊诧中回过神来，她就已经把自己的舞姿融入少年的鼓声中了。

少年敲了多久呢？

她又跳了多久呢?

当她娇喘着停下来,当她的目光和少年的目光相遇,一切都消失了,仿佛此前遭遇的所有磨难,所有痛苦,所有悲伤,都不过是为了这一刻的到来所做的准备,所应付出的代价。

她把目光转向辽阔的大海,两只海豚正从海水里跃出来,在阳光下嬉戏着,无忧无虑。

木槿花是一种钟形的小花。燕奴记得,在长安城的西郊,种植着许多木槿,老人说,这些木槿,汉武帝时就有了。

一直到此刻,燕奴才想起来,自己为什么会觉得仙子面熟。

她把那只绣花鞋从怀里取出,和手中的木槿一起,摆在仙子的卧榻旁。

燕奴看见有两滴珍珠一样的泪水,从仙子的眼角缓缓流出。

唉!她在做什么梦呢?燕奴想。

但她很快就不再想这个问题了,她的心已被那巨大的幸福占满,没有剩余的空间,去关心别人的喜与悲。

每个夜晚,燕奴和那个少年一起,在银色的沙滩上,尽情地享受人生最大的欢乐。

他是一个高丽人,叫阿端,从小在宫中长大,没有姓氏。

他骑一匹叫"照夜白"的马,那是一匹怎样的马啊!长长的鬃毛披散下来,像一头威武的雄狮。

他喜欢和燕奴一起,骑着照夜白,沿着海滩飞奔。他把马身上所有的束缚都解下来,鞍鞯、障泥和笼头,他喜欢骑一匹没有束缚的马。

当海潮来临,他们相互依偎着骑在马上,听城墙一般的海水汹涌而来,潮声铺天盖地。燕奴把头埋进阿端怀里,默默地流泪。在海潮之上,一轮金黄的明月高悬,像一张崭新的,刚刚震天动地地响过但现在却已睡着的鼓。

最早发现燕奴和阿端的私情的是黄婆,老女人总是对这一类事情比较敏感。这可是触犯天条的,她神神秘秘地跑去找太真仙子,没想到仙子却对此不置可否。

几个月之后,燕奴有了身孕。

岛西有百亩莲塘,叶大如席,花大如盖。塘内无水,莲花都生在地上,落瓣堆积于下,深可盈尺。

女孩们和燕奴一起坐在幽深的莲塘里,在清雅的香里,用莲叶裁剪小衣小裤,为即将出生的婴儿做准备。

比起跳舞,这件事似乎更令女孩们兴奋。

大约女人的天性里,对新生命总是充满了渴望。她们叽叽喳喳地在莲塘里裁剪衣裤的时候,阿端只能独自待着,他不能进入女人们的世界,他不理解她们怎么会对生孩子如此的热情,不就是生孩子吗?他静静地敲着鼓,平静的鼓声——他的内心是喜悦的。

再过几天,预期的庄严而神圣的日子就要到来。燕奴可笑地挺着一个大肚子——很难想象她曾经有过如此之细的腰。

黄昏的时候,从那片绚烂的火烧云里,王母的使者驾着鸾车,来到了岛上。

一个时辰之后,使者走了。随后响起了召集众人议事的钟声。

是关于为王母祝寿的事。但是在众人散去后,太真仙子留下了燕奴和阿端。

仙子斜躺在卧榻上,看着他们。

燕奴惊讶地发现,仙子的眼神里,带着羡慕,甚至可以说是嫉妒。

她沉默着,从玉枕下拿出了那只绣花鞋,轻声道:"不知谁走漏了风声,我也保不住你们了,刚才使者要我将你们两个送到昆仑去,听候王母处置。"

她轻抚着鞋上那朵开得娇艳至极的牡丹,抬起脸来,对着门外道:"黄婆,黄婆!"

黄婆进来。"送他们的颛洞之门去。"仙子道,"燕奴,这只绣花鞋,你替我带回去,还给你们的老皇上吧。"

说完这些话,她转身面壁而卧,似乎对一切都已厌倦。

黄婆领着燕奴和阿端,转身要走。仙子却突然招手叫阿端过去,附耳说了几句。

颛洞之门,是一条通往凡间的秘道。

在黑暗中,燕奴和阿端茫然无助地向前飞,阿端的腰间挂着鼓。

"仙子说什么?"燕奴紧紧拉着阿端的手,她的身孕让她行动起来极不方便。

阿端不作声。

"你怎么了?"

"……"

"是不是你不愿意和我一起回到凡间去?"

"……"

"你讨厌我了。"燕奴鼻子一酸,眼泪不由自主地就落了下来。

"你。"阿端轻轻地把燕奴抱在怀里,"我怎么会讨厌你呢?"

他们紧紧地抱着对方,在无边的黑暗里,仿佛有什么怪兽,在低声地咆哮。

五

宝应元年四月初五，西内神龙殿。

重病之中的唐玄宗李隆基，最后一次召见燕奴。

此时，安史之乱早已平息，燕奴回到凡间，也已将近二十年了。

从西内出来，燕奴的儿子阿端，扶着燕奴上了一乘小轿。

经过西市的时候，燕奴听到一匹马在嘶鸣。

她揭开轿帘，对旁边骑着马的阿端道："端儿，去看看那匹马怎么了？"

阿端去了有一盏茶的工夫，回来了。

"母亲，那匹马好奇怪，一听见乐声就要跳舞，不愿拉车。那位赶车的老大爷气坏了，正用鞭子狠狠地抽它呢！"

燕奴一怔，道："去，出个价，看那位大爷愿不愿意把马卖给咱们，那是一匹舞马，他们不知道。"

阿端去了，过了一会儿，就把那匹马牵来了。

燕奴看了一看，是一匹老马了，身上已被鞭子抽出了无数的血痕。

从长安到大海边,要走很远很远的路。阿端不明白母亲为什么每年都要去看看大海,而且还一定要带上自己。

他对母亲说,不如就住在海边好了。母亲却说,不,还是住在长安吧。阿端喜欢长安城,长安城热闹。

今年这一次,母亲还特意带上了那匹在长安城买来的舞马。

"阿端,敲敲鼓吧!"

阿端就用心地敲起来,他知道母亲喜欢听他敲鼓。

砰砰的鼓声在海滩上回荡。

那匹马随着阿端的鼓声轻舞。

在燕奴听来,这鼓声却像是从大海的深处传来的。

是吗?他还在不知疲倦地敲着鼓吗?

燕奴重又想起那个夜晚,在无边的黑暗里,阿端用平静的声音告诉燕奴,仙子说,在颡洞之门的出口,有一只叫作夔的怪兽,唯有阿端的鼓声,能让它从震怒中归于平静。

是的,阿端就这样敲着鼓,看着燕奴一步一步地向远处的那个亮点走去,那儿意味着自由和生命。这是生离,亦是死别。

但在燕奴的心中,却始终相信阿端仍在大海深处不停地敲着鼓,"砰、砰砰、砰砰、砰砰砰……"

他使劲地抿着嘴,目光随着鼓声的变化而变化,每当他敲出一段难度极大极花哨的段子的时候,他的眼里就会闪过一丝得意的神情。

张金莲

十八、

其实我从来就不曾死去,我一直、一直活着。

我们是通过交友网站认识的,她也在北京,而且也和我一样喜欢用繁体的输入法。我们互相加了对方的QQ,通过视频谈好价钱,约好时间,还说好是在我住的地方。

她很快就过来了,身材娇小,脸很精致,有一点冷漠,跟视频里看到的有些不同。我突然觉得似乎在什么地方见过她,不过我见过的女人实在太多了,大多都被我遗忘,还有一些则被我弄混,所以常常会有以前在什么地方见过某某人这样的感觉,我没有在意。而她见到我时也是一愣,好像也是在什么地方见过我,她问我:"你不会是姓朱吧?"

我摇头:"我姓李,怎么了?"

她走进房间,把包一甩,开始脱衣服:"我不跟姓朱的人打交道。"

她的皮肤冷而光滑,摸上去却有涩涩的感觉,似乎上面生满了细小的鳞片,她的舌头细细的、软软的,腰也是细细的、软软的。我喜欢这样的感觉,很久很久以前我身边也有过这样的一群女人……不过我不想再提以前的事。我们做得还不错,确切地说是我做得还不错,她似乎并没有什么太大的感觉,不过总比那些装出来的好。我们约好下周的同一时间她再来,当然还是同样的价钱。

后来我们保持一周一到两次这样的频率,见面的时间不固定,大多是在周末,有时候她周末没时间会提前打电话通知我。第一次见面的时候她给我的感觉是很泼辣,但后来我发现她其实是一个很谨慎并且很讲究礼仪的人。她和我说话时总是略低着眼睛,并不看我,慢声细语,吐字清晰,打电话的时候如果我不挂机她绝不会先挂机。我们好像成了朋友,我甚至怀疑我们是不是已经相爱。我觉得她和我有一些地方是相似的,比如对待时间的方式,没有人可以像我一样定定地坐在椅子里看天空看一整天,有时候我们可以一起坐在阳台上,阳光照下来,暖暖的。开始我们还说些话,后来越说越少,终于再也没有人说话了。我们坐在阳台上,看着天空,一直到天黑下来。

她告诉我她叫张金莲,这名字我以前肯定听到过,但这并不奇怪。这名字太正常了,说得不好听一点,是太土了,有太多的人叫这样的名字，不过也正因为这个我知道她告诉我的必定是她的真名，她本没有必要告诉我她的真名的。我们的关系维持了很长一段时间，有时候我甚至会担心在北京的某一个地方，比如王府井，或者大栅栏，很偶然地碰到她和她的丈夫或者她的孩子在一起。这个城市太小了，其实也算不上太小，但是对于无穷无尽的时间来说，任何城市，甚至这个世界，都太小了。

所以当她告诉我她的故事的时候我也并没有太惊讶，世界真的是太小了……

那是一个普通的周末，我们完事了之后，她突然跑进洗手间里很久没有出来，然后她出来说对不起。我闻到血腥味，推开洗手间的门一看，墙上、地板上和马桶里全是血，沾满血的手纸把垃圾篓塞得满满的，马桶也被堵住了。她很小声但是很清晰地说对不起，说很久没有这样了，没想到会突然在这个时候来，她说她会帮我把洗手间弄干净。我很久没见到一个女人这样出血了，但也并没有太惊讶。我说没关系，待会儿我自己会清理的。我用微波炉热了一杯牛奶给她，让她坐在沙发上，再在她身上盖一层薄被。

她就是在那时候突然开口的："我想我以后不会再来了。"

我说真的没关系，我见得多了。

她说："是啊，你很奇怪，别的人看到我出那么多血，都会把我当妖怪，或者直接就被吓晕了。"

我笑了笑。

她的眼睛望着别处，说："其实我真的是妖怪！"

我说："啊，没什么，我还是吸血鬼呢。"

她笑了："我以前从没碰到过你这样的人，不过，说真的，我不是人，我是守宫，啊，就是壁虎。"

我没有出声，等着她说。

她喝着牛奶，看到我并不害怕，就继续说下去："你到故宫的时候进过乾清宫吗？我很久没有回去了，其实也不想再回去……"她的眼睛低垂着，仿佛一切都很平常。

"那时候皇上——就是嘉靖皇帝，朱厚熜——在到处找八到十四岁的处女，他要用处女的经血炼制'元性纯红丹'，因为道士们跟他说，吃了这种丹药，就能长生。可是后来处女越来越难找，一个是宫里的要求本来就高，不是随便一个处女就可以的，另一个也是因为老百姓害怕了，早早地就把女儿嫁出去。后来，有一个官员，实在找不到处女了，就找来了许多壁虎，然后请一个道士施法把这些壁虎都变成处女，再送到宫里去做宫女。我就是其中的一个，这些宫女因为长相都不错，别的要求也都很合适，所以全被送到乾清宫里，做了皇上身边的答应、常在……"

她停了下来，我接过她手里的空杯子，重新热了一杯牛奶给她。

"你知道什么是答应、常在吗？就是皇上身边的小宫女，伺候他生活起居的，如果皇上看中你了，你还得跟他睡觉。不过其实皇上跟哪个女人睡觉太监们管得还是挺严的，何况他本来找我们来，也并不是为了跟我们睡觉，而不过是看中了我们的经血。

"他身体不好，脾气暴躁，对我们很凶，稍稍有些不对——有时候也没什么不对，就是觉得不顺心了，就能把我们打得半死，有很多姐妹就是这样被他打死然后送到静乐堂去烧成了灰。如果只是这样也就算了，他还给我们吃一种药，催我们的经血，因为他的'元性纯红丹'总是不够。吃了那种药的人，几天就出一次血，有的出了不停，血崩死了；有的没血崩，但也禁不住这样地出血，身体也很快地虚下去，不久也死了；就算没有死，皇上怕他吃宫女经血的消息传出去，也绝不会让那个宫女活下去的。

"宫女死了，按例都不会埋掉，而是直接烧了，骨灰撒在井里。后来有一个姐妹，叫杨金英的，说：'我们把他杀了吧，杀了他是个死，不杀他也是个死，不如把他杀了，以后也不会再有姐妹死在他手里。'她的话把我们吓惨了，他可是皇上呀！

"你现在不觉得有什么，可是那时候皇上对我们来说就是天，什么时候听说过天也能杀的呢？可是，后来我们还是答应了,还商量了办法。那天夜里,皇上睡在乾清宫暖阁里,这样的暖阁乾清宫里总共有二十几间,每间都有三张床。他以为这样别人就不知道他睡在哪里,杀不了他,却不知道若是身边的宫女要对他下手,便是再多的暖阁也没有用。

"夜深的时候,一个姐妹出去把仪仗上的绸线剪下来搓成一根粗绳子,另一个姐妹用黄绫抹布盖住皇上的脸,别的人有的摁他的腿,有的摁他的手,有的摁他的胸。我胆子最小,只敢在旁边看着。杨金英把绳子系了个结,套在皇上的脖子上。又过去两个姐妹,和杨金英一起扯绳子。皇上醒了,他脖子被绳子系牢了,喊不出声,只拼命挣着,却被姐妹们按住了挣不动。我们都以为事成了,哪里想到杨金英她们扯了一阵扯不动了,原来杨金英慌乱里竟是打了个死结。

"我……我看到这个样子,吓坏了,当时也不知道想的什么,就跑去叫皇后,后来管事的太监也来了,皇上已经被吓晕过去了。姐妹们知道杀不死他,也没有跑,跑又能怎么样呢?大不了都是个死,后来,我也没逃过去,和别的姐妹一起,被活活地剐了骨头架子……"

她用力攥着玻璃杯子,指节发白,沉默着……

我说:"可是,你——还活着。"

她缓过神来,把杯子放在桌上,捋捋头发,说:"是啊,我也不知道为什么,后来把我们扔在乱葬岗子上的,说是让野狗吃吧。可是，大约因为我们本就是守宫的缘故，骨头架子上竟又慢慢长出了肉。后来姐妹们又都活了过来，有的还是回去做守宫，有的像我，继续做一个人，一直到现在。朱厚熜早死了，连大明朝也没了，别的姐妹也不知道怎么样了，只有我，虽然陪了无数个男人睡过觉，却也还是孤孤单单的一个人。"

她说到这里，眼里慢慢盈满了泪。我沉默着，靠近她，轻抚她的脸，抹去她眼角上的泪痕。

"你如果不怕，就让我在这里睡一夜吧。"她说，"我明天一早就走，以后再也不来打扰你啦。"

我给她掖了掖被子，说："你睡吧。"

她躺在沙发上，很快就睡着了。我找来一根绳子，松松地打了个活结，然后套在她的脖子上。我一只手按住她的肩，另一只手用力地扯绳子，她很快就没了气，她仅仅只是一只壁虎啊，我拼命地对自己说，只是一只在灯下吃小虫子的壁虎。

我很小心地把她装进编织袋里，她的身子又小又软，我把她背到城外的荒野里一把火烧了。天亮的时候我回到家，洗手间里的血已经凝成了块，我用力地嗅着这猩红的浓香，双手捧起血块，塞进嘴里。

我不姓李，我姓朱，我就是朱厚熜，其实我从来就不曾死去，我一直、一直活着。

喜福堂

十九

世人但道去喜福堂有两条路,原来另一条路竟是在阴间!

一

通往喜福堂的道路有两条,其中的一条无人知晓,另一条则众所周知。但那众所周知的道路也并不固定:惊蛰前后,喜福堂是田垄边的一长排用竹子和蒲苇搭起的凉棚,客人们在布谷声中听歌伎弹琵琶,唱春莺啭;清明,喜福堂搬迁到巨大的古墓里,客人们坐在檀木的棺材上,听白衣的少年郎唱凄凉的挽歌;小满之后,喜福堂在野外搭起华美的毡帐,客人们骑着从大食来的高大的白马,在草地上驰骋,打马毬取乐;过了小暑,天气渐热,喜福堂又变成一座水晶宫殿,客人们坐在冰蚕兰织成的锦褥上,用琥珀杯痛饮西域的葡萄酒;白露的那一天,喜福堂变成巨大的船舶驶出海口,客人们坐在船头楼上,看大船向湛蓝的大海驶去,而卷发黑肤的昆仑奴,则放下小艇,挥舞着钢叉,去猎捕庞大的鲸鱼;过了小雪,天气变得阴冷潮湿,喜福堂搬进广州城里,客人们躺在火玉搭成的炕上,喝着酷烈的消肠酒;大寒之后,喜福堂是一座富丽堂皇的地下宫殿,客人们赤裸着身躯,泡着热气腾腾的温泉,与他们一起在温泉里的,是从波斯来的金发碧眼的女郎,而如果你是一位贵妇人,那么和你一起泡温泉的,就会是一位来自高丽的健壮且温柔的少年郎了。

但这一切对喜福堂而言都微不足道,因为这一切不过是赠品,不过是客人们进入地狱之前的赠品。喜福堂出售的既不是美酒女人,也不是高官厚禄,更不是香车宝马,它出售的是地狱之旅。

它给客人们一个探索死亡奥秘的机会,这个机会是如此的惊心动魄,又是如此的神秘莫测,以至于虽然它的代价是如此的高昂,但人们仍趋之若鹜。

喜福堂的客人中,有来自长安的三品大员,有来自拂林的红衣主教,有来自波斯的富商大贾,也有因为是来自大食,而以劫掠为生的独眼海盗……在它千奇百怪的客人们中,曾有一位作为人质被留在大唐的琉球王子。他冒着被杀的危险,从洛阳逃到广州,只为参加一次地狱之旅;但更奇怪的,是一位来自林邑的摩尼教的大慕阇,在进入地狱之前,他仍是一位虔诚的信徒,对女人不屑一顾,但是从地狱回来以后,他立即就钻进妓院里去了;可还有一位更奇怪,因为这位客人不是人,而是一头棕熊。它的主人是一个侏儒,这两个活宝到地狱里转了一圈之后,就开始宣称那头棕熊才是侏儒,而那个侏儒则变成了棕熊。

喜福堂的堂主金钱僧总是说,他的前生本是一头大象。很偶然的,他遇上了喜福堂的上一代堂主,那时候,喜福堂仅是一个很小的组织,被别的组织围剿追杀,仅剩那位堂主一人,并且他也身负重伤。那位堂主骑着金钱僧,沿着隐秘的通道进入地狱,在那里为金钱僧找来了一具波斯人的肉身,便死去了。金钱僧凭着记忆回到了凡间,四处浪荡,最终在广州城住了下来,并开始经营这地狱之旅。

谁也说不清金钱僧说的是真是假,但他确实拥有大象一般的膂力。他的武器是一根重达千斤的金禅杖,那根禅杖,便是四五个壮汉,也没法扛起,但金钱僧舞弄起来,却如拈草棍般轻巧。金钱僧使的杖法,据他自己说,名为"香象七十二式",乃是地狱中一位老和尚传授给他的。老和尚说,这"香象七十二式",本是无数劫前文殊菩萨所创,只因学这杖法的人需有大象般的膂力,是以在凡间早已湮没无闻。

金钱僧爱钱如命,但除此之外,他是一个十足的和尚,他吃素、不近女色、不杀生、每天参禅念经;他穿着绣金线的袈裟，骑着骡子在广州城里游逛，与他交往的都是达官贵人。

曾有一位从洛阳流放过来的五品官员，被一个赤发獠牙的恶鬼缠上了。每日好酒好肉管待之外，那恶鬼还有调弄鹦鹉的嗜好，而且寻常的鹦鹉他还看不上，非得是来自诃陵国的白玉鹦鹉，才能讨得他喜欢。那官员为此花了几十万钱，到后来实在没钱了，只好请了几个和尚道士，前来驱鬼，不想鬼没驱成，和尚道士们反倒被恶鬼捏着后颈扔出了城墙外。后来有人说不如请金钱僧试试，那官员拿了拜帖去，又送了十两黄金，才把金钱僧请来。金钱僧也不带禅杖，就赤着双拳，与那恶鬼缠斗，将他打得鼻青脸肿，狼狈而去。

这一段故事在广州城里流传甚广，且是愈传愈奇。那些茶楼里的闲汉，都能说上两句，末了说到恶鬼狼狈而去，那说话之人总要从椅子上立起，摆出一副凶狠架势，学那恶鬼抱拳道："君子报仇，十年不晚，敢问大和尚的名号，日后相见，也好亲近亲近！"

便有另一人接口道："贫僧法号金钱，乃是香象门第一万三千九百七十二代传人。"

于是那假扮恶鬼之人便筛糠一般抖起来，道："小人有眼不识泰山，原来大和尚是香象门下弟子，恕罪恕罪！"每说至此处，众人都要拍案大笑。

二

代宗广德元年夏，月明星稀，广州城西数百里外的荒野上，一队骆驼在疾速飞奔。跑在驼队前头的，是一头高大的白骆驼，那白骆驼的双峰间，坐着一个白袍男子，男子手中拿着一根鞭，轻轻一甩，便是啪的一声脆响，暗夜中听来，格外刺耳。

每隔几十里，便有一个人影从暗处跃出，拱手相迎。骆驼上的男子虽处于疾奔之中，却也不忘了俯身答礼。那些相迎之人，口中皆是呼道："监舶使属下××恭迎明驼使！"那"××"几字，有时是"婆罗门舶管事"，有时是"波斯舶管事"，有时是"大食舶管事"，有时是"高丽舶管事"……似乎每一国之船舶皆有一个管事，如此直迎到广州城外，只见城门大开，城墙上一人高呼："监舶使属下万国船舶总管张骨董恭迎明驼使！"那白袍男子仰头喊了一声："有劳总管！"话音未落，驼队已尽数冲入城中，城门轧轧关上，片刻之间，又已是无声，只隐隐听到远处骆驼厚厚的脚掌拍在地上，便仿佛是一阵轻风在穿城而过。

驼队直冲到广州城北的监舶司衙门前，才缓缓停下。白袍男子从骆驼背上翻身跃下，手腕轻轻一抖，长鞭已缠在腰间，他整整衣衫，牵着骆驼，大步走入衙门之内。

一个中年宦官迎了出来,身后跟着一个提灯笼的小太监。那中年宦官道:"夏侯兄远道而来,太一未能远迎,真是不好意思!"白袍男子笑着道:"吕兄弟何必客气,大家都是自己人。"

二人携手步入厅中,分宾主坐定,上茶已毕,白袍男子道:"我此次带来了十三头飞龙驼,不知够不够用?"中年宦官摇头道:"兄台有所不知,去年来了个新的广南节度使,专与小弟作对,今年收上来的珠宝,怕是连五头飞龙驼都用不上。"

白袍男子沉吟道:"这广南节度使是什么来头,竟敢与咱们稚川作对!"中年宦官从袖内掏出一个玛瑙小盒来,放在桌案上,轻轻推到白袍男子面前,道:"真君跟前,有劳夏侯兄美言。"白袍男子微微一笑,信手将小盒收入怀中,道:"真君本也不在乎这些珠宝,多些少些,并不放在心上;倒是稚川的名头,比较看重些。"中年宦官赔笑道:"是是,那节度使据说信的是什么景教,一来到广州就拆了南海神庙。这且罢了,还给皇上写折子告我盘剥胡商中饱私囊,皇上差了个御史下来调查,被我糊弄过去了,但也误了我不少工夫,是以今年的珠宝,比往年要少了些。"

白袍男子道:"你手下人不少,派一个过去杀了那狗官,岂不方便?"中年宦官道:"夏侯兄高见,小弟也是这般想,却未料到派了好几个人去，都是音讯全无。最后不得已，让骨董去了，虽是逃得一条命回来，却也受了重伤。"白袍男子抬手摸了摸自己的秃头，道："怪不得在城门口见到他时，颇觉得中气有些不足，原来是受过重伤。也罢，我让伯狗子去看看好了。"他拍拍手，从袖中摸出一块骨头，扔在地上，进来一头骆驼，低头把骨头舔入嘴中。白袍男子道："你去节度使衙门看看，若是方便，便把那狗官杀了，提头来见我。"那骆驼嘴唇向外翻出，眼神平和高贵，与那白袍男子竟有些相像。它听罢白袍男子的话，眨了眨眼，转身跃过监舶司衙门的高墙，瞬息之间不见了踪影。

白袍男子道："吕兄弟不如先让人把珠宝扛出来，待伯狗子回来，我就好回去复命。"中年宦官应了声"是"，便有几个黑衣大汉，嗨哟嗨哟扛了十口大箱进来。白袍男子一箱箱打开来查看，旁边一个小太监朗声念着清单："西王母白玉环十枚、避寒犀角五十根、瑞炭一千条、五色玉一百块、灵光豆三千颗……"白袍男子信手摸弄着箱中物件，不时抬头看看伯狗子回来了没有。那中年宦官却是面无表情，呆呆坐在太师椅上，不知在想些什么。

忽然听到屋瓦上一阵微响，似乎是一只老鼠匆忙跑过一般，跟着砰的一响，一包重物落在院中。白袍男子跳出去一看，正是伯狗子的头，装在一口大布袋里，怒眼圆睁。

白袍男子指尖微颤,沉声道:"双角犀!"一头白骆驼——它毛发稀疏的额角上,立着两根血红的肉瘤,从暗处走出,低下颈项,嗅了嗅伯狗子的头。白袍男子道:"没有狗官的人头,不必回来!"双角犀呼噜了一声,微一拱身,已跃入黑暗之中。

白袍男子转身步入厅内,哈哈一笑,道:"方才念到哪儿?灵光豆吗?"那小太监便又朗声念道:"……光玉髓三百块、孔雀石三百块、南海珊瑚五十棵、阿末香七十袋……"

但白袍男子再也没有心思去摸弄那些珠宝了,他在厅内来回踱着步,不时捏紧拳头,望一望门外。

约莫半个时辰之后,又是一阵老鼠跑过的微响,白袍男子闪电般冲入院中,并不看落下的布袋,反倒跃上屋脊,四处一望,却只见月明如水,重重屋宇伏在月色之中,高低错落。

他一抱拳,对下面的中年宦官道:"若是过了一个时辰我仍未回来,烦请吕兄弟将东西都让小的们驼上,它们自会送回稚川!"说罢,他轻轻一跃,飘飘摇摇上了对面屋顶,再一跃,便如一只巨大的白鹳般飞入月色之中了。

这白袍男子,乃是稚川的明驼使,复姓夏侯,字雅伯。节度使衙门与监舶司衙门相隔不远,夏侯雅伯施展开轻身术,疾如飘风,转眼便到。他本以为经伯狗子和双角犀这么一闹,节度使衙门内必是戒备森严，不曾想到了一看，却是漆黑一片，只门房内坐着一个瞌睡的门吏。夏侯雅伯虽有些惊讶，却也并不在意，他抬眼一望，见到西北角上一灯如豆，便跃了过去。

月已西斜，隐隐可见园内老树上立着几只乌鹊。夏侯雅伯看那亮着灯的屋宇，却像是一间书房。他揭开屋瓦，向下一望，只见一个十来岁的书童正伏案而眠，口涎流得好长，案前坐着一个清癯老者，正捧着一本书看。

夏侯雅伯料此人必是那狗官无疑，可看他的样子，却不像会武之人；再看那书童，更是气虚体弱，杀鸡只怕也杀不死。

正疑惑间，忽然听得扑哧哧一响，夏侯雅伯头也不回，晓得是树上的乌鹊飞起来了，他看看下面两人，思忖道，且不管他会不会武，杀了总是没错。正要破屋而下，却听得那扑哧哧声是愈来愈多，他忍不住抬头一望，只见到满天乌鹊乱飞，乌鹊之下，似有一个白袍人，正缓缓走来。

夏侯雅伯一惊，把长鞭抓在手中，轻轻一甩，啪的一响，长鞭如蛇般蹿出，鞭梢抽在瓦上，又忽地弹起，如蛇头般对着来人。

他这条长鞭，以骆驼绒毛精心编制，抽在人身上比刀剑还厉害。那白衣人似乎并未看见夏侯雅伯，只是不急不缓地走到屋下，也不见他如何动作，已跃上屋脊，身形与鬼魅无异。

夏侯雅伯不待他站稳，已一鞭抽了过去，他本只是想抢得个先机，却没料到白衣人不闪不避，任长鞭抽在自己胸前，雪似的白衣立时破开了一个大口子，露出里面一道血红的鞭痕。

夏侯雅伯一时倒不知下一鞭该不该抽出去了。白衣人看着他，目光平和而高贵。夏侯雅伯只觉得这面容神情，自己实在是熟而又熟，却还是想不起何时见过此人。

白衣人向前一步，瓮声瓮气地道："你不认得自己了吗？"此时月亮已落得只有树梢那么高，乌鹊满天乱飞，呼啦啦响成一片。夏侯雅伯和白衣人立在乌鹊中间，一动不动，不像是生死大敌，反倒像是多年不见的兄弟邂逅重逢一般。

夏侯雅伯喝道："你是何人？我夏侯雅伯鞭下不斩无名之辈！"白衣人道："我和你一样，也是夏侯雅伯。"夏侯雅伯此时才猛然想起，这人的面容，原来就是自己的面容。他哈哈一笑，道："故弄玄虚，你当我便怕了你吗！"话未说完，手中长鞭又已抽了出去，这一鞭倾尽全力，鞭梢隐隐带着风雷之声。白衣人却仍是矗立不动，任长鞭抽在自己身上，眼神竟愈加平和。

夏侯雅伯也不管他,展开步法,绕着白衣人一鞭一鞭,前后左右上上下下地抽去,转眼之间白衣人的衣裳已被抽得如粉蝶乱飞,身上鞭痕密密麻麻,可他仍是动也不动;片刻之后,衣裳的碎片也被抽成了粉末,四周只有血肉横飞,可白衣人竟是连眼也没眨一下;又过片刻,白衣人已被抽得只剩一身白骨,却仍是站着不动,嘴角竟浮着丝丝笑意。

夏侯雅伯惊呆了,他步法渐慢,长鞭挥出也不像刚开始时那般夹杂着风雷之声了,这时那骷髅忽然抬手一抓,已抓住鞭梢,轻轻一拉,把夏侯雅伯拉近身前,另一只手在夏侯雅伯头上一敲,夏侯雅伯便缓缓倒了下去。

骷髅俯身摸出夏侯雅伯怀中的玛瑙小盒,握在手中,又在屋脊上走了个来回,似乎在等夏侯雅伯死透,又似乎是在巡视自己的领地,乌鹊一只一只落了下来,先是落在他的肩上,跟着是头顶、手臂、大腿、脚背……后来的乌鹊没地方落了,便落在先来的乌鹊的身上,一层一层,屋顶上如同立起了一座鸟山。

忽然乌鹊都飞了起来,争先恐后,直往那金盘一般的月亮飞去。待乌鹊飞尽,屋顶上却只剩下夏侯雅伯的尸体,而那与夏侯雅伯一模一样的白衣人,已不知到哪里去了。

三

夏侯雅伯的身影逝去后,中年宦官在庭院中踱了几步,又扫了一眼珠宝,对那几个黑衣大汉道:"这便把它们扛到骆驼背上去吧,一个时辰后,张总管自会打开城门,让它们回稚川去。"他自己步入厅内,换了身装束出来,外面已停了一乘竹肩舆。他坐入肩舆内,道:"走吧!"四条黑衣大汉默不出声,轻轻将肩舆扛起,腾地一跃,已上了屋檐,其中一人道声"走",于是四人齐刷刷放开步子,腾挪纵跃,在鳞次栉比的屋宇上飞奔起来。

这中年宦官,姓吕名太一,明为监舶使,暗中却是稚川属下,专为稚川真君收集奇珍异宝,交付与明驼使夏侯雅伯带回。

且说吕太一乘着竹肩舆,风驰电掣般奔到广州城南门内。天已微明,城门却仍紧闭,四条黑衣大汉并不停步,反倒加快步子,直冲到距城墙不足三丈处,嗨的一声,已跃上城堞,又是轻轻一纵,已落在城外。抬眼望去,前面不远处便是码头,数十艘船舶泊在晨雾之中。

他们沿江向下游跑了数里,停在一艘小船边,吕太一从肩舆上下来,上了船,道:"你们先回去,有事但听张总管吩咐,我去见了琵琶,立时便回。"

船尾上的艄公，仍是睡眼惺忪。他用竹篙将船撑离岸边，待船入了中流，便张起白帆。太阳升起时，已出了海口，但见万顷碧波之上，无数金蛇乱舞。艄公收了帆，咿呀摇起橹来，他臂力奇大，小船如离弦之箭，直往大海深处行去。

　　未到午时，已望见前面有个小岛，艄公又加了把劲，小船直冲到沙滩上，才缓缓停下。吕太一从船上下来，匆匆向岛上走去。过了沙滩，又转过一片矮树林，猛地一大片草原展现出来，那些草足有半人高，随着地势起起伏伏，直向天边蔓生而去，偶尔一小片树林立在天地间。树林的后面，浮着几朵白云，白云下面，是若隐若现的蔚蓝海面。

　　吕太一对眼前景象熟视无睹，他深吸口气，跃上了草尖，双足一叩，呼地跑了起来，一路上或遇见成群的迁移中的大象，或遇见正在吃树叶的长颈鹿，或遇见正在沼泽边饮水的犀牛，几头狮子伏在草丛中，远处，一大群色彩斑斓的鹦鹉在草地上蝴蝶似的飞翔……

　　吕太一在树林边的一间草棚前停了下来，草棚内传出咚咚的鼓声，吕太一轻轻推开柴草扎成的简陋的门，唤道："琵琶！"

　　鼓声稍稍一滞，似乎那击鼓之人听到有人唤自己，若有所思，忽然鼓声又起，"咚咚咚咚……"忽而如柔柔的春雷滚过天边，忽而如情人狂热无比的心跳，忽而如冰川自山巅倾泻而下，忽而又如野象群缓慢而沉重地穿过草原……

吕太一怔了片刻，探身入内，只见暗处有一面小鼓，鼓后坐着一个女子，肤黑如墨，一双忧伤的大眼，那眼白，如冰雪般净洁，而那瞳仁，又如黑水晶般晶莹剔透。

"琵琶！"吕太一低低地唤道。那女子停了击鼓，眨了眨眼，并不出声。"菩萨蛮呢？"吕太一问道。女子抬起双手，做了个射箭的动作。

"去打猎了？"吕太一出去一望，果然看见远处有个人影在追逐一群羚羊，他反身入内，对女子道，"你不是一直想回葛葛僧祇国吗？过几天，便会有一艘大海船来接你，那驾船的人，年轻、勇敢，肤色也是黑的，你一定会喜欢他。"

琵琶忽闪着一双美丽的大眼，摇了摇头，表示自己听不懂。吕太一拉着她的手，将她牵到亮处，又拿起一根草棍，在地上画出一艘船，又画了一个箭头，指向南方。琵琶这回明白了，她高兴地拍起手来，嘴里喊着："葛葛僧祇！葛葛僧祇！"

葛葛僧祇国在遥远的南方。吕太一身为监舶使，见过无数从极远的国家来的海船，却从来不曾见过哪一艘海船，是从葛葛僧祇国来的，甚至都没听说过有人曾经到过那个国家。传闻中说，葛葛僧祇国的人肤色都是黑的，那儿没有四季之分，一年到头都是夏天，草原上布满了大象、狮子、长颈鹿、鹦鹉和犀牛，那儿的人都热爱击鼓、舞蹈和战争。

直到有一天，一艘来自诃陵国的海船带来了一位黑皮肤的少女，船主说，这位少女是葛葛僧祇国的公主。谁也不知道他说的是不是真的，因为船主出价太高，这位沦落为奴隶的公主一直没能卖出去。一次偶然的机会，吕太一听到了她的鼓声，他出一百匹绢把琵琶从诃陵国人手中买回，并发誓一定要把她送回葛葛僧祇国。他把琵琶安排在这个小岛上住下，并弄来了许多的大象、狮子、长颈鹿、鹦鹉和犀牛在岛上放养，又命一个叫菩萨蛮的昆仑女奴在此与她相伴。

正说话间，菩萨蛮已回来了，她身材粗壮，耳缀一双硕大玉环，肤色亦是黝黑，一看到吕太一，便道："主人，你来了。"

琵琶开心地跳过去，抓住蛮萨蛮的手臂，叽里呱啦地说着什么——她说的是葛葛僧祇国的语言，只有蛮萨蛮，因为与琵琶相伴得久了，才约略能听得懂。

菩萨蛮侧耳听了片刻，问道："主人，你是要送琵琶回去了吗？"吕太一点了点头。菩萨蛮便呜呜地哭起来，把吕太一和琵琶弄得面面相觑。但听她哭道："呜呜呜，琵琶要走了，菩萨蛮不能再为琵琶打猎了，呜呜呜……"

吕太一听后，笑了起来，道："你若舍不得琵琶，只管与她一道去葛葛僧祇国便是，只怕你到了那儿又过不惯，闹着要回来，可没那么多船送你。"菩萨蛮摇着头道："菩萨蛮一定过得惯，只要能听到琵琶敲鼓，菩萨蛮就是没男人抱了，也不要紧。"

琵琶似乎也听懂了菩萨蛮在说什么,羞涩地低下头去。原来菩萨蛮常常驾小船出去,趁天黑爬上那些路经小岛的商船,看哪个男子长得俊美,便抢了来同床共枕。幸好她并不伤人害命,什么时候厌腻了,便把那劫来的男子送回大陆上便是。但抢得多了,各国商船都知道此间小岛上有个女色魔,远远的便绕道而行,菩萨蛮愈来愈难寻得到俊俏男子,颇有些烦恼。

吕太一听菩萨蛮如此说,忍不住笑了起来。他道:"可是猎了羚羊回来了,这便烤了吃罢,吃罢了我好回去。"菩萨蛮嘿嘿笑着出去,生了火,剥下羚羊皮,赤手撕下羚羊的两条后腿,架在火上,不一会儿,便滋滋地滴下油来,草棚内外,飘漾着诱人的香气。

四

吕太一走后,那万国船舶总管张骨董从厅后走了出来,他手中拿着封书信,信中说夏侯雅伯夜探节度使府衙,遇敌身亡,又说明珠宝比往年少了的缘故。他将书信放入珠宝箱内,随驼队出了监舶司衙门,打开城门,让余下的十一头骆驼出城而去。

街上行人渐渐多了起来,张骨董坐上一乘小轿,七拐八弯,在一户人家前停下。他从轿内出来,挥手让轿夫退去,便走上台阶,伸手敲了敲门上铜环。

一个小童开了门,看见是张骨董,并不出声,退在一边,让张骨董进去,自己悄无声息地把门合上。张骨董绕过照壁,穿过门廊和西厢房,入一小园中,推开一扇小门,一个青衣大汉迎了出来,但见他行不沾地,赤发獠牙,亦是不出声,走在前面给张骨董引路。

愈往里走,就愈见得这房子的奢华。初入来时,但见得是一户寻常富贵人家罢了,进到小园中,就见到园内满布奇花异草,几只白鹦鹉在里面飞,再进去,更让人眼花缭乱:忽而出现一个房间,房内桌椅皆是玉石凿成;忽而又闪出一尊纯金的大佛;忽而又是一间书房,里面的佛经,皆是用金箔刻成;忽而又是一长排马厩,里面的百十匹马,皆是大宛良驹;这样的马,便是王公贵族,得到了一两匹,也是极庆幸的事……地上更是遍布玛瑙琥珀,仿佛这些珍宝竟是连石头也不如。

张骨董一边低头往里走,一边就忍不住笑道:"你家主人,果然是有钱,不过也不必每次都要让我看个够吧?"前面那人嗡嗡地笑了一声,仍是头也不回地为张骨董引路。不知走了多远,终于停了下来,那人按了按墙上一个机钮,两人便都沉了下去。初时尚觉黑暗,片刻之后,便白亮起来,原来是周围墙壁上镶嵌着无数夜明珠,一暗下来,这些夜明珠便放出柔和的白光。

沉了约有小半个时辰,终于停住了,侧面墙上开出一个小门,那人引着张骨董从小门出去。外面是个小房间,房间内又是一小门,推开来,初时亦是黑暗,渐渐便亮起来,但见一条长长甬道,不知通往何处。甬道两旁,一层一层,堆满了白森森的骨头,张骨董忍不住道:"这是多少年积下来的?"那引路之人瓮声瓮气地道:"不长,一两百年吧!"张骨董又道:"竟有那么多人,进去了就不愿出来了吗?"那人又是嗡嗡地笑了一声,不再答话。

这甬道看起来颇长,但真走起来,却只是一盏茶的工夫罢了,尽头又是一扇门,推开来,亦是一条甬道,这回两旁堆的却是一层一层的干尸。张骨董又问道:"这又是多少年积下的?"那引路人道:"四五十年吧!"走过了这条甬道,又是一扇门,推开来,亦是一条长长的甬道,这一回却是堆着一层层的水晶棺材,棺材内装满药水,药水里浮着一个个赤裸的人。张骨董道:"这些肉身需保存多少年?"那引路人道:"十年!"张骨董又问道:"可有人十年之后又回来的吗?"那引路人缓缓摇了摇头。

走到甬道的尽头,只见一个和尚立在一口单独放着的水晶棺材前面,听到张骨董的脚步声,他慢慢转过身来,嬉笑着道:"张总管若也想去地狱走一遭,贫僧可以打八折。"

这个和尚,绿眼高鼻,拄着根金禅杖,原来便是那喜福堂的堂主金钱僧。

张骨董嘿嘿笑着,道:"便是打了八折,我一个小小总管,也担付不起呀!"

金钱僧盘腿在水晶棺材上坐下,又抬手示意张骨董坐在另一口水晶棺材上,道:"你家主人为何不来?"

张骨董道:"一大清早便到小岛上看琵琶姑娘去了。"

金钱僧朝那侍立一旁的青衣大汉眨了眨眼,道:"几百年后,有一本书叫《癸辛杂识》的,其中说道:'有黑人女子,其阴中如火,或有元气不足者,与之一接,则大有益于人。'莫非你家主人,亦有'元气不足'之症?"

那青衣大汉,原来便是那曾被金钱僧打得鼻青脸肿的恶鬼,名唤古突子,后来又被金钱僧收服,做了他的侍者,此刻听得金钱僧拿吕太一打趣,便嗡嗡嗡地笑起来。

张骨董尴尬地换了个坐姿,道:"我家主人实是听了琵琶姑娘敲鼓,才……"金钱僧哈哈一笑,道:"贫僧说笑了,张总管不必在意,且来看看这具肉身,是否合你家主人的心意。"说罢,从水晶棺材上跳下来,轻轻推开了棺材盖子。

从棺材内飘出一股刺鼻的香气,张骨董近前去看了看,那药水呈暗红色,浓如稠汤,上面飘浮着许多不知名的药材,一个二十来岁肤色黝黑的男子，正静静浮在药水中，脸上带着甜美的微笑，似乎他并未死去，而只是在做着一个漫长无比的美梦。

金钱僧道："这药水名为'蛮龙舌血'，其中多是没药，另又添加了紫藤香、榄香、苏合香、安息香、爪哇香和青木香，还有黄铜紫金水精金精，可保这些肉身百年不坏，嘿嘿，单是这一棺材'蛮龙舌血'，已值一万两黄金！"

张骨董微笑道："我晓得你金钱僧有钱，单是我家主人这单生意，就收去了十箱珠宝。"

金钱僧叫苦道："张总管有所不知，你看这药水、这棺材，还有喜福堂里里外外百十个伙计，哪样不要花钱？贫僧虽是收得多，但花得也多，到头来留在贫僧手中的，委实是少之又少。"

张骨董道："我不听你饶舌，你且说说这棺材中的男子是何方人氏，年纪若干，高矮胖瘦如何，我好回去复命！"

金钱僧忽地探手入那棺材中，一把抓住那肉身颈项，将他从"蛮龙舌血"中提了出来，倒唬了张骨董一跳。金钱僧将那湿淋淋的肉身单手擎着，朗声道："此人本是诃陵国王子，七年前来到喜福堂，将他诃陵国的镇国之宝百叶青莲交与贫僧，说想下地狱看一看，大约在下面被女鬼勾住了魂，至今未回；他身高八尺五寸，体重一百五十五斤九两五钱，高鼻深目,容貌俊朗,你主人必是欢喜。"

张骨董抬眼细看,果然是高鼻深目,但却不知是不是容貌俊朗,大约诃陵国人,皆以高鼻深目为美也不一定,其他地方,倒也颇为合意,便道:"不知主人如何想法,我且回去复命,他若觉得合意,自会来看,我这便告辞了。"

金钱僧道:"不要紧,里头还有十来具肉身,肤身比这具黑的也有,他只管来挑。"

张骨董嘿嘿笑着,随古突子向外走去,但听见金钱僧咕嘟咕嘟地把那肉身又放进了"蛮龙舌血"里,然后是嚓嚓嚓的硬物摩擦声,大约是那棺材盖子,又重新合上了。

五

古突子将张骨董送到那小院中,张骨董正要告辞出去,古突子忽然从怀里摸出个玛瑙盒子来,道:"这个还给你家主人。"张骨董先是一怔,跟着笑了笑,道:"古爷留着吧!昨夜有劳,这小玩意虽然不值几文钱,却也有些趣味,权当骨董孝敬古爷的好了!"

古突子嘴角露出一丝笑意,将那玛瑙盒子又收入怀中。这时忽听得檐角上有人尖声道:"张总管,原来你主人私吞了真君的珠宝,是为了孝敬这丑八怪来着!"

张骨董抬头一看，檐角上立着一个着五彩衣的侏儒，长得獐头鼠目，令人一看就忍不住要起鸡皮疙瘩。古突子闷闷地问道："这人是谁？这么大胆！"张骨董冷冷道："这个矮子是稚川的山陵使韦无忝，为人奸猾狡诈，最是可恶！"

那韦无忝道："张总管说得不错，我为人最是奸猾狡诈，嘿嘿，如今我这奸人已打听得清清楚楚，监舶使吕太一与喜福堂勾结，私吞了十箱珠宝，又杀了明驼使夏侯雅伯，这件事若是被刺蝶使知道，嘿嘿，嘿嘿嘿……"

张骨董道："你待如何？"韦无忝眼珠一转，道："听说吕太一藏了一个黑美人在岛上，你们只需将这黑美人转送与我，我自然会将儿孙们叫回。否则，哼哼，它们昨夜便已上了路，此刻离稚川大约不到五百里了。"

张骨董脸色微变，对古突子道："古爷，有一事相求。"古突子点了点头，抬眼向立在檐上的韦无忝望去，道："我最讨厌别人说我是丑八怪！"

张骨董不再多话，转身冲了出去。

那屋檐上的韦无忝被古突子这么一望，不由自主地打了个冷战，他道："想杀了我吗？"古突子并不答话，仍是冷冷地望着他。韦无忝慢慢从腰间拔出一把黑色匕首，盯着古突子，却始终不敢跃下攻击；而古突子似乎也有些忌惮，一直立在屋檐下，动也不动。

忽然，隐隐传出吱吱之声，古突子回头一望，只见不知何时，地上已布满老鼠，那些老鼠皆是拳头大小，一双褐眼放着冷光，吱吱叫着冲上了古突子的胸膛。古突子大喝一声，双手乱拍，想将老鼠拍下去，却如何能够，老鼠迅速爬满了他的全身，古突子倒在地上，手脚乱舞，渐渐地就不动了。

韦无忝跳下来，将黑匕首收回腰间，冷笑道："这点道行，也敢与我山陵使作对！"老鼠看他下来了，都吱吱吱地散过一边，似乎在邀功请赏。古突子已变成了一具骷髅，原先放在他怀中的玛瑙盒子，也落在了一边。韦无忝拾起玛瑙盒子，收入怀中，又踢了踢那具骷髅，正要重新跃上屋檐离去。忽觉脚下一紧，似被什么东西扯住，他低头一看，原来竟是那骷髅伸出一只白森森的手抓住了他的脚。韦无忝惊得脸都白了，他拔出匕首，拼命地扎着那骷髅。骷髅却张开嘴，瓮声瓮气地道："你不知道吗？我是鬼，不是人！"说罢，抬起另一只手，捏住了韦无忝的脖子，轻轻一扭，但听得嘎的一响，韦无忝手中的黑匕首就掉了下去，噗地插入泥中。

骷髅慢慢从地上爬起，四处看了看，弯腰从韦无忝怀中取回方才掉在地上的玛瑙盒子。他小心翼翼地将盒盖掀开，里面一只极小的白鹦鹉，大约是被突然出现的骷髅头吓了一跳，惊叫道："哇，好可怕！我要晕倒了！"

身后有人道:"张骨董只怕截不住那些老鼠。"骷髅合上玛瑙盒子,一点一点转过身去,原来是金钱僧立在他的身后,"你这便追上去,若是遇上刺蝶使,先拦一拦也好!"骷髅点了点头,把手一招,便听到有鼓翼之声传来,忽然从屋内扑出一大群乌鹊,团团将骷髅围住,吱吱喳喳地叫着,一只左翼上有根白羽的乌鹊一个翻身飞上了天空,跟着其他的乌鹊也蜂拥着向天上飞去,转眼之间,只余金钱僧一人立在院中。

一只白鹦鹉飞过来,落在了金钱僧的肩上,轻轻地啄着他长长的耳垂。

六

张骨董本是僚人。僚人自古居于岭南,以悍勇称于世。张骨董年幼时随父亲入山中狩猎,时常将猎得的野物背负到广州城来,出卖给各国商贾。他天性聪敏,又极为好学,与那些胡人相处得久了,渐渐竟被他学得了许多国的语言。吕太一到广州做监舶使,便将他收了来,做了总管。

僚人最擅使环首刀,张骨董的环首刀,与寻常的刀又有些不同。寻常僚人的环首刀,皆是铁制,不过一尺四五寸长。张骨董的环首刀,却是百炼软钢煅成,足有四尺多长,不用时折成三折，挂在腰间，用时抖开来，在水中一浸，立时变硬，与一般刀剑无异。

且说他从广州城中出来，先是沿着桂江，向西急奔，跑了有两三个时辰，折而向北，日落时过了灵渠，只见前面横着一条大江，在夕阳下闪着金光。张骨董知道是湘水，他立在岸边举目一望，果然见到水面上一群老鼠，正如一大片乌云般，向对岸飘去。

张骨董冷笑一声，发力奔过江去，并不停步。月亮升起时，他在一处山崖下立住，四处看了看，取下腰间环首刀一抖，在山泉里浸了浸，扛在肩上，借着月色绕过山崖，只见前面一道狭长沟谷，两边皆是绝壁，再无路可通。他走进去，在山石上坐定，环首刀放在一边，从怀里摸出个酒葫芦，仰脖喝了一大口下去，一股热气从丹田里升起，四肢百骸的无数毛孔都似张了开来，舒畅无比。

夜半时，隐隐听到远处传来声响，仿佛是晚风吹过树梢，张骨董一口将葫芦里的酒饮尽，扔在一边，抓住环首刀站了起来。

那响声愈来愈近，愈近愈响，到后来竟如狂风呼啸一般，直刮到了谷口，方才渐渐止息，忽然一道黑色细流迅疾流入沟谷之中，张骨董一个错步向前滑去，环首刀贴地一抹，将最先冲进来的数百只老鼠全都斩成两半。跟着进来的老鼠吓得立住了，但后面的却仍在向前冲，前后一阻，登时滚作一堆。张骨董将环首刀插入鼠堆中尽力一搅，又有几百只老鼠被搅成了肉酱。

老鼠弄明白前头有人拦路，却并不退缩，仍是鼓勇而前。张骨董把环首刀舞得水泼不入，须臾之间，又有数千只老鼠死于非命，两边崖壁上尽是斑斑血迹，呼吸间亦全是老鼠的腥臭。老鼠似是怕了，掉头跑出沟外，聚成一片，忽而前进数丈，忽而又如潮水般退去。张骨董呸地吐了口唾沫，将刀往地上一拄，扎了个马步，等着老鼠再冲进来。

老鼠犹豫片刻，忽然一窝蜂地挖起洞来。张骨董只是冷笑，并不理会。一会儿的工夫，老鼠已挖出了千万个洞孔，地面如蜂巢一般，但是很快老鼠又从洞中钻了出来，吱吱叫着乱窜，大约是发现下面全是山石，挖不动了，有些心焦。

人鼠对峙了足有一个时辰，老鼠渐渐又聚在一起。四周忽地静了，月亮高高挂在绝壁之上，又小又黄，一只猫头鹰在树林里笑。张骨董忽然觉得浑身汗毛直竖，原来老鼠又疯了一般直冲了进来。这一回与前次大不相同，前次这些老鼠只是想冲过去，这一回却是如商量定了一般，有些老鼠向前冲，有些老鼠却是拼了性命去咬张骨董，而且似乎还各有目标，有些咬头，有些咬脚，有些又是咬手，更有一些老鼠，既不冲，亦不咬，只是在沟谷内乱窜，有意扰乱张骨董的心智。

张骨董果然大为吃力，不时有老鼠冲到他身后，他不得不一步步后跃，追杀那些冲过去的老鼠，不知不觉间，竟已退到了谷口。张骨董大惊，奋力向前杀去，想把老鼠逼退，却不料一慌神，被一只老鼠咬在脚上。那只老鼠倏地便钻了进去，张骨董眼也不眨，把刀向下一挥，已将脚砍了下来，他知道若再迟疑片刻，老鼠便会咬入自己胸腹。

但是再也守不住了，冲过去的老鼠愈来愈多，张骨董后跃的次数也愈加频密，很快就退出了谷口，老鼠冲了出来，却并不走，反倒将张骨董团团围住。

此时也只剩下几百只活着的老鼠了，它们似是恨极了张骨董，竟要与他同归于尽。张骨董也已筋疲力竭，又杀了数十只老鼠后，又被一只老鼠咬入他脚内，他一狠心，哧地把那只脚也砍去了。

老鼠似乎也被张骨董的狠劲惊住了，停了片刻，又再蜂拥而上。张骨董跌坐在地，高声呼喝，他眼前已是一片模糊，只能凭着感觉挥刀。老鼠如弹丸般冲入了他体内，张骨董一声高呼，把环首刀往自己身上一阵乱砍，竟将冲入他体内的老鼠全都砍死，他自己倒在地上，再也动弹不得。

余下的十几只老鼠不敢再冲过去，远远看着张骨董的尸体，簌簌地抖。

月小如钱，几只死蝶如碎锦般在月光里飘，一个白衣少年从绝壁上跃了下来,他捂着鼻子走近张骨董,似是想看看张骨董是否还活着。那十几只老鼠在少年身后吱吱地叫,仿佛在说着什么。少年皱了皱眉,忽地抬脚向那些老鼠踩去,将它们全都踩死,他自己单手扼住喉咙,呃呃地干呕着,却什么也呕不出来。

七

这白衣少年,正是稚川的刺蝶使林雪行,他闲时常常从稚川上下来,四处寻找蝶群,以刺蝶为乐。此处绝壁之上,每逢夏夜,常有无数蝴蝶聚集。这一夜正好林雪行在此处山石上闲坐刺蝶,远远听到呼喝之声,他也懒得下来看,仍是不紧不慢地刺。他的剑名为"稚",极细极长,通体乌黑,蝴蝶被这稚剑刺中,便即死去,却无伤痕,只在双目间留下一个针尖大小的微孔。

林雪行直刺到蝴蝶散去,才缓缓从绝壁上下来,正看到张骨董倒下死去。他认得那些老鼠乃是稚川山陵使韦无忝的手下,也听懂了老鼠所说之话,却仍是忍不住要把老鼠踩死。他生来便有洁癖,以前远远的看见韦无忝和他的老鼠,便避过一边,此时一下踩死了十几只老鼠,恶心得胃都要翻过来了。

他干呕了半天，呕不出什么，索性不呕了，两只脚互相踩着，把鞋踩脱了，一阵风冲上绝壁，扑通一声跳入绝壁上的那汪深潭。他把衣衫脱了，在水中洗净，挂在潭边树上，又把自己的身体也洗了，爬上岸，躺在山石上睡了一觉。

清晨醒来时衣尚未干，他跳入潭水中捉了条鱼，生了火，把鱼烤了吃，直磨蹭到将近午时，才慢慢穿上衣衫，跃下山崖，向广州城行去。

他虽是信步而行，却也颇快，到天黑时，距广州城也只有二百多里了。前面一大片竹林，林雪行提了口气，在竹林上跑了起来，此时月朗风清。林雪行跑到快意处，忍不住高声大笑。忽然听到前面有人应和着他的笑声，也在桀桀地笑。林雪行停下脚步，张目一望，只见到无数乌鹊翔集，乌鹊之下有一野坟，坟头上坐着一个骷髅。

林雪行跑近前去，只见那骷髅踞坐在坟头上，其色如雪，周身骨骼玲珑可数，脑壳上披散着几缕赤发，肩上又还立着一只小小白鹦鹉。那白鹦鹉一看到林雪行，便道："刺蝶使来了！刺蝶使来了！"

林雪行立在竹梢上，冷冷看着，道："便是你，杀了夏侯雅伯？"那骷髅自然是古突子，他缓缓立起，抖了抖身子，周身骨节咯咯作响，沉声道："是！"

这"是"字尚未说完，已听得叮的一响，便如两钱相碰一般，古突子左边锁骨上已挨了一剑,而林雪行却依旧是立在竹梢上,仿佛从未动过。若不是他手中已握着稚剑,古突子真要以为,方才那叮的一声,乃是幻觉。

白鹦鹉直到此时才反应过来,刚才那一剑,其实便是刺在它的脚爪之间,它嗖地从古突子肩上飞起,远远地落在一棵小树上,吓得连话也说不出了。

林雪行诧道:"竟然当得我一剑!"古突子微抬起头,看着林雪行,右手倏地伸长,直向林雪行抓去。他这一抓,亦是快如闪电,但尚未抓到林雪行身上,已被林雪行刺了千百剑,转瞬之间碎为尘灰。

古突子没想到林雪行的剑竟有如此之快,还有些呆愣时。林雪行已从竹梢上跃下,绕着古突子一转,不知刺出了几十万剑。古突子微微一晃,从坟头上翻了下来,嘭的一响,身上迸出雪白尘雾。他半抬起身子,想站起来,却再次倒下,又嘭地响了一声,竟于刹那间碎成了一堆白色粉末。

林雪行看也不看,跃上竹梢,向广州城跑去。那些乌鹊,一只一只地落在了那堆白色粉末旁边,它们张嘴将粉末啄起,放在一边,渐渐堆出个人形来。看看粉末已啄尽,乌鹊呼啦啦地飞起,那人形便缓缓站起,却依旧是个雪白的骷髅。

白鹦鹉飞了过来,立在古突子肩上。古突子抬起左手,用食指轻轻地抚摸着白鹦鹉,他的指尖微微抖颤,拼命定神,也停不下来。他的另一只手已碎成了粉末,被风吹散,再也寻不见了。

八

吕太一到小岛上去看琵琶,回到广州城时已是满城钲响,这钲敲了三百响后,便要宵禁,那时若还有谁敢在街上乱走,便要挨鞭子。

吕太一回到监舶司衙门,遍寻张骨董不见,暗暗诧异。他骑上马,匆匆向喜福堂行去。当时的广州城约有二十万人口,其中多是胡人,那些胡人远远看见吕太一骑着马过来了,都避在路边,躬身行礼。吕太一看到熟识的,便挥挥手打个招呼,行到喜福堂时,只见金钱僧拄着禅杖,站在大门边。他一看到吕太一,便哈哈大笑,道:"监舶使果然好雅兴,去见美人半天不回,让和尚等得好苦。"

吕太一苦笑道:"骨董早上可曾来看过那肉身?我回来后遍寻他不见,倒有些心焦。"金钱僧抓住吕太一的手,一边把他往大门里拉,一边道:"进去再说。"吕太一四下望望,道:"怎么你那古恶鬼也不见了?"

金钱僧直把他拉到那放置水晶棺材之处,方才道:"咱们的事情,不知如何被臭老鼠韦无忝打听到了,古突子虽已把他杀了,但张骨董只怕拦不住那些回稚川报信的老鼠,和尚已命古突子先去阻一阻刺蝶使,但也挡不了多久,那小鬼早晚便到。"

吕太一听罢,黯然道:"如此说来,骨董已是死了。"

金钱僧道:"时间不多,你快快看了肉身,定下来了和尚好办事。"吕太一道:"你那肉身放在哪儿?"金钱僧推开旁边一口水晶棺材的盖子,指着里面的人道:"便是此人,早上张骨董来看过了,极是满意。此人乃是诃陵国的王子,名唤堕婆登,长相俊美无比,在诃陵国娶了五六十个妃子,生了一二百个儿女,乃是诃陵国第一美男,前年到喜福堂来,喜福堂里的数十个波斯美人,全都被他迷得神魂颠倒;他将诃陵国的镇国之宝百叶青莲交给和尚,说想去地狱看看,没想到一进去就不愿出来了,害得和尚的美人全都自杀去寻他。和尚把那百叶青莲卖了,卖得的钱还不够和尚去波斯找美人,大大的亏了本!"

金钱僧说至此处,摇头叹息。他怕吕太一不满意,是以把这诃陵国王子吹得天花乱坠,又把他入地狱的时间,从七年改为两年。

吕太一看了看那浸在"蛮龙舌血"里的诃陵国第一美男,倒看不出什么不对,其实他要求不高,只要皮肤黝黑、身体健壮、年纪不大就行。他点了点头,道:"就是他吧!"

从喜福堂出来时街上已空无一人,吕太一骑着马回监舶司衙门,马蹄敲在石板街面上,铮铮地响。一队巡夜的街吏在后面大呼着,喝令吕太一停下。吕太一并不理会,街吏提着灯笼追上来,一看原来是监舶使,吓得滚鞍下马,跪在一边。

吕太一回到府中,将仆役尽都遣散,自己吃了点东西,又饱饱睡了一觉,起来时已是暮色四合。他独自坐在厅中,双目微瞑,旁边立一把青铜开山钺。二更时分,从开元寺佛塔的塔尖上飘下一个小小的人影,几个起落,已站在监舶司衙门的大门外。吕太一睁开双眼,认得那立在月光下的白衣少年,正是稚川的刺蝶使林雪行。

吕太一抓住青铜开山钺,站了起来,道:"你来了?"

林雪行道:"我接到老鼠密报,说你私吞了十箱珠宝,又借喜福堂之手,杀了明驼使。"

吕太一道:"不错,我是取了十箱珠宝,也借古突子之手,杀了夏侯雅伯!"

林雪行缓缓步入大门,立在庭院中,冷冷道:"入一趟地狱用不了那么多珠宝,莫非……你是为了那葛葛僧祇国的公主?"

吕太一点头道:"刺蝶使说的不错,事已至此,我也没有必要瞒你。我是让喜福堂替我寻了一具肉身,待我换过肉身之后，便要带琵琶一道离开此处，到她家乡去。"

林雪行道："我倒想见一见那女子，不知她有何本事，能让稚川的监舶使，放着现成的荣华不要，倒要跟着她，到那蛮荒之国去过苦日子。"

吕太一哈哈大笑，道："刺蝶使，论武功，我不是你对手，但有些事情，你是永远也不会知道的了。"

林雪行脸色煞地白了，道："什么事情，我永远也不会知道？"

吕太一道："那男女间的鱼水之欢、云雨之乐，刺蝶使你知道吗？"

林雪行听吕太一如此说，一时默然无语。原来稚川的武功虽是天下无敌，却有一样不方便，便是学这武功之人，得先自宫，否则不单学不到，反倒有走火入魔之虞。林雪行其实是稚川真君未入稚川前所生，真君为了让他学到稚川最高明的武功，在他三岁时，便给他净了身。吕太一却是三十多岁后，遇了一场大变故，才抛家别子，入了稚川。是以吕太一说什么"男女间的鱼水之欢、云雨之乐"，林雪行自然是默然无语了。

吕太一又道："我一时冲动，入了稚川，虽是学得了天下第一等的武功，却把自己弄得男不男、女不女，有何趣味？自从我遇到了琵琶，听了她敲鼓，方才悟到，原来那颠鸾倒凤、生儿育女，才是人生至乐。稚川中人，个个武功高强，威风得紧，其实比起那些升斗小民，都还不如，人家虽是日日操劳，但一到了天黑，便可行那男欢女爱之事，便是老了不中用了，也有儿孙绕膝，哪像我们孤苦伶仃，无趣得很！"

林雪行拔出稚剑，又上前了一步，咬牙道："我这便杀了你，看你死了以后，还能行那'男欢女爱之事'否！"

吕太一哈哈大笑道："我这便也要死去，好换了肉身，与我那黑美人一道回葛葛僧祇国去，刺蝶使要杀我，倒是正好了！"

林雪行道："你换一百次肉身，我便杀你一百次！不单要杀你一百次，我还要连那公主也杀了，看你们到了地狱，还能不能生儿育女，儿孙绕膝！"

吕太一听林雪行如此说，并不答话，只是嘿嘿冷笑。

林雪行怒道："你不答话，莫非是怕了吗？"吕太一正色道："生亦何欢，死亦何惧，阴阳两界，不过如镜里镜外，刺蝶使不曾下去看过，自然以为死是极可畏的事，那些下去看过的人，倒认为地狱比阳间好上千百万倍呢！"

林雪行道："你既如此说，何不速速死去，还留在此处，却是为何？"吕太一看了一眼林雪行，淡然道："生不求死，死不求生，生亦是死，死亦是生，你不曾见那夏之花，秋之叶，生时绚烂，死时静美，何曾有半点悲喜在心。刺蝶使纵使武功天下第一,若始终参不透生死间事,依旧是可笑、可叹、可悲、可怜!"

林雪行又上前了一步,剑尖微颤,道:"我这便杀了你,看看究竟是谁可笑、可叹、可悲、可怜!"

吕太一却道:"不需刺蝶使下手,太一自会了断!"只见他将手中青铜开山钺立在身前,锋刃对着自己额头,使劲一磕,便连人带钺一起倒在了地上。林雪行低头去看时,只见钺刃已深深咬入吕太一双眉之间,他双目紧闭,嘴角含笑,竟已是死了。

九

金钱僧将水晶棺材的盖子掀开来,看着里面的堕婆登,他依旧是浮在"蛮龙舌血"里,一动不动。金钱僧暗暗责怪吕太一迂腐,非要等到林雪行来了,才肯了断,说什么如此行事,才是大丈夫所为,简直是狗屁不通。若是依金钱僧所言,早早换了肉身,此时早已到了小岛,将琵琶接上船来了。

忽然一群乌鹊飞了进来,叽叽喳喳,绕着棺材乱飞,渐渐聚到了一处,又四散飞开,露出那独臂的古突子来。

古突子道:"已将吕太一引来了!"

果然那棺材动了一动,跟着便探出一个黑脑壳,湿淋淋地滴着红色的"蛮龙舌血"。那脑壳晃了晃，甩去脸上稠液，嘎声道："世人但道去喜福堂有两条路，原来另一条路竟是在阴间！"

金钱僧一把将他从棺材里提了出来，立时跳出两个波斯美人，将堕婆登身上的稠液抹去，又替他穿上衣衫，戴上头巾，打扮得与诃陵国王子无异，跟着又冲出一个赤膊的昆仑奴，一弯腰将堕婆登背起，甩开步子便往外跑。

堕婆登在昆仑奴背上喊道："臭和尚，也不待我活动活动筋骨再走！"

金钱僧喊道："你快快起锚，接了黑美人便往南去，再莫回头，我替你挡住林雪行！"

堕婆登喊道："多谢臭和尚！原来你不怕林雪行的稚剑！"

那昆仑奴跑得极快，堕婆登这句话到了末尾，已是隐隐约约。金钱僧叹了口气，其实他心中亦无战胜林雪行的把握。他背着手在屋内踱了两圈，忽然把身上那绣金线的袈裟脱了，金禅杖亦丢在一边，对古突子道："你守在一边，切勿现身，若我输了，你待林雪行走后，便把我的肉身带回，浸在'蛮龙舌血'里，七七四十九日后，我自会复活。"

古突子点了点头。金钱僧便出了喜福堂，他却不先去码头，反倒转了个弯，到监舶司衙门前，将那守门的两个石狻猊，一只手一个举了起来，才放开步子，砰砰砰地跑到码头边，把石狻猊放下，坐了上去。

堕婆登的大船方才驶出码头，因是夏季，只刮南风，金钱僧找来了许多身强力壮的昆仑奴划桨，那些船桨皆有数丈长，起落间水花四溅，颇是壮观。

大船驶去后不久，林雪行也跟着来了，他道："你们办事却也利索，我到喜福堂去已寻不见人！"

金钱僧从石狻猊上跳下来，双掌合十，道："贫僧在此恭候已久。"林雪行退了一步，拔出稚剑，指着金钱僧，道："你不用熟手的兵刃，倒搬了这两个笨家伙来，便已是怕了我了。"

金钱僧亦是退了一步，轻轻将石狻猊举了起来。那石狻猊每个都有两三千斤重，金钱僧举着它们，却浑若无事。

林雪行道："你这和尚，倒有几斤蛮力。"

金钱僧道："你这小鬼的剑太快，和尚只能搬了这两个家伙来保命，见笑见笑！"

林雪行道："你以为这石狻猊便能保住你的命吗？"他话音方落，手中稚剑已刺出，但听得叮叮叮叮四声响，金钱僧左手举着的石狻猊四腿已断。其实林雪行刺出的何止四剑，单是石狻猊的一条前腿上，他便刺出了数十剑，只是这数十剑刺得实在太快，于是听起来，竟只有叮的一声了。

金钱僧只觉左手一轻，石狻猊的基座已掉了下来，眼看便要砸在他脚上。金钱僧一抬腿，把那基座向林雪行踢去，跟着一抓，五指已插入石狻猊顶门，手腕一翻，依旧举在头上。林雪行一侧身，基座从他耳边飞了过去，砸在码头边一个邸舍的屋顶上。那基座少说也有七八百斤重，倒把那屋子砸塌了一半。从里面跑出一个胖大胡人来，只穿着裤衩，屁股肥白，正要破口大骂，猛地看到对面一个恶和尚，举着两个石狻猊，吓得他大气也不敢出，远远地跑开了。

林雪行微微一笑，身形微动，稚剑又已刺出。金钱僧这回有了防备，把右手的石狻猊侧了一侧，却仍是断了三条腿。林雪行不再收剑，展开步法绕着金钱僧绵绵不绝地刺去，那剑势便如惊涛骇浪一般，澎湃汹涌，震人心魄。但见码头上石屑纷飞，不到半个时辰，金钱僧手上的石狻猊已被刺成了粉末，只余右手上握住的一条腿，还称得上是石块。

林雪行笑吟吟地收了剑，扑了扑了衣袖。金钱僧的僧衣上早已落满了白色石粉，脸上和眉毛上亦是一片白，他哈哈一笑，道："刺蝶使的剑，果然名不虚传，幸好我没带禅杖，亦没穿袈裟，否则，嘿嘿，那禅杖还好，是金子做的，或许不至于被刺成金粉，那袈裟却定是要遭殃了。"他想了想，却又道，"不对不对，若是禅杖不被刺成金粉，那袈裟又怎么会遭殃？"

林雪行倒有些啼笑皆非，没想到金钱僧在这生死关头，还如此关心他的金禅杖和金袈裟。他道："江湖上皆道金钱僧爱财如命，果然是名不虚传。"

金钱僧嘻嘻笑道："不是爱财如命，我这条命值得什么，不可比，不可比！"

林雪行道："你的命既不值钱，我这便取去了，你到地底下去爱财罢！"

金钱僧道："但取无妨，不过最好刺我额头，我身上这件衣服，虽然不值几个钱，却也是扬州的丝绸裁制的，刺坏了可惜！"

他这句话说完，额头上果真多了个小洞，那血喷出来，洒在前面数尺的地上，他才知道林雪行的剑已是刺出来了。他仰面倒下，喃喃道："这剑，果然是快！"

林雪行把剑上血迹抹去，收入鞘中，向一艘停在码头边上的小船走去。那船上的胡商，本是搂着一个波斯妓女，睡得正香，听到码头上有人打架，吓得缩在舱里，连头也不敢探出来。林雪行跳上小船，把胡商和波斯妓女都拖出来，一人一脚踢入水中，又扯断缆绳，把住船桨便往海上划去。

直到再看不见林雪行身影了，那个只着裤衩屁股肥白的胡人才小心翼翼从远处走回来。他弯腰去看那躺在地上的尸首，隐约认得是喜福堂的堂主金钱僧，吃了一惊，正要大叫。忽然跑过来一具雪白骷髅，却只有一只左臂，弯腰将金钱僧的尸首抓起甩在肩上，便伸开两条长腿，咔哩咔啦地跑走了。

十

直到日出时，林雪行方才追上堕婆登的大船。

那时菩萨蛮正坐在一只大木桶上看海景，那大木桶是装缆绳用的，菩萨蛮坐在上面，晃着一双又黑又粗的牛脚，百无聊赖。原来堕婆登嫌她总是跟着琵琶，碍手碍脚，将她从船舱内赶了出来。

再说那菩萨蛮，看遍了船上水手，也寻不到一个长得稍微俊俏一点的，正在气闷，忽然看见海面上一艘小船如箭似的飞来，船上一个白衣少年，俊秀无比，忍不住脱口赞道："美哉，少年！"她从大木桶上跃下，跑到船舷边，瞪大双眼，要看清那少年的模样。

却见那少年轻轻从小船上跃起，脚在大船的船桨上一点，已跃上了甲板。

菩萨蛮看得瞠目结舌，一时倒不知该不该上前去招呼了。

旁边的水手都以为是来了海盗，大呼小叫，取了刀枪出来，将林雪行团团围住。这些水手，或来自林邑，或来自大食，或来自高丽，或来自拂林，容貌衣着，各不相同，口中却都是说波斯语，原来波斯语乃是海船上的通用语。但听他们喊道："不好，来了海盗了！"另一个道："不像不像，海盗不是眇目，便是独足，若是琉球海盗，头顶上也需扎个冲天辫才像，哪有他如此俊秀?"又有一个道:"看他跃上船的样子,武功必是十分的高强,自然不必把自己打扮得凶神恶煞的吓人!"

且说林雪行站在甲板上,听水手们大呼小叫,自己却一点儿也听不懂,心中有些焦躁,索性拔出稚剑,一溜儿刺过去,把那些水手全都刺倒。其余的水手以为是来了魔鬼,都跑到舱里,藏了起来。

堕婆登听到甲板上水手们呼喊,料到是林雪行追上来了,便打手势命琵琶留在船舱里莫出来,自己转身走了出去。

林雪行见到一个厚唇大耳皮肤黝黑衣着华美的青年出来,倒有些吃惊,试探着问道:"你便是吕太一吗?"

堕婆登道:"我不是吕太一,吕太一早已死了,我是堕婆登!"

林雪行不解道:"什么'多魄灯'?"

堕婆登道:"不是'多魄灯',是'堕婆登'!"

林雪行怒道:"我不管你是'多魄灯'还是'剁破凳',总之快快叫你那公主也出来,好一并受死!"

堕婆登道:"刺蝶使要取我性命,只管取去便是,只求你放过琵琶和船上众人!"林雪行冷笑道:"你不是说'生亦是死,死亦是生'吗?为何现在又求我饶了众人性命?"

堕婆登道:"各人的生死,当由各人定夺,便是他们的父母,也不能予取予求,何况旁的人!"

林雪行身形一晃，又杀了一个水手，冷冷道："谁强谁便可决定旁人的生死，这世界便是如此，你说得再多，也是废话！"

堕婆登缓缓从衣下抽出一把弯刀来，他刚换过肉身不久，手足仍是僵硬，自知不是林雪行对手，却也不愿束手待毙。

林雪行剑已刺出。堕婆登不断后退，勉力招架林雪行的攻势，但听得一连串的金属撞击声，初时一声一声的，还隐约分辨得清，渐渐便连成了一片，不单只连成了一片，竟似乎天地间所有的声响都要被这撞击声遮住了，海鸥在桅顶上盘旋鸣叫，海浪在船下汹涌。众水手在为堕婆登呼喊助威，但这一切都听不见，只有那剑与刀的撞击声，铺天盖地，如同一场亘古以来最狂暴的大雨，要将一切别的声响都碎为齑粉。忽然那撞击声竟停了，弯刀从堕婆登手中掉了下去，缓缓坠落，一只海鸥绕着它飞了一转，又飞走了，弯刀无声地落入海中，溅起了一朵小小的浪花。

林雪行的剑指着堕婆登的咽喉。堕婆登已被逼到了船尾，身后便是大海。林雪行冷笑道："我不会轻易便杀了你！我要让你慢慢地死！"

堕婆登正要出言相抗，菩萨蛮忽然从一边晃了过来，道："俊哥儿，你不要说那么多废话啦，不如与我菩萨蛮到舱里去乐一乐，定让你求生不得，求死不能！"菩萨蛮说罢，便张开双臂，要去抱林雪行。

　　林雪行是何等人物，岂能被她抱住，但忽然看到一个又黑又壮的妇人从旁边跳出来，长得母熊一般，却也是一惊。他虽然不太清楚菩萨蛮说的"到舱里去乐一乐"是何意，但也知道必不是好话，不禁有些羞恼，抬手便一剑刺去。

　　那菩萨蛮虽然肥大，但日日在小岛上打猎，与羚羊狮子追逐，身手练得极是敏捷，林雪行这一剑被她一低头，居然刺了个空。

　　堕婆登乘这机会，跃过一边，呼呼地喘气。

　　林雪行没料到这船上除了吕太一外，还有高手，倒也不敢大意，手中稚剑接连不断地刺出去。登时把菩萨蛮刺得手忙脚乱，身上多了十数道伤痕，虽然都不是要害，却也颇为疼痛。菩萨蛮吃痛不过，忽然一跃，抱住了桅杆，哧哧地爬了上去，高声喊道："你这俊哥儿怎的如此凶恶！"

　　林雪行如何愿意像她一般窜高伏低，他嗖嗖地几剑刺去，登时把桅杆刺断。那桅杆高达十数丈，斜斜地倒下来，吱吱嘎嘎直响。

　　菩萨蛮抱着桅杆，呼天喊地，忽然看到琵琶，急忙高声喊道："公主，快敲鼓！快敲鼓！"

　　原来琵琶待在船舱里，放心不下，偷偷溜出来，躲在堕婆登的身后。她听到菩萨蛮喊她敲鼓，便跑回船舱，咚咚咚地敲起来。

菩萨蛮听到鼓声，精神一振，看看那桅杆快要掉到大海中了，便松手跳下，在甲板上随着鼓声跳起舞来。

这时那些昆仑奴也早已停了划桨，都拥到甲板上，远远地看菩萨蛮与林雪行打斗。菩萨蛮看到人多，益发跳得手舞足蹈。

葛葛僧祇国的鼓乐，源自打猎时的呼喝，敲起来热力十足，那些小鼓皆是挂在腰间，敲击时不用棍棒，只用两只手，一只手定音，另一只手则敲出各种变幻不定的节奏，听者往往于不知不觉间受到感染，跟着节拍晃脑摇臀，如醉如痴。

且说那菩萨蛮，愈跳愈急，脚下步子也愈发的不可捉摸，忽退忽进，忽左忽右，有时看似前趋，忽而又变为后跃，有时看似后跃，忽然一个晃眼，却又凝然不动了。林雪行连着刺了几百剑，居然总是差之毫厘，失之千里，心中不免有些慌乱。忽然于那咚咚的鼓声中又多了一些嘭嘭声，与鼓声相互呼应，有时鼓声仿佛渐渐弱了，这嘭嘭声便鲜明起来，却又另有一种韵致，鼓声是柔弱中带着刚犷，那嘭嘭声却是喜乐中带着无畏，仿佛是看透了生命的酷烈，因之即便是在极苦处，却也总能寻出亮色来。

这咚咚声与嘭嘭声配合在一处，愈加地激动人心。菩萨蛮抬头一望，但见甲板上到处都是随着乐声起舞之人，更有一个高大黝黑满头鬈发的昆仑奴,拿着根船桨,凝神听着琵琶的鼓声,一只手打着拍子,另一只手则把船桨往那大木桶上敲,发出嘭嘭的敲击声。

菩萨蛮细看那人时,却是越看越心花怒放。她乌拉拉喊了一声,突然张开双臂,向林雪行冲去。林雪行本就已被鼓声扰得心神不定,正强自忍住,不让自己随着鼓声起舞,忽然看见菩萨蛮扑过来,大惊之下,向旁一闪,没想到他一动就合了鼓声的节奏,倒不像是要躲避菩萨蛮了,反倒像是要与她相对起舞一般。他愈发慌了,又是一跃,没想到这一跃亦是合了鼓音。他心神大乱,看到菩萨蛮便在自己面前,张开大嘴笑着,露出满口白牙,便没头没脑地一剑刺去,忽觉手上一空,那把稚剑已被菩萨蛮劈手夺了过去。他大惊之下,向菩萨蛮扑去,菩萨蛮却是向后一跃,跟着将剑刺出,在林雪行脸上划出一道长长的血痕。

林雪行一声尖叫,缩在船舷边茫然四顾,又是一声大叫,遮住自己的脸向后一倒,竟昏了过去。这一剑本未伤到要害,并无大碍,但林雪行却万万没想到自己竟会伤在这黑妇人手中,更未想到自己的剑竟会被她夺去,这实是他平生未遇的奇耻大辱,急怒攻心之下,竟失去了知觉。

琵琶似是听到了林雪行的呼喊,停了敲鼓,那昆仑奴也把船桨放下,众人便也跟着停住,不再舞动。

一时倒都静默无声,大伙儿都没有想到,这个武功绝伦的少年,竟如此这般便败在了菩萨蛮手下。

十一

停了好一会儿,菩萨蛮试探着走近,想看看林雪行究竟是昏了还是死了,林雪行却忽地从甲板上跃起,将稚剑从菩萨蛮手中夺回,抬手便刺。菩萨蛮本就存了防备之心,这一剑倒没刺中,林雪行却不再理她,转而向船上众人刺去,立时便有七八个水手倒下,其余的人发一声喊,都远远地逃开。

菩萨蛮得意道:"俊哥儿,你已是我手下败将,就不要再逞强了,乖乖地随我入船舱中快活吧!"

林雪行此刻披头散发,血流满面,剑伤两侧皮肉翻起,委实凶恶得紧,菩萨蛮却仍称他作"俊哥儿",一旁的水手和昆仑奴都觉得有些可笑,却又都笑不出来。

林雪行一声厉喝,举剑向菩萨蛮刺去,这一回他狠了心要杀菩萨蛮,招招都刺向她的要害,菩萨蛮闪了几闪,已是魂飞魄散,高声大呼:"敲鼓!敲鼓!"

琵琶急忙又敲起鼓来,果然只敲了几下,林雪行的剑法已见散乱,又敲几下,出剑也缓了,且每一剑都合着鼓声的节奏,如此打法,不单是刺不到菩萨蛮,反倒像是在与菩萨蛮喂招了，常常是菩萨蛮已避过一边，那剑招才到。

　　一边的水手都出言相嘲，一个道："看这情形，这'俊哥儿'果真是看中了咱菩萨蛮姐姐了！"另一个道："菩萨蛮姐姐花容月貌，'俊哥儿'与他做一对，正好般配。"又有一个道："不如今夜就让他们在船上洞房花烛，我们也好乘此机会，大吃一顿！"

　　林雪行虽听不懂水手们说的什么，但看他们嬉皮笑脸，也猜到必是在嘲笑自己，心中益发羞恼。忽然他又舍了菩萨蛮，转身向船舱冲去，想先杀了琵琶，他心知若不先杀了这敲鼓的公主，自己是永远都别想打得赢菩萨蛮了。

　　没想到菩萨蛮却像是早已晓得他要刺琵琶一般，预先等在旁边，林雪行一转过来，便被她连人带剑紧紧抱住。林雪行剑法虽是天下无敌，若论臂力，却不是菩萨蛮对手，被她抱住，一时也动弹不得。

　　菩萨蛮欢喜道："好极好极！俊哥儿，咱们这便到船舱里去吧！"一边说着，一边就把林雪行向船舱里拖去。

　　堕婆登看菩萨蛮痴劲上来了，生怕她在船舱里得意忘形，被林雪行逃出来还好，若是林雪行竟将菩萨蛮杀了，岂不是乐极生悲，急忙喊道："菩萨蛮，这……这俊哥儿，其实……其实……"他说至此处，一时倒不知如何说才好了。

　　琵琶已停了敲鼓，从船舱内出来，见菩萨蛮如此行径，羞得把下巴抵在胸口上,眼睛都不敢睁开来。

菩萨蛮回头道:"你说话怎么婆婆妈妈的?这俊哥儿到底怎么了?"

堕婆登沉吟道:"这……这俊哥儿其实已不是……不是男人!"菩萨蛮一时倒还弄不明白是怎么回事,应道:"怎么不是男人?"忽然她一跺脚,把手往林雪行胯下摸了摸,便猛地松开手来,跳过一边,道,"晦气!晦气!果然已不是男人了!"

林雪行却不趁此机会出剑,他嗒然立于甲板中,忽然悲从中来。他从年幼时便一心练剑,不惜为此自宫,只道武功练好了便可称霸江湖,令所有人都俯首称臣,而自己更可为所欲为,却没想到今日不仅败在一个昆仑女奴手中,且还当着众人的面被如此羞辱,不免万念俱灰。他渐渐流出两滴眼泪,喃喃道:"我不是男人!我不是男人!"

众人面面相觑,不知他为何会忽然变成如此模样。林雪行抹一抹脸上血泪,四下望了望,缓缓向船舷边走去,仰头看天,笑了一笑,便纵身跃了下去。堕婆登扑到船边时,只看见海面上一朵小小水花,碎开来,接着一圈圈涟漪荡出去,不一会儿,就被层层涌起的波浪抹平了。

待众人都平定下来时,却是寻菩萨蛮不见。堕婆登料她左右只在船上,也不再找,高声下令大摆筵席,让众水手和昆仑奴狂欢一夜,明日再向南航行。

没想到这一夜狂欢,也不见菩萨蛮踪影。直到次日清晨,才见琵琶笑吟吟地过来,拉起堕婆登的手,一路向底舱走去。底舱是昆仑奴划桨之处,堕婆登随着琵琶,穿过一排排坐在地上呼呼划桨汗流如雨的昆仑奴,看到在那半明半暗处,一个身材粗壮的昆仑女奴,正一边划桨,一边痴痴地瞧着旁边一个男子,那个男子,正是昨日拿着船桨敲打大木桶的昆仑奴,但见他舒舒服服地躺在地上,一双眼斜睨着菩萨蛮,嘴角带着一抹坏坏的浅笑。

堕婆登与琵琶足足向南航行了一年,方才找到葛葛僧祇国。两人在那儿繁衍了无数子孙。至今仍有一个部落供着堕婆登的木雕人像,那人像乃是用非洲特有的白旃檀雕成,大耳、厚唇、凸目、鼓腹、赤足、阳根翘起,浑身不着片缕。据说不孕的妇女只要向它虔诚跪拜,定能得子,而且不是一个两个,而是源源不绝。

至于金钱僧,果真于七七四十九日后复活了,只是他碰上了一件麻烦事,原来那堕婆登的魂魄不知何故,竟又从地狱里出来,索要他的肉身了。此时那肉身正在海船上,早已不知行出了几万里,金钱僧如何能将它还与堕婆登。后来想出个主意,让堕婆登的魂魄从那些水晶棺材里任意挑出个肉身来先用着。那堕婆登的魂魄便去水晶棺材堆里挑拣,没想到挑了半天,竟挑中了吕太一的肉身。金钱僧大为诧异,说这肉身是一位太监留下的,已如何如何,你挑中它,大大不妥。

堕婆登的魂魄却道:"我在地下吃够了女人的苦,好不容易逃出来,如何肯再重蹈覆辙,便是这肉身最好!"

他果真便用了这肉身,而且还冒了吕太一的名号,在广州城里做了监舶使。后来这个冒牌的监舶使还杀了广南节度使造反,代宗皇帝费了好大的劲,才平定了这场叛乱。此事在《旧唐书》与《新唐书》中皆有记载。

梦奴珠珠

二十

谁知道呢?又何必非去知道不可呢?梦与现实,本无区别。

等月亮爬到了半山腰,阿紫像一缕轻烟一样向山脚下跑去。

那儿一个小小的村庄,静静睡着。

阿紫轻捷地跃上王家低矮的土墙,鸡埘里的那几只老母鸡发出一阵惊慌的咯咯声,阿紫落在屋后窗棂下,轻轻唤道:"灵哥儿,灵哥儿!"

屋里响起穿衣服的窸窣声,然后窗棂嘎地一响,探出一个头来。

"阿紫,阿紫!"

阿紫在下面仰头看,眼里盈满喜悦。

灵哥儿已经把半个身子从窗里探出来了。

这时,院角立起一个黑黑的人影——一个瘦瘦的婆姨,一边系着裤带,一边走过来。

她看到了阿紫。

"快来人哪！快来人哪！那只狐狸又来啦！"

女人杀猪一样地喊。

她的裤子还没系好，落到了膝盖下面，看上去有些可笑。

阿紫嗖地上了屋檐。等灵哥儿的爹赤着上身攥着搂草的铁叉从屋里冲出来的时候，阿紫已经像一颗红丸一样地从村庄的院墙间跳出来，风也似的跑在村外的荒野上了。

月光如银，在阿紫火红的皮毛上，抹了一层梦幻一样的灰。

珠珠被阿紫惊醒了。

她原本是睡在一株矮小的木槿上，阿紫蓬松的尾巴扫过了她的脸，把她从木槿上扫下。她像一片落叶一样飘坠，就快触到草地时，她醒了，翻身浮在月光里，看阿紫像一条鱼，在月光的湖里愈游愈远，渐渐消失。

那只狐狸，还没找到伴儿吗？

素音也醒了，正把她长长的鸟喙，插入一朵粉色的木槿花的花蕊里，吮吸里面的花蜜。

珠珠飘起来，吊着脚，坐在木槿的枝上。

一只黑狗从树叶的阴影里跳出来，蹲坐在珠珠身旁。这是一只很小的狗。

"东方朔。"珠珠摸了摸黑狗的背。

黑狗把头转过来，给珠珠一个龇牙咧嘴的笑脸，然后把舌头伸出,在珠珠脸颊上舔了一下。

东方朔是一只会笑的狗。

珠珠是在一朵郁金香里发现这只狗的。它蜷成一团,睡在花碗里。珠珠和它成了朋友,它不会说话,但它会听,也会笑。

珠珠跟它说东海海市的事,说那边的鲛绡比云更轻,说那边的珊瑚比树更高,说那边的夜明珠比月亮更亮,还说那边的龙——它们总是浮在天上,无聊地喷火玩儿……

可珠珠从没去过东海的海市,所有这一切她都是听东方茫然梦奴长山木说的。山木有一个大大的头,每天,山木都坐在瓦楞上,用他细瘦得像发丝一样的手撑着他那大得不能再大的头,苦思冥想东海海市的事,然后把他想到的,说给珠珠听——其实连山木自己,也从没去过东海的海市。

其实,那个海市也都不一定非要在东海不可,只不过因为山木是东方茫然梦奴长,所以那个海市也就在东海了。

"小女子又发痴了。"

素音喝够了花蜜,飘过来扯扯珠珠的衣袖。

"走吧!"

"嗯。"

珠珠也从木槿上飘起,和素音一起,向太阳升起的方向飘去。小黑狗东方朔趴在珠珠的肩上。

素音是西方柔弱梦奴长，手下有一万八千名柔弱梦奴，珠珠亦是其中之一；除了柔弱梦奴，还有山木手下的茫然梦奴，也是一万八千名；此外，还有北方恍惚梦奴长花案手下的恍惚梦奴和南方幽静梦奴长水秘手下的幽静梦奴，也都各有一万八千名。

所有这些，总共七万二千零四名梦奴，都是逐梦使春梦婆的奴隶。

穿红衣的柔弱梦奴从四面八方飘来，渐渐汇聚到素音和珠珠的身后。她们排成长长的一列，向东飘去，飘去。

她们沿着河飘行了好久。宽阔的河面上，月光闪烁，偶尔，在平静的河湾，一条鱼跃出水面，发出咻的一声。后来，不能再和河水做伴了，它折向了东南，而珠珠她们仍是直直地向东去。进了山谷里，在黑沉沉的森林里穿行了一阵后，素音带着梦奴们向上飘，渐飘渐高。溶溶月色下，群山莽莽苍苍。一直向东去，向东去。

起初，月亮还大得像一个车轮，黄澄澄的，令珠珠不由自主地感到惊讶和恐惧。后来，月亮挂到了磁蓝天空的正中间，变得只有银盘大小了，素音终于俯下身子，改成了向下飘。一条河在她们下面，她们几乎是擦着水面掠上了河岸。夜风把柔弱梦奴们的衣角裙袂吹得猎猎作响。她们开始贴着草尖向前飘行，几只萤火虫从草里飞出，在她们前面引路。这个地方是一片河滩，上面长满各种各样的草和低矮的灌木，前面，远山像锯齿一样刺向夜空。

素音停下了，柔弱梦奴们在她的身后排成了一个方阵。这个方阵浮在月光里，随着微风，上下左右飘荡，像一朵泼在纸上的红莲，又像一片硕大的、浮在水面上的枫叶。

"姐姐，我们来早了？"

"不。"素音抬手指了指，"你看。"

一队梦奴从东边飘过来，都穿着黄衣，领头的正是头颅巨大身躯瘦小的山木，这些茫然梦奴在柔弱梦奴对面数十丈处停下，大声喧哗，四处探看，山木好不容易才让他们排成一个不规则的方阵。

就在茫然梦奴还乱糟糟的时候，从南边又飘来了一队梦奴，这些梦奴都穿着青衣，领头的是龙首人身的水秘，这些是幽静梦奴。他们无声无息地飘来，无声无息地排成方阵，每一个都紧抿着嘴，目不斜视。

幽静梦奴的方阵排成了好一会儿，茫然梦奴的方阵才算是勉强凑成。这时，从北边又来了一队着紫衣的梦奴。领头的是一个总角独足的少年，这少年，自然便是北方恍惚梦奴长花案了。

恍惚梦奴们很快便排成了方阵。这四个方阵，全都浮在月光里，方阵的中间，是一块平地，长着茂盛的杂草，草丛里，隐隐藏着一张石椅，高高的椅背，乍一看上去，倒像是一块墓碑。

风稍稍变大了些，把草场吹得像波浪一样翻卷起来。

"沙——沙——沙——"

一个人走过来，渐渐近了，是一个老媪，蓝布裙衩，驼着背，白发梳成一个小小的髻。她爬到石椅上坐定，不知按了个什么机关，那石椅便直直地升起来，直升到和梦奴们一般高了，才定住。

红黄青紫四个方阵的梦奴都俯身唤道："参见逐梦使！"

原来这个老媪，就是逐梦使春梦婆。

"今天又是南柯会，可有什么新鲜的噩梦吗？"

春梦婆说完，把她那双蓝幽幽的眼睛一扫，所有的梦奴都不禁心里紧了紧。

最先出来的，是幽静梦奴长水秘："小的手下有个叫龙无目的，最近去戏耍一个极喜食脍的书生，倒还有些兴味。"

春梦婆微微颔首。水秘躬身退下，从他身后出来一个幽静梦奴，向春梦婆拜了拜，一挥手，虚空中就幻出了一幢酒楼。其间酒保穿梭不停，食客猜拳行令，掌柜打骂小童，歌伎莺声呖呖，全都栩栩如生，仔细嗅去，还能嗅到酒香菜香。酒楼内一个青衫男子，正捧着一盘鲈鱼脍，大快朵颐。片刻之后，男子从酒楼里出来，穿街过巷，进了一座府第。花园内小桥流水，竹林间有一书斋。男子进了书斋躺下，不过一会儿，就鼾声大作。忽然男子化成一条鱼，那座府第也变成了烟波浩渺的湖泊。鱼儿在湖里畅游，没过多久，就被渔夫的破网网住，拎到集市上叫卖。一个大腹便便的厨子过来，将那男子化成的鱼买下。那鱼先是被养在水盆里，过了不久，就被厨子捏住腮提起，甩在砧板上，破肚刮鳞，又一刀刀将身上肉剐下来，剐得只剩白森森的鱼骨了，方才罢手。忽然那鱼骨又变回男子，却仍是在书斋里。男子愕然半晌，把自己上上下下摸了个遍，才相信满身的肉都还在，刚才不过是南柯一梦。

春梦婆看至此处，一挥手，道："也还罢了。"

幻影消失，龙无目退下。这回出来的，是恍惚梦奴长花案："主人，小人手下一个叫鹿衔草的，近日去戏耍一个应举的书生，倒还颇雅致。"

春梦婆哼了一声。花案退下，从他身后出来一个恍惚梦奴，亦是向春梦婆拜了一拜，手一挥，虚空里幻出一座破庙。破庙内一个书生正秉烛苦读，他旁边坐一个青衣丫鬟，低头做着针线活，偶一抬头，容貌虽不能说是美极，却也颇惹人爱怜。书生许是累了，伏案睡下，恍惚梦到自己已金榜题名，正骑在马上，要回乡省亲，身边仆役如云。那个青衣丫鬟，也已成了他的小妾，坐在一乘小轿里。走了一日，日暮时行到京郊澄城县，书生携小妾到县衙楼上宿下。睡到半夜，这梦中之人，竟又做起梦来，却是梦到一个憔悴妇人，从妆奁内取出一纸红笺，在上面题诗：

"楚水平如镜，周回百鸟飞。金陵几多地，一去不知归。"

珠珠看到这里，对素音悄声道："姐姐，这作诗的女人是那书生的妻子吗？好可怜！"

春梦婆斜了一眼过来。

素音一个激灵，捏了捏珠珠的手。

珠珠伸了伸舌头，不再说话。

这时，那书生自己也裁了一张蜀笺，提笔写道："还吴东去下澄城，楼上清风酒半醒。想得到家春欲暮，海棠千树已凋零。"

珠珠一看，心里便想："'海棠千树已凋零'，这不是盼着他妻子死吗？"

她想问素音，却又不敢，只觉心里凉飕飕的。

果然，跟着书生便梦到那题诗的憔悴妇人，用鞭子抽打那个丫鬟。大约是丫鬟的婉转哀啼惊动了书生，这梦中之梦，便倏乎灭了。

第二日那丫鬟就生了重病，书生只好改由水路回吴。行到将要到家时，那丫鬟便死了，死时嘱咐书生，河北岸上有一新坟，将自己埋在那新坟之后好了。书生埋了丫鬟，回到家中，没想到自己的妻子竟也已死了，葬在三十里外的河岸边。书生去看，竟然便是那新坟。两处坟茔四周，竟也开满了洁白如雪的海棠花。

春梦婆微微一笑，道："诗还不错。"

素音抬眼看去，茫然梦奴长山木并无要抢先的意思，她便飘然出列:"主人,奴婢手下一个叫宛若的……"

春梦婆向前探了探身子,道:"素音,听说你新近收了一个叫珠珠的梦奴,以替代前日寂灭的梦奴秀曼,你可令她出来,让她把最好的噩梦做与我看。"

素音犹豫道:"主人……她……她做不得噩梦!"

春梦婆道:"什么?"

素音稍大了点声道:"她做不得噩梦!"

梦奴们听得这句话,都嗡的一声,吵闹起来。

春梦婆冷笑道:"做不得噩梦,你收她何用!待会儿南柯会散了,你和珠珠都留下来,也好让我看看,她究竟为何做不得噩梦。"

素音低头道:"是!那——宛若?"

春梦婆双眼微闭,把身子靠回椅上。

素音便垂首退下,从她身后出来一个柔弱梦奴,朝春梦婆敛衽而拜,手一挥,竟幻出了一片汪洋大海,海上一艘商船,船内一个中年商人,正在酣睡。

梦奴们看到新梦开始,便都静了下来。

忽然海上刮起了风暴,白浪如山,将商船打成碎片。中年商人落入大海,但却未死,只是缓缓向深处沉去。起初四周只有深海的黑,不久,闪出一座白银的宫殿。有人引商人入内,里面一个白银虾王,将商人招为驸马,把自己四个如花似玉的女儿，一并嫁给商人为妻。商人何曾过过这样富贵的日子，每日里不过是酒池肉林，声色狗马。竟不知在此过了多久，只见到商人刚来时种下的一棵碧波海苔，已高达百丈。

商人却渐渐厌腻了，一天，闲极无聊，出宫游荡，忽然又见到一座黄金筑成的宫殿。宫殿内一个黄金蟹王，亦将商人招为驸马，把自己八个闭月羞花沉鱼落雁的女儿，一并嫁给商人为妻。这黄金宫殿内的日子，又比白银宫殿的富丽繁华了无数倍。也不知在此过了多久，只见到商人刚来时矗立在宫殿外的一座石山，已是平了又起，起了又平。

一天，商人又腻烦了，他不告而别，走了不久，果然又见到一座绿玉筑成的宫殿。里面的绿玉鱼王，亦将商人招为驸马，把自己十六个貌比天仙的女儿，都嫁给商人为妻。这绿玉宫殿内，更是装满了奇珍异宝，殿内还有一只飞兽，能驮着商人上天入地，四处遨游。也不知在绿玉宫过了多久，商人只记得南海的金刚果是一劫一熟，而自己也已去品尝了有十几次了。便是这样的神仙日子，终究也有无聊的时候。

一天，商人又出了绿玉宫。他踽踽独行，见到一座阴森森的黑铁宫殿，他正在外面犹豫，却被一个夜叉王从宫殿内蹿出来将他揪住，拖了进去，把一个边缘锋锐的铁轮顶在他头上。那铁轮骨碌骨碌直转，把商人锯得哭爹叫娘，痛不欲生。夜叉冷笑，道："你享了多少年的福，就要受多少年的罪。"

便是这时，商人兀地醒了。船舱内枵然一榻，船舱外碧水连天。

春梦婆微蹙眉头，看了宛若一眼，挥手让她退下，道："山木，可该你啦！"

东方茫然梦奴长山木从队列里趑出来，嗫嚅道："主人，小的们好像没什么有趣的噩梦。"

珠珠一听，不禁掩嘴偷笑。

每次南柯会，茫然梦奴们都叫苦连天。大约是山木的心思都用在编造东海海市的谎话上了，根本就没耐心去管教他手下的梦奴，于是茫然梦奴们的噩梦，要么荒诞不经，要么恶俗无聊，稍好些的，又了无意趣。

春梦婆道："有趣无趣，你先幻化出来再说吧！"

山木愁眉苦脸蹲下，以手支颐，闭目冥思起来。

半晌，他微微晃了晃头颅。

暗夜里便幻出一座极大的宫殿。想是深夜，整座宫殿都沉在黑暗里。远远有梆子响，不时有带刀的侍卫结队于宫殿内巡游。

一个黑衣人，提着一盏明瓦灯笼，侧身靠路肩走着，身后一个着月白夏衫的中年男子。这两个人，着意避开那些侍卫，悄悄来到角落一所别院前。黑衣人轻轻敲门，一个荆钗裙布的老妪，出来引他们进去。

宫殿消失了，幻出别院内的景象。一间黑黢黢的小屋，门窗紧闭，只在墙上留出一个小孔，应是传递饭食用的。两个三四十岁的憔悴妇人，正相拥而泣。

听得外面有人低唤："皇后，淑妃！皇后，淑妃！"

那两个女人，听得这喊声，扑通扑通跪倒，呜呜地哭起来。

又听外面那人道："你们放心，朕自有处置。"

女人们听到这句话，益发哭得凄惨了。

墙角处一个不到十岁的女童，正睡得香甜。

珠珠想，大约是那个女童要做梦了。眼前却突然换到了清晨时的景象，一队黑衣人，拥着一位衣着华丽的中年美妇，进了别院。

只听那美妇人道："蟒氏，枭氏，你们二位昨夜可睡得安稳？"

她的嗓音甜软柔媚，眉眼间亦全是笑意，但那两个憔悴妇人，却像筛糠似的抖了起来，显然是害怕到了极致。

那女童也醒了，缩在墙角，抱紧双膝，看着美妇，又胆怯，又有些好奇。

那美妇人又道："我怕夜里有人来打搅你们，给你们弄了样好东西来，好让你们能睡上安稳觉。"

话音刚落，就有一群黑衣人，吭哧吭哧抬了两样东西进来，细看去，却是两个极大的酒瓮。

跟着又进来两个黑衣人，一个手里握一把厚背砍刀，另一个，则抬着一张血淋淋的长凳。

那两个酒瓮已放下来了。从抬酒瓮的黑衣人里走出四个，齐刷刷抓住其中一个憔悴妇人，也不知究竟是"蟒氏"还是"枭氏"。两个黑衣人抓手，两个黑衣人抓腿，把她按倒在长凳上。

拿刀的黑衣人，大喝一声，刀出如风，刹那间把憔悴妇人的手和腿都齐根砍下，只留了身躯在长凳上。

大约除了那中年美妇，所有人都被眼前的惨象惊呆了，有极短的一瞬，屋内寂然无声，只有那出刀的黑衣人的粗重的喘息，忽起忽落。

然后是那被砍去手脚妇人的凄厉尖叫，她从长凳上滚下，在地上挣扎着。因为没了手脚，她的挣扎简化成了肌肉的痉挛，看上去怪异而恐怖。

黑衣人把她抬起，塞进了酒瓮。酒瓮里原本已装满了酒，加了一个人进去，酒都溢了出来。那酒猩红，也不知是本来就是如此，还是被那妇人的血染红的。

可还没有结束，屋里还有另一个妇人，她已被吓得昏过去了。黑衣人把她抬起，按在了长凳上。那女童突然跳起来，抱住了那妇人，喊道："母妃——母妃——"

一个黑衣人把她扯过一边。

那美妇人道："宣城，你若是再喊，你媚姨就把你的手脚也砍了。"

女童刹然收声，一张小脸煞白，但眼泪却忍不住，仍是不住地往下掉。

黑衣人再次出刀。

妇人的手脚被砍去。

她醒了，但却不喊，也不挣扎，一双眼呆呆地瞪着屋梁。

黑衣人把她塞进了酒瓮里。

美妇人轻笑道："宣城，你就乖乖守在这里，小心可别让你母妃从酒瓮里跑出来哟！"

她转身出门，依然笑声不绝。

突然宣城的母妃在酒瓮里喊道："阿武，你等着，来世我为猫，你为鼠，我要生生世世扼住你的喉咙，哈哈哈！哈哈哈！"

门外的笑声断了，美妇人似乎停了一下，又匆匆离去。

只有宣城的母妃仍在笑。

还有宣城，傻傻蹲着，下巴搁在瘦棱棱的膝上，右手食指在地上轻划，脸颊白得像雪。

……

春梦婆咳了一声，道："山木，你倒有些长进。"

山木腼腆道："主人，其实这不是……"

但春梦婆把他的话打断了："嗯，你们散了吧！素音——"

素音牵起珠珠的手，要同她一起过去。

珠珠正待要去，却忽地发现自己肩头上的东方朔已不知上哪儿去了。

"姐姐,等等好吗,东方朔不见了!"

她向下急落,转头四顾。

"东方朔!东方朔!"

她带着哭腔喊。

素音只好独自飘到春梦婆身边,又是尴尬,又是惶惧。

——还没有哪个梦奴,敢这样不把春梦婆的话当回事。

珠珠终于在草丛里找到了东方朔——它被山木的梦吓晕了,正四脚朝天地躺在一片茜草叶上。

"笨蛋笨蛋笨蛋!"珠珠轻轻地咒骂着,把东方朔捧在手里,回身向上飘。

春梦婆没有生气,她的蓝眼睛平静地看着面前这个小小的柔弱梦奴。当她们的目光相遇,春梦婆忽然有些晕眩,她赶紧把自己的目光挪开。

春梦婆的眼睛如同夏夜星空,深邃而美丽。

珠珠的眼睛却如一道在山间潺潺流淌的小溪,春山寂寂,小溪的快乐清清浅浅。

"她不能做梦奴。"

"为什么?"素音有些着急。

"她的前身,是须弥山上的一只蝴蝶……"

"主人……"素音低声哀求。

"蝴蝶的前身,又是夕阳的一抹余晖……"

"主人,她……她说她很孤单……"

"她在化身成蝴蝶前,就已答应了佛祖,永生永世不做一丝一毫伤害别人的事……"

"主人,她说……她很孤单……"素音声音渐弱。

"否则,就要堕入虚空,万劫不复……"

"主人,她说她很喜欢和我们在一起!"素音的眼泪几欲夺眶。

"我们不能留一个不能做噩梦的梦奴。"

"主人……"素音的眼泪终于还是流了下来。

"在下次南柯会时,我不想再见到她。"

春梦婆一按机关,石椅倏然下沉。

"主人!"素音哽咽着喊道。

但春梦婆连头也没回,她蹒跚着,向那锯齿一样的群山行去。

清晨。

好像有人把羊圈打开了,无数只金黄色的、肥大的绵羊从羊圈里冲出,跳跃,喊叫,奔跑,扬起黄蒙蒙的光雾。羊群由东向西迅速地汹涌过来,蚕食着荒野和群山间的黑暗。

河滩略微向下倾斜,缓缓滑入水中,好像一声温和的叹息。

滩头布满鹅卵石和细沙。

河水的一半已被阳光染成金黄,另一半,却仍旧沉睡在深绿之中。

河对岸，无边无际的麦田平展展地向天地相接处延伸过去。黑土温润的气息从那儿升起，夹杂着青草的香和露水的凉，一丝一丝的，飘进珠珠的鼻孔。

她和素音睡在北岸的一株刺槐上，再往北去，是波浪一样起伏的长满松树的丘陵。

"珠珠，你不睡吗？"

梦奴们总是在白昼来临时睡觉，在夜晚来临时苏醒。

"姐姐，你睡吧！"珠珠的眼睛睁得大大的。

"你不要傻想了。"素音喃喃，"今夜我去向主人求一颗九转毒龙丹，你吃下去，就什么噩梦都能做了。"

九转毒龙丹？什么东西？但珠珠的思绪没有办法停留在这个词上面，它不断地飘着，飘着，像一团被狂风卷起的飞蓬。

在离她们有一箭之遥的一棵枯死的柏树上，栖着一群黑色的八哥。

在夜晚，梦奴们是梦的制造者。在白昼耀眼的光下，谁又是梦奴们的梦的制造者呢？

珠珠在向梦的深渊沉下去，一些破碎的词句，像白色的鸟，在珠珠下落的身躯边飞翔。珠珠拼命伸出手去捕捉，或者，不是捕捉，而是向它们求救，但它们的飞行飘忽不定，无法捉摸。

"救我！救我！"珠珠喊。

但它们却飞得越来越远了。

直到睡魔的巨手即将把珠珠攫住,那电光火石的一瞬,珠珠猛地记起,是这样的一行字:

"'……但我住处有一毒龙,其性暴急,恐相危害。'我言:'迦叶,毒中之毒不过三毒,我今已断,世间之毒我所不畏。'……"

珠珠打了个噤,落入连梦也无处藏身的黑甜乡中。

……

"珠珠——珠珠——"

珠珠翻了个身,像条虫一样蜷起身子。

"珠珠——珠珠——"

谁在喊？

"珠珠——珠珠——"

是东方朔先醒了,它原本是把头搭在珠珠的肩上,珠珠一翻身,它的头就重重地磕在了树干上。

它睁开眼,却被晚霞的绚烂吓了一跳。

它舔了舔珠珠的眼睑。

"东方朔——"珠珠轻轻把它推开,却又猛地坐起,"好像有人喊我!"

但没有人。

晚霞渐渐淡去,西边天空只剩一片朱红,像有野火在烧。

然后，暮色像一团团黑棉絮，从天上飘下来，又像一个个黑色的鬼魂，在原野上呼吸游荡，安静，神秘。

东方朔朝野地汪汪叫了两声。

"没有人。"珠珠望着渐渐暗下去的原野，有些失望，"走吧！东方朔。"

东方朔又汪汪了两声，才跃上珠珠的肩膀。

"姐姐，我走了！"

素音仍睡得香甜。

珠珠带着东方朔直直向上升，很快就把刺槐抛在了脚下，河流、丘陵、麦田和远山，全在暮色里沉默着，偶有几声蛙鸣，响亮像黄铜，让她听了心里舒坦。

橙黄的满月爬出来了，珠珠静静地想，去哪儿呢？去哪儿呢？

她下意识地选择了东边，月亮慢慢爬上了树梢，她忽地明白了，自己是想到海市去看一看吧！

第二个清晨到来时，珠珠飘到了一个小湖边。湖水碧绿，湖畔的芦苇丛里，几只白天鹅正把头藏在翅膀里沉睡。珠珠看见小湖的另一头有个废弃已久的茅屋，她飘过去，想在茅屋里找个阴凉处睡上一觉。一半的茅草已经被风刮跑了，但珠珠仍然在积满尘灰的炉灶旁，找到了一个既晒不到太阳又淋不着雨水的角落。她满意地钻进去,把东方朔抱在怀里,蜷成一只透明的小虾。

就在她朦朦胧胧时,一个洪亮的声音在她耳边响起:"你是谁?为什么跑到我的地盘上来?"

珠珠使劲睁开眼,是一只圆滚滚的癞蛤蟆。

"你是不是不开心?"

珠珠看到癞蛤蟆白色的眼睑垂了一半下来,遮住了它的鼓鼓的略有些滑稽的眼睛,就问它。

"你胡说什么,我很开心。"

东方朔给癞蛤蟆一个表示嘲讽的笑脸。

"你为什么不开心呢?"

"我已经说过了,我很开心!"

癞蛤蟆有些愤怒了。

"如果你不开心,我可以送一个好梦给你,我是一个——梦奴。"

珠珠轻轻扬手,幻出一朵红色的焰火,在茅屋的阴暗里爆开,又瞬间消逝。

——这是柔弱梦奴的标志。

"不过你要先答应我,让我和狗狗在这里好好睡上一觉。"

癞蛤蟆被惊呆了,它从没见过这样奇妙的事。

"好吧!你睡吧!如果你的梦不能让我开心,我就要把你——"它想了想,突然发现自己其实不能把这个梦奴怎么样,只好尴尬地打了个嗝。

但珠珠已经听不到了,她睡着了。

傍晚时,癞蛤蟆弄来了一堆蚊子,想请珠珠吃。珠珠吓了一跳:"谢谢你!我们只吃花蜜和露水。"她尽量保持冷静,不让自己尖叫出来。

癞蛤蟆只好失望地伸出长舌头,把那堆蚊子吃掉。

"你答应我的梦!"癞蛤蟆打着嗝说。

"好吧!你闭上眼睛。"

珠珠把手放在癞蛤蟆宽宽扁扁的额头上,突然,她像被烫着一样把手缩了回来:"我做不了这样的梦!"

癞蛤蟆没有说话,但珠珠从它的眼睛里看出了它的期待,和一点点的害羞。

珠珠再次伸出手去,红着脸,眼里全是笑意。

癞蛤蟆沉入了梦境之中。

在这个荒唐的、永远也不可能实现的梦里,小湖里一只娇小的白天鹅,成了它的新嫁娘。

第三个清晨。

她睡在一棵年老的柳树上。

一条条翠绿的柳叶垂下,像手指。

柳树的根部，在青草中间，隆起几个土包，黄蚂蚁在那儿忙碌。

珠珠知道，那是黄蚂蚁们养蚜虫的地方。

东方朔鬼鬼祟祟地溜下柳树——它想去偷吃黄蚂蚁的蜜露。狗儿下树不是一件容易的事，它拼命伸长趾爪，把柳树皮刮得吱溜吱溜直响，最后还是很狼狈地跌进草丛里。它并不气馁，贴在地上，一点一点向土包靠近。黄蚂蚁们并不知道有小偷来了。东方朔一靠近土包动作就加快了许多，显然，它并不是第一次做这样的事。它用两只前爪挖开土包，把头伸进去，不顾一切地大吃起来。

直到黄蚂蚁们发现了它。一只颜色略微淡些的，看上去还很年轻的工蚁，爬进了位于柳树粗大枝干上的蚁巢里发出报警。很快，出来了一队兵蚁，晃着锋利的大颚，向东方朔冲去。东方朔还懵然不知，直到兵蚁的大颚都咬在了它的屁股上了，它才猛地跳起，狂叫着冲上柳树。它上树的技巧可比下树的技巧好多了。

"你吃饱了吗？"已经迷迷糊糊的珠珠问它。

东方朔哼了一声，满意地把头搭在珠珠的手臂上，眼睛渐渐地眯缝起来，但饱胀的肚子让它有点儿不舒服。它侧过身子，伸直四条又短又粗的狗腿，好让肚子不被压住。它莫名其妙地笑了笑，很快就睡着了。

正午时分，一只绿色的知了落在柳树上，它把长长的针管插入树皮中，一边吸食柳树甜甜的树汁，一边兴高采烈地唱起了歌。

东方朔被吵醒了，它气急败坏地冲着知了一阵狂吠，但知了不为所动，依旧唱着它单调而尖锐的歌。东方朔怒气冲冲地沿着树枝猛扑过去，终于把它吓跑了，但这么一闹，连珠珠也醒了。

阳光把柳树的叶子烤得有些蔫。

透过树叶，珠珠看到正有无数的黑蚂蚁悄悄向柳树逼近。

它们是来抢夺蜜露的。

正在土包里忙碌的黄蚂蚁看见黑蚂蚁来了，吓得落荒而逃。黑蚂蚁冲过了土包，并不停留，而是气势汹汹地向树干上的黄蚂蚁的老巢攻去。

这些黑蚂蚁都是兵蚁，锋利的带着锯刺的大颚被阳光一照，闪着乌油油的光。

黄色的兵蚁也出来了，双方在树干上缠斗，但黑蚂蚁似乎是有备而来，志在必得，黄蚂蚁抵挡了一阵，就节节败退。

这时，又从蚁巢里冲出了一队兵蚁，这队兵蚁比普通的兵蚁大了两三倍，披着金闪闪的胸甲。它们一出现，黑蚂蚁们似乎愣了愣，但并没有退缩。大兵蚁冲进了黑蚂蚁中，大颚一剪，就有一只黑蚂蚁的头掉了下来。黑蚂蚁则两三只一起行动，有的爬到大兵蚁的背上，去啃大兵蚁的脖子，有的把头伸到大兵蚁的腹下，照着肚皮不顾一切地乱咬。

这场惊心动魄的战斗一直持续到太阳西沉，黑蚂蚁被击败了，但黄蚂蚁也付出了惨重的代价。到处都是蚂蚁的残躯：瘦瘦的脚，流着血的卵形的大肚子，三角形的头，依旧闪着寒光的大颚……

黄蚂蚁们收队回巢，看不出一丝一毫胜利的喜悦。对这些兵蚁而言，无所谓胜与负，打仗是它们的工作，就像工蚁的工作是养殖蚜虫一样。

直到所有的黄蚂蚁都回到巢中，在柳树的根部，又颤悠悠站起了一只黄蚂蚁，那是一只大兵蚁。它显然受了伤，爬起来异常艰难。它上了柳树，但却找不到自己的巢，它的两个触角都被剪去了，它绝望地在柳树上寻找回巢的路径。

"我们去帮帮它好吗？"珠珠说。

她飘到大兵蚁的身边。

但大兵蚁已经活不成了，它的腿只剩下四根，腹部被咬开了一个大口子，从里面不断地流出血和内脏，它能够重新站起来，并且在柳树上爬了那么远，已经是个奇迹。

它的复眼茫然地看着珠珠，它从没见过梦奴。

珠珠伤心地把手放在它的头顶上。

兵蚁在一个快乐的梦里慢慢死去。

东方朔用眼神问珠珠，你在给它做一个怎样的梦呢？

"它想做一只工蚁。"珠珠说。

在这个强壮的、似乎永远也不会被打败的兵蚁的身体里，藏着一颗脆弱的心。

第四个清晨。

珠珠在悬崖上目睹了一场壮丽的日出。

悬崖像斧头劈成的一样笔直光滑，太阳的红光照在那些暗青的石头上，让它们不可思议地娇艳起来。

悬崖下，一道青草的斜坡，直插入依旧沉睡在黑暗中的、茂密的森林里去了。

一条河流——河水像蛋清一样——把一直铺展到天边的森林划开。河流慢慢弯成一道巨大的弧，拐向了东南方。在河水即将注入天空之处，浮着一座沐浴在太阳温暖光芒里巨大的城市。

珠珠在崖壁上找到了一条石缝，里面干燥、阴凉，还有淡淡的青苔气息，是个很好的睡觉的地方。

阳光开始变得灼热时，一个采药人从崖顶上缒下，在那条石缝旁拔去了一棵药草，但并未把她们惊醒。

珠珠和东方朔在这儿睡了将近一整个白天。下午，她们醒了，呆呆地看河水在落日的光里不断变幻着色彩。

两只乌鸦在天空上追逐嬉戏，它们反复玩一个游戏——同时从天上直直跌落,直到没入森林之中,才又鼓翼飞起。

直到黄昏降临。

森林上空传来一只乌鸦嘶哑的、低沉短促的叫声,这是在召集同伴。

乌鸦们从四面八方飞来,有一只就从石缝旁掠过,珠珠的脸被它的翅膀鼓起的风撕得生疼。东方朔甚至被吹得向后翻了个筋斗——它虚张声势地向乌鸦狂吠。

那只乌鸦回头扫了一眼,它的目光是那样的冷,吓得东方朔呆在那里,再也叫不出声。

珠珠看到它的翅羽上闪着暗绿的光泽。

成千上万的乌鸦在森林上空盘旋。

一人一骑从森林里冲出,在青草坡上打了个转,缓缓停住。

那匹马黑得像墨。

马上之人亦是穿得一身黑,他并不下马,而是飘飘摇摇从马背上升起,仿佛那马是一条乌鱼,而他则是乌鱼从水底吐出的一个黑色水泡。

渐渐升上来,珠珠看清那人原来是个道士。

乌鸦们聒噪着,向悬崖背后飞去。

片刻之后,它们又飞了回来,每只乌鸦背上,都驮着一小块橘红色的阳光。

道士张开一个布袋,让乌鸦们把阳光倾入其中。乌鸦们飞了几个来回之后,那布袋就鼓了起来,阳光从布袋内透出,耀人眼目。

珠珠可以清楚地看到那些驮运阳光的乌鸦——它们不断地从珠珠头顶上飞过。阳光似乎并不很重,但却十分的光滑,乌鸦们必须努力地让自己飞得平稳,以免阳光从背上滑落。

有两只乌鸦,无论飞去飞回,都紧紧相随,珠珠猜想,刚才可能就是它们,在森林上空,在夕阳的光里,快乐嬉戏。

布袋很快就要满了,可能已是最后的一个来回,那两只乌鸦中的一只,一不小心,让阳光从背上滑了下去。

那片橘红的阳光,像一片燃烧着的羽毛,被从河上吹来的晚风向悬崖刮去。

那只闯了祸的乌鸦惊慌失措地想把那片阳光重新驮在背上,但它越慌就越把阳光推向崖壁。

它无可奈何地看着阳光轻轻撞在了崖壁上,碎成无数细小的火星。

只在崖壁上留下一道焦痕。

乌鸦自己也险些撞到了崖上,它拼命地向后倒飞。

它离珠珠是如此的近,珠珠甚至能够看到它的眼里那深不可测的绝望。

珠珠不由自主地去看那个道士,但道士似乎并没有注意到这边发生的事,可是,当珠珠收回目光,去寻找那只乌鸦的时候,却只看到了一团火光。

那只乌鸦被火包围，它徒劳地向河流的方向飞去，但却无济于事，在距离河岸还有好远的地方，它就开始向下跌落。

道士的布袋已经装满，他向下落，重新骑在马上，大喝一声，那马也跟着一声长嘶，冲入了森林中。

突然，从鸦群里冲出了一只乌鸦，箭一样向那团火光射去，在火光即将没入森林中时，把它驮了起来，向河流急飞。

其他的乌鸦，也聒噪着，向那个方向去了。

珠珠也跃出石缝，想跟着过去，但东方朔在她后面狂吠。她只好回身让东方朔跳上自己的肩，然后逆着晚风，向河岸飘去。

她到达那儿的时候，乌鸦们已经围成了一个圈。她落在了那两只乌鸦跟前。

那乌鸦身上的火已经熄灭，它湿漉漉的身体上，已经没有几根羽毛剩下，被烧焦的皮肉，散发出一股刺鼻的恶臭。

珠珠想靠近它们，但另一只乌鸦疯也似的叫了一声，把珠珠挡住，它蓬松起一身黑羽，把自己弄得像一朵怒放的黑色火焰。

"我想帮你。"珠珠冷静地说，"我想帮你，我是一个梦奴。"

乌鸦慢慢收起了羽毛，向后退去。

珠珠把手放在了那只即将死去的乌鸦的额头上。乌鸦发出一声快乐的低吟。它又撑了好久，直到月光洒满大地，直到河流变成一条长长的银色绸带，它才在梦中平静地死去。

乌鸦散去了。

这些冷冰冰的鸟儿，黑夜是它们永远的巢。

珠珠沉默着，沿着河岸，飘向那座城市。

东方朔不安地哼哼着，对它而言，那座城市是一个巨大的魔鬼，可怕，而又充满了诱惑。

现在他们可以清楚地看到那长长的、黑黑的城墙，它在不断地延伸，一直延伸到夜晚温暖而黑暗的腹部，延伸到无穷无尽的时间的尽头。

他们站在城墙下面，站在一座即将倾圮的亭子的顶部，周围，在朦胧的月光下，灌木、杂草和花，在疯狂地生长，偶有一个水池闪现出来，像夜的眼。

他们不知道，这儿是汉代的残苑，曾经的辉煌，如今已烟消云散，唯有蛙鸣虫唱，不绝于耳。

珠珠贴着城墙慢慢向上飘，仿佛在数着青石的墙砖，翻过雉堞，这座沉睡中的城市就展现在她的脚下，是如此的在她的预料之中，却又是如此的出乎预料。

她沉下去，沉下去。

远远有梆子响。

前面传来整齐的脚步声，珠珠躲到一丛花树后，是一队带刀的锦衣侍卫，齐刷刷地走过。

这是什么地方？珠珠升上去一些，放眼四顾，虽然是夜晚，却仍能看出，这儿的殿宇都极繁华富丽。

她漫无目的地在一座座宫殿间闲逛，忽然记起自己好像见过这个地方，但使劲去想，却又想不起来。

她逛完了那些最大的宫殿，又去逛那些不太显眼的，慢慢到了角落处，隐隐听到一缕断断续续的哭声。她循着哭声找去，找到一处低矮的别院，她飘过院墙，只见里面门窗紧闭，哭声就从屋内传出。她绕着屋子转圈，终于让她找到了一个小孔，也仅容她侧身而入。里面一个小女孩，正在哀哀地哭泣。小女孩旁边，立着两个大大的酒瓮。屋内飘散着一丝丝腥甜的腐臭，令珠珠几乎窒息。

珠珠忽然记起来了，自己是在山木的噩梦里，又或者，那个噩梦并非噩梦，而是现实。

谁知道呢？又何必非去知道不可呢？梦与现实，本无区别。

珠珠慢慢向那小女孩飘去。几只老鼠在酒瓮旁上上下下地忙碌，珠珠转头看去，那两个女人已经死了，头倒向一边。老鼠们在咬她们的眼睛、鼻子、嘴巴和耳朵。

珠珠吓得把脸转开。

"东方朔，你去把它们赶开。"

东方朔不满地叫了两声，不敢相信自己的主人会下这样的命令。

"你去不去!"珠珠尖叫起来。

东方朔像被火烧了屁股一样从珠珠肩膀跳下,冲着老鼠们龇起了白牙,低低地吼着。

按理老鼠们没有必要怕它——它个子比老鼠小多了,但或许是出于天性,老鼠们有些不情愿地从酒瓮上溜下来,逃走了。

东方朔得意洋洋地冲珠珠摇起了尾巴。

但珠珠根本就不搭理它。她正在想办法让小女孩停止哭泣。她把手搭在小女孩的额头上,想触摸小女孩的思绪,但她什么也摸不到,那里只有一片冰冷的泪海。

珠珠不知该怎么办才好。

她幻出一朵又一朵的焰火,想吸引小女孩的注意。她成功了,小女孩把目光转过来,渐渐停止了哭泣。珠珠现在想让小女孩笑一笑,她先是幻出一朵牡丹,然后又幻出一树石榴花,接着幻出的是桃花、梨花、蔷薇、杜鹃……她甚至幻出了一片木槿花的海洋,这片木槿花海把这间脏臭的陋室装点得像天堂一样。

这一夜,她绞尽脑汁幻化出各种各样的焰火,只为了博得小女孩的粲然一笑。

这些焰火是如此绚丽,绚丽得连她自己也感到惊讶。

但她所做的一切,都是徒劳。

第五个清晨。

珠珠睡在屋瓦下。

她累了一夜,虽然她睡的地方坚硬、冰凉,但她仍然很快就睡着了。

屋檐下的铁马叮当响着,像催眠曲。

正午时,有人塞了两块硬邦邦的大饼进来,从那个小洞。珠珠没有理会,她翻了个身,想继续睡,但阳光已经把屋瓦晒得火热。她不得已爬起来,出了屋子,在院中的一棵石榴树上找到了一个荫凉舒适的地方。她长长吁了口气,躺下。

小女孩也已经哭累睡着了,院里只有知了懒洋洋的低吟浅唱。

醒来时日已偏西,珠珠有些弄不清自己究竟是在什么地方。无数的黄蜻蜓在傍晚的光里飞。

东方朔蹲坐在一个还是半大的、青绿色的石榴上——它还没有彻底从睡梦中醒来。

石榴皮异常光滑,东方朔忍不住瞌睡,头一歪,竟从石榴上滑了下来,正好落在一只蜻蜓长长的尾上。

那只蜻蜓吓了一跳,侧身斜飞,想把东方朔甩掉。

东方朔尖叫着,死死搂住蜻蜓的尾巴。

等珠珠找到它们的时候,东方朔已经爬到了蜻蜓的背上。

它得意洋洋地笑着,把自己新学到的,驾驭蜻蜓的方法,展示给珠珠看:它的前爪拍一拍蜻蜓右边的复眼,蜻蜓就向左飞,拍一拍左边复眼,蜻蜓就向右飞。

东方朔就这样玩了很久。

珠珠看东方朔玩了一会儿,转回小屋里,看那小女孩——她醒了,绷着一张瘦得不成人形的脸。

月亮升起来以后,珠珠拉上东方朔,向灯火最辉煌的地方飘去。

她已经彻底放弃了让小女孩笑一笑的想法,现在她只想把小女孩从那地狱一样的小屋里弄出来。

但她首先找到的并不是那个中年美妇,她找到了那个中年男子——在山木的噩梦里,他穿着月白夏衫,把自己称作"朕"。

这个把自己称作"朕"的中年男子,正在亲自表演一出傀儡戏,他娴熟地操控着一个老仙人——那仙人长着个牛鼻子,秃头,暴睛,大胡子,骑在青牛上。旁边一把胡琴突然拉出哑哑的一声,那男子就咿咿呀呀唱起来,只听得有什么"青龙、白虎、辟邪、穷奇"之类,又听到什么"雷电在上,晃晃昱昱"。珠珠看了一会儿,看不出什么味道,就飘走了。

她换了一座稍稍暗些的宫殿。这宫殿里静悄悄的,帷幔都放了下来,壁上银烛高烧。

那中年美妇坐在案后,不知在看什么,一边看,还一边用毛笔圈圈点点。

珠珠和东方朔坐在房梁上，看了一会儿。

珠珠道："我去了！"

东方朔知道她要干什么，咬住她的衣襟，不让她下去。

珠珠把手放在东方朔的头上，东方朔渐渐地迷糊起来，松了嘴。

珠珠飘下，冲进了那个中年美妇的额头中。

美妇人愣了一下，她闭上眼，摇了摇头，似乎不相信眼前正在发生的事，然后，她突地从案旁跃开，像那案上正站着一个世上最可怕的东西一般。

她攥紧拳头强忍着，但还是无法控制地哭喊起来："来人哪！来人哪！有猫，有猫——"

一个老妇跑了进来，喊道："娘娘，娘娘，没有猫，没有猫，这宫里的猫，不都按娘娘的吩咐杀死了吗？"

中年美妇指着那案子，想喊，却怎么也喊不出来。

可那案上空空的，什么也没有。

"没有啊？娘娘！"

可这时中年美妇又尖叫起来："啊——这儿也有，这儿也有——"

她到处地指着，仿佛这宫里竟真的藏着无数的猫。

老妇哭了出来："娘娘，您是花了眼，这儿可真是一只猫也没啊！要不您先到床上躺着，我去喊人来……"

"不，不——"中年美妇死攥住那老妇人的肩，"不能让别人知道……"

"要不，您……您就把宣城公主放了吧！"

"你说什么？"中年美妇瞪大了眼睛，但声音却渐渐虚弱，"若是那姓萧的狐狸精做了皇后，我的弘儿，她会放过我的弘儿吗？"

"娘娘……"

"啊——"中年美妇猛地跳了起来，"猫——猫——"

她拼命拍着肩膀。

"在我肩上，肩上……呜——淑妃，我求求你，我放了宣城，放了宣城，放了……"

她瘫倒在地上，脸上一片狼藉，早已不复平日的雍容与威严。

她喘着气："去，去把宣城领来。"

老妇人急匆匆地出去，很快就把那小女孩带来了。

珠珠从美妇人的额头里出来，飘回梁上。她的右手手掌已经消失，在那本应是生着纤纤五指的地方，现在却是长着一小片蝴蝶的翅膀。

"我让她做了个噩梦。"她努力地笑，"我的噩梦做得不错吧？东方朔。"

东方朔木着一张脸，像没听到一样。

中年美妇定定地瞪着小女孩,突然又硬起了面孔:"不,我绝不放!我不放!"

珠珠勉强笑了笑:"我还得去,东方朔。"

东方朔呜呜地舔着她那一小片蝶翅。

珠珠再一次冲进了中年美妇的额头中。

"猫——猫——我不怕,不怕!"

中年美妇把她肩膀上那只并不存在的猫抓住,扔得远远的。

"来吧!我不怕你!来吧!"

她镇静下来。"去喊李淳风!去喊李淳风!"

可是,等那老妇人慌慌张张地跑出去之后,她又瘫倒在地上,失声痛哭。

一根银烛烧尽,渐渐灭了,殿内暗了许多。

小女孩怯怯地靠近中年美妇,蹲下,低低地唤:"媚姨!媚姨!"

中年美妇停止哭泣,抬起脸,惊讶地看着小女孩。

"媚姨,不哭好吗?"

"你……你不恨我?"

"我不知道——"小女孩犹豫着,"我……我现在心里有些欢喜……"

"欢喜?"

"是啊媚姨。"小女孩一脸的天真,"我哭了好久,可是昨夜我不哭了,心里老觉得欢喜。"

中年美妇听她这样说,把四周的猫都忘了,她张大眼睛,认真地听着。

"我觉得心里欢喜,我好害怕——这是不是不对?媚姨,可是,我真的老觉得欢喜。"小女孩的目光变得迷茫,"因为,因为我老想着,真好啊,那天被砍去手和脚的,不是我。"

她倏地停住,似乎被心里的想法吓坏了。

"我是不是很坏!"她低下眼睛,用食指和拇指轻轻拈着地毯的细绒。

"啊——猫,猫!"中年美妇把背上的猫赶开,但却不再哭泣——连她也被小女孩的想法惊呆了。

"皇后。"

一个黑影,跪在帷幔外。

"进来!"

中年美妇擦了擦脸上泪痕,站起身。

黑影揭开帷幔躬身走入,原来是珠珠前日遇上的那个道士。

"李淳风,我这里闹鬼了。"

"是,待贫道看看。"

他微抬起脸,眼珠左右一轮,谄媚地笑了笑,道:"皇后,没有鬼！"

"没有鬼！"中年美妇不太相信，"可是……可是我看到这儿到处都是猫。"

她说完这句话，身体忍不住抖起来。

"猫！"李淳风上下左右看了看，忽然死盯住中年美妇的额头，目光灼灼。

"大胆！"

李淳风扑通跪倒："皇后恕罪，贫道是看到有个梦奴，在皇后额头里作怪。"

"梦奴！"

"是，请皇后闭上眼睛，贫道作法。"他爬起来，快步趋到中年美妇身边，两只手掌磨了磨，虚空画了一道符，忽然嘶声喊道，"天灵灵，地灵灵，八卦阵前请神灵，手执北斗桃木剑，手摇法铃请五鬼，阴阳五鬼速速行，速赴坛前飞符山，乾坤移拿六甲阵，太上老君急急如律令，起！"

珠珠猛地从中年美妇的额头里冲了出来，倒在地上——她的右手已完全消失，取代她的右手的，是一片梦幻一样美丽的蝶翅。

东方朔躲在房梁上，看到珠珠被制住，吓得跳进暗影里，大气也不敢喘。

"啊哈，一个柔弱梦奴。"李淳风叫道，"好大的胆子！"

他轻弹食指，一个橘红色的光球浮在他的指尖上。

珠珠有些害怕，那光球让她想起那只被烧死的乌鸦。

光球缓缓飘过来，将珠珠包在里面。

珠珠使劲把那片蝶翅收紧——翅尖碰到光球边缘，就是一阵刺骨的灼痛。

李淳风道："皇后，没什么，只是一个柔弱梦奴罢了，贫道已将她困住。"

"快把她烧了！"中年美妇长吸了口气，狠狠道。

"是，不过——这是春梦婆的人，还是交给她处置为好。"李淳风指尖擎着光球，一脸诡笑，躬身退出。

"来人。"中年美妇高喊，"把这小疯婆子送回冷宫！"

东方朔从房梁上跳下，它身体很轻，被烛火一熏，像一根黑色鸟羽一样落在中年美妇高高的义髻上。它后腿一蹬，从义髻上跳下，却落入砚台中，溅了一身的墨，它也不敢出声，拼命爬出砚台，跳下案子，一溜烟跑了出去，只在案上和地毯上，留下一道细细长长的墨迹。

李淳风擎着光球，立在殿前，似乎在等什么。

很快，月光里飞来了一只乌鸦，落在李淳风的肩上。

李淳风把光球放在乌鸦背上，点了点头。

乌鸦驮着光球飞起。李淳风仰头看了片刻，便耸肩低头，迈着小快步,走出宫城。

东方朔拼命地追,但它实在太小,再怎么跑,也跟不上李淳风的步子。很快就见不到李淳风的身影了,它只能靠鼻子寻找李淳风的行走路线。可是,在一个僻静处,它停下了,朝空中拼命地嗅着——李淳风也像乌鸦一样飞走了。

东方朔呜呜着,无奈地转着圈,忽然又朝着天空狂吠几声,似乎天空是它的仇人。

忽然,月光里又飞来了一只乌鸦,东方朔吓得四处乱转,终于让它发现了一个小洞。它拼命钻进去,却只钻得进一半,露着一只屁股在外面,簌簌地抖。

乌鸦叼住东方朔的尾巴,把它拖出来,向天上飞去。

东方朔像一只疯狗一样地发抖,吠叫,流着口涎。它开始想象自己如何被乌鸦们撕成碎片,一只乌鸦一块地分吃掉,却忘了就凭它那点肉,根本就不足以引起任何一只乌鸦的食欲。

乌鸦开始下降,落在了一棵树上。

东方朔听到珠珠在喊它:"东方朔,东方朔!"

虽然有时候东方朔很烦珠珠叫它,但这声音现在听来,却无异于天籁。

珠珠坐在树枝上,已脱去了光球的束缚。

她的身后,站着另一只乌鸦。

"东方朔,是乌鸦们救了我,它们还要带我去找李淳风。"

东方朔跳进珠珠怀里,使劲地舔她的脸。

珠珠用左手抱住东方朔——现在她只有一只手了,她朝乌鸦点了点头。乌鸦蹲下,张开双翅,让珠珠坐在它的背上,然后飞起,像夜之幽灵。

它向西飞去,另一只乌鸦跟在后面。

月光像水,被乌鸦黑色的飞翔无声地劈开。天边有数点残星,孤单地眨着眼。

珠珠忽然想到了雪,想到了蓝得要让人晕倒的天空——她曾离这天空是如此的近。

自从她的右手化成了蝶翅,她就总是不由自主地想起这些——这让她平静,也让她迷茫。

不!不!她把思绪收回,看下去,他们已飞到了那悬崖上空。

乌鸦一边滑翔,一边下降。

在下面,在悬崖上,李淳风正在打坐,一缕缕月光从他嘴里吐出,又重新被吞回去。

乌鸦落在李淳风脚下,但背上却没有珠珠和东方朔。

李淳风睁开眼睛,惊讶地看着这两只怪异的乌鸦——猛地,他感到有什么东西从后面冲进了他的脑中。

雾一样的睡意从他的脑中升起,他强忍着,知道是梦奴在作怪,正要念咒作法,额上却被狠狠地啄了一下,立即流出血来。

是乌鸦,不是两只,而是无数的乌鸦,正在向他冲来,从四面八方。

他有些心慌了，他从没有想过这些隐忍的鸟儿会背叛他。多少年以前，他就开始饲养和训练这些乌鸦了，让它们为自己收集日月之精华。但现在，这些似乎永远也不可能反抗的奴隶，竟然对它们的主人群起而攻之。

他把冲到他身边的乌鸦都烧死了，但仍有更多的乌鸦向他冲来，而他脑里的睡意越来越浓，这已不再是雾，而是水，是冰，是铁。

他合上眼睛，缓缓躺下，发出长长的一声叹息，好像这睡眠本是他所渴求，而现在，这愿望终于实现。

珠珠从他的额头里爬出来，现在，她已完全变成了一只蝴蝶。

乌鸦们铺天盖地地落下，在李淳风的身上堆起了一座乌鸦山。当乌鸦们重新飞起，悬崖上只留下一架冷冷的白骨。

珠珠不忍看这样的场面，她背起东方朔，向东边飞去，她还要去救那个小姑娘。可对于一只蝴蝶而言，东方朔实在太重了，她艰难地飞着，却绝不停止。

一只乌鸦从下面飞上来，把珠珠和东方朔驮起。

飞呀！飞呀！她在飞向自己的死亡。雪山那冰冷的纯洁已将她轻轻拥住，过往的回忆全都呈现出来。当她完成这最后的一个噩梦，她会重新变回一抹阳光，重新回到记忆中那次壮美的日落，那是她的诞生之处，亦是她永远的归宿。

第六个清晨。

在皇后寝殿外，小宫女蕙芳听到两声细微的狗吠，她停下了，心里奇怪：哪来的狗呢？然后，一只蝴蝶从寝殿内飞出，轻轻地，扑在蕙芳的面颊上，又跌跌撞撞地飞入园子里去了，乍看去，恍若一朵在风中飘零的白玉兰。

"蕙芳！蕙芳！"寝殿内有人喊。

蕙芳急忙往殿内走去，她手上端着一碗金菊羹。

昨夜皇后娘娘哭喊个不停，只说殿内到处都是猫，闹得宫城里的人都知道了，去找李淳风，又寻不着，直到娘娘把萧淑妃的女儿宣城公主从冷宫里放出来了，才好。

蕙芳微微吁了口气，走上寝殿前的石阶，忽又想起那只白蝴蝶，回头去寻，却如何还寻得到，只瞧见满园子的阳光，被园内的花草树木洇染，冷冷绿着。

尾声

出乎所有人的意料，皇后武媚娘把萧淑妃的女儿宣城公主从冷宫里放了出来，让她搬进掖庭宫中，和其他的妃嫔们住在一起。

不久之后,皇后又从太极宫搬到了大明宫——虽然相同的噩梦实际上只做过两次,但她仍不断地感到恐惧。

可在大明宫中,她仍然心神不定。正好那年关中大饥,长安城内物价飞涨,她索性带上文武百官,搬到东都洛阳去了。

以后的数十年里,她很少再回到长安——这座城市本身就是一个可以令她疯狂的梦魇。

十年之后,宣城公主嫁给了卫士王勖。

全国总经销

捧读文化
触及身心的阅读

| 出 品 人 | 张进步　程　碧 |

特约编辑	孟令堃
内文排版	MM末末美书 QQ:3218619296
封面绘画	陈婷婷
封面设计	陈旭麟 @AllenChan_cxl

怪谈文学奖
微信公众号

关注我们
免费阅读小说，了解大奖征文详情

出版投稿、合作交流，请发邮件至：innearth@foxmail.com
了解新书，图书邮购、团购、采购等，请联系发行电话：010-85805570